DAVID KREMS

Fast ein Wunder

Gefördert von der
Kulturabteilung der Stadt Wien, Literatur

Gedruckt nach der Richtlinie des
Österreichischen Umweltzeichens
„Druckerzeugnisse“,
Christian Theiss GmbH, Nr. 869

MIX
Papier aus verantwortungsvollen Quellen
FSC® C012536

Grafische Gestaltung: Dorothea Löcker, Wien
Umschlagabbildung: © sharply-done/iStockphoto
Druck und Verarbeitung:
Christian Theiss GmbH, St. Stefan im Lavanttal
ISBN 978-3-7117-2082-5

Informationen über das aktuelle Programm
des Picus Verlags und Veranstaltungen unter
www.picus.at

DAVID KREMS

Fast ein Wunder

ROMAN

PICUS VERLAG WIEN

FABIAN

SONNTAG

Fabian griff ins Leere. Da, wo er sein Telefon vermutet hatte, war abgesehen von gebrauchten Kleidungsstücken und achtlos liegen gelassenen Gegenständen nichts zu ertasten. Begleitet vom spitzen Läuten des Weckers ließ er seine Fingerspitzen suchend über den mäßig sauberen Parkettboden gleiten. Als das Geräusch verstummte, brach auch seine Handbewegung sofort ab und er blieb, einen Arm über die Bettkante hinausragend, reglos liegen. Doch schon kurz darauf begann das Spiel von Neuem. Wieder erklang der penetrante Signalton, der sich gnadenlos in seinen benebelten Schädel bohrte und dort neuerlich die reflexartige Tastbewegung auslöste. Fabian hatte keine Ahnung, wie viele Anläufe es gebraucht hatte, bis er sein Handy endlich zu greifen bekam. Ohne auf das Display zu sehen führte er das Gerät an sein Ohr und nahm das Gespräch mit einem zaghaften Grunzlaut an, in dem sich eine entfernte Ähnlichkeit mit dem Klangbild seines Nachnamens erkennen ließ.

Vom anderen Ende der Leitung tönte sofort eine aufgeregte Stimme: »Fabian, bist du in Wien, kannst du arbeiten?«

»Ja, nein. Ich weiß nicht.«

»Das ist wieder einmal typisch! Einmal will man etwas von dir und dann bist du nicht zu gebrauchen. Sag bloß, du bist betrunken?« Die Verbindung war schlecht und setzte immer wieder kurz aus.

»Was ist los? Ich verstehe nicht. Wer spricht?« Fabian gab sich nun alle Mühe, seinen miserablen Zustand zu verbergen.

»Ich bin's, Walter! Ich bin in Italien. Die Leitung ist schlecht.«

»Und da hattest du solche Sehnsucht nach mir, dass du mich in aller Früh aus dem Bett läutest?« Sein Tonfall lag nun irgendwo zwischen sarkastisch und angriffig.

»Früh? Wovon sprichst du? Es ist schon fast Mittag und so ein Wahnsinniger läuft gerade Weltrekord.«

»Weltrekord?« Fabian wiederholte das Wort mit ehrlicher Verwunderung. Er versuchte, den Hinweis irgendwo in seinem Gehirn zu vernetzen, doch da war nichts als ein dumpfes Brummen. Ein dumpfes Brummen und die langsam aufsteigende Erinnerung an ein weiteres sinnloses Besäufnis. Wie lange hatte er geschlafen? Zwei, drei, allerhöchstens vier Stunden.

»Der Marathon!«, riss ihn Walter aus seinen Gedanken. »Sag mal, wo lebst du? Heute ist Vienna City Marathon und so ein Irrer hat sich einfach unter die Profis gemischt und läuft seither Bestzeit. Ich wurde soeben informiert. Wir müssen da sofort jemanden hinschicken.«

Fabian hatte sich im Bett aufgerichtet und hob leicht die Jalousie an, die das Fenster neben seinem Bett abdunkelte. Die Frühlingssonne schien ihm mitten ins Gesicht und rief eine ähnliche Reaktion hervor wie kurz zuvor noch der grelle Klingelton. Er kniff abwehrend die Augen zusammen und ließ die Jalousie wieder los.

»Und was hab ich damit zu tun? Schick doch einen deiner Sensationsreporter hin.«

»Mein Gott, bist du naiv«, klagte Walter. »Ich hab niemanden verfügbar. Die Geschichte wurde schon längst geschrieben, als wir die erste zuverlässige Wetterprognose hatten: traumhaftes Wetter, tolle Stimmung, spannende Entscheidung. Der Praktikant muss nur noch Namen und Zeit des Gewinners eintragen. Ist doch jedes Jahr dasselbe. Für so was bezahlen wir keine unnötige Arbeitszeit.«

»Hört sich ja nach seriösem Journalismus an«, ätzte Fabian.

»Lass das. Wir haben keine Zeit für Kindereien. Magst du die Geschichte übernehmen oder nicht?«

»Du glaubst also tatsächlich, ich würde für dein Drecksblatt schreiben?«

»Dann halt nicht. Ich kann auch jemand anderen fragen.«

»Ha!«, lachte Fabian laut auf. »Du hast ja gerade erklärt, dass du sonst niemanden hast.«

»Und wir wissen beide, dass du seit Wochen nicht mehr gearbeitet hast. Also zier dich nicht!«

Fabian machte eine kurze Pause und lenkte dann ein: »Okay, ist ja gut.« Er spürte, dass er den Bogen nicht überspannen durfte. »Ich mach mich fertig und ruf dich zurück«, sagte er und drehte bereits die Beine aus dem Bett.

»Nein, nichts da!«, widersprach Walter. »Ich bin doch gar nicht im Land. Alles Weitere regelst du mit Doris, die kümmert sich während meiner Abwesenheit um alles. Ich schick dir gleich ihre Nummer.«

»Soll mir recht sein. Je weniger ich mit dir zu tun habe, desto besser.«

Fabian war bereits auf eine bissige Antwort gefasst, doch sein Gesprächspartner überraschte ihn mit einer betont sachlichen Reaktion: »Hör zu. Vermutlich kommt bei der Sache ohnehin nichts heraus, aber falls der Typ das tatsächlich durchhält, werden sich alle im Ziel auf ihn stürzen. Du musst schnell sein, schnapp ihn dir und finde heraus, was es mit ihm auf sich hat. Aber kein Geschwafel. Kurz und würzig! Verstanden?«

»Ja, klar. Dumme Texte für dumme Leser.«

»Was hast du gesagt? Ich hab dich nicht verstanden. Die Leitung ist schlecht.«

»Nicht so wichtig. Sonst noch was?«

»Ja, nimm eine Kamera mit! Vielleicht bekommen wir so zur Abwechslung einmal ein eigenes Foto und müssen kein Agenturbild verwenden, das auch jede andere Zeitung des Landes bringt.«

»Gib doch zu, dass du nur die Lizenzen sparen willst!« In der Zwischenzeit war Fabian aufgestanden, musste sich aber kurz an der Wand abstützen. Sein Kreislauf war für schnelle Bewegungen noch nicht bereit. Mit der rechten Hand hielt er das Handy an sein Ohr, während er mit der linken bereits versuchte, in ein T-Shirt zu schlüpfen, das er vom Schlafzimmerboden gefischt hatte.

»Ich kann dich kaum hören. Hast du mich verstanden?«, drängte Walter.

»Ja«, gab Fabian knapp zurück.

»Dann leg endlich los! Sonst sind die im Ziel, noch bevor du überhaupt unterwegs bist.«

»Nur eine Kleinigkeit noch!«

»Was denn?« Walter klang mittlerweile wieder deutlich genervt.

»Danke! Du schuldest mir ein Danke!«

»Ich schulde dir einen Scheiß!«, brüllte Walter. »Und jetzt leg endlich los!«

Fabian lachte unverhohlen.

»Oh mein Gott! Wie sehr ich dich hasse«, schloss Walter und legte auf.

Fünf Minuten und zwei Kopfwehtabletten später verstaute Fabian seine Kameratasche unter der Sitzbank seines Motorrollers. Kurz ging ihm der Gedanke durch den Kopf, dass er aufgrund des Restalkohols wohl noch nicht verkehrstauglich war.

Erschrocken vom Geruch seines eigenen Atems schob er das Visier hoch. Als der Motor bereits lief, holte er ein Zigarettenpäckchen aus der Innentasche seiner Jeansjacke. Kurz zögerte er, doch dann war das Verlangen nach dem Nikotin stärker als der Ekel, der ihn überkam, als er für einen Moment an die letzte Nacht dachte. Schnell klemmte er sich eine Zigarette zwischen die Lippen und ließ sofort darauf den Motor aufheulen.

Allein dem Motorgeräusch war es zu danken, dass man Fabian nicht schreien hörte. Die Zigarette hatte er bereits nach wenigen Zügen wieder ausgespuckt und seither schrie und fluchte er ohne Unterbrechung. Er war also allen Ernstes dabei, für *Von Tag zu Tag* ein Sportevent zu besuchen. Hätte ihm noch vor einem Jahr jemand gesagt, dass er einmal für dieses Kleinformat arbeiten würde, hätte er das als Beleidigung aufgefasst. Doch genau das war jetzt der Fall. Aber sei's drum, die Aufgabe war überschaubar und sollte sich rasch erledigen lassen. Ein schneller Job, der zumindest ein bisschen etwas abwerfen würde. Augen zu und durch, dachte er.

Der Fahrtwind frischte ihn ein wenig auf und auch die Tabletten begannen nun endlich zu wirken. Als er sich dem ersten Bezirk näherte, fühlte er sich bereits etwas besser. Er bemerkte die ersten Zusehergruppen und stellte den Roller in der Nähe der Oper ab. Innerlich rang er immer noch mit dieser Situation, in die er da geraten war. Noch dazu ein Sportevent! Seit Ewigkeiten hatte er nicht mehr über Sport geschrieben. Sein Metier waren Reportagen gewesen, solide recherchierte Artikel für seriöse Blätter. Er hatte regelmäßig für ein politisches Wochenmagazin und fürs Feuilleton geschrieben. Intensiv hatte er an seiner Reputation als Journalist gearbeitet und war knapp davorgestanden, es tatsächlich zu schaffen. Eine fixe Stelle schien in greifbarer Nähe, als er alles, was er sich mühsam erarbeitet hatte, innerhalb weniger Wochen wieder verlor. Doch daran wollte er jetzt nicht denken. Er musste sich auf das konzentrieren, was vor ihm lag. Eine Sportveranstaltung. Ausgerechnet!

Seine diesbezügliche Abneigung hatte auch persönliche Gründe. Wenngleich er als Halbwüchsiger einige Saisonen in einem Ruderclub verbracht hatte, war Sport noch nie seine Sache gewesen. Über seinen jüngeren Bruder war er zum Rudern gekommen. Doch während sein athletischer Bruder bald erste Erfolge feierte, musste er die Erfahrung machen, dass er, ganz egal, wo sie ihn auch hinsteckten, immer der Schwächste im Boot war. Schon als Kind war er etwas pummelig gewesen und dafür von seinen Schulkollegen eifrig gehänselt worden. Als Konsequenz hatte er Sport aus seinem Leben verbannt und sich seine Leibesfülle bewahrt.

Der Standort war gut gewählt, denn seine Einschätzung des Fortgangs des Marathons erwies sich als richtig. Die Zuseher erwarteten bereits die ersten Läufer. Er positionierte sich so, dass er einen weiten Abschnitt der breiten Ringstraße überblicken konnte, und holte seine Kamera hervor. Bereits nach wenigen Minuten erschien das Pace Car und kam rasch näher. Unmittelbar dahinter lief die aus drei Männern bestehende Spitzengruppe. Fabian war geradezu überrumpelt. Als die Läufer an ihm vorbeizogen, ging das so schnell, dass er nur unbeholfen ein paarmal auf den Auslöser drücken konnte. Dann waren die drei sehnigen Männer auch schon wieder hinter der nächsten Kurve verschwunden und zogen an der Secession vorbei in Richtung Westen. Das Tempo, das die Gruppe sich abverlangte, war so hoch, dass Fabian wohl nicht einmal auf einem Fahrrad hätte mithalten können. Er hatte aber keine Zeit, seiner Überraschung nachzufühlen, denn er musste schleunigst überlegen, wo er der Gruppe erneut auflauern könnte. Er verstaute die Kamera und fand zum Glück bald ein Hinweisschild mit Informationen zur Streckenführung. Er beschloss, in Richtung Westbahnhof zu fahren, wo die Läufer in etwa einer halben Stunde auftauchen müssten. Wenn er die Strecke in einer Viertelstunde bewältigte, sollte ihm noch genug Zeit bleiben, sich so einzurichten, dass er diesmal etwas mehr mitbekommen würde. Als er wieder auf seinem Roller saß, ignorierte er das Gefühl der Erschöpfung, das ihm tief im Körper steckte, und versuchte sich stattdessen an das zu erinnern, was er gerade gesehen hatte. Obwohl alles sehr schnell gegangen war, glaubte Fabian dennoch, den Überraschungsläufer erkannt zu haben. Er war an dritter Position gelaufen und vor allem an seinem untypischen Outfit zu erkennen. Alle drei Läufer waren Afrikaner von ähnlicher Statur, doch einer stach heraus, da er anstelle des typischen ärmellosen Shirts aus glänzendem Funktionsstoff ein ganz gewöhnliches weißes T-Shirt trug.

Am Westbahnhof angekommen, fand er einen leicht erhöhten Standpunkt, der ihm ein weites Blickfeld eröffnete. Diesmal lief alles glatt. Nicht nur, dass Fabian einige Aufnahmen gelangen, er konnte sich nun auch genauer auf die drei Läufer konzentrieren. Ihre Positionen waren unverändert. Die beiden Profis voran, dann mit geringem Abstand der Mann im weißen T-Shirt. Fabian betrachtete den Läufer aufmerksam. Es war faszinierend. Der Mann hatte nun schon etliche Kilometer in den Beinen, doch es schien immer noch, als würde ihn die Leistung, die er sich abverlangte, keinerlei Anstrengung kosten. Mit großer Leichtigkeit lief er seinen beiden Kollegen, die dabei weitaus verbissener wirkten, hinterher. Locker setzte er einen Schritt vor den anderen. Es war eine gleichmäßig wiegende Bewegung, als befände sich der Mann in einem höheren Stadium körperlicher Harmonie, weit weg von den Qualen eines Leistungssports.

Fabian ließ die Kamera sinken und blickte den Läufern für ein paar Sekunden nach. Ihr Abstand zum Hauptfeld war so groß, dass die weiteren Teilnehmer erst auftauchten, als er bereits wieder auf seinen Roller stieg. Zügig fuhr er nun in Richtung Prater, wo er der Spitzengruppe noch einmal auflauern wollte. Auf der Hauptallee, jener vier Kilometer langen Promenade, die den riesigen Park in der Mitte durchschnitt, positionierte er sich ganz im Endbereich, in unmittelbarer Nähe des Lusthauses. An diesem abgelegenen Punkt gab es nicht ganz so viele Zuseher wie entlang der Allee, was es Fabian erlaubte, sich so in Stellung zu bringen, dass er die Läufer schon aus weiter Entfernung die lange Gerade herankommen sehen würde. Diesmal wollte er einige Frontalaufnahmen versuchen. Zügig montierte er ein Teleobjektiv und blickte gerade das erste Mal durch den Sucher, als in der Ferne bereits die Spitzengruppe erschien. Doch als die Läufer ein wenig näher gekommen waren, erkannte Fabian, dass der Mann im weißen T-Shirt fehlte. Die Läufer waren für brauchbare Aufnahmen noch zu weit entfernt und er dachte kurz an die Möglichkeit einer optischen Täuschung. Als wäre der dritte Mann aufgrund der frontalen Perspektive von den beiden anderen verdeckt. Doch als er die Kamera absetzte und sich aufrichtete, erkannte er, dass da tatsächlich nur noch die beiden Profis liefen. Fabian stieß einen Fluch aus und hob die Kamera wieder an. Genau in diesem Moment erschien nun auch der Mann im weißen T-Shirt auf der Bildfläche. Als Fabian ihn durch das Teleobjektiv sah, merkte er sofort, dass etwas nicht stimmte. Die Bewegungen des Läufers, wenngleich nur schemenhaft zu erkennen, hatten sich geändert, wirkten plötzlich weniger harmonisch und seltsam unrund. Als der Mann näher kam, war zu erkennen, dass er leicht hinkte. Doch da war noch etwas anderes, das Fabians Aufmerksamkeit fesselte. Der Mann führte wiederholt einen

Gegenstand an den Mund, den er in der linken Hand hielt. Fabian dachte zuerst an irgendeine Sportnahrung, doch als der Mann die Bewegung wiederholte, erkannte er, dass er nicht davon abbiss, sondern den Gegenstand küsste. Zweimal hintereinander berührte er ihn mit den Lippen und ließ die Hand dann wieder sinken. Eine rituelle Geste, wie von Gläubigen, die ein Kreuz oder ein Amulett küssen, um Schutz oder Hilfe zu erbeten.

Fabian blickte dem Läufer gebannt nach und bemerkte, dass es das linke Bein war, das ihm zu schaffen machte. Immer wenn er es aufsetzte, sank er mit der linken Hüfte kaum merklich ein. Fabian wusste, dass er sich nun beeilen musste. In wenigen Minuten würden die Läufer über die Praterstraße und den Ring zurück zum Heldenplatz gelangen, wo der Zieleinlauf bevorstand. In dem Durcheinander, das dort herrschte, könnte er den Mann leicht aus den Augen verlieren. Er musste früh genug vor Ort sein. Er hatte Feuer gefangen und wollte sich die Geschichte nicht mehr entgehen lassen. Was war mit diesem Läufer geschehen, dass er seinen Vorsprung, den er eben noch mit solcher Leichtigkeit gehalten hatte, nun zunehmend verlor? Und was war das für ein rätselhafter Gegenstand, an dem er sich da emotional festzuhalten schien?

Aus Angst, zu spät zu kommen und den Läufer im Getümmel des Zieleinlaufs zu verpassen, fluchte er nun wieder laut vor sich hin. Doch diesmal war es ein positives Fluchen, das ihm den Antrieb verlieh, den sein müder und verkaterter Körper so dringend brauchte.

Da Heldenplatz und Ringstraße für den Verkehr gesperrt waren, musste Fabian seinen Roller in einiger Entfernung parken. Als er endlich im Zielbereich ankam, war er vollkommen verschwitzt und fand sich kaum zurecht. Waren die Zuschauer entlang des Streckenverlaufs schon zahlreich gewesen, tummelten sich hier nun wahre Menschenmassen. Zuseher, Journalisten und Mitarbeiter in grellbunten T-Shirts füllten die weite Fläche zwischen Ringstraße und Hofburg. Dazwischen immer wieder Leute, die Werbematerial oder Proben von Sportnahrung verteilten. Es war ein heilloses Durcheinander. Schließlich schaffte Fabian es, sich gerade noch rechtzeitig in der Nähe des Zielbereichs zu positionieren und das Geschehen mehr schlecht als recht zu überblicken. Aber im Grunde war es auch egal. Die Chancen standen ohnehin schlecht, dass es der Überraschungsläufer auf den letzten Kilometern wieder geschafft hatte, sich an die Spitze heranzulaufen. Damit geriet die ganze Geschichte infrage. Doch Fabian schob den Gedanken zur Seite, hatte er doch längst ein persönliches Interesse entwickelt. Er wollte den Mann sehen und mit ihm sprechen. Das ungewöhnliche Verhalten des Mannes musste einfach einen Hintergrund haben. Fabian spürte, dass es sich bei ihm nicht einfach um einen x-beliebigen Läufer handelte.

Dann war es auch schon so weit. Die beiden Spitzenläufer bogen unter den Anfeuerungsrufen der Zuschauer in den Heldenplatz ein und durchmaßen in wenigen Sekunden die letzten Meter bis zur Ziellinie. Mit einigem Abstand kamen schubweise die nächsten kleinen Grüppchen Läufer an. Von dem Mann im weißen T-Shirt war nichts zu sehen. Fabian wartete noch eine knappe Viertelstunde. Von Minute zu Minute sank seine Hoffnung. Schließlich gestand er sich ein, dass es sinnlos war. Der Mann musste abgebrochen haben. Wieder stieß Fabian einen Fluch aus. Wie würde es jetzt weitergehen? Wie konnte er dennoch an den Mann herankommen? Und hatte die Redaktion nun überhaupt noch Interesse an der Geschichte? Fabian beschloss, einen ruhigeren Ort zum Telefonieren aufzusuchen und die von Walter erwähnte Kollegin zu kontaktieren. Er schob sich für ein paar Minuten die vollkommen überfüllte

Ringstraße entlang und ließ sich dann auf einer Bank im nahe gelegenen Rathauspark nieder. Hier ging es etwas leiser zu und nach ein paar Minuten war auch er selbst wieder zur Ruhe gekommen. Er holte sein Mobiltelefon hervor und suchte nach der Nummer. Nur einen Augenblick später sprach er bereits mit Walters Assistentin und legte ihr kurz dar, was in den letzten zwei Stunden geschehen war. Für die Frau war der Fall klar. »Na, das war dann wohl nichts«, sagte sie, und ihr trockener Tonfall ließ auf bemerkenswertes Desinteresse schließen. »Zum Glück haben wir ja die vorbereitete Geschichte«, fügte sie hinzu und schien auch schon wieder auflegen zu wollen.

»Das heißt also, Sie wollen den Mann gar nicht erwähnen?« Fabian war klar, dass die Sache ihren Sensationswert verloren hatte, er war von der nüchternen Reaktion aber dennoch überrascht. Die Frau brauchte ein wenig, bis sie merklich irritiert antwortete. »Was sollen wir Ihrer Meinung nach denn bringen? Dass jemand anderer auch schnell gelaufen ist, dann aber doch nicht gut genug war? Wo ist da bitte der Nachrichtenwert?«

»Dass dieser Jemand als komplett Unbekannter über eine beachtliche Distanz eine weltrekordverdächtige Zeit gelaufen ist zum Beispiel?« Fabian musste auf seinen Tonfall achten. Er wusste, dass er in einer Verfassung war, in der er rasch aufbrausend werden könnte. Er gab sich große Mühe, höflich zu bleiben.

»Und wer ist dieser Jemand?«, fragte die Frau knapp.

»Das weiß ich noch nicht.«

»Verstehe! Was wäre denn Ihre Ausgangsposition für eine spannende Geschichte?«

Fabian war sich nicht sicher, ob er sich den beißenden Unterton nur einbildete. »Ich kann versuchen herauszufinden, was es mit dem Mann auf sich hat, und dann könnten wir dem Artikel ja zumindest etwas hinzufügen«, schlug er bemüht sachlich vor.

Die Frau schien ihm gar nicht zugehört zu haben. »Also noch einmal danke für Ihre Bemühungen«, sagte sie knapp.

»Ich habe auch ein paar Aufnahmen gemacht«, blieb Fabian hartnäckig.

Wieder antwortete sein Gegenüber nicht gleich, doch man konnte hören, wie die Frau genervt ausatmete. »Hören Sie«, sagte sie schließlich. »Unsere Leser interessieren sich für Sensationen. Allerdings für solche, die auch tatsächlich stattgefunden haben. Nicht für solche, die beinahe stattgefunden hätten.«

Das war zu viel. Fabian vergaß sich. »Ihre Zeitung bläst doch jeden Furz zu einer Sensation auf. Walter hat mich extra aus dem Urlaub angerufen, damit ich mich um die Sache kümmere.«

Die Frau antwortete scharf: »Ich darf Sie daran erinnern, dass während Herrn Feldners Abwesenheit alle relevanten Entscheidungen von mir getroffen werden.« Es war zu spüren, dass sie diese Worte vor allem gesprochen hatte, um auf seinen Untergriff zu reagieren. Offensichtlich konnte die Frau Fabians Verhältnis zu ihrem Chef nicht einschätzen, was sie vorsichtig werden ließ. Zwar zweifelte Fabian selbst daran, dass dieser Idiot von Walter nun noch Interesse an der Geschichte hätte, doch das konnte die Frau nicht wissen. »Sie haben bis fünf Uhr Zeit, Informationen zu ergänzen. Wenn Sie etwas Relevantes herausfinden, melden Sie sich. Fünf Uhr, keine Minute später.«

»Ist gut«, sagte Fabian und legte ohne ein weiteres Wort auf. Er blickte auf seine Armbanduhr. Es war kurz nach zwölf. Vorsichtig legte er das Mobiltelefon neben sich auf die Parkbank und richtete den Blick in den wolkenlosen Himmel. Selbst für einen klaren Frühlingstag war es viel zu heiß. Nur am niedrigen Stand der Sonne war zu erkennen, dass noch nicht Hochsommer war. Er zog die Augen zu zwei schmalen Schlitzen zusammen und ließ die Welt um sich herum verschwinden. Er träumte sich ganz weit weg, in die Berge, ans Meer, irgendwohin, wo es ruhig war. Schließlich zog er die Lider ganz zu und dachte an den letzten Strandurlaub mit seiner Familie. Er sah seinen Sohn, der vor ihm im Sand spielte, und Frieda neben sich, die über einer Zeitschrift eingeschlafen war. Es war ihm beinahe, als hörte er das Rauschen des Meeres. Für ein paar Sekunden war alles gut. Dann riss er die Augen wieder auf.

Entschlossen erhob er sich und blickte sich um. Ihm wurde klar, dass er nicht die geringste Ahnung hatte, was nun als Nächstes zu tun wäre. An einem Kiosk besorgte er sich eine große Flasche Mineralwasser und trank sie in einem Zug beinahe vollständig aus. Dann zündete er sich eine Zigarette an und ließ sich erneut auf einer Parkbank nieder. Dabei dachte er alle Möglichkeiten durch, die sich ihm nun boten. Als er den Zigarettenstummel auf dem Boden vor sich ausgedrückt hatte, schloss er noch einmal kurz die Augen. In den letzten Wochen war sein Leben komplett aus der Bahn geraten. Wirklich gut war es ihm auch schon davor nicht gegangen, doch die letzte Zeit hatte ihn alle Vorsätze, die er sich nach der Trennung von Frieda auferlegt hatte, vollends vergessen lassen. Keine Spur von der Besserung, die er ihr immer wieder geschworen hatte. Kein Hauch von der Disziplin, die er sich vorgenommen hatte. Er war weit davon entfernt, wieder Fuß zu fassen und das zurückzugewinnen, was er aus eigener Schuld verloren hatte. Stattdessen reihte sich ein sinnloser Exzess an den nächsten und er stolperte von einer langen Nacht in den nächsten verkaterten Tag. Dazu immer wieder derselbe Schwur, den er sich in der Früh, oder wann auch immer er sich mit einem brummenden Schädel aufraffte, aufs Neue gab: Ab sofort würde endlich alles anders werden! Und nun war mit einem Mal tatsächlich alles anders. Vielleicht hatte ihm ja nur das gefehlt. Ein Auftrag, eine Aufgabe. Irgendetwas, das ihm den notwendigen Halt gab, um sich selbst aus diesem Sumpf zu ziehen, in dem er immer tiefer zu versinken drohte. Und wenn es nur ein lächerlicher Artikel über eine verdammte Sportveranstaltung war!

Mit neu gewonnener Entschlossenheit schlug er die Augen auf und leerte die Mineralwasserflasche. Dann hob er die Kamera an und sah die Aufnahmen durch. Fabian wählte eines der Fotos, die er aus geringer Entfernung hatte machen können, aus und zoomte so weit wie möglich an die linke Hand des Läufers heran. Es war deutlich zu erkennen, dass der Mann etwas in der geschlossenen Faust hielt, aber es ließ sich nicht ausmachen was.

Fabian schüttelte den Kopf, zoomte wieder aus dem Bild heraus und merkte sich die Startnummer. Einen Augenblick später hatte er mit seinem Smartphone eine Website gefunden, die es erlaubte, die schier endlose Ergebnisliste nach Startnummern zu durchsuchen. Nachdem er die Nummer eingegeben hatte, erschienen auf dem Display die erfassten Durchlaufzeiten. »Immerhin ein Anfang«, dachte Fabian, als er die Zeiten durchscrollte, die ihm allerdings nicht das Geringste verrieten. Er verstand schlicht und einfach zu wenig vom Laufsport, um sich daraus irgendein Urteil bilden zu können. Die Startnummer war mit keinem Namen verbunden, was Fabian stutzig machte, denn bei den restlichen Nummern war das, soweit er es auf seinem Telefon überblickte, durchaus der Fall. Fabian beschloss, sich nicht weiter aufhalten zu lassen. »Mal sehen, ob sich da noch etwas mehr herausfinden lässt«, murmelte er und erhob sich, um in Richtung Heldenplatz zurückzugehen.

Als er wieder im Zielbereich ankam, hatte sich der Rummel bereits etwas gelegt. Immer noch trafen vereinzelt Läufer ein und immer noch trieben sich einige Schaulustige herum, doch man erkannte bereits, dass die Veranstaltung am Abklingen war. Fabian ging auf das Pressezelt zu. Er hatte Glück, denn der Zugang wurde nun nicht mehr kontrolliert. Im Inneren des Zeltes herrschte eine entspannte Atmosphäre. Die meisten Journalisten waren bereits abgezogen, einige Mitarbeiter des Pressebüros standen scherzend im Kreis, andere hatten damit begonnen, Arbeitsgeräte und Unterlagen in Schachteln zu verstauen. Fabian erkundigte sich nach einem Ansprechpartner und wurde an einen strohblonden, nicht mehr ganz jungen Mann verwiesen, der so athletisch wirkte, dass er den Leistungssport wohl auch aus eigener Erfahrung kannte. Als Fabian sich ohne Umschweife nach dem Überraschungsläufer erkundigte, wusste der Mann sofort Bescheid. »Unser heuriges Laufwunder. Und ob uns der aufgefallen ist! Beachtliche Leistung!«

»Können Sie mir etwas über den Mann erzählen?«

»Tja, was soll ich Ihnen sagen? Klarer Fall von Selbstüberschätzung. Das kommt unter Amateuren häufig vor.«

»Wie genau meinen Sie das?« Fabian war irritiert.

»Verstehen Sie mich nicht falsch«, sagte der Mann beschwichtigend. »Aber das erleben wir immer wieder, dass sich so ein Möchtegernprofi überschätzt.«

»Also für einen Möchtegernprofi war das wohl ein bisschen viel, finden Sie nicht?«, wandte Fabian ein.

»Gut, gut. Ich gebe ja zu, dass es etwas mehr war als das, was diese Amateure sonst so zustande bringen. Wir haben den Fall hier auch bereits diskutiert. Im Endeffekt sind wir uns aber alle einig: Es war die übliche Selbstüberschätzung. Die Typen powern sich aus, glauben schon, sie hätten eine Chance, und müssen dann doch irgendwann ausgebrannt aufgeben.« Der Mann war sich seiner Sache sicher, sprach mit Enthusiasmus und gestikulierte dazu eifrig. Fabian mochte diesen

Typen nicht und hatte große Lust, das Gespräch rasch wieder zu beenden. Knapp erkundigte er sich nach den Kontaktdaten. Der Mann winkte eine junge Mitarbeiterin herbei und bat sie in einer Weise, von der sich Fabian nicht sicher war, ob sie einfach nur blöd oder schon sexistisch war, darum, ihm weiterzuhelfen. »Sportlercharme«, murmelte Fabian anstelle eines Dankes und folgte der Kollegin, die auf den Kommentar ihres selbstgefälligen Kollegen in keiner Weise reagierte.

Die junge Frau trug ebenfalls ein buntes Crew-T-Shirt, hob sich aber durch ihre zurückhaltende Art angenehm von dem schreiend grellen Ambiente ab, das die gesamte Veranstaltung dominierte. Wortlos zog sie einen Laptop heran, klappte das Gerät auf und wandte sich Fabian zu: »Also, womit kann ich behilflich sein?«

»Ich bräuchte Informationen über einen Läufer, den ich gerne wegen eines Interviews kontaktieren würde.«

»Haben Sie einen Namen oder die Startnummer?«, fragte die Frau und richtete ihren Blick bereits auf den Bildschirm. Fabian sagte die Kombination aus Buchstaben und Ziffern auf.

Die Frau hob ihren Blick wieder und reagierte mit einem Kopfschütteln. »Da werden wir leider kein Glück haben.«

Fabian sah sie fragend an.

»Es handelt sich um eine Nachnennung. Das erkennt man an der Buchstabenfolge«, erklärte die Frau sachlich.

»Und das heißt?«

»Das heißt, dass der Mann sich erst unmittelbar vor dem Start angemeldet hat. Im Computer scheinen aber nur die Daten jener Teilnehmer auf, die sich vorab registriert haben.«

»Sie verfügen also über keinerlei Daten des Läufers?«

»Doch, allerdings nur in Form eines Formulars, das die Läufer bei der Nachnennung händisch ausfüllen müssen.«

»Und lässt sich dieses Formular finden?«

Die Frau dachte für einen Moment nach. »Wir haben die Unterlagen vielleicht noch hier«, sagte sie schließlich. »Lassen Sie mich kurz nachfragen.« Kaum hatte sie fertig gesprochen, war sie auch schon verschwunden. Fabian blickte nervös auf seine Armbanduhr. Schon stand die junge Mitarbeiterin wieder vor ihm. »Sie haben Glück, wir haben die Unterlagen noch hier. Die Suche wird aber etwas dauern, denn es sind eine ganze Menge Formulare.« Kaum hatte sie ihren Satz beendet, erschienen auch schon zwei weitere Crew-Mitglieder mit jeweils einem Papierpacken. Der erste der Männer ließ seinen Stoß mit einem lauten Krach auf den Tisch fallen, der zweite stellte sein Paket etwas vorsichtiger ab.

»Wir könnten gemeinsam suchen. Jeder einen Stapel«, schlug Fabian vor und deutete mit dem Kopf in Richtung der Unterlagen.

»Das geht leider nicht«, winkte die Frau ab. »Es handelt sich um vertrauliche Daten, die wir nicht weitergeben dürfen. Sie müssen also warten, bis ich mich alleine durchgearbeitet habe.«

»Was soll denn daran vertraulich sein?«, wandte Fabian überrascht ein. »Die Leute haben sich für einen Marathon angemeldet. Das sind doch keine Geheimdienstinformationen.«

»Nun, wir sind dazu angehalten, nur die von den Teilnehmern ausdrücklich angeführten Kontaktdaten weiterzugeben. Auf dem Formular werden aber auch andere Daten erfasst. Anschrift, Notfallnummern, chronische Krankheiten. Solche Dinge eben.«

Fabian war die ruhige und kompetente Frau sympathisch. Auch deshalb wollte er das ihm lächerlich erscheinende Problem ohne Streit lösen. »Hören Sie«, begann er und bemühte sich um seinen freundlichsten Tonfall. »Der Mann, nach dem ich suche, ist eine über eine weite Distanz eine sensationelle Zeit gelaufen. Einfach so. Ich bin mir sicher, er hat diese Leistung erbracht, damit sie anerkannt wird. Und auch wenn er es nicht durchgehalten hat, würde er sich dennoch sicher über eine Würdigung freuen.«

Die Frau schwieg, hörte Fabian aber aufmerksam zu. Ihr Gesichtsausdruck ließ keine Regung erkennen.

»Ich habe bis siebzehn Uhr Zeit, etwas über den Mann zu erfahren. Wenn ich das nicht schaffe, war seine Anstrengung vergeblich. Lassen Sie mich Ihnen behilflich sein. Ich verspreche auch, alle anderen Informationen zu ignorieren.«

Die Mitarbeiterin hielt Fabians Blick stand, drehte sich dann wortlos zu den beiden Papierstößen und schob einen davon in seine Richtung. »Dann sollten wir uns beeilen«, sagte sie und begann damit, die Formulare durchzublättern.

»Danke«, sagte Fabian leise und tat es ihr gleich.

Es war vielleicht eine Viertelstunde vergangen, als Fabian das Formular mit der betreffenden Startnummer entdeckte. »Voilà!«, rief er und fischte den Bogen aus dem dicken Stapel. »Da haben wir ja unser Laufwunder!«

Doch die Freude war nur von kurzer Dauer. Sofort sah er, dass das Feld für Kontaktdaten nicht ausgefüllt war. Auch die meisten anderen Felder waren leer. Lediglich der Name und ein Geburtsdatum waren angeführt, wobei allerdings der Nachname recht unleserlich geschrieben war und möglicherweise auch ganz anders lauten konnte. Vermerkt war außerdem noch eine Telefonnummer für Notfälle, die allerdings zu den privaten und damit vertraulichen Daten zählte.

»Wie gibt es denn so etwas?«, fragte Fabian enttäuscht.

Die Mitarbeiterin nahm das Formular und legte es vor sich auf den Tisch. »Bei den Nachnennungen muss alles sehr flott gehen. Da wird nicht so genau hingesehen. Außerdem ist nicht ganz klar, welche Informationen wir zwingend einholen dürfen. Wenn jemand einfach nicht mehr als die wichtigsten Daten angibt, dann können wir auch nichts machen. Wir bestehen nur auf Namen, Geburtsdatum und einer Telefonnummer für Notfälle.«

Fabian schüttelte den Kopf. »Ich verstehe das alles nicht«, sagte er leise. »Das passt doch nicht zusammen. Da macht jemand kaum Angaben, läuft dann aber eine derartige Zeit. Was hat das denn für einen Sinn?«

»Na ja. So ist es ja auch wieder nicht«, konterte die Frau, die ebenfalls Interesse an dem Fall zu entwickeln schien. »Es ist ihm eben etwas dazwischengekommen. Hätte er durchgehalten, dann hätten sich die Kameras im Ziel ja ohnehin sofort auf ihn gestürzt. Entweder hat er nicht damit gerechnet, es nicht durchzustehen, oder …« Die Frau ließ den Satz in der Luft hängen.

»… oder er wollte nur in dem Fall, dass er es auch tatsächlich durchhält, sichtbar werden«, sprach Fabian weiter.

»Das wäre eine mögliche Erklärung. Allerdings eine, die mich dazu veranlassen sollte, Ihnen auf keinen Fall weitere Daten zu geben.«

»Das brauchen Sie auch gar nicht«, sagte Fabian. Diesmal war es die Frau, die fragend blickte.

»Ich habe die Notrufnummer längst gesehen. Sie ist falsch. Zählen Sie die Ziffern! Es ist eine inländische Mobilnummer mit zehn Stellen. So etwas gibt es aber nicht, denn inklusive Betreibervorwahl müssen es immer mindestens elf Stellen sein.«

»Was bedeutet das?«, fragte die Frau ehrlich überrascht.

»Keine Ahnung«, erwiderte Fabian, »aber ich werde immer neugieriger.«

Fabian verließ das Pressezelt und eilte zurück zu seinem Motorroller. Er war in der Sache zwar einen Schritt weitergekommen, doch war es keiner, der seine Position gegenüber der skeptischen Redakteurin, die ihm nach dem telefonischen Schlagabtausch sicher nicht besonders wohlwollend gesinnt war, stärken würde. Fabian beschloss, die Flucht nach vorne anzutreten. Die *Von-Tag-zu-Tag*-Redaktion befand sich am Karlsplatz und damit in direkter Nähe. Mit seinem Roller wäre er in wenigen Minuten dort. Er war sich nicht sicher, ob er mit seiner Einschätzung richtiglag, doch er hoffte darauf, seine Position durch eine persönliche Vorsprache zu verbessern.

Kurz später parkte er seinen Roller in der Nähe des Redaktionsgebäudes. »Dass ich jemals durch diese Tür gehen würde …«, sagte er leise, als er die gläserne Drehtür anstieß und sich schnell, so, als ob es dann weniger real wäre, hindurchschob. Im Inneren des Gebäudes empfing ihn leise Fahrstuhlmusik und nach wenigen Schritten stand er einer Empfangsdame gegenüber.

Fabian wollte gerade die diensthabende Redakteurin verlangen, als er bemerkte, dass er lediglich ihren Vornamen kannte. Nach kurzem Zögern verwies er auf die Marathonberichterstattung. Die Empfangsdame nahm den Hörer vom Telefon und drückte lächelnd eine einzige Taste. Nach wenigen Worten, die Fabian nicht genau verstand, wandte sie sich ihm wieder zu: »Sechster Stock, Sie werden erwartet.«

Die verspiegelte Rückwand des Aufzugs konfrontierte Fabian mit seinem äußerst fragwürdigen Erscheinungsbild. Er sah weniger aus wie ein Journalist als der letzte Überlebende einer viel zu langen und viel zu wilden Nacht. Sein fettes, zerrauftes Haar, der Fünftagebart und die dunklen Augenringe passten perfekt zu dem ausgewaschenen T-Shirt, das unter den Armen deutliche Schweißflecken aufwies. Schnell zog er wieder seine Jeansjacke über. So gelang es ihm zumindest, das verschmutzte T-Shirt ein wenig zu kaschieren. Er wusste, dass die Frau, die er gleich treffe würde, so etwas wie Walters rechte Hand war und bei *Von Tag zu Tag* großen Einfluss hatte. Begegnet war er ihr bisher aber noch nie. Er spürte, wie er mit einem Mal ungewöhnlich nervös wurde. Hektisch strich er sich das zerzauste Haar glatt und wischte sich mit einem Jackenärmel die Schweißperlen von der Stirn. Ein Signalton ließ ihn erschrocken herumfahren. Die Fahrstuhltür öffnete sich und keine zwei Meter vor Fabian stand eine Frau, in der er die Redakteurin zu erkennen glaubte: stilvoll gekleidet, zurückhaltend geschminkt und mit natürlich dunklem Haar, in dem vereinzelt erste weiße Strähnen zu erkennen waren. Selbstbewusst reichte sie Fabian die Hand und stellte sich unterkühlt vor: »Guten Tag, Eiblinger. Wir haben telefoniert, nehme ich an?«

»Ganz genau. Angenehm, Krieger«, reagierte Fabian und wollte gerade mit einer Erklärung beginnen, als die Frau ihm zuvorkam. »Sie hätten sich nicht extra herbemühen müssen. Ein Anruf hätte vollkommen genügt.«

»Nun, da ich aber schon einmal hier bin, kann ich Ihnen ja kurz persönlich darlegen, was es Neues gibt.« Fabian war bemüht, die ihm dargebrachte Begrüßung zu überspielen und gleich zur Sache zu kommen. Wie er der Frau die praktisch nicht vorhandene Geschichte verkaufen sollte, darüber hatte er sich allerdings noch keine Gedanken gemacht.

»Also?«, fragte Eiblinger und zog dabei eine Augenbraue in der Art hoch, wie es Lehrerinnen tun, die davon überzeugt sind, dass ihre Prüflinge die gestellte Aufgabe nicht lösen werden.

»Die Sache ist bemerkenswert«, begann Fabian. »Ich habe herausfinden können, dass der Läufer, der lange eine absolute Spitzenzeit gelaufen ist, eine Mensch mit einer spannenden Geschichte sein muss. Eine Geschichte, die ich allerdings erst recherchieren muss.« Fabian machte eine kleine Pause und versuchte, im Gesicht seines Gegenübers etwas zu erkennen. Allein, das war komplett unmöglich. Doris Eiblinger hatte keine Miene verzogen, ihr Gesicht war wie versteinert. Sogar die linke Braue war noch immer leicht hochgezogen.

»Ich würde also vorschlagen«, fuhr Fabian fort, »dass wir im heutigen Artikel nur eine kleine Ergänzung, einen ersten Hinweis auf den Mann einflechten, um das Thema einzuführen und die Leser neugierig zu machen. Sobald ich aber etwas mehr herausgefunden habe, können wir dann eine längere Geschichte liefern.«

»Ich sehe, Sie haben sich auch schon die langfristige Planung überlegt«, sagte die Frau, nun deutlich sarkastisch, während sich ihre Gesichtszüge entspannten und die Braue endlich wieder auf Normalhöhe sank. Fabian wusste nicht weiter und zögerte. Schließlich versuchte er, auf Nummer sicher zu gehen, und entschied sich für Unterwürfigkeit. »Das würde ich mir nicht anmaßen«, sagte er und war ein wenig überrascht, dass es ihm gelungen war, es ehrlich klingen zu lassen. »Es war lediglich so eine Idee, die auf den Umständen der Informationslage beruht. Aber selbstverständlich ist das alles Ihre Entscheidung.«

Doris Eiblinger ließ sich äußerlich nichts anmerken, doch die verbindliche Entgegnung schien ihre Wirkung nicht zu verfehlen. »In diesem Büro finden Sie unseren diensthabenden Kollegen«, sagte sie und deutete mit der linken Hand kaum merkbar in Richtung einer Glastür. »Sie können dem Artikel ein paar Zeilen hinzufügen. Der Kollege weiß, wie viel Platz er hat. Dann können Sie gehen. Wir werden später dann entscheiden, ob wir ihn so bringen oder doch lieber in der ursprünglichen Version.«

»Gut«, stimmte Fabian zu und blickte die Frau offen an. »Wissen Sie«, sagte er, »mir ist klar, dass das, was wir bisher haben, noch nicht viel Information für eine Geschichte ist. Aber ich habe konkreten Anlass zu vermuten, dass hinter dieser Episode viel mehr steckt.«

»Nun, wir werden sehen«, erwiderte die Frau nüchtern.

»Danke«, sagte Fabian und hatte bereits ein paar Schritte auf das Büro zu gemacht, als er noch einmal innehielt. »Noch eine Sache«, ergänzte er, öffnete seine Kameratasche und wandte sich um. Seine Gesprächspartnerin hatte sich keinen Millimeter bewegt.

»Ich habe auch Aufnahmen gemacht ...«

»Wir bringen ein Agenturfoto vom Zieleinlauf«, schnitt Eiblinger Fabian entschlossen das Wort ab, und es bestand nicht der geringste Zweifel daran, dass sie es bei dieser Entscheidung belassen würde.

»Aber Walter hat mich extra darum gebeten«, hob Fabian erneut an. Doch auch diesmal fiel ihm die Frau wieder ins Wort. »Ich habe in der Zwischenzeit mit Herrn Feldner gesprochen und kann Ihnen versichern, dass auch er kein besonderes Interesse an dieser Geschichte hegt.«

Fabian fühlte sich ertappt. Wenn sie tatsächlich mit Walter telefoniert und ihm von ihrem Gespräch berichtet hatte, war es gut möglich, dass dieser seinerseits mit seiner Meinung über ihn nicht hinter dem Berg gehalten hatte. Dann allerdings war es bereits eine Überraschung, dass die Frau ihn überhaupt empfangen hatte. Fabian spürte, dass es besser wäre, die Situation nicht wegen eines Fotos überzustrapazieren und verschloss die Kameratasche wieder. »Dann vielleicht für den Folgeartikel«, sagte er kleinlaut und betrat das Büro.

Als Fabian gegen Abend zu Hause ankam, war er mehr als zehn Stunden unterwegs gewesen. Gemessen daran, dass er den Tag schlimm verkatert und fast ohne Schlaf begonnen hatte, war das eine beachtliche Leistung. Immerhin hatte er es davor wochenlang kaum geschafft, die simpelsten Alltäglichkeiten zu erledigen. Aus dem Gefühl heraus, dass es das einzig Richtige wäre, ging er sofort ins Schlafzimmer. Für einen Moment spielte er mit der Idee, zu duschen und etwas zu essen, doch dann erschien ihm der Gedanke an Körperpflege zweitrangig und die Chancen, in seiner Küche etwas Essbares aufzutreiben, das dann auch genießbar wäre, waren ohnehin gering. Also ließ er sich aufs Bett fallen, schloss die Augen und wartete auf den Schlaf, von dem er dachte, dass er ihn sich verdient hätte. Aber der Schlaf wollte nicht kommen. Wie in einer Endlosschleife durchliefen seine Gedanken immer wieder das Erlebte: Walters überraschender Anruf, die Fahrten auf dem Roller, der Läufer im weißen T-Shirt, die Diskussionen mit Doris Eiblinger. Sein müdes Hirn wollte einfach nicht zur Ruhe kommen. Dabei wusste er nicht einmal, ob der Artikel überhaupt in der Form erscheinen würde, die er vorgeschlagen hatte. Vielleicht hatten sie es sich in der Redaktion ja doch noch anders überlegt und seine Ergänzungen einfach wieder gestrichen. Fabian dachte darüber nach, warum er sich so in den Fall verbissen hatte. Nüchtern betrachtet waren alle Einwände berechtigt. Was hatte er denn schon herausgefunden? Dass ein unbekannter Mann afrikanischer Herkunft überraschend schnell laufen konnte? Sensation war das nun wirklich keine. Konnte es sein, dass er sich nur deshalb so stark dafür machte, weil er darin vor allem die Möglichkeit sah, endlich wieder aus der Misere auszubrechen, die sein Leben so schonungslos ergriffen hatte? War es vielleicht nur ein Strohhalm, an den er sich da klammerte? Und war es nicht mehr als absurd, zu glauben, dass ein derartiges Mini-Engagement bei *Von Tag zu Tag* irgendetwas bringen könnte? Fabian gestand sich ein, dass diese Zweifel alle begründet waren, doch gab es da dennoch etwas, das ihn an die Sache glauben ließ. Ein Gefühl, das er nicht beschreiben konnte und für das es im Grunde auch keine Erklärung gab, von dem er aber wusste, dass es nicht unbegründet war. Was er gesehen hatte, ließ ihn einfach nicht mehr los. Die hingebungsvolle Art zu laufen und der rätselhafte Gegenstand, den der Mann bei sich getragen und geküsst hatte, gingen Fabian nicht mehr aus dem Kopf. Und warum hatte der Mann bei der Nennung keinerlei Angaben gemacht? Und schließlich der Name? Hatte es überhaupt Sinn, nach einem Bumble Gassam zu suchen, oder war der Name nur erfunden?

Fabian wälzte sich ruhelos von einer Seite auf die andere. Als er sich endlich damit abgefunden hatte, dass es vergeblich war, erhob er sich, ging ins Vorzimmer und holte sein Mobiltelefon aus der Jeansjacke. Noch im Stehen ging er seine Kontakte durch. Zweimal scrollte er sich von A bis Z und wieder zurück, wobei er bei dem Buchstaben F stets etwas länger hängen blieb. Er wusste, dass es ihm jetzt nicht mehr gelingen würde, nicht anzurufen. Wenige Sekunden später hörte er bereits den Signalton. Es läutete dreimal, bis sich Frieda meldete. Fabian schwieg. Es war nicht so, dass er nicht gerne geredet hätte, doch er konnte einfach nicht.

Frieda sagte zweimal »Hallo«, und Fabian erkannte allein an der Veränderung in ihrer Stimme, dass sie ihn erkannt hatte. Vielleicht hatte ihn seine Atmung verraten, vielleicht wusste sie aber auch einfach instinktiv, dass er es war.

»Fabian, bist du das?«

Fabian brachte noch immer kein Wort heraus.

»Ich weiß, dass du das bist. Also sag etwas oder lass den Blödsinn.«

»Warum weißt du …«, sagte Fabian endlich kleinlaut. »Ich hab doch am Festnetz angerufen.«

»Wer soll es denn sonst sein? Ich brauche keine Nummernanzeige, um zu wissen, dass du es bist.«

»Wie geht's dir?«, fragte Fabian. Seine Stimme hatte sich etwas gefasst.

»Lass das. Wir hatten doch vereinbart, dass wir solche Gespräche nicht mehr führen wollen.«

»Aber ich will doch nur wissen, wie es dir geht.«

»Pff ... jetzt geht das wieder los!«, stöhnte Frieda. »Also gut. Es geht mir gut. Was willst du?«

»Lass mich mit ihm sprechen«, sagte Fabian.

Friedas Stimme blieb angespannt. »Kommt gar nicht infrage«, sagte sie scharf. »Er schreibt morgen Klausur und ist ohnehin schon nervös genug. Da braucht er nicht auch noch ein Gespräch mit seinem reumütigen Vater. Außerdem sind normale Kinder um diese Zeit längst im Bett. Weißt du eigentlich, wie viel Uhr wir haben?«

»Nein«, antwortete Fabian wahrheitsgemäß und blickte gleichzeitig auf seine Armbanduhr. Es war kurz nach zehn.

»Ich habe gearbeitet«, sagte er entschuldigend.

»Oho! Das ist aber mal eine Überraschung. Und kaum hast du wieder Arbeit, vergisst du sofort alles andere und weißt nicht einmal, wie spät es ist?«

»Frieda, hör mir zu«, sagte Fabian und tat so, als hätte er die bissige Bemerkung überhört. »Ich kann mich ändern. Du musst mir vertrauen.«

»Weißt du, genau das war mein Fehler. Dass ich dir viel zu lang vertraut habe. Also erzähl mir nicht, dass du dich ändern kannst. Melde dich, wenn du es getan hast.«

Für einen Moment schwiegen beide.

»Gute Nacht«, sagte Frieda schließlich.

»Kann ich morgen mit ihm sprechen?«, fragte Fabian, doch Frieda hatte bereits aufgelegt.

MONTAG

Fabian betrat die Mensa mit einer Mischung aus Abneigung und Nostalgie. Früher, als er beruflich häufig in der Innenstadt zu tun gehabt hatte, war er an den eigentümlichen Charme derartiger Ausspeisungsstätten gewöhnt gewesen. Zwischen den zahlreichen am späten Vormittag anberaumten Pressekonferenzen und der darauf folgenden Redaktionsarbeit hatte er mit Kollegen häufig eine dieser Einrichtungen aufgesucht. Kaum wo ließ sich schneller und unkomplizierter speisen als in einer der zahlreichen Mensen, die in den großen Verwaltungsgebäuden und Ministerien der Inneren Stadt untergebracht waren. Und auch während seiner Studienzeit, vor allem im Winter, wenn es in den Parks, die sich in direkter Nähe der Universität befanden, zu kalt war, hatte er mit seinen Studienkollegen häufig Zeit in Mensen verbracht. Sie schätzten damals vor allem die Zwanglosigkeit. Kein Kellner, der regelmäßig nachfragte, ob sie noch etwas wünschten und damit sanften Konsumdruck ausübte, keine überhöhten Preise und keine blöden Blicke, wenn man sich mit einem Glas Leitungswasser als Getränk zufriedengab. Hätte Fabian Zeit dazu gehabt, hätte er bei dem Gedanken an diesen Lebensabschnitt leicht schwermütig werden können. Doch er hatte sich verspätet und sah sich deshalb eilig nach Sonia um, die ihn sicher bereits erwartete.

Sonia war eine jener Kolleginnen, mit denen er früher öfter hierhergekommen war, und vielleicht war es ja auch einer vergleichbaren Sentimentalität ihrerseits geschuldet, dass sie als Treffpunkt ausgerechnet diese Mensa vorgeschlagen hatte.

Fabian hatte Sonia noch am Vorabend angerufen. Erst hatte er Bedenken, denn es war schon einige Zeit vergangen, seit sie engeren Kontakt gehabt hatten, doch nach dem verunglückten Telefonat mit Frieda war jede Hemmung gefallen. Hätte Sonia ihn abblitzen lassen, wäre es auch schon egal gewesen. Doch Sonia hatte sich ehrlich über den späten Anruf gefreut und sich auch sofort bereit erklärt, Fabian schon am nächsten Tag zu treffen. Gleich in der Früh hatte er sich eine Zeitung geholt und nachgesehen, was aus seinem Artikel geworden war. Der Text war zwar inklusive seiner Ergänzungen zu dem unbekannten Sensationsläufer erschienen, doch hatte man den letzten Satz, der ein Hinweis auf eine mögliche Fortsetzung gewesen wäre, wieder gestrichen. Fabian vermutete dahinter einen taktischen Schachzug von Walters Assistentin, um sich alle Möglichkeiten offenzuhalten. Er musste also sehen, rasch etwas Brauchbares zu liefern. Da konnte das Treffen mit Sonia gar nicht früh genug kommen. Bereits am Telefon hatte er deshalb angekündigt, dass er auf ihre Hilfe in einer Angelegenheit hoffe. Aber auch sonst freute Fabian sich auf das Treffen, denn er hatte sich schon die längste Zeit wieder bei Sonia melden wollen, hatte das in dem Chaos, das sein Leben in der letzten Zeit bestimmt hatte, aber einfach nicht geschafft.

Als er nun den Blick durch den weiten, von großen Leuchtstoffröhren in ein hässliches Mischlicht getauchten Raum gleiten ließ, erkannte er Sonia sofort. Sie saß alleine an einem schmucklosen Tisch. Vor ihr stand ein voll beladenes Plastiktablett, daneben lagen zwei Mobiltelefone und eine aufgeschlagene Zeitschrift, in die Sonia blickte, während sie sich gleichzeitig an ihrem Teller bediente. Fabian schlich sich langsam von hinten an, um sie zu erschrecken. Doch als er ihr schon ganz nah war, sagte sie plötzlich laut: »Guten Tag, Herr Krieger!«

Fabian machte einen Laut der Enttäuschung. »Wie zur Hölle hast du mich bemerkt?«

»Dich gar nicht, aber dein Spiegelbild«, sagte Sonia ohne von der Zeitschrift aufzusehen und deutete mit ihrer Gabel in Richtung eines schräg gegenüberliegenden Fensters.

»Du bist eben immer noch die Polizistin«, erwiderte Fabian. »Es stimmt wohl, was man sagt: Einmal Bulle, immer Bulle!«

»So ein Schwachsinn«, widersprach Sonia, während sie endlich aufblickte und Fabian einen Sessel zuwies. »Ich war doch schon damals keine richtige Polizistin mehr.«

Fabian lachte und ließ sich auf der anderen Seite des Tisches nieder. Sonia war früher tatsächlich Polizistin gewesen. Als Tochter einer bürgerlich-liberalen Familie hatte sie mit ihrer ungewöhnlichen Berufswahl ganz schön Staub aufgewirbelt. Ihr Vater, ein Gymnasiallehrer für Geschichte und Deutsch, hatte mit der Entscheidung seiner Tochter schwer zu ringen gehabt, doch Sonia traf schon früh ihre eigenen Entscheidungen und ließ dabei kaum jemals Widerspruch zu. Als eine der damals jüngsten Polizistinnen des Landes, die ab ihrem ersten Arbeitstag mit voller Überzeugung gegen Männerbündelei und falsch verstandenen Korpsgeist aufgetreten war, ging sie diesen Weg aus voller Überzeugung. Sie war fest entschlossen dazu angetreten, in dieser Welt etwas zum Guten zu verändern. Und zwar in der ersten Reihe. Deshalb hatte sie auch nicht, wie es damals in ihrem Freundeskreis üblich war, ein geisteswissenschaftliches Studium begonnen und war auch nicht auf ausgedehnte Weltreisen gegangen, sondern hatte sich gleich nach der Matura zum Polizeidienst gemeldet. Erst ein paar Jahre später hatte sie berufsbegleitend ein Studium der Psychologie absolviert, nach dessen Abschluss sie auf die Stelle einer Pressesprecherin wechseln konnte. Nur drei Jahre später war sie dann bereits ins Innenministerium berufen worden, wo sie seither in der

Presseabteilung arbeitete. Und als ob dieser bemerkenswerte berufliche Aufstieg noch nicht genug gewesen wäre, war Sonia noch dazu alleinerziehende Mutter zweier aufgeweckter Zwillingsmädchen. Fabian kannte Sonias eindrucksvollen Lebensweg gleich aus zweierlei Perspektive. Einerseits war sie die kleine Schwester eines seiner besten Freunde, andererseits hatte er sie später als strebsame Studentin auch selbst besser kennengelernt. Sonias Bruder, Bernhard, war mit Fabian schon in die Oberstufe gegangen, die beiden waren unzertrennlich gewesen, bis ein unglückliches Ereignis die beiden Freunde jüngst entzweit hatte. Auch Bernhard war Journalist und war schon sehr früh als Korrespondent für eine deutsche Wochenzeitung untergekommen. Es war aber nicht etwa der Neid auf diese, gemessen an den prekären Verhältnissen, die in der Branche herrschten, geradezu privilegierte Position, die die beiden Freunde auseinandergebracht hatte. Es war eine Episode, die viel schwerer wog und tief mit Fabians persönlichem Scheitern verbunden war. Eine Episode, an die er nun aber auf keinen Fall denken wollte.

Während seiner Zeit an der Uni war Fabian Sonia regelmäßig begegnet und sie waren schnell zu guten Freunden geworden. Freunde, die gemeinsam in Vorlesungen saßen, Zeit zwischen Lehrveranstaltungen totschlugen und immer wieder gerne und leidenschaftlich diskutierten. Als »Frau Inspektor« hatte er sie damals schon gerne aufgezogen, wenn sie ihre Meinung wieder einmal etwas zu impulsiv kundgetan hatte. Und so hielt er es auch jetzt noch. »Ist ja gut, Frau Inspektor«, sagte er scherzhaft. »Ich gebe zu, dass ich als Ganove nicht die geringste Chance gegen Sie hätte.«

Sie lachten einander an, und Sonia beugte sich ein wenig vor, um ihren alten Freund auf die Wange zu küssen.

»Holst du dir nichts zu essen?«, fragte sie, während sie sich bereits wieder ihrem Teller zuwandte.

»Ist mir noch zu früh«, winkte Fabian ab.

»Aus kulinarischer Perspektive versäumst du jedenfalls nichts«, sagte Sonia, während sie die Gabel in einen Berg zu weich gekochter Makkaroni stieß. »Das hier schmeckt immer noch genauso schlecht wie damals, als wir noch Studenten waren.«

»Nur dass du dir mittlerweile ein vernünftiges Restaurant leisten könntest.«

»Ja, finanziell schon, aber zeitlich nicht«, antwortete Sonia zwischen zwei Bissen. »Bis ich in einem Restaurant das Essen bekomme, ist meine Pause schon wieder vorbei. Und wenn ich hier auch noch alte Freundschaften pflegen kann, umso besser. Aber sprechen wir nicht von mir. Wie geht es dir? Was trägst du auf dem Herzen?«

Fabian verschaffte sich etwas Raum. Er zog sich im Sitzen seine Jeansjacke aus und legte ein Päckchen Zigaretten vor sich auf den Tisch.

»Dir ist schon klar, dass man hier mittlerweile nicht mehr rauchen darf«, sagte Sonia und blickte ihn streng an.

Fabian musste wieder lachen. »Schon gut!«, gab er sich demütig. »Ich hab ja nur das Päckchen herausgeholt. Soviel ich weiß, ist das derzeit noch erlaubt.«

Sonia antwortete nicht.

»Also, weil du gefragt hast, wie es mir geht«, begann Fabian und lehnte sich zurück. »Jetzt geht es zumindest beruflich wieder etwas besser. Ich arbeite seit gestern an einer Geschichte, bei der ich nicht weiterkomme.«

»Und da bin ich dir eingefallen?«

»Ja«, antwortete Fabian und korrigierte sich sofort: »Also natürlich nicht nur deshalb. Wobei ich zugeben muss, dass ich selbst nicht genau weiß, wie du mir helfen könntest.«

»Vielleicht erzählst du einfach mal«, sagte Sonia und las von einem ihrer Mobiltelefone die Uhrzeit ab. »Da du zu spät gekommen bist, bleiben dir noch exakt fünfzehn Minuten. Wenn du mich fesseln kannst, bin ich bereit, den Staat um weitere fünf Minuten Arbeitszeit zu betrügen und du hast sogar zwanzig Minuten. Mehr spielt's nicht!«

»Jawohl«, antwortete Fabian knapp und fuhr sich mit der rechten Hand militärisch an die Stirn. »Also, die Sache ist die«, begann er. »Ich schreibe einen Artikel über einen Mann, der vermutlich unauffindbar sein will, wobei mir nicht ganz klar ist warum.« In Folge fasste Fabian die wesentlichen Geschehnisse der letzten vierundzwanzig Stunden zusammen. »Was ich vermute«, endete er schließlich, »ist, dass der Mann, der zumindest seiner Hautfarbe nach afrikanischer Herkunft zu sein scheint, einen konkreten Grund hat, nicht gefunden wollen zu werden.«

»Weil er illegal im Land ist«, ergänzte Sonia.

»Zum Beispiel«, sagte Fabian. »Wobei dann die Frage bliebe, warum er mit seiner sportlichen Leistung versucht hat, unnötiges Aufsehen zu erregen.«

»Vielleicht hofft er auf eine Einbürgerung aufgrund herausragender sportlicher Leistungen«, sagte Sonia nüchtern, und Fabian war sich nicht sicher, ob der Kommentar ernst gemeint war, weshalb er nur stumm mit den Schultern zuckte.

»Jedenfalls hast du dabei an mich gedacht«, half ihm Sonia weiter.

»Vielleicht hast du eine Idee, wie ich die Suche nach so jemandem anlegen könnte. Ich muss zugeben, dass ich im Moment nicht wirklich weiterweiß.«

»Da muss ich dich enttäuschen, denn wie dir bekannt ist, bin ich in der Presseabteilung tätig und habe mit unseren Zuwanderern zum Glück schon länger nichts mehr zu tun.«

Fabian überhörte den abwertenden Kommentar und setzte nach. »Das ist mir schon klar, aber immerhin arbeitest du im

Ministerium. Du hast also Ahnung von der Materie. Und das gleich aus unterschiedlichen Perspektiven.«

»Als ich noch bei der Polizei war, war das Flüchtlingsproblem noch nicht so gravierend. Da hatten wir noch hauptsächlich Zuwanderung vom Balkan und aus dem Ostblock, aber noch kaum Afrikaner und Araber. Mittlerweile hat sich das geändert.«

»Das weiß ich. Aber hast du keine Ahnung, wo ich nach dem Mann suchen könnte? Ich habe auch einen Namen. Der Mann heißt Bumble, beim Nachnamen bin ich mir nicht sicher.«

»Ha!« Sonia lachte kurz auf. »Wenn der wirklich illegal hier ist, wirst du allein mit dem Namen kein Glück haben. Die Typen nennen sich täglich anders, verbrennen ihre Dokumente und besorgen sich neue. Sie fälschen ihr Geburtsdatum und ihr Herkunftsland oder erfinden sonst irgendwelche Räubergeschichten, damit sie hierbleiben können. Da wird dir allein der Name Bumble, sofern das überhaupt ein richtiger Name ist, nicht viel bringen.«

Fabian kannte Sonias abgeklärte Art noch von früher, der fast schon aggressive Unterton, der ihre Ausführungen nun begleitete, überraschte ihn aber doch. »Versteh das bitte nicht falsch«, sagte er vorsichtig, »aber seit du gehört hast, dass es wohl um einen Migranten geht, wirkt es auf mich, als ob du kein Interesse daran hättest, mir zu helfen.«

Einen Moment sahen die beiden einander wortlos an. Schließlich strich sich Sonia eine Strähne aus der Stirn und beugte sich etwas nach vorne. »Verrate mir doch einfach, was du von dem Mann willst«, sagte sie.

»Ganz einfach. Ihn fragen, was es mit der Sache auf sich hat. Und dann, wenn es etwas hergibt, werde ich seine Geschichte erzählen.«

»Und was wird das bitteschön für eine Geschichte sein?«, fragte Sonia skeptisch.

»Das weiß ich ja noch nicht, denn dazu müsste ich ihn erst einmal finden und befragen.« Fabian gab sich alle Mühe, emotionslos zu bleiben.

Wieder blickte Sonia ihn wortlos an. Als Fabian dem Blick standhielt, dabei aber ein zynisches Lächeln in ihrem Gesicht zu erkennen glaubte, platzte ihm der Kragen. »Was zur Hölle ist los mit dir? Haben sie dir in dem Verein eine Gehirnwäsche verpasst und jeder Mensch, der nicht von hier ist, hat für dich jetzt keine Rechte mehr?«

Sonia machte eine abwehrende Geste. »Komm mir doch nicht mit Rechten! Diese Leute kommen hierher, weigern sich aber, mir als Frau die Hand zu geben, und wollen mir erzählen, ich müsse meinen Töchtern ein Kopftuch umbinden. Sei mir nicht böse, Fabian, aber du hast ja keine Ahnung. Nimm die muslimischen Burschen zum Beispiel. Die verhalten sich gegenüber meinen uniformierten Kolleginnen aufs Respektloseste und duzen sie. Dabei sind sie selber fast noch Kinder.«

»Vielleicht haben diese Menschen ja einfach nur ein sprachliches Problem«, wandte Fabian in einer kurzen Pause ein, die Sonia zum Luftholen einlegte.

»Sprachliches Problem?«, entrüstete sich Sonia nun noch mehr. »Und warum zum Teufel haben sie dann bitte dieses sprachliche Problem plötzlich nicht mehr, sobald ein männlicher Kollege den Raum betritt?«

»Ich kann mir ja vorstellen, dass es da ein enormes Konfliktpotenzial gibt«, bemühte sich Fabian, das Gespräch wieder auf eine sachlichere Ebene zu bringen. »Aber du kannst doch nicht deshalb alle über einen Kamm scheren. Es sind doch nicht alle gleich.«

»Die Ausnahmen musst du mit der Lupe suchen!«, pfauchte Sonia abwehrend.

»Und was, wenn der Mann, den ich suche, nun eben genau

eine derartige Ausnahme ist? Denk doch daran, warum du diesen Job damals unbedingt machen wolltest. Weil du meintest, die Aufgabe sei viel zu wichtig, um sie Leuten zu überlassen, die so denken, wie du nun selbst sprichst.«

Sonia schwieg und blickte in das grelle Licht einer Leuchtstoffröhre, die über ihrem Tisch befestigt war. Ihr ohnehin helles Gesicht erschien nun noch blutleerer. Fabian betrachtete sie still. Man sah ihr die Verantwortung, die sie beruflich wie privat trug, nicht an. Mit ihren klaren, faltenfreien Zügen und den munteren Augen wirkte sie beinahe kindlich. Nachdem sie beide eine Zeit lang geschwiegen hatten, gab sich Fabian einen Ruck. »Bitte hilf mir. Der alten Zeiten wegen!«, sagte er.

»Vielleicht bin ich mittlerweile ja einfach nur etwas realistischer«, sagte Sonia nun um einiges ruhiger und senkte ihren Blick wieder. »Sei mir nicht böse, aber du bist naiv. So wie fast alle, die derartige Probleme nicht aus erster Hand kennen.«

»Dann gib mir doch eine Chance, die Sache aus erster Hand kennenzulernen«, griff Fabian ihr Argument auf.

»Für welche Zeitung machst du die Geschichte eigentlich?«, fragte Sonia ausweichend.

»Ich versuche, ein paar Beiträge bei *Von Tag zu Tag* unterzubringen«, erwiderte Fabian trocken.

Sonia machte übertrieben große Augen, dann presste sie ein künstliches Lachen hervor: »Jetzt verarschst du mich!«

»Nein, leider nicht.«

»Ich glaub es nicht! Fabian Krieger schreibt für *Von Tag zu Tag*. Jetzt versteh ich, dass du ein Problem hast!«

»Übertreib mal nicht. Ich hab nicht vor, den Rest meines Berufslebens dort zu verbringen.«

Sonia stützte sich mit beiden Ellenbogen auf die Tischplatte, nahm den Kopf zwischen die Hände und blickte Fabian skeptisch an. »Und du glaubst allen Ernstes, bei diesem Blatt werden sie eine ausgewogene Geschichte über einen möglicherweise illegalen Marathonamateur bringen? Du brauchst echt Hilfe. Aber nicht von mir, sondern von einem Therapeuten.«

»Das lass mal meine Sorge sein«, erwiderte Fabian genervt. »Also was ist jetzt? Hilfst du mir oder nicht?«

Sonia zog einen Stift aus ihrer Handtasche, riss ein Stück Papier von der Zeitung, notierte darauf einen Namen und eine Telefonnummer und schob das Zettelchen Fabian zu. »Der Mann kann dir vielleicht weiterhelfen. Sag ihm, was du weißt und was du herausfinden willst. Erwähne, dass du den Kontakt von mir hast und er wird dir vielleicht helfen. Wenn er es nicht tut, kann ich auch nichts machen. Dörflinger ist ein Arschloch.« Sie schnappte ihre Tasche und stand auf.

»Der Mann heißt also Dörflinger und ist ein Arschloch?«, fragte Fabian.

»Nein, der mit dem du sprechen wirst, heißt Pokorny. Und der ist auch kein Arschloch. Dörflinger ist Abteilungsleiter für Fremdenwesen und damit Pokornys Chef. In seiner Abteilung laufen alle Fäden zusammen, was die Asylwerber angeht. Und weil er so ein Arschloch ist, sind seine Untergebenen rasch verschreckt. Ich weiß, wovon ich spreche, denn unsere Büros liegen im selben Stock, weshalb ich dem Typen auch viel zu oft begegne.«

»Klingt ja nach einem feinen Menschen«, bemerkte Fabian und erhob sich nun ebenfalls.

»Reden wir nicht länger von ihm, ich will mir damit nicht den Tag verderben.«

Fabian rang sich ein Lächeln ab. »Ist Gut. Danke!«, sagte er. »Und wann reden wir mal über etwas Angenehmeres?«

»Ganz einfach. Beim nächsten Mittagessen«, erwiderte Sonia und beugte sich ein Stück vor.

»Noch etwas«, sagte Fabian, nachdem er sie auf die Wange geküsst hatte. »Wie geht es deinem Bruder?«

»Ich dachte schon, du fragst nicht«, erwiderte Sonia distanziert.

Fabian schwieg.

»Es geht ihm gut«, sagte Sonia nach einer kurzen Pause und ging davon. Als sie schon einige Meter entfernt war, drehte sie sich noch einmal um. »Stellst du bitte mein Tablett zurück«, sagte sie lächelnd. »Du weißt schon, der alten Zeiten wegen!«

Fabian nahm den Zeitungsschnipsel mit der Telefonnummer und schob ihn unter das Zellophan seines Zigarettenpäckchens. Als er das Gebäude verlassen hatte, atmete er einmal tief durch und steuerte dann auf einen nahe gelegenen Park zu. Die Sonne hing den zweiten Tag in Folge inmitten eines komplett wolkenlosen Himmels. Fabian suchte eine schattige Parkbank und ließ sich langsam darauf nieder. Schon um diese Uhrzeit war er verschwitzt. Vor allem aber war er verunsichert. Zwar war das Treffen mit Sonia nicht sinnlos gewesen, doch so einiges an der Sache gefiel ihm nicht. Es war nicht bloß die Art, wie sich Sonia über Flüchtlinge geäußert hatte, das verstand Fabian schon einzuordnen. Sie erlebte eben alles aus einer anderen Perspektive und hatte während des Polizeidienstes auch sicher eine ganze Menge einschlägiger Erfahrungen gemacht. Er wusste aber, dass er sich auf ihre Integrität und auf ihre humanistischen Grundwerte verlassen konnte. Was ihn viel mehr störte, war ihre Reaktion auf seine Arbeit für *Von Tag zu Tag*, weil er wusste, dass sie damit recht hatte. Kurzerhand beschloss er, bei Doris Eiblinger anzurufen, um seine Situation besser einschätzen zu können und die Sache am Köcheln zu halten. Eiblinger nahm sofort persönlich ab.

»Guten Tag, Krieger hier«, meldete sich Fabian.

»Ah, Herr Krieger«, gab die Frau freundlich zurück. Fabian war über den Tonfall überrascht und er beschloss, die offensichtlich gute Stimmung für sein Anliegen zu nutzen.

»Ich wollte mich nur dafür bedanken, dass Sie den Artikel in der von mir abgeänderten Form gebracht haben.«

»Nichts zu danken, Herr Krieger, da hätten Sie nicht extra anrufen brauchen.«

»Ich wollte mich bei der Gelegenheit auch gleich erkundigen, wie es denn mit einem möglichen Folgeartikel aussieht. Ich stecke nämlich bereits mitten in den Recherchen.«

»Dann würde ich vorschlagen, Sie melden sich wieder, wenn diese Recherchen abgeschlossen sind, und unsere Redaktion entscheidet dann, ob wir etwas davon bringen.« Die Frau machte eine kurze Pause, doch Fabian reagierte nicht.

»Ist sonst noch etwas?«

»Nein«, sagte Fabian. »Haben Sie vielen Dank!«

»Nichts zu danken«, erwiderte die Frau und legte auf.

Fabian knallte das Telefon neben sich auf die Parkbank und fühlte sich hilflos. Er wusste zwar, dass die Dinge so liefen, dennoch war er zornig. Vielleicht wäre es das Klügste, ihren Chef selbst anzurufen. Fabian hatte zwar nicht die geringste Lust auf ein Gespräch mit Walter, doch welche Wahl hatte er schon? Nach kurzem Zögern griff er erneut zum Telefon. Er ließ es läuten, bis sich die Sprachbox meldete. Dann legte er auf, nicht ganz unglücklich darüber, dass das Gespräch nicht zustande gekommen war. Der Idiot lag wahrscheinlich irgendwo an der Adria, während er hier schwitzte. Er wischte sich den Schweiß von der Stirn und übertrug die Nummer, die Sonia ihm auf den Zeitungsschnipsel notiert hatte, in sein Mobiltelefon. Dabei ging er alles noch einmal durch. Wenn der Läufer wirklich nicht gefunden werden wollte, standen die Karten schlecht. So viel war klar. Doch wenn er bei seiner Ankunft in Österreich erfasst worden war, müsste er in den Daten des Ministeriums aufscheinen. Vielleicht würde Fabian so einen Schritt weiterkommen. Immer vorausgesetzt, dieser Pokorny spielte mit. Entschlossen drückte er die Wahltaste, schob sich eine Zigarette in den Mund und zündete sie an. Auch diesmal nahm niemand ab.

Fabian ließ das Telefon sinken und blickte für einen Moment ins Leere. »Scheiße«, sagte er leise und ging davon.

Er war kaum zu seinem Roller zurückgekehrt, als er die Vibration seines Telefons spürte. Das Display zeigte die Nummer des Ministeriums und Fabian hob erfreut ab. Mit einem Rückruf hatte er nicht gerechnet. Fabian stellte sich kurz vor und kam, nachdem er angemerkt hatte, dass er die Nummer von Sonia hatte, gleich zur Sache. Pokorny bestätigte ihm, was er ohnehin schon gewusst hatte: Wenn der Läufer sich bei seiner Ankunft in Österreich als Asylwerber hatte registrieren lassen, verfügte das Ministerium auch über weitere Angaben. Dann wurde die Sache aber auch schon schwierig. »Wonach können Sie Ihre Daten denn durchsuchen?«, fragte Fabian und begann damit auf dem Gehsteig vor seinem Motorroller in engen Bahnen auf und ab zu gehen. Er hatte sich eingangs bewusst nicht danach erkundigt, ob der Mann Informationen überhaupt weitergeben würde. Es schien ihm aus taktischen Gründen besser so, da er es für möglich hielt, dass der Mann davon ausging, dass Sonia ihm bereits zugesagt hatte, er würde Auskunft erhalten.

»Name, Adresse und Sozialversicherungsnummer, sofern eine ausgestellt wurde«, antwortete Pokorny knapp.

»Der Mann, nach dem ich suche, heißt Bumble, was den Nachnamen angeht, bin ich mir nicht ganz sicher. Möglicherweise Gassam oder etwas in der Art. Sonst weiß ich leider nichts.« Der Mann am anderen Ende der Leitung schwieg für ein paar Sekunden und Fabian hörte, wie auf einer Tastatur getippt wurde.

»Wie war das, Bumble?«, fragte der Mann emotionslos.

Fabian buchstabierte den Namen, so wie er ihn von dem Formular her kannte.

Vom andern Ende der Leitung waren wieder Tippgeräusche zu hören. »Gibt's nicht«, sagte Pokorny schließlich.

»Was heißt das?«

»Ganz einfach. Dass es keine Person mit diesem Namen in der Datenbank gibt.«

»Können Sie es bitte auch mit dem Nachnamen versuchen«, fragte Fabian und begann wieder zu buchstabieren, nannte aber nur die ersten vier Buchstaben, da er sich nur bei diesen sicher war.

»Ja, da gibt es ein paar«, gab der Mann prompt zurück.

Das war immerhin ein erstes Ergebnis. Allerdings ein höchst unpräzises. Fabian versuchte, sich weiter vorzutasten: »Können Sie mir verraten, wo die Leute untergebracht sind?«

»Sie sind vielleicht ein Spaßvogel«, meinte Pokorny nun bereits etwas genervt. »Allein in Wien gibt es unzählige Quartiere. Dazu noch Leute, die privat untergebracht sind. Abgesehen davon dürfte ich Ihnen gar keine diesbezügliche Auskunft geben.«

»Ich verstehe«, sagte Fabian, »versuchen wir es einmal anders herum. Welche Auskunft dürfen Sie mir denn geben?«

»Streng genommen gar keine.«

Der Mann war ein harter Knochen, doch Fabian spürte, dass die Sache noch nicht verloren war.

»Und wenn Sie es ganz einfach nicht so streng nehmen? Immerhin sprechen Sie mit einem Spaßvogel. Da kann man die Dinge doch etwas lockerer sehen.« Fabian hörte, dass der Mann einen verhaltenen Laut der Erheiterung von sich gab. Er kannte derartig trockene Büromenschen von früheren Recherchen. Menschen, die den ganzen Tag in geschlossenen Räumen saßen und monotone Tätigkeiten verrichteten. Wenn man sie störte, reagierten sie abweisend. Traf man aber den richtigen Ton, hatte man mitunter Erfolg. Fabians Vermutung schien sich in diesem Fall zu bestätigen. »Sagen Sie mir doch, wonach Sie genau suchen«, sagte Pokorny nun und es klang, als hätte ein Gebrauchtwagenhändler ein Verkaufsgespräch begonnen.

Fabian fasste noch einmal sein Anliegen zusammen und erwähnte diesmal explizit, dass es sich bei dem Läufer vermutlich um einen Afrikaner handle.

»Afrikaner gibt's viele«, stellte der Mann am anderen Ende der Leitung trocken fest. »Was für einer ist es denn? Was hat er denn für eine Farbe?« Wieder klang es, als würde er über ein Auto sprechen.

»Ich fürchte, ich verstehe nicht ganz«, gab Fabian verunsichert zurück.

»Was gibt's da schon zu verstehen? Wie schwarz ist der Mann? Ist er nur dunkel oder richtig schwarz?«

Fabian blieb stehen und versuchte seine Erinnerung an den Läufer mit der ihm unterbreiteten Kategorisierung abzugleichen. »Schon sehr dunkel«, gab er zurück und setzte sich schräg auf den Sitz seines Rollers.

»Also ganz ein schwarzer«, sagte der Mann zu sich selbst. Er schien nachzudenken. »Schauen Sie«, begann er schließlich. »Ich kann Ihnen sagen, in welchen Quartieren die Leute untergebracht sind. Das ist ja kein großes Geheimnis. Aber wenn ich Sie wäre, dann würd ich in den alten Quartieren mit der Suche beginnen. Die großen, neueren Unterkünfte beherbergen zwar mehr Personen, aber es ist weniger wahrscheinlich, dass Ihr Mann dabei ist, weil das hauptsächlich Leute sind, die erst bei der letzten Flüchtlingswelle gekommen sind. Das waren aber vor allem Nordafrikaner. Und die sind ja nicht ganz schwarz, sondern eher so sandfarben. Verstehen Sie?«

Man konnte mit der Art, wie der Mann sprach, einverstanden sein oder nicht. Was er sagte, klang einigermaßen nachvollziehbar. Und nur darum ging es Fabian im Moment. »Ich verstehe«, gab er zurück und suchte in seiner Jacke nach einem Stift. Er notierte sich mehrere Adressen. Als er fertig war, gab ihm der Ministeriumsmitarbeiter klar zu verstehen, dass er nun genug für ihn getan habe.

»Sie haben mir sehr geholfen«, sagte Fabian ehrlich dankbar. »Darf ich Sie gegebenenfalls später noch einmal stören, wenn ich mehr herausgefunden habe?«

Der Mann gab einen kurzen Pfeifton von sich. »Auf Wiederhören, Sie Spaßvogel«, sagte er und legte auf.

Fabian richtete sich auf und stützte die Arme in die Hüften. Kurz wurde ihm schwindlig. Die schnelle Bewegung und die Hitze machten ihm zu schaffen. Vielleicht hätte er in der Mensa doch etwas essen sollen.

Wenig später stand er an einem Imbissstand nahe der Ringstraße. Neben ihm zog der mittägliche Stadtverkehr vorbei und während er langsam an einem Stück Pizza kaute, ging er die schlampig geschriebene Adressliste durch. Zum ersten Mal begann er ernsthaft an der Sinnhaftigkeit des Unterfangens zu zweifeln. Hatte er tatsächlich Chancen, den Mann zu finden? Der Vorname, so viel wusste er nun, war wohl eine Erfindung, vielleicht ein Spitzname. Bei dem Telefonat mit Sonias Kollegen war Fabian aber auch klar geworden, dass er vollkommen vergessen hatte, die Möglichkeit in Betracht zu ziehen, dass der Läufer vielleicht gar nicht in Wien untergebracht war. Dabei war allein die Liste, die er vor sich hatte, schon viel zu umfangreich. Indem er die Adressen im Kopf nach Bezirken ordnete, versuchte er sich einen besseren Überblick zu verschaffen. Da er ohnehin keinen weiteren Anhaltspunkt hatte, konnte er mit der Suche ebenso gut in seiner direkten Umgebung beginnen. Gleich zwei der Adressen lagen kaum zehn Minuten mit dem Motorroller von seiner Wohnung entfernt. Dort würde er beginnen. Schließlich hatte er sonst nichts zu tun. Was machte es da schon, wenn er ein paar weitere Tage auf diese Suche verschwendete? Allerdings: Wenn er sich das alles schon antat, dann sollte es am Ende nicht umsonst gewesen sein, dann sollte der Artikel auch wirklich erscheinen. Noch einmal holte er sein Telefon hervor und wählte Walters Nummer. Nach drei Signaltönen sprang die Mailbox an. »Du Arschloch«, sagte er kaum hörbar und legte auf. Entschlossen schob er sich den letzten Happen in den Mund und drehte sich zum Gehen. »Dann wollen wir mal«, sagte er diesmal etwas lauter. Es klang, als wollte er sich selbst Mut zusprechen.

Fabian parkte den Roller vor einem schlichten Neubau. Auf den ersten Blick wies nichts auf eine Unterkunft für Asylwerber hin. Warum auch, dachte Fabian kurz und war über seine Annahme, hier ein in irgendeiner Weise besonderes Gebäude vorzufinden, ein wenig beschämt. Schließlich sollten hier Menschen leben. Nicht mehr und nicht weniger. Neben dem Eingang fand er dann doch ein Schild, das den Namen der Trägerorganisation angab. Fabian betrat das Gebäude und befand sich im Stiegenhaus eines Wohnhauses, das wohl in den Siebzigern errichtet worden war. Es war ruhig und roch nach Reinigungsmittel. Leise hörte er Stimmen, die aus einer höher gelegenen Etage kamen. Fabian nahm die Stiegen in den ersten Stock und stand kurz darauf vor einer halb geöffneten Tür, die mit dem Hinweis »Verwaltung« gekennzeichnet war. Er klopfte vorsichtig an den Türrahmen und trat einen halben Schritt in den Raum.

Eine grauhaarige Dame sprach mit einer jüngeren Frau, die ihr Haar mit einem bunten Tuch bedeckt hatte und ein schlafendes Kind auf dem Arm hielt. Die ältere Dame gab Fabian mit einer beiläufigen Handbewegung zu verstehen, dass er sich kurz gedulden solle, und setzte ihre Unterhaltung fort. Ihr Tonfall war beruhigend und Fabian verstand, dass es um das Kind ging, das wohl krank war. Nach einem kurzen Wortwechsel ging die ältere Dame rund um einen vollgeräumten Bürotisch und öffnete eine Handtasche, der sie eine Geldbörse entnahm. Mit einem Fünf-Euro-Schein in der Hand ging sie wieder auf die Frau mit dem Kind zu und gab ihr das Geld. Die Frau bedankte sich und verließ, schüchtern grüßend, den Raum. Fabian blickte ihr nach.

»So, bitteschön, was kann ich für Sie tun?«, fragte die grauhaarige Dame, die an ihn herangetreten war. Fabian drehte sich wieder in den Raum. »Ich hätte mich gerne nach der Leitung des Quartiers erkundigt.«

»Die steht vor Ihnen«, sagte die Frau lächelnd. »Ulrike Berger. Wie kann ich Ihnen helfen?«

»Ich suche nach jemandem«, begann Fabian. »Ich habe aber leider kaum Informationen zu der betreffenden Person. Es ist ein Mann afrikanischer Herkunft, der sich vermutlich Bumble nennt. Auch beim Nachnamen bin ich mir leider nicht sicher. Ich glaube aber, er müsste Gassam oder etwas in dieser Art lauten. Sagt Ihnen das etwas?«

Die Frau blickte Fabian weiterhin freundlich an, doch glaubte er, eine Spur Skepsis in ihrem Blick zu erkennen.

»Verzeihen Sie«, sagte Fabian rasch, »ich habe ganz vergessen, mich vorzustellen: Fabian Krieger. Ich arbeite für *Von Tag zu Tag* und schreibe an einem Artikel über einen Marathonteilnehmer, von dem ich vermute, dass er hier wohnen könnte.«

»Ein Marathonläufer?«, sagte die Frau überrascht. »Das wäre mir neu, dass wir da jemanden hätten.«

»Können Sie das denn ausschließen?«

»Ausschließen kann ich gar nix. Aber ich kenne niemanden, der sich so nennt, und der Nachname sagt mir auch nix.«

Fabian zog sein Telefon hervor, auf das er am Vorabend eines der Fotos vom Marathon kopiert hatte. »Das hier ist der Mann«, sagte er und zeigte der Dame das Display.

Die Frau warf einen kurzen Blick auf das Foto und schüttelte entschieden den Kopf.

Fabian war nicht wirklich enttäuscht. Gleich auf Anhieb einen Treffer zu landen, hatte er ohnehin nicht zu hoffen gewagt.

»Ich verstehe«, antwortete er nachdenklich und war bereits im Begriff, sich wieder umzudrehen. »Darf ich Sie noch etwas fragen?«, hielt er plötzlich inne. Die Frau war inzwischen zu ihrem Schreibtisch zurückgegangen und verstaute die Geldbörse wieder in ihrer Handtasche. Sie gab Fabian mit einem Nicken zu verstehen, dass er sprechen solle.

»Das Geld, das Sie vorher der Frau gegeben haben? Woher kommt das?«

»Na woher soll's kommen?«, gab Frau Berger knapp zurück. »Aus meinem Geldbörsel kommt's.«

»Es war also Ihr privates Geld. Und bekommen Sie das wieder zurück?«

Die Frau zuckte mit den Schultern. »Manchmal schon, manchmal nicht. Das werd ich dann schon sehen. Wissen tu ich nur eines: Fünf Euro mehr oder weniger werden nicht über mein Schicksal entscheiden.«

»Verfügen die Menschen, die Sie hier betreuen, denn nicht über eine Unterstützung?

»Doch. Die meisten schon. Aber die Frau gerade, was soll sie denn tun, wenn's nicht langt? Was da bei so einem Putzerl alles zusammenkommt: Windeln, Babynahrung, Hygieneprodukte. Das geht sich halt bei aller Sparsamkeit net aus. Und was soll ich dann leicht machen? Zuschauen, wie das Kind nix zum Essen hat?«

»Aber gibt es denn nicht ein Budget für solche Fälle?«

»Schauen S'«, sagte Frau Berger und lächelte mild. »Der heilige Martin hat sich hier schon lang nimmer blicken lassen. Also wer soll helfen, wenn wir es nicht selber tun?«

Die bodenständige und grundehrliche Art der Dame beeindruckte Fabian. Lächelnd trat er einen Schritt näher. »Wie viele Menschen beherbergen Sie denn?«, fragte er.

»Wir haben fünfunddreißig Wohnungen in unterschiedlicher Belegung«, gab die Frau zurück.

Fabian zögerte. Er hatte noch ein weiteres Anliegen, überlegte aber noch, wie er es formulieren sollte.

»Wäre es denn möglich«, begann er vorsichtig, »dass sich unter den Leuten, die Sie beherbergen, auch jemand befindet, dessen Asylantrag abgewiesen wurde?«

Frau Berger blickte Fabian offen an. »Schauen Sie. Wenn jemand an unsere Tür klopft, weil er nicht weiß, wo er die Nacht verbringen soll, und ich ein Bett frei habe, dann bekommt diese Person das Bett. Und zwar ohne dass sie mir vorher ihre Lebensgeschichte erzählen muss. Oder glauben Sie, die kommen hierher, weil es hier so lustig ist?« Sie machte eine kurze Pause.

»Menschen, die bei uns landen, haben meist unvorstellbares Leid erfahren. Sie mussten alles zurücklassen, um ihre nackte Haut zu retten. Oft haben diese Menschen Familienmitglieder oder enge Freunde verloren. Wer von ihnen bei uns bleiben darf oder nicht, das hab ich nicht zu entscheiden. Solange aber jemand hier ist und wir ihm helfen können, werden wir das auch tun.«

Wieder machte die Frau eine Pause und nahm dann auf einem abgewetzten Bürosessel Platz. »Wir machen keine Gesetze und wir kontrollieren sie auch nicht. Wir sind da, um zu helfen.«

Fabian trat näher an den Schreibtisch heran. Die bedingungslose Hilfsbereitschaft der Dame imponierte ihm. Zudem war die Frau sicher bereits in einem Alter, in dem sie eigentlich nicht mehr arbeiten müsste. »Und Sie schupfen das alles hier alleine? Wie funktioniert so ein«, Fabian suchte nach dem richtigen Wort, »so ein Betrieb eigentlich?«

»Also ein Betrieb sind wir wirklich nicht. Wenngleich hier schon oft ein ziemlicher Betrieb herrscht«, gab Frau Berger lachend zurück. »Und allein bin ich auch nicht. Das wär ja noch schöner! Nein, ich hab eine Handvoll Mitarbeiter. Pro betreuter Person bekommen wir einen Tagessatz vom Ministerium. Dazu noch Spenden von privater Seite. Und das Haus, das haben wir zum Glück gratis. Das hat uns ein Industrieller überlassen. Aber trotzdem geht sich's hint und vorn nicht aus.«

»Sagen Sie«, fragte Fabian einer Idee folgend, »wenn ich einen Artikel über Ihren Betrieb verfassen würde ...« Er war absichtlich bei diesem unpassenden Begriff geblieben, betonte ihn diesmal aber bewusst scherzhaft. »... dürfte ich dann noch einmal vorbeikommen? Mit einem Fotografen vielleicht? Und Sie führen uns ein bisserl herum?«

Der freundliche Gesichtsausdruck der Frau nahm skeptische Züge an. »Nun, ein bisschen Aufmerksamkeit könnten wir schon brauchen«, sagte sie. »Aber wer von Ihren Lesern interessiert sich denn für uns? Die meisten wollen von uns doch nix wissen. Die lesen lieber was über irgendwelche Kriminellen und regen sich über das bisserl Geld auf, das die armen Teufel kriegen. Mitgefühl und Nächstenliebe sind halt keine beliebten Themen. Höchstens einmal kurz vor Weihnachten.«

Als die Frau *Von Tag zu Tag* als »seine Zeitung« bezeichnete, gab es Fabian einen regelrechten Stich. Das war nicht »seine« Zeitung. Aber das konnte die Frau ja nicht wissen und es war ja auch richtig, was sie da über Blattlinie und Leserschaft sagte.

Doch Fabian trug seit dem Beginn seiner Recherchen eine unausgesprochene Idee mit sich, die nun allmählich konkrete Formen annahm.

»Das mag in der Regel schon so sein«, stimmte er zu. »Doch andererseits ist das nicht in Stein gemeißelt. Es kommt immer darauf an, wie man eine Geschichte aufbereitet. Vielleicht wäre es ja einen Versuch wert.«

»Na, wenn Sie meinen«, sagte die Frau recht gleichgültig und erhob sich wieder. »Nutzt's nix, schadet's nix! Dann melden Sie sich nächstes Mal aber bitte vorher an und ich schau, dass ich dann auch Zeit hab. Jetzt muss ich nämlich wirklich weiter.« Frau Berger begleitete Fabian bis zu ihrer Bürotür, die immer noch halb offen stand. Davor warteten bereits mehrere Menschen, die Fabian nicht bemerkt hatte, so sehr hatte ihn das Gespräch mit der resoluten Frau gefesselt. Er bedankte sich für die Auskunft und versprach, sich beim nächsten Mal anzumelden, doch die Frau hörte seine letzten Worte schon gar nicht mehr. Sie war bereits mitten im nächsten Gespräch.

Als Fabian wieder auf die Straße trat, beschloss er, sofort das nächste Quartier anzusteuern. Er wagte es zwar nicht, sich ernsthafte Hoffnungen zu machen, doch immerhin wohnten in der Unterkunft nach Pokornys Angaben gleich zwei Personen, die in das ungewöhnliche Namensschema passten. Die Adresse lag an einem teilweise aufgelassenen Frachtenbahnhof. Ein Areal, das in den nächsten Jahren komplett umgestaltet und neu bebaut werden sollte. Fabian parkte den Roller an einem der Zugänge zu dem alten Bahnhofsgelände. Er wusste nicht gleich, wo er suchen sollte, denn ein Gebäude, das infrage gekommen wäre, war auf den ersten Blick nicht auszumachen. Er betrat das weitläufige Areal durch ein geöffnetes Zufahrtstor und sah sich um. Alles deutete auf längst vergangene

Geschäftigkeit hin. Der Asphalt, der große Teile des Geländes bedeckte, war brüchig geworden, und in den Spalten wuchs bereits kniehohes Unkraut. Zahlreiche Ölflecken und verblichene Bodenmarkierungen zeigten an, wo früher Lkws zum Verladen abgestellt worden waren. Dazwischen immer wieder Schutt, Abfall und ein paar liegen gebliebene Transportpaletten. Fabian ging ein paar Schritte weiter und trat gegen eine alte Öldose, die in überraschend weitem Bogen davonflog. Er drehte sich um und blickte gegen die Sonne. Der helle Fleck stand bereits recht tief am Himmel und würde nun endlich etwas von seiner Kraft einbüßen.

Und wo soll hier das verdammte Quartier sein, fragte er sich, als er im selben Moment zwei Männer von einem entlegenen Gebäude aus über das verlassene Gelände kommen sah. Fabian hielt auf die Personen zu und stand ihnen kurz darauf gegenüber. Er fragte die beiden Männer nach der Unterkunft, und einer von ihnen deutete stumm auf das abgelegene zweistöckige Gebäude, aus dessen Richtung sie gekommen waren. Fabian bedankte sich und schritt in die angegebene Richtung. Als er näher kam, merkte er, dass es sich um die Rückseite des Hauses handelte. Er umwanderte das Haus, das wohl ein ehemaliges Verwaltungsgebäude war. Die Fassade war stark brüchig und gab stellenweise bereits das Mauerwerk frei. Einige Fensterscheiben waren zersprungen und im ersten Stock waren mehrere der Rahmen komplett mit braunen Spanplatten vernagelt. Vor dem Eingang befand sich ebenfalls eine asphaltierte Fläche, auf der einige junge Männer recht lustlos Fußball spielten. Zwei Zuseher saßen vor einem rostigen Speditionscontainer auf dem Boden und rauchten.

Fabian stellte sich neben die beiden Männer und grüßte. Als Antwort bekam er ein zaghaftes Kopfnicken. Er sah ein paar Sekunden lang dem verhaltenen Treiben zu, dann betrat er das Gebäude. Im Inneren setzte sich das triste Ambiente übergangslos fort. Fabian gelangte durch einen stickigen und schlecht beleuchteten Gang in einen größeren Raum, der offensichtlich als Speisesaal diente. Die Plastiktische und Heurigenbänke, die die gesamte Einrichtung darstellten, schienen willkürlich verteilt. Daneben standen ein Servierwagen und ein Tischchen mit leeren Gläsern. Weit und breit war kein Mensch zu sehen. Fabian ging weiter und blieb schließlich in einer Tür stehen, die in eine Küche führte. Auch die war leer, doch ein leise laufendes Radio gab zu erkennen, dass hier mit Personal zu rechnen war. Er rief und grüßte, bekam aber keine Antwort. Er trat in die Küche und bemerkte eine offene Hintertür, die ins Freie führte. Schnell durchschritt er den Raum, trat durch die Tür und stand nun auf jener Seite des Gebäudes, auf der er zuvor noch nicht gewesen war. Neben der Tür saß ein rauchender junger Mann auf einem ausrangierten Bürosessel und drehte sich hin und her.

»Gehören Sie zum Personal?«, fragte Fabian, nachdem er ein paar Schritte herangetreten war.

»Mehr oder weniger«, antwortete der Mann, der von Fabians Anwesenheit nicht überrascht zu sein schien und seine Drehbewegung konsequent beibehielt. Fabian merkte, dass der Mann eine Kochschürze umhatte.

»Sind Sie der Koch?«

Der Mann gab einen Ton der Erheiterung von sich: »Ha! Der war gut!«

Fabian blickte irritiert. »Koch gibt's hier keinen! Ich bin der Zivi. Ich helf in der Küche und beim Aufräumen.« Er machte einen weiteren Zug von seiner Zigarette, behielt den Rauch lange in der Lunge und blies ihn dann demonstrativ in Fabians Richtung. Just als Fabian erkannte, dass es sich dabei nicht um gewöhnlichen Zigarettenrauch handelte, hielt ihm der Zivi den halb abgebrannten Joint entgegen. »Willst einen Zug?«, fragte er so, wie er vermutlich auch seinen besten Freund gefragt hätte.

Fabian lehnte dankend ab und holte seine eigenen Zigaretten hervor. Während er sich eine zwischen die Lippen schob, musterte er sein Gegenüber etwas genauer. Der Mann erfüllte einige Klischees, die über Zivildiener im Umlauf waren. Er hatte lange Haare und trug ein kleines Kinnbärtchen. Seine linke Augenbraue schmückte ein Piercing und sein Haar war teilweise von einem roten Kopftuch bedeckt. Da der junge Mann ihn freiheraus geduzt hatte, beschloss Fabian, das Gespräch nun ebenfalls in dieser Form fortzusetzen. »Weißt du vielleicht, wo ich hier jemanden finde, der mir Auskunft geben kann?«

»Gleich neben dem Eingang gibt's ein Büro. Der Chef hier ist so ein Trottel mit Glatze und Schnauzer. Klopf aber vorher an, sonst überraschst du ihn bei was Unanständigem.« Der Zivi lachte über seinen anzüglichen Kommentar, als hätte er einen brillanten Witz gemacht.

»Werd ich machen«, sagte Fabian und blickte sich um. »Warum ist hier eigentlich sonst niemand?«

»Einige sind unterwegs, andere lungern irgendwo herum. Ein paar sind sich was dazuverdienen. Ist ja nicht so, dass es hier so schön wäre.«

»Na dann«, sagte Fabian, »vielen Dank für die Auskunft.«

Der Zivi hob nur kurz die Hand und begann sofort wieder, sich mit seinem Sessel hin und her zu drehen.

Fabian schüttelte kurz den Kopf und ging in Richtung Eingangsbereich, wo er eine Tür ausmachte. Er klopfte an.

Nach dem zweiten Klopfen drang ein unverständlicher Ton durch die verschlossene Tür. Zu erahnen war lediglich, dass die Person, die den Ton erzeugt hatte, wohl keine gute Laune hatte. Fabian ließ sich nicht abschrecken und öffnete die Tür.

Es war, als wäre er in eine andere Zeit getreten. Er befand sich in einem abgedunkelten Büro, das in allem so wirkte, also ob seit Jahrzehnten nichts darin verändert worden wäre. Welche Funktion auch immer dieses Gebäude früher gehabt hatte, dieser Raum hatte sicher bereits damals genau so ausgesehen. Hinter einem Schreibtisch, der für das kleine Zimmer viel zu groß war, saß ein Mann, in dem Fabian sofort jene Person erkannte, die der Zivi launig als »Trottel mit Glatze« beschrieben hatte. Er war mindestens sechzig und trug ein hellblaues Poloshirt, das dunkle Schweißflecken aufwies, was kein Wunder war, denn in dem kleinen Büro war es heiß und stickig. In seiner rechten Hand hielt der Mann eine schmale Lesebrille, die er wohl soeben abgenommen hatte, denn vor ihm lag eine aufgeschlagene Zeitung, in der Fabian mit einem Anflug von Schamgefühl eine Ausgabe von *Von Tag zu Tag* erkannte. Sonst war der Schreibtisch so gut wie leer. Ein Umstand, der die ohnehin grotesken Größenverhältnisse in dem Büro noch unterstrich. Auch die Wände des Raumes waren vollkommen schmucklos. Einzig ein großformatiger Jahreskalender hing, einem Gemälde gleich, hinter dem Schreibtisch und verdeckte eine ausgeblichene, altmodische Tapete.

Fabian murmelte einen Gruß und machte einen kleinen Schritt auf den Schreibtisch zu.

»Ja?«, sagte der Mann mit einem fragenden Gesichtsausdruck. Es war deutlich zu erkennen, dass er nicht mit Besuch gerechnet hatte.

Fabian stellte sich zum dritten Mal an diesem Tag vor und erklärte sein Anliegen. Es kam ihm mittlerweile vor, als würde er ein Gedicht aufsagen. Ein Gedicht, das dem Mann allerdings nicht zu gefallen schien, denn er verzog sein Gesicht zu einer unfreundlichen Grimasse. »Ein Journalist?«, fragte er, als Fabian geendet hatte. Es klang wie ein Vorwurf.

»Genau.«

»Und was wollen Sie hier?«

Entweder hatte der Typ ihm nicht zugehört, oder er war schwer von Begriff. »Ich suche einen Mann, der sich Bumble nennt und der hier untergebracht sein soll«, wiederholte Fabian ein weiteres Mal sein Anliegen.

»Und Sie glauben, i kenn jeden von denen beim Namen?«

»Ist das hier nicht die Leitung des Quartiers?«, gab Fabian nun tatsächlich etwas verunsichert zurück.

»Schauen S', ich kann ja net jeden von denen kennen. Außerdem, warum wollen Sie das wissen?«

»Ich würde den Mann gerne sprechen«, kürzte Fabian die Sache ab. Er hatte das Gefühl, dass es ohnehin keinen Sinn hätte, noch einmal zu erklären, worum genau es ging.

»Schauen S', i hab erstens ka Zeit und zweitens sind die meisten eh grad net da. Außerdem darf ich Ihnen gar keine Auskunft geben. Also seien S' doch so gut …«

Es war offensichtlich, dass der Mann ihm ganz einfach nicht weiterhelfen wollte.

»Wo sind die Leute denn?«, fragte Fabian unbeirrt weiter.

»Schauen S', ich hab zu tun. Außerdem bin ich ja net der Aufpasser.«

Der Mann begann jeden seiner Sätze mit derselben Verlegenheitsfloskel und wich sämtlichen Fragen sofort aus. Entweder war er dumm oder feindselig. Vielleicht auch beides.

»Schauen S'. Wenn Sie was wollen, wenden Sie sich an das Ministerium. Ich bin nicht befähigt …«

»Das habe ich schon bemerkt, dass sie nicht befähigt sind«, griff Fabian den Versprecher des Mannes, der wohl hatte sagen wollen, dass er nicht befugt sei, lustvoll auf. »Mit dem Ministerium habe ich bereits gesprochen. Deshalb bin ich ja hier.«

»Also mich hat niemand informiert und wir geben grundsätzlich keine Auskünfte über …« Der Mann wusste nicht, wie er den begonnenen Satz zu Ende bringen sollte. Schließlich machte er eine hilflose Geste und sprach einfach nicht weiter. Fabian hatte längst erkannt, dass das Gespräch keinen Sinn hatte, drehte sich um und ließ den Mann an seinem Schreibtisch sitzen.

Er verließ das Gebäude durch den Vordereingang. Die Fußballspieler waren verschwunden, nur die beiden Zuseher saßen noch stumm vor dem Container. Fabian nickte ihnen kurz zu und umrundete das Haus diesmal auf der anderen Seite. Nach ein paar Schritten stand er wieder vor dem Zivildiener, der immer noch auf dem ausrangierten Bürosessel knotzte. Seinen Joint hatte er zu Ende geraucht, auch drehte er sich nun nicht mehr hin und her. Für einen Moment dachte Fabian, der Mann schlafe, doch dann erkannte er, dass er die Augen nicht ganz geschlossen hatte. »Und? Glück gehabt?«, fragte der Zivi unvermittelt.

»Nicht wirklich. Doch ich weiß jetzt, was du meinst.« Der junge Mann antwortete mit einem fragenden Blick.

»Idiot mit Glatze«, half Fabian ihm auf die Sprünge.

Der Zivi lachte. »Sag ich ja. Ein Volltrottel!«

Fabian sah sich um. Er hatte das Gefühl, dass er so noch nicht ziehen könnte. Irgendetwas musste sich hier doch noch in Erfahrung bringen lassen. »Wie lange machst du das schon?«, fragte er mehr aus Verlegenheit.

»Acht Monate. Vier Wochen noch, dann hab ich's hinter mir.«

»Und kennst du die Leute hier?« Ein Funken Hoffnung keimte in Fabian. Wenn der Typ hier schon seit Monaten arbeitete, kannte er die Bewohner vermutlich besser als jeder andere. Egal ob er dabei benebelt war oder nicht.

»Ja, die meisten schon. Obwohl sich das auch immer ändert. Aber die, die schon länger da sind, die kenn ich.«

Fabian, der gerade nach seinem Zigarettenpäckchen gegriffen hatte, spürte, wie er nervös wurde. »Kennst du einen Mann, der sich Bumble nennt?«, bohrte er nach.

»Gibst ma eine?«, fragte der Zivi und deutete mit seinem Kopf in Richtung des Päckchens. Fabian fingerte eine Zigarette heraus und reichte sie dem Mann, dann wiederholte er seine Frage.

Diesmal bekam er Antwort: »Wie war der Name?«

Fabian zwang sich zur Ruhe und wiederholte den Namen.

Bei seinem Gegenüber schien es einzuschlagen: »Ahh! Die Hummel! Klar kenn ich den. Der is schon ewig hier.«

»Warum Hummel?«, fragte Fabian irritiert.

»Na so nennt sich der. Auch die anderen nennen ihn so. Aber natürlich auf Englisch Bumblebee. Nur ich sag immer Hummel.« Wieder lachte er, als hätte er einen besonders originellen Scherz gemacht.

Fabian spürte, wie er nervös wurde. »Weißt du, ob der Mann Sport treibt? Läuft er vielleicht?«

»Wennst ma noch eine gibst, kann ich mir nachher noch einen Ofen bauen«, kam als Antwort zurück. Fabian warf dem Mann das ganze Päckchen in den Schoß. »Kannst behalten!«, sagte er.

»Leiwand«, freute sich der Zivi. »Ich bin übrigens der Marco«, sagte er. Offenbar hatte ihn das kleine Geschenk derart bewegt, dass er es für angemessen hielt, sich nun förmlich vorzustellen. Fabian nickte und erinnerte Marco dann an die Frage, die er soeben gestellt hatte.

»Ob der läuft? Der macht so gut wie nichts anderes.«

Fabian konnte es kaum glauben. Sollte er tatsächlich einen Glückstreffer gelandet haben? Schnell holte er sein Telefon hervor und hielt dem Zivildiener das Foto vom Marathon unter die Nase.

»Ja, das ist er«, bestätigte Marco. »Aber den triffst hier kaum.

Das is ein Einzelgänger«, fuhr er fort. »Der kommt nur zum Essen und zum Schlafen. Manchmal aber nicht einmal das. Ich glaub, der läuft sogar in der Nacht.« Schon wieder lachte er herzhaft. Der letzte Joint schien noch ganz gut zu wirken.

»Weißt du zufällig, wo er trainiert?«

»Drüben im Prater«, sagte Marco und deutete mit einer Hand hinter sich. »Dort findest ihn noch am ehesten.«

»Alles klar«, sagte Fabian und reichte dem Zivi ein Zettelchen mit seiner Nummer. »Kannst du mich anrufen, wenn er das nächste Mal da ist?«

Marco nickte und nahm das Papier an sich.

Fabian versuchte ruhig zu bleiben. Er wollte nicht, dass der junge Mann merkte, wie sehr er sich über die gewonnene Information freute. Er hatte zwar keine konkrete Veranlassung, doch hielt er es instinktiv für besser, weiter nichts zu verraten. Bei solchen Typen konnte man schließlich nie wissen, wem sie was erzählten.

Erst als er sich wieder weit genug von dem Quartier entfernt hatte, stieß er einen befreienden Schrei aus und klatschte laut in die Hände. Mit etwas Glück würde er den Mann bald gefunden haben. Und dann sah die Sache gleich ganz anders aus. Er würde ein erstes Gespräch führen und die notwendigsten Informationen zusammentragen. Dann würde er dieser überheblichen Eiblinger gegenübertreten und den Boden für eine größere Geschichte bereiten. Am besten wäre es natürlich, Walter gleich persönlich zu bearbeiten. Auf den letzten Metern zu seinem Roller wählte er deshalb erneut Walters Nummer. »Na heb schon ab, du Idiot. Ich hab auch was für dich«, sagte er leise. Doch es nützte nichts, Walters Telefon war vom Netz. Fabian hörte lediglich einen Hinweis des Netzbetreibers. Seinen kleinen Erfolg ließ er sich davon aber nicht nehmen. Guter

Dinge schwang er sich auf den Roller und fuhr die wenigen Kilometer zu seiner Wohnung. Bei offenem Visier ließ er sich die warme Abendluft ins Gesicht wehen und grinste zufrieden. Mit ein wenig Glück hatte er soeben den ersten Schritt eines Weges getan, der ihn wieder zurück in ein normales Leben führen würde.

Zu Hause öffnete er sämtliche Fenster und legte Musik auf. Als er sich für ein paar Minuten auf das Bett legen wollte, um etwas zur Ruhe zu kommen, ekelte ihn plötzlich vor dem bereits seit Wochen nicht mehr gewechselten Bettzeug. Er gab sich einen Ruck, überzog das Bett und saugte anschließend gründlich die gesamte Wohnung. Zum Kochen war es nun bereits zu spät, weshalb er sich rasch ein kaltes Abendmahl bereitete. Als er fertig gegessen hatte, öffnete er eine Flasche Rotwein und goss sich ein Glas ein. Dann wählte er, ohne lange nachzudenken, Friedas Nummer. Vorsorglich warf er einen Blick auf die Uhr, um nicht ein weiteres Mal von ihr vorgeführt zu werden. Doch hätte er sich seine Bedenken sparen können, denn Frieda nahm das Telefon weder bei diesem ersten noch bei einem der weiteren Versuche ab.

Fabian schob einen Sessel an das geöffnete Küchenfenster und griff nach dem Weinglas. Er hatte sich an diesem Abend gut genug unter Kontrolle, um nicht sofort in Verzweiflung zu verfallen. Doch spürte er, wie nun wieder Unsicherheit in ihm aufstieg. Was, wenn Frieda weiterhin darauf beharren würde, ihren gemeinsamen Sohn alleine in Deutschland aufzuziehen? Zehn Autostunden entfernt, in einer Welt, die trotz aller Ähnlichkeiten nicht die seine war. Als er damals mit Frieda zusammengekommen war, hatten sie oft und gerne über die kleinen kulturellen und sprachlichen Unterschiede gescherzt: über die Korrektheit – Fabian sagte auch Spießigkeit – der Deutschen beziehungsweise die Gemütlichkeit – Frieda sagte auch Faulheit – der Österreicher. Über die Tatsache, dass Frieda »da« sagte, wenn sie »dort« meinte, und über ihre Vorliebe für die Verwendung der Vorvergangenheit. Alles liebevolle Sticheleien, von denen sie beide wussten, dass es vor allem Klischees und Vorurteile waren, die sie da genüsslich breittraten. Doch nun waren eben diese kleinen Differenzen zu Hinweisen auf eine ganz real vorhandene Distanz geworden. Wenn Frieda, so wie bei ihrem letzten Telefonat »Klausur« sagte und damit das meinte, was für Fabian eine Prüfung war, gab es ihm einen regelrechten Stich. Er spürte in solchen Momenten, dass all das, was er vor gar nicht langer Zeit noch als seine Familie betrachtet hatte, nun nicht mehr selbstverständlich war. Ohne dass er es bemerkt hätte, war es ihm Stück für Stück entglitten. Und als er es dann endlich doch bemerkte, war es bereits zu spät. Nun war unklar, ob es ihm gelingen würde, etwas davon zurückzugewinnen. Und mit jedem Tag, der verging, schien die Entfernung größer zu werden. Fabian schenkte etwas Wein nach. Ein letztes Glas wollte er sich noch genehmigen. Mittlerweile war es vollends dunkel geworden. Auch die CD, die er aufgelegt hatte, war schon lange abgelaufen. Es war ruhig in seiner viel zu großen Wohnung und Fabian lauschte für ein paar Minuten den Geräuschen seiner Nachbarschaft.

Etwas in ihm wehrte sich dagegen, diesen Tag schon zu Ende gehen zu lassen. Doch auszugehen war keine Option. Insgeheim fürchtete er sich davor, irgendwo hängen zu bleiben und den kleinen Erfolg des langen Tages dem Alkohol zu opfern. Er stieß sich vom Fensterbrett ab, nahm die Weinflasche vom Küchentisch, pfropfte den Korken auf und stellte sie außerhalb seines Sichtfelds auf den Boden. Dann nahm er noch einmal das Telefon zur Hand und wählte Sonias Nummer. Mit irgendjemandem musste er ganz einfach noch sprechen. Und Sonia hatte er sogar etwas zu berichten.

Sie hob bereits nach dem zweiten Läuten ab und Fabian genügte das schlichte »Ja« ihrer Antwort, um zu erkennen, dass sie mit seinem Anruf gerechnet hatte.

»Ich bin's«, sagte er und stellte fest, dass er keine Ahnung hatte, wie er ein Gespräch beginnen sollte.

»Ich weiß.«

»Warum?«

»Einfach so. Ein Gefühl.«

»Ein Gefühl?«

»Ja! Ein Gefühl und die Rufnummernanzeige. Aber verschwenden wir keine Zeit auf meine Intuition. Was gibt's?«

»Ich habe etwas herausgefunden«, begann Fabian zögerlich.

»Auch das weiß ich schon. Sonst hättest du ja wohl kaum angerufen.«

Fabian machte zwei Schritte nach vorne und setzte sich an den Küchentisch. Es war ihm nicht ganz klar, ob Sonia genervt war oder ob sie ihn einfach nur aufzog. »Ich muss schon sagen, es ist nicht immer leicht, ein Gespräch mit dir zu führen.«

»Jetzt sei nicht wehleidig und sag, was du zu sagen hast. Ich habe einen langen Tag hinter mir. Also leg los.«

»Ich hatte Glück. Mit dem Hinweis deines Kollegen ist es mir gelungen herauszufinden, wo ich den Mann vielleicht antreffen kann. Du hattest übrigens recht: Der ungewöhnliche Name scheint tatsächlich eine Erfindung zu sein.«

»Dann freut es mich, dass ich dir helfen konnte. Es sei dir vergönnt.«

Fabian war sich plötzlich nicht mehr sicher, ob er das, was er an diesem Tag erlebt hatte, nun auch mit Sonia teilen wollte. Seine höchst unterschiedlichen Erfahrungen in den beiden Quartieren, seine Bewunderung für die Leiterin des einen und seine Missbilligung der Zustände im anderen. Es schien ihm all das auf einmal kein gutes Thema zu sein. Er wollte keine neuerliche Diskussion provozieren und spürte, dass er sich mit einem derartigen Bericht auf schwieriges Terrain begeben würde.

»Kannst du dich noch erinnern, als wir klein waren«, sagte er stattdessen. »Als ich dich immer wegen deiner Sandalen gehänselt habe.«

»Wir waren damals schon lange nicht mehr klein, wir waren jung. Und das waren auch keine Sandalen, sondern Birkenstock. Und mittlerweile hat man anerkannt, dass das sehr bequeme Schuhe sind. Sie gelten jetzt sogar als modisch. Zumindest solange man sie nicht mit Socken kombiniert.«

»Und du warst damals schon genauso penibel wie auch heute noch«, gab Fabian zurück.

»Mag sein, aber deswegen hast du doch sicher nicht angerufen?«

»Eigentlich weiß ich selbst nicht genau, weshalb ich angerufen habe«, erwiderte Fabian. »Ich glaube, ich wollte einfach nur mit jemandem sprechen.«

»Das ist nett, dass du dabei an mich gedacht hast. Andererseits sind die Mädchen endlich im Bett und die restlichen Minuten, bevor ich ebenfalls dort lande, sind die einzigen des Tages, die mir allein gehören. Also sei mir nicht böse, wenn ich nicht allzu gesprächig bin.«

»Ich verstehe schon«, antwortete Fabian zurück, während er planlos in der halbdunklen Wohnung herumirrte. »Aber erzähl mir trotzdem noch etwas. Ganz egal was.«

»Nun gut, ich erzähl dir etwas. Aber das Thema musst du vorgeben. So teilen wir uns die Arbeit ein wenig auf.«

»Gut«, sagte Fabian und betrat das Schlafzimmer. »Erzähl mir einfach, wie dein Tag war.«

»Wie mein Tag war?« Sonia stieß einen verhaltenen Laut der Belustigung aus. »Das willst du wirklich wissen?«

»Ja«, gab Fabian etwas verunsichert zurück und legte sich dabei rücklings auf das frisch bezogene Doppelbett. »Warum denn nicht?«

»Okay«, sagte Sonia entschlossen. »Du hast es so gewollt. Ich werde dir erzählen, wie mein Tag war!«

DIENSTAG

Fabian konnte es nicht glauben. Schon wieder saß er auf einer Parkbank. Diese Geschichte, in der er sich verbissen hatte, entwickelte sich zur Outdoor-Angelegenheit mit üppigen Wartezeiten. Dabei hätte er nichts lieber getan, als endlich mit dem Artikel zu beginnen. Doch derzeit gab es noch nichts zu verfassen, denn zuallererst musste er diesen Läufer finden. Eigentlich müsste er ja nur auf den Anruf des Zivis warten, doch irgendwas sagte ihm, dass er sich allein darauf lieber nicht verlassen sollte. Deshalb war er in aller Früh aufgestanden, hatte sich sofort auf den Roller geschwungen und war die kurze Strecke zum Praterstern gefahren. Erst dort hatte er sich beim Bahnhof einen Becher schwarzen Kaffee und ein staubtrockenes Kipferl geholt. Damit war er dann die Hauptallee entlangmarschiert und hatte schließlich auf einer Bank Platz genommen. Auch dieser Tag würde wieder heiß werden, und wenn es stimmte, dass Bumble täglich hier trainierte, dann müsste er schon bald auftauchen, um die größte Hitze zu vermeiden. Das dachte zumindest Fabian, der bereits bei dem kurzen Stück, das er schlendernd und im Schatten zurückgelegt hatte, ins Schwitzen geraten war. Aber er war eben auch chronisch unsportlich und der brennheiße Kaffee erhitzte seinen Körper noch zusätzlich.

Besonders viel war auf der breiten Fahrbahn der herrschaftlichen Allee allerdings noch nicht los. Wobei Fahrbahn nicht ganz korrekt war, denn fahren durfte man hier bestenfalls mit dem Fahrrad. Für den Verkehr war der gesamte Prater gesperrt, was ihn auch für Sportler so attraktiv machte. Davon war aber eben noch nicht viel zu merken, denn nur vereinzelt zogen

Menschen, meist in bunter Sportkleidung und mit Nordic-Walking-Stecken bewaffnet, an ihm vorbei. Nicht wenige zogen die Stecken, die sie eigentlich schwungvoll einsetzen sollten, lustlos hinter sich her. Amüsiert sah Fabian ihnen dabei zu, trank die letzten Schlucke seines Kaffees und würgte den Rest des mürben Kipferls hinunter. Dann lehnte er sich zurück und richtete sich auf eine längere Zeit des Wartens ein. Er holte eine Zeitung und ein paar zusammengefaltete Ausdrucke aus seiner Tasche und begann damit, die Papiere zu ordnen. Am Vorabend hatte er noch einmal die Website des Marathonveranstalters aufgerufen und damit begonnen, Bumbles Durchlaufzeiten durchzusehen. Er war nicht wirklich schlau daraus geworden, hatte aber sämtliche Daten kopiert und daraus eine Liste erstellt, die er anschließend mit Vergleichszeiten von anderen Läufern ergänzt hatte. Fabian hatte die Hoffnung, dass jemand, der etwas von Leistungssport verstand, einen Hinweis daraus ableiten könnte. Er wusste auch bereits, wer dieser Jemand sein könnte, doch sträubte sich noch etwas in ihm dagegen, ihn auch wirklich zu kontaktieren. Ohne weiter darüber nachzudenken, suchte er dann doch die Nummer aus seinem Telefonbuch und drückte die Wahltaste.

»Krieger!«

»Hier auch Krieger!«

»Ah, du bist es, Brüderchen«, erwiderte Oliver, und sofort war Fabian genervt. Dass sein Bruder ihn mit Vorliebe »Brüderchen« nannte, hatte er schon immer gehasst. Es gab nichts Brüderliches zwischen ihnen und hatte es auch nie gegeben. Das »Brüderchen« war für Oliver lediglich ein Weg, Fabian spüren zu lassen, dass er auf ihn herabblickte.

»Wie geht's?«, fragte Fabian und schluckte seinen Unmut hinunter.

»Als ob dich das interessieren würde!«

»Ja, du hast recht. Es interessiert mich nicht. Ich wollte nur höflich sein.«

»Spar dir das. Das steht dir nicht. Komm lieber gleich zur Sache.« Wie immer klang Oliver ruhig und kontrolliert. Das war auch so etwas, was Fabian an seinem Bruder hasste. Immer dieser Gestus der Überlegenheit! Doch es war nicht der Moment für Diskussionen. Er benötigte Olivers Hilfe. Also bemühte er sich um einen sachlichen Tonfall. »Wenn ich dir Durchlaufzeiten eines Athleten zeige, kannst du dann etwas über die Person herauslesen?«

»Und wenn ich es könnte, warum sollte ich es tun?«

Fabian bereute den Anruf bereits. Es war wirklich zum Verzweifeln. Oliver ließ ihn einfach in jeder Sekunde seine Überlegenheit spüren. Als knapp zwei Jahre jüngerer Bruder hatte er all das geschafft, was Fabian verwehrt geblieben war. Er war nicht bloß ein anerkannter Sportmediziner, sondern konnte auch auf eine Karriere als Leistungssportler zurückblicken. Abgesehen davon war er noch Vater einer Vorzeigefamilie. Fabian hingegen war Studienabbrecher, Sportverweigerer, in Trennung lebender Vater und gegenwärtig zudem mehr oder weniger arbeitslos. Fabian biss sich auf die Zunge und sprang über seinen Schatten: »Weil ich dich darum bitte«, sagte er.

Oliver reagierte nicht sofort. Offensichtlich hatte er nicht mit einem derartigen Vorstoß gerechnet. »Worum geht es denn genau?«, fragte er schließlich und es schien so, als ob ihn die Blöße, die sich Fabian gab, so überrascht hatte, dass er nicht anders als wohlwollend zu reagieren wusste.

»Ich arbeite an einem Artikel über den Marathon und benötige Informationen über einen Läufer, den ich persönlich noch nicht sprechen konnte. Der Mann war lange Zeit sensationell gut unterwegs, musste dann aber abbrechen. Fast alle Kommentatoren beurteilen den Vorfall als Selbstüberschätzung, doch ich hab mir die Sache genauer angesehen und glaube, dass es damit mehr auf sich hat.«

»Ich wusste gar nicht, dass du nun ebenfalls als Sportmediziner praktizierst«, gab Oliver spöttisch zurück. Fabians Ausführungen waren lang genug gewesen, um seinen Bruder in seine übliche Rolle zurückfallen zu lassen. Fabian zwang sich dazu, seine offensive Taktik der Konfliktvermeidung beizubehalten. »Das tue ich nicht, aber du könntest mir dabei helfen, etwas besser zu verstehen. Kann ich dir die Unterlagen zeigen? Es dauert auch nicht lang.«

»Heute ist es knapp bei mir. Vielleicht kann ich es Ende der Woche …«

»Es muss noch heute sein!«, schnitt Fabian ihm das Wort ab und bereute es sogleich. Es war klar, dass Oliver nun einen Vortrag darüber halten würde, wie dicht sein Terminplan sei, um damit indirekt zu kommunizieren, dass Fabian wohl keine Ahnung vom Tagesablauf eines erfolgreichen Menschen habe. Doch er kannte dieses Spiel und kam ihm zuvor. »Also nur, wenn es irgendwie möglich ist, meine ich. Mir ist klar, dass du viel zu tun hast.«

Oliver schwieg.

»Wenn du es nicht für mich tust, dann tu's für dich«, legte Fabian nach. »Wenn an der Sache etwas dran ist, kann ich deinen Namen erwähnen.« Mit dem Vorstoß schien er einen Nerv getroffen zu haben, denn Oliver lenkte ein.

»Um sechs bin ich beim Pirat«, sagte er. »Dort trainiere ich jeden Dienstag den Juniorachter. Wenn die Burschen auf dem Wasser sind, können wir kurz sprechen.«

»Ich werde da sein.«

»Sei pünktlich!«

»Selbstverständlich!«

Fabian nahm das Telefon vom Ohr und atmete tief durch. Das kurze Gespräch hatte ihn erschöpft und er fühlte sich, als wäre er soeben selbst die gesamte Hauptallee hin und zurück gelaufen. Langsam schlenderte er zu der Parkbank, die an diesem Vormittag so etwas wie sein Büro darstellte. Ihm wurde klar, dass ihn das Telefonat davon abgelenkt hatte, was um ihn herum geschah. Und wenn Bumble ausgerechnet in diesen Minuten vorbeigelaufen war? Als ließe sich seine Unachtsamkeit dadurch wiedergutmachen, blickte er mehrmals konzentriert nach links und rechts. Als er nichts Bemerkenswertes sah, holte er wieder seine Zeitung hervor. Wirklich beruhigt war er zwar nicht, doch tröstete er sich mit dem Gedanken, dass es noch immer recht früh war. Er würde hier ganz einfach so lange sitzen bleiben, bis der Mann auftauchte.

Gegen elf Uhr hatte Fabian seine Zeitungslektüre beendet. Die Situation auf der Allee hatte sich in der Zwischenzeit verändert. Es waren nun zahlreiche Sportler unterwegs, die an Fabians Bank vorbeizogen. Auch einige dunkelhäutige Läufer waren darunter, doch in keinem von ihnen ließ sich Ähnlichkeit mit der gesuchten Person erkennen. Kurz zweifelte er an allem. Was, wenn der mysteriöse Läufer gar nicht der Mann aus dem Flüchtlingsquartier war, sondern einfach nur ein Hobbyläufer, der es einmal wissen wollte und sich dabei verkalkuliert hatte?

Rasch verwarf er den Gedanken wieder und erhob sich. Es hatte keinen Sinn mehr. Es war nun beinahe Mittag und die Hitze war mittlerweile sogar unter den mächtigen Kastanienbäumen deutlich zu spüren. Wenn Bumble hier tatsächlich trainierte, dann hatte er ihn entweder verpasst, oder er würde erst am Abend auftauchen. Fabian beschloss, die sinnlose Aktion abzubrechen. Antriebslos ging er zurück Richtung Praterstern und schwang sich auf seinen Roller. Da er nicht recht wusste, was er nun tun sollte, fuhr er ohne konkretes Ziel los und merkte erst, als er in seine Straße einbog, dass er nach Hause gesteuert hatte. Er aß eine Kleinigkeit, wozu er sich auf das Sofa im Wohnzimmer setzte. Fabian hasste es, alleine am großen Küchentisch zu essen. Der überdimensionale Tisch, an dem er früher mit Frieda und Jonas gesessen hatte, führte ihm seine Einsamkeit allzu deutlich vor Augen. Seitdem die beiden weg waren, hatte er keine einzige Mahlzeit mehr an dem Tisch zu sich genommen.

Nachdem er fertig gegessen hatte, lehnte er sich zurück und schloss für einen Moment die Augen. Erst jetzt spürte er, wie müde er war. Letzte Nacht hatte er kaum Ruhe gefunden. Ein paar Minuten Erholung hatte er sich also verdient, dachte er – und war im nächsten Moment bereits eingeschlafen.

Er erwachte mit einem Gefühl der Unruhe. Vom Schlaf noch reichlich benommen, erhob er sich und ging in die Küche, um etwas Wasser zu trinken. Sein Herz schlug schnell und seine Hand zitterte, als er das Glas an den Mund führte. Erst dann wurde er etwas ruhiger. Er hatte nicht die geringste Ahnung, wie spät es war, und begann nervös nach seinem Telefon zu suchen. Als er es endlich in Händen hielt, stellte er fest, dass er mehr als zwei Stunden geschlafen hatte. Doch das Display seines Telefons zeigte nicht nur die Uhrzeit, sondern auch drei versäumte Anrufe an. Obwohl er die Nummer erst einmal gewählt hatte, erkannte er sofort, dass es die der Redaktion war. Eilig wählte er die Sprachbox und vernahm kurz darauf Doris Eiblingers Stimme, die ihm knapp mitteilte, dass sich in einer der nächsten Ausgaben Platz für einen kurzen Folgeartikel zu seinem, wie sie es ausdrückte, »Marathon-Mysterium« finden ließe. Fabian solle sich alsbald bei ihr melden, um die Sache zu bestätigen. Er hörte die Nachricht zweimal hintereinander ab und stapfte währenddessen zurück ins Wohnzimmer. Er schoss sein Telefon in einen der Sofapölster und ließ sich daneben niedersinken. Darauf hatte er zwar gehofft, aber nicht wirklich damit gerechnet. Was sollte er dieser Eiblinger jetzt erzählen? Dass er den Mann noch immer nicht gefunden hatte und sich auch nicht mehr ganz sicher war, ihn jemals zu Gesicht zu bekommen? Es war zum Aus-der-Haut-Fahren! Da hatte er so darauf gehofft, grünes Licht zu bekommen, und jetzt, wo es da war, wusste er nicht weiter. Für einen Moment legte er das Gesicht in die Hände und atmete tief durch. Dann erhob er sich und ging zurück in die Küche. Er würde einfach weitermachen wie geplant, dachte er, als er sich einen starken Kaffee bereitete. Schon in einer Stunde würde er seinen Bruder treffen und anschließend noch einmal auf der Parkbank Platz nehmen. Sollte dabei etwas herauskommen, könnte er immer noch zurückrufen und sein Okay geben. Wenn nicht, dann müsste er die Sache eben einfach abblasen. Ohne weiter darüber nachzudenken, trank er den Kaffee und stellte sich anschließend unter die Dusche. Als er sich für das Treffen mit Oliver fertig machte, versuchte er, nicht an das zu denken, was vor ihm lag. Er wollte es vermeiden, die Begegnung bereits in gereizter Stimmung zu beginnen. Und genau das wäre der Fall gewesen, wenn er über die schwierige Beziehung zu seinem Bruder nachgedacht hätte.

Die Holztreppe, die von der Bootshalle zu den Umkleideräumen hinaufführte, knarrte noch immer genauso wie vor all den Jahren. Und kaum war Fabian im ersten Stockwerk des fast vollständig aus Holz gefertigten Gebäudes angekommen, vernahm er auch wieder den charakteristischen Geruch: Der beißende Gestank erkalteten Schweißes verband sich mit der leicht süßlichen Note einer Holzlasur zu einem eigentümlichen Aroma, das diesen Räumlichkeiten wohl bis in alle Ewigkeiten anhaften würde. Fabian war wie in der Zeit zurückversetzt.

Schlagartig stiegen die Erinnerungen in ihm auf. Das Rudern war die einzige Sportart gewesen, der er als Halbwüchsiger eine Zeit lang regelmäßig nachgegangen war. Oliver, der schon zuvor ein begeisterter Ruderer gewesen war, hatte ihn eines Tages einfach zum Training mitgenommen. Von da an war alles seinen Lauf gegangen. So, als wäre es das Selbstverständlichste der Welt, hatte er sich auch am nächsten Tag wieder zum Training eingefunden und so war es dann geblieben. Für große Erfolge brachte er allerdings weder die körperlichen Voraussetzungen noch den notwendigen Ehrgeiz mit. Während seine Kollegen einander im Training und bei den Wettkämpfen zu übertrumpfen versuchten, erfüllte er seine Rolle, als wäre es eine Verpflichtung, die ihm jemand anderer auferlegt hatte. Da er nun einmal da war, ruderte er eben mit. Übertriebene Ambitionen hegte er dabei keine. Später, als die Gemütswallungen der Pubertät allmählich sämtliche Lebensbereiche erfassten, erkannte er, dass es jede Menge anderer Dinge gab, die ihn viel mehr interessierten als der Rudersport. Plötzlich war da so viel Neues, so viel Unbekanntes, dass in seinem Leben für eine zeitintensive Angelegenheit wie Wettkampfsport von einem Tag auf den anderen einfach kein Platz mehr war. Dabei hatte es beim Rudern durchaus Momente gegeben, die er trotz seines eigenwilligen Zugangs genossen hatte: die geradezu meditative Stimmung, die im Boot herrschte, wenn die Ruderer im wortlosen Einklang ihren einstudierten Bewegungen nachgingen. So, dass ein leises Plätschern und das Geräusch der auf kleinen Rollen hin- und herfahrenden Sitze die einzigen Geräusche waren, die den sonst lautlosen Flug des Bootes über das Wasser begleiteten. Immer wieder hatte er später an diese Momente zurückgedacht, und wahrscheinlich hätte es ihm später gutgetan, hätte er sich damals ein derartig ausgleichendes Hobby bewahrt. Sein Bruder hingegen, und da war wieder der enorme Unterschied, hatte diszipliniert und ausdauernd weitertrainiert, hatte neben seinem Medizinstudium Karriere als Spitzensportler gemacht und war mittlerweile selbst Trainer geworden.

Während in der Bootshalle noch reges Treiben geherrscht hatte, war hier im oberen Stockwerk alles still. Von einem gekachelten und schlicht eingerichteten Gemeinschaftsraum aus trat Fabian auf eine großzügige Terrasse, von der aus man freien Blick auf die Alte Donau hatte. Am hintersten Ende der Freifläche stand, alleine und ihm abgewandt, Oliver und blickte auf das Wasser. Fabian trat näher und grüßte. Ohne sich ihm zuzuwenden, erwiderte Oliver den Gruß. Starr ließ er den Blick auf einem im Wenden begriffenen Boot haften, in dem acht junge Ruderer und ein Steuermann saßen. Fabian blieb stumm neben seinem Bruder stehen und beobachtete das Manöver. »Sind das deine?«, fragte er, als das Boot seine Wende beendet hatte. »Ja, und sie werden immer besser!«, gab Oliver stolz zurück. »Dieses Jahr holen wir uns endlich die Meisterschaft!«

Fabian nickte und sog die frische Luft ein, die stark nach den Pappeln roch, die hier überall am Wasser standen und nun im Frühling ihre Blüten trieben. Der charakteristische Geruch weckte neuerlich zahlreiche Erinnerungen in Fabian. Doch diesmal konnte er ihnen nicht nachhängen, denn Oliver hob plötzlich ein Megafon an und brüllte Anweisungen für die nächste Übung über das Wasser.

Kurz darauf setzte sich das Boot in Bewegung und zog davon. »In zwanzig Minuten sollten sie zurück sein«, sagte Oliver, ließ das Megafon sinken und hielt seinen Blick weiter auf das sich entfernende Boot. Erst nach ein paar Sekunden wandte er sich seinem Bruder zu. »Bis dahin kann ich mir Ihre Zeiten ansehen, Herr Kollege«, sagte er und grinste. Fabian reagierte nicht auf den halblustigen Kommentar, war aber insgeheim froh darüber, denn bei Oliver wusste man nie, in welcher Laune er einem gegenübertreten würde. Wortlos trabte er seinem Bruder hinterher, der die Terrasse verließ und sich an der Bar des Gemeinschaftsraums etwas zu trinken holte. Ohne Fabian etwas anzubieten, schritt er auf einen der Tische zu und setzte sich. Erst jetzt wandte er sich wieder an seinen Bruder und bot ihm einen Platz an. Noch im Stehen holte Fabian seine Aufzeichnungen hervor und legte sie vor Oliver auf den Tisch.

»Das sind die Zeiten, von denen ich dich bitten würde, dass du einen Blick auf sie wirfst«, sagte er. »Die Spalte, die etwas früher abbricht, gehört zu dem Mann, um den es mir geht.«

Wortlos zog Oliver die Unterlagen heran und richtete sich im Sitzen auf. Nachdem er sich einen kurzen Überblick verschafft hatte, wandte er sich wieder Fabian zu. »Also wenn ich mir das genau ansehen soll, wird das ein bisschen dauern. Willst du in der Zwischenzeit nicht etwas an die frische Luft gehen?«

»Wenn der Meister so besser denken kann«, konnte Fabian sich einen zynischen Kommentar nicht verkneifen und erhob sich. Oliver warf ihm einen kurzen Blick zu, an dem sich nicht erkennen ließ, ob er ihm die Bemerkung übel nahm oder nicht, und griff nach einem Kugelschreiber, der in der Mitte des Tisches lag. »Raus mit dir!«, befahl er.

»Jawohl«, antwortete Fabian und schlug die Fersen zusammen.

Wieder auf der Terrasse, lehnte er sich gegen das Geländer und blickte auf das Wasser. Gleich mehrere Ruderboote befuhren dieses unterste Stück der Alten Donau. Gedankenverloren beobachtete Fabian die Boote, zwang sich dann aber dazu, sich nicht ablenken zu lassen und stattdessen noch einmal seine Situation zu beurteilen. Was sollte er tun, würde auch Oliver befinden, hier habe sich lediglich ein ambitionierter Hobbysportler überhoben? Wäre es dann nicht besser, die Sache einfach abzublasen? Sie mochten zwar ihre persönlichen

Differenzen haben, doch Fabian wusste, dass er sich auf Olivers fachliche Meinung vollauf verlassen konnte. Aber würde es ihm überhaupt möglich sein, aus diesen Zahlen etwas herauszulesen? Zweifelnd trat Fabian einen Schritt zurück und richtete sich auf. Genau in diesem Moment klopfte Oliver von innen gegen die Glaswand, die den Gemeinschaftsraum zur Terrasse hin abtrennte. Fabian fuhr herum und sah seinen eifrig gestikulierenden Bruder. Als er sich wieder an den kleinen Tisch setzte, hielt Oliver ihm die Unterlagen entgegen, die er mit handschriftlichen Notizen versehen hatte. Einige der Zeiten in Bumbles Spalte waren nun eingekreist. »Es freut mich, Ihnen mitteilen zu können, dass Ihr Verdacht begründet war, Herr Kollege«, führte Oliver seinen Scherz vom Beginn des Gesprächs weiter. Fabian blickte seinen Bruder scharf an. »Lass den Scheiß und sag mir einfach deine Meinung!«

»Ganz wie Sie wünschen!«, legte Oliver ein letztes Mal nach, bevor er in einem normalen Tonfall fortfuhr. »Wenn man sich die Zeiten aufmerksam ansieht, merkt man einen nicht charakteristischen Leistungseinbruch etwa ab Kilometer 28.« Oliver zeigte auf eine Zeile, neben der er Notizen angebracht hatte.

»Inwiefern nicht charakteristisch?«

»Weil so kein Leistungseinbruch eines Spitzensportlers aussieht. Ganz plötzlich läuft der Mann signifikant langsamer, dabei aber immer noch bemerkenswert schnell. Zwar nicht mehr Weltklasse wie zuvor, aber immer noch sehr gut. Wenn er sich einfach überhoben hätte, würde der Einbruch zwar ähnlich beginnen, dann aber schnell schlimmer werden, bis schließlich der Zusammenbruch erfolgt. Dein Mann läuft aber noch einige Kilometer mit konstant hoher Geschwindigkeit weiter. Und dann hört er einfach auf. Und zwar ohne dass es zuvor einen weiteren Abfall gegeben hätte. Das ist eine höchst ungewöhnliche Art, einen Marathon abzubrechen.«

Fabian starrte auf die Zahlen und auf Olivers kaum leserliche Notizen. Nach wie vor verstand er nicht viel.

»Sieh dir die Vergleichszeiten dieses Läufers an«, sagte Oliver und zeigte auf die danebenliegende Spalte. »Der Mann hat gegen Ende ebenfalls einen Einbruch. Vermutlich lag er deutlich im anaeroben Bereich und musste deshalb etwas Geschwindigkeit herausnehmen. Später erholt er sich aber und kann sich auf den letzten Kilometern auch wieder etwas steigern. So sieht der typische Verlauf eines Läufers aus, der sich mit der Geschwindigkeit ein wenig verschätzt hat. Bei dem Mann, für den du dich interessiert, ist es aber ganz anders.«

»Weil?« Fabian blickte seinen Bruder ungeduldig an.

Oliver zuckte mit den Schultern. »Dafür kann es Tausende Gründe geben. Ich bin Sportmediziner, kein Wahrsager.«

»Ich brauche keine tausend Gründe, einer reicht mir schon«, gab Fabian zurück und merkte, dass er ärgerlich wurde. Das Letzte, was er jetzt brauchte, war eine unklare Auskunft. Immerhin wollte er von dem Ergebnis dieser Unterredung sein weiteres Vorgehen abhängig machen. »Verrate mir einfach die wahrscheinlichste Variante«, sagte er forsch.

»Also ich denke, man kann zwei Sachen herauslesen. Erstens, der Mann hat sich nicht verschätzt, sondern irgendein anderer Umstand hat ihn dazu gezwungen, Tempo herauszunehmen. Das kann vieles sein. Ein plötzlich drückender Schuh, ein altes körperliches Leiden. Etwas in dieser Art. Also nichts, was von seiner Kondition herrührt, sondern etwas, das es ihm erschwert, sein Potenzial konsequent umzusetzen.« Oliver blickte Fabian fragend an. So, als bezweifelte er, dass ihm sein Bruder folgen könnte.

»Ja, ja, ich verstehe. Und zweitens …?«

»Zweitens glaube ich, dass du davon ausgehen kannst, dass der Mann nicht abgebrochen hat, weil er musste, sondern weil er es so wollte.«

»Wie ist das nun wieder zu verstehen?«

Oliver hob sein Glas an und zeigte erneut auf die letzten Zeiten in Bumbles Spalte. »Wie bereits gesagt werden die Zeiten plötzlich schwächer, bleiben aber weiterhin konstant gut. So gesehen sprach also nichts dafür, abzubrechen. Sein Problem hat sich ja anscheinend nicht weiter verstärkt. Er hätte weiterlaufen können und immer noch eine gute Gesamtzeit erreicht.« Oliver führte sein Glas an den Mund und sah Fabian über den Rand hinweg weiter an. »Also hat er aufgehört, weil er es so wollte«, schloss er, bevor er einen Schluck nahm.

»Und das erlaubt uns eine dritte Aussage«, ergänzte Fabian.

Oliver verlieh seinem Gesicht einen fragenden Ausdruck.

»Ganz einfach: Es ging ihm um alles oder nichts!«

Fabian saß bereits auf dem Roller und hielt den Helm noch in Händen, als er plötzlich wieder Olivers tiefe Stimme vernahm. Nach der Analyse der Zeiten war Oliver zurück auf die Terrasse geeilt, um die Rückkehr des Achters zu beobachten. Ohne weitere Umstände hatten die Brüder sich voneinander verabschiedet und Fabian war gegangen. Doch Oliver hatte nur schnell Anweisungen gebrüllt und war Fabian dann gefolgt, um noch etwas loszuwerden.

»Wenn du Zeit findest«, begann er ohne Umschweife, »dann schau doch mal bei unserem alten Herrn vorbei.«

Fabian ließ den Helm sinken und blickte seinen Bruder an. In Olivers Zügen war keinerlei Regung zu erkennen.

»Warum?«, fragte Fabian kurz.

»Na, warum wohl? Es geht ihm nicht gut. Wer weiß schon, wie lang er es noch macht.«

»Dem Mann geht es seit einem Vierteljahrhundert nicht gut«, antwortete Fabian nüchtern. Als er bereits den Motor anlassen wollte, merkte er, dass Oliver sich vor ihm aufgebaut hatte und ihm so den Weg versperrte.

Fabian schob genervt das Visier hoch. »Was?«, fuhr er seinen Bruder an.

Oliver rückte seinen durchtrainierten Körper noch ein Stück näher heran und legte eine Hand auf den Lenker.

»Hör mir zu«, sagte er ruhig. »Es geht hier nicht um uns, es geht um unseren Vater. Und wenn ich dir sage, dass es schlecht um ihn bestellt ist, dann sage ich das auch als Mediziner und nicht nur als Bruder.« Er machte eine kurze Pause und versuchte Augenkontakt aufzunehmen, den Fabian ihm aber verweigerte. »Wenn du also etwas Zeit findest, dann fahr doch einmal bei ihm vorbei.«

Mit einer raschen Handbewegung schob Fabian das Visier wieder herab. Bis jetzt war das Treffen mit Oliver verhältnismäßig gut verlaufen. Sie waren einander nicht in die Haare geraten und er hatte bekommen, wonach er verlangt hatte. Wenn man bedachte, wie ihre Begegnungen sonst abliefen, war das ein ziemlicher Erfolg. Er hatte also keinen Grund, Oliver einen Wunsch abzuschlagen. Aber dass sein Bruder diesen Umstand nun ausnutzte, machte Fabian wütend. Doch er schluckte seinen Zorn hinunter und betätigte den Starter. »Ich denk darüber nach«, sagte er gerade so laut, dass man es trotz des Motorengeräuschs noch hören konnte. Oliver machte einen Schritt zur Seite und gab die Bahn frei. Fabian fuhr grußlos davon.

Schon bald schob Fabian wieder das Visier hoch und knöpfte mit einer Hand seine Jeansjacke auf, die daraufhin wild im Fahrtwind flatterte. Es war schwül und roch nach Regen. Es war nur eine Frage der Zeit, bis ein Gewitter niedergehen würde. Bei der U-Bahn-Station Kaisermühlen blieb Fabian stehen und betrat eine Trafik, in der er sich mit neuen Zigaretten eindeckte.

Als er das Päckchen öffnete, fiel ihm ein, dass es wohl besser wäre, sofort in der Redaktion anzurufen, doch das Verlangen nach dem Nikotin war stärker und er zündete sich eine an. Erschöpft setzte er sich neben seinem Roller auf den Randstein und zog heftig an der Zigarette. Eigentlich hatte er allen Grund, zufrieden zu sein. Mit seiner Einschätzung der Durchlaufzeiten war er richtiggelegen und seit Olivers Ausführungen war ihm klar, dass er den Fall noch nicht aufgeben würde. Er hatte sich da zwar in eine komplizierte Angelegenheit verbissen, doch immerhin wusste er nun, dass es nicht lediglich ein Strohhalm war, an dem er sich festhielt. Zwar hatte er immer noch wenig Konkretes herausgefunden, doch tröstete er sich mit dem Gedanken, dass seine Vermutungen, angereichert mit Olivers Expertise, für ein paar Zeilen in einem Schundblatt wie *Von Tag zu Tag* allemal ausreichen würden. Trotzdem konnte Fabian keine Ruhe finden. Nicht einmal das Nikotin half. Genervt warf er die nur halb gerauchte Zigarette auf die Fahrbahn und erhob sich. Auch wenn er es sich nicht eingestehen wollte, wusste er nur zu gut, dass es die letzten Worte des Gesprächs mit seinem Bruder waren, die ihm keine Ruhe ließen. »Scheiß drauf«, sagte er impulsiv, setzte seinen Helm auf, startete den Roller und ordnete sich in den dichten Abendverkehr ein. Er nahm aber nicht die Reichsbrücke über die Donau, sondern fuhr auf die Autobahn. Etwa zehn Minuten nachdem er die Stadtgrenze hinter sich gelassen hatte, fuhr er von der Autobahn ab und folgte einer Bundesstraße. Der Tag nahm allmählich sein Ende und das weiche Abendlicht verlieh der vorbeiziehenden Landschaft einen idyllischen Charakter. Er fuhr nun langsamer und ließ den Blick über die leicht hügeligen Felder streifen. Er war diesen Weg schon lange nicht mehr gefahren und dennoch schien ihm jeder Meter vertraut. Als er ein kleines Straßendorf erreicht hatte und sich seinem Ziel näherte, nahm er noch einmal Geschwindigkeit weg und schaltete den Motor noch im Rollen aus. Mit dem letzten Schwung, dabei gerade noch schnell genug, um nicht umzukippen, bog er in die Straße ein, in der sein Vater, seitdem er Witwer geworden war, ein kleines, leicht heruntergekommenes Häuschen bewohnte.

Fabian ließ den Helm am Lenker hängen und schritt durch das kleine Gartentor, das beim Öffnen einen vertrauten Quietschton von sich gab. Wäre da nicht die angespannte Erwartung der Begegnung mit seinem Vater gewesen, er hätte sich hier zu Hause fühlen können. Fabian schloss das Tor und ging vorsichtig weiter. Alles war ruhig, doch sah er sofort, dass die Eingangstür des Hauses nur angelehnt war. Er wusste, dass sein Vater die Angewohnheit hatte, die Tür offen zu lassen, wenn er zu Hause war. Der dicke schwarze Kater, dessen unberechenbarem Bewegungsbedürfnis diese Maßnahme ursprünglich geschuldet war, lebte zwar seit Jahren nicht mehr, doch sein Vater würde es wohl für immer so halten. Fabian ging um das kleine Gebäude herum und erkannte sofort, dass er richtiglag. Auf einem alten verrosteten Campingsessel saß, mit geschlossenen Augen und verschränkten Armen, die Finger der linken Hand um ein dickwandiges Weinglas gelegt, sein alter Herr. Fabian trat grußlos näher und setzte sich auf eine Anhäufung aus abgetragenen Dachziegeln, alten Blumentöpfen und anderem Gerümpel, das neben einem kleinen Schuppen aufgestapelt war. Er zündete sich eine Zigarette an. Als er das erste Mal inhaliert und den Rauch in die Luft geblasen hatte, regte sich sein Vater. »Die Raucherei wird dich noch umbringen«, sagte er ohne die Augen zu öffnen.

»Hallo Papa«, gab Fabian ruhig zurück.

Sein Vater öffnete nun die Augen, blieb aber sonst wie versteinert. Fabian blickte den alten Mann an. Sein Gegenüber trug denselben blauen Arbeitsmantel, den er sein ganzes Leben getragen hatte, und wirkte auch sonst kaum verändert: dieselben eingefallenen, unrasierten Wangen, das immer noch volle, mit etwas Pomade zurückgekämmte Haar, die buschigen Augenbrauen. Gut möglich, dass er ein wenig hagerer wirkte, doch abgesehen davon konnte Fabian kaum einen Unterschied zu dem Bild seines Vaters ausmachen, das er innerlich abgespeichert hatte. »Wie geht's dir?«, fragte er.

Sein Vater machte eine wegwerfende Handbewegung und richtete sich auf. »Wie soll's schon gehen«, sagte er. »Immer gleich schlecht!« Langsam erhob er sich und ging in kleinen Schritten auf den Schuppen aus unverputzten Ziegeln zu. Dort angekommen, streckte er eine Hand durch ein geöffnetes Fenster und holte eine Schnapsflasche und zwei kleine Gläser hervor. Dann setzte er sich wieder auf den Campingsessel.

»Was fehlt dir denn?«

Der Mann zuckte mit den Schultern. »Es geht zu Ende mit mir«, sagte er. »Ich spüre, wie es immer schlimmer wird.« Er füllte beide Gläser randvoll und reichte Fabian eines davon. »Diesmal ist es was Ernstes«, sagte er, nachdem er einmal tief durchgeatmet hatte. »Vielleicht der Krebs.«

Fabian blickte das Schnapsglas unverwandt an und roch kurz daran. Dann stürzte er die Flüssigkeit in einem Zug hinunter. »Wenn du tatsächlich Krebs hättest, seit du es vermutest, wärst du eine medizinische Sensation«, sagte er und stellte das leere Glas auf den Boden vor sich. »Du bist ein alter Mann, der zu viel trinkt und zu viel allein ist. Sonst fehlt dir nichts.«

Sein Vater wiederholte dieselbe wegwerfende Geste und grunzte etwas Unverständliches. Dann füllte er die Gläser noch einmal. Ohne auf sein Gegenüber zu achten trank er seines aus. Fabian blickte ihn stumm an. Zumindest den Hang zum Alkohol schien er von ihm zu haben. »Was ist, trinkst nicht?«, fragte der alte Mann, als hätte er die Gedanken seines Sohnes gelesen.

»Ich muss noch fahren.«

»Wochentags gibt's eh keine Kontrollen bei uns.«

»Es geht nicht um die Kontrolle, Papa. Es geht darum, heil nach Hause zu kommen.«

»Na, dann fahrst halt vorsichtig!« Der alte Mann lehnte sich wieder zurück und schloss die Augen.

Anstelle einer Antwort leerte Fabian sein Glas und blickte in den Himmel. Dunkle Wolken hatten sich vor die Abendsonne geschoben und beschleunigten so die Dämmerung. »Brauchst du etwas?«, fragte er nach einer Weile.

»I brauch nix«, antwortete der Mann mit geschlossenen Augen. »Kann ma eh nix machen.«

Fabian merkte, wie er die Geduld verlor. »Papa, die Mama hat Krebs gehabt, nicht du. Und seit sie gestorben ist, glaubst du, du hast ihn auch. Das ist jetzt fast zwanzig Jahre her und du lebst immer noch.«

»Und wenn's mich auch erwischt?«, gab sein Vater zurück.

»Die Mama ist an Brustkrebs gestorben. So viel Pech hast nicht einmal du. Hör auf mit dem Blödsinn!«

»Du bist wie dein Bruder«, sagte der Mann und richtete sich im Sitzen auf. »Ihr wissts immer alles besser.«

»Nein, ich bin nicht wie mein Bruder«, pfauchte Fabian. »Und ich weiß auch nix besser. Aber dass du seit Jahren vom Sterben redest und noch immer fest auf zwei Beinen stehst, das ist eine Tatsache.« Er machte eine Pause und bemühte sich um einen ruhigeren Ton. »Warst bei einem Arzt?«, fragte er.

Sein Vater antwortete nicht.

Fabian wartete ein paar Sekunden. »Papa, ob du bei einem Arzt warst, will ich wissen!«

»I brauch kan Doktor«, gab der Mann mürrisch zurück.

Fabian entfuhr ein Ton der Entrüstung. Es war wirklich zum Verrücktwerden. »Du sitzt hier herum und fantasierst vom Krebs, willst aber gleichzeitig keinen Arzt sehen. Papa, dir ist einfach nicht zu helfen.« Fabian erhob sich und stemmte beide Arme in die Hüften. Er blickte auf seinen Vater herab, der nun wieder zurückgelehnt in seinem alten Sessel saß. Aus dieser Perspektive wirkte der Mann tatsächlich alt und gebrechlich.

»Schau!«, sagte Fabian gefasst. »Wenn du etwas brauchst, ruf mich an. Ich kann in einer halben Stunde da sein. Der Oliver kann auch kommen. Aber hör mit dem blödsinnigen Erfinden von Krankheiten auf.«

»Wennst meinst«, erwiderte sein Vater, ohne seinen Sohn anzusehen, und setzte sich wieder gerade auf. »Aber bevor du gehst«, sagte er und hob dabei bereits die Flasche, »trinkst noch einen mit mir!«

Fabian nahm das Schnapsglas, das ihm sein Vater entgegenhielt, und leerte es in einem Zug. Als auch sein Vater getrunken hatte, blickten die beiden einander stumm an.

»Also!«, sagte Fabian nach einer Zeit. »Wenn du etwas brauchst, meldest dich.«

Der alte Mann antwortete nicht und ging, die Schnapsflasche in der einen Hand, das leere Glas in der anderen, mit kleinen Schritten davon. Fabian folgte ihm im Abstand von wenigen Metern. Gemeinsam gingen sie so um das Häuschen herum und auf die angelehnte Eingangstür zu. »Ihr wissts immer alles besser«, wiederholte der Mann, als er die Tür mit einem überraschend kräftigen Fußtritt aufstieß und grußlos im Inneren des Gebäudes verschwand.

Erst jetzt bemerkte Fabian, dass er immer noch das leere Schnapsglas in der Hand hielt. Hilflos blickte er sich um und stellte es dann neben einen kleinen, schmutzigen Gartenzwerg, der auf einem Mauervorsprung gleich neben dem Hauseingang stand. »Prost«, sagte er und nickte der breit grinsenden Plastikfigur zu. Als er sich auf seien Roller setzte, fielen die ersten Regentropfen.

MITTWOCH

Fabian schwitzte. Sein Polster war vollkommen durchnässt und auch das Leintuch fühlte sich feucht und klebrig an. Er erhob sich und spürte sofort ein massives Hämmern in der linken Schläfe. Zuerst versuchte er alles zu verdrängen, tat so, als wäre alles ganz normal. Doch es hatte keinen Sinn, sich etwas vorzumachen. Er war einfach zu verkatert, um es vor sich selbst zu verstecken. Also gestand er sich die Niederlage ein, schleppte sich in die Küche, setzte sich an den großen, leeren Tisch und nahm den Kopf zwischen die Hände. Regungslos blieb er einige Minuten so sitzen.

Was war geschehen? Und warum war es geschehen? Es nützte nichts, er würde die Ereignisse des Vorabends Schritt für Schritt durchgehen müssen. Während er sich langsam erhob und die Filtermaschine mit viel Kaffee und wenig Wasser befüllte, begann er mit der gedanklichen Aufarbeitung. Im Grunde hatte das Unglück bereits während der Heimfahrt von seinem Vater begonnen. Nicht genug damit, dass es, noch bevor er die Autobahn erreichte, zu schütten begonnen hatte und er sich an einer Tankstelle unterstellen musste, machte sich gleichzeitig auch der Alkohol bemerkbar. Drei Schnäpse auf leeren Magen waren einfach zu viel. Ihn überkam eine derartige Übelkeit, dass er sich nahe den Toiletten zwischen zwei Abfalltonnen übergeben musste. Zumindest hätte er das gerne getan, doch sein leerer Magen förderte nichts als beißend riechende grüngelbe Galle zutage. Minutenlang krümmte er sich lautstark, konnte sich dabei aber nicht wirklich erleichtern. Erst als er den Brechreiz endlich überwunden hatte, bemerkte er, wie betrunken er war.

Während er unter dem Vordach der Tankstelle saß und auf Besserung hoffte, erinnerte er sich daran, dass er Doris Eiblinger noch einen Anruf schuldete. Er riss sich zusammen und wählte ihre Nummer. Eiblinger war, soweit Fabian das beurteilen konnte, vollkommen gestresst und schien noch mehr durcheinander als er selbst. Fabian wollte den Folgeartikel zusagen und sich kurz erklären, doch Eiblinger schien gar nicht zuzuhören, stimmte sofort zu und wimmelte ihn dann mit dem Verweis auf eine akute Story rasch wieder ab. Er glaubte nur, irgendetwas von einem Lkw verstanden zu haben, war aber gar nicht dazu gekommen, weiter nachzufragen.

Fabian goss sich eine Tasse Filterkaffee ein und ging zurück an den Küchentisch. Er beschloss, das Telefonat als positives Erlebnis zu verbuchen. Immerhin war es ihm gelungen, einen weiteren Artikel zu fixieren. Dass er dabei betrunken war und kaum wahrgenommen wurde, war ein kleiner Schönheitsfehler, von dem außer ihm selbst aber niemand etwas wusste. Auch danach war es im Grunde noch ganz gut weitergegangen. Er war durch den Regen nach Hause gefahren, und allein der Umstand, dass er dort unfallfrei angekommen war, durfte durchaus als Erfolg verbucht werden. Was danach geschehen war, war allerdings schwer schönzureden. Noch in der durchnässten Kleidung hatte er sich an den Computer gesetzt und einen Text fertiggestellt, den er bereits in den Tagen zuvor begonnen hatte. Er musste im Grunde nur einen kurzen Hinweis auf die Erkenntnisse seines Bruders ergänzen und die Sache war erledigt. So war es ihm zwar gelungen, den versprochenen Artikel in Windeseile zu verfassen, doch im selben Moment, in dem er die Mail an die Redaktion sandte, brach das Unglück über ihn herein. Das intensive Gefühl, sich eine Belohnung verdient zu haben, paarte sich mit dem Restalkohol der drei Schnäpse und brachte Fabian dazu, die halb volle Weinflasche hervorzuholen, die seit zwei Tagen in der Küche stand. Nur dass ihm die Flasche in seinem Zustand keineswegs halb voll, sondern vielmehr halb leer erschien, weshalb er sich ohne viel Aufhebens schnell mit dem Gedanken anfreundete, Nachschub zu besorgen. Er wechselte seine durchnässte Kleidung und zog los. Als er eines der fragwürdigsten Lokale seines Viertels betrat, beschloss er, doch keine Flasche zu kaufen, sondern stattdessen vor Ort etwas zu trinken. Wenn er schon einmal hier war, konnte er auch gleich unter Menschen trinken. Unter Menschen hieß in diesem Fall allerdings in Gegenwart eines ebenfalls alkoholisierten Barbesitzers und zweier weiterer Gäste, deren Gesellschaft er im nüchternen Zustand kaum ertragen hätte.

Fabian entfuhr ein Fluch. Mit einem impulsiven Kopfschütteln versuchte er, die Erinnerung an den Lokalbesuch davonzujagen. Er erhob sich, um die Kaffeetasse wegzustellen und etwas Wasser zu trinken und klatschte sich mehrmals kaltes Wasser ins Gesicht. Anschließend beugte er sich noch weiter vor und trank so lange aus der Leitung, bis er keinen weiteren Schluck mehr hinunterbrachte.

Okay, der Besuch in der Bar war kein Ruhmesblatt, so viel war klar. Andererseits war die Sache auch keine Verfehlung, über die er lange hätte grübeln müssen. Doch da war noch etwas. Ein Punkt, dem er sich bisher noch nicht gestellt hatte. Nach einigen Gläsern in dem Lokal hatte er in einem Anfall von Sentimentalität Friedas Nummer gewählt. Zwar hatte sie nicht abgehoben und er hatte auch vorsorglich die Nummer seines Telefons unterdrückt, doch konnte er sich sicher sein, dass sie dennoch erahnte, wer der nächtliche Störenfried gewesen war. Schließlich war es nicht das erste Mal, dass er eine derartige Aktion lieferte. Als ließe sich das Gefühl der Enttäuschung abwaschen, klatschte er sich noch einmal Wasser ins Gesicht und ging duschen. Lang genug war er seinen Verfehlungen nachgehangen, jetzt galt es, nach vorne zu blicken. Und das hieß im Moment nur eines: Er musste endlich diesen Bumble zu Gesicht bekommen!

Fabian parkte seinen Roller in der Nähe des Pratersterns. Als er kurz darauf gemächlich die Hauptallee entlangspazierte, um wieder auf derselben Parkbank Platz zu nehmen, auf der er auch am Tag zuvor gesessen hatte, spürte er den Vibrationsalarm seines Telefons. Ohne auf das Display zu blicken, führte er das Gerät ans Ohr.

»Fabian, wo zur Hölle bist du?«, vernahm er Walters aufgeregte Stimme. Der Mann schien ein Gespür dafür zu entwickeln, ihn immer dann anzurufen, wenn es ihm gerade so richtig dreckig ging.

»Auch dir einen wunderschönen guten Morgen«, gab Fabian demonstrativ ruhig zurück, um dann sofort eine Gegenfrage anzuhängen: »Wo ich bin? Die Frage ist wohl eher, wo du bist? Seit Tagen versuch ich dich zu erreichen!«

»Mir wurde mein Telefon …«, er unterbrach sich. »Ich meine, es war mir abhandengekommen. Ich hab es gerade erst zurückbekommen.«

Fabian reagierte nicht auf Walters kryptische Erklärungen.

»Aber das tut nichts zur Sache. Sag mir lieber, was du vorhast? Doris hat mir erzählt, du hättest ihr eine verrückte Geschichte über diesen Läufer eingeredet? Bist du eigentlich noch bei Sinnen?«

»Wer ist Doris?«, stellte sich Fabian dumm.

»Na, die Eiblinger! Ich hab dir doch ihre Nummer gegeben.«

»Ah, die Frau Stellvertreterin«, legte Fabian in einem übertrieben seriösen Tonfall nach. »Ja, da hast du recht. Wir haben mehrmals telefoniert.«

»Dann stimmt es also! Was fällt dir eigentlich ein, der so einen Scheiß einzureden? Und die blöde Kuh spielt da auch noch mit.«

»Das ist ja dann wohl dein Problem, wenn deine wichtigste Mitarbeiterin eine blöde Kuh ist. Außerdem solltest du besser froh sein, dass jemand die Arbeit erledigt, während du dir in Italien die Sonne auf den Bauch scheinen lässt.«

»Von wegen Sonne! Ich hatte eine Panne!«, schrie Walter. »Genau genommen waren es sogar zwei Pannen.« Fabian war bei der Parkbank angekommen und setzte sich. Um sich die Jacke auszuziehen, legte er das Telefon neben sich auf die Bank. Walter schrie so laut, dass er auch so gut zu verstehen war.

»Es interessiert sich doch kein Schwein für einen beinahe Marathon-Gewinner! Wofür hältst du uns? Für die Berichterstatter der Beinahe-Champions?«

Fabian nahm wieder das Telefon zur Hand. »Jetzt beruhig dich doch«, sagte er. »Können wir bald einmal persönlich sprechen? Ich bin an einer wirklich heißen Story dran.« Im selben Moment riss die Verbindung kurz ab. »Brennen« war das Einzige, was Fabian von Walters letztem Satz noch hörte. »Wo brennt's?«, fragte er irritiert.

»Gar nichts brennt, du Idiot! Ich fahr gerade über den Brenner! Am Nachmittag bin ich in Wien.«

Fabian musste herzlich lachen.

»Lass den Scheiß! Komm um sieben ins Da Vittorio, da sprechen wir. Und du hast besser eine klare Vorstellung davon, wie die Sache weitergehen soll. Ich erwarte mir eine Erklärung!«

Fabian schnalzte mit der Zunge. »Aber hallo, ins Da Vittorio! Dass ein Normalsterblicher wie ich so was erleben darf!«

»Mein Gott, wie ich dich hasse!«, sagte Walter und legte grußlos auf.

Fabian ließ das Telefon sinken und lehnte sich mit einem

zufriedenen Lächeln zurück. Er konnte einfach nicht widerstehen, diesen Idioten Walter immer wieder aus der Reserve zu locken. Er steckte sich eine Zigarette zwischen die Lippen und verbuchte das soeben geführte Gespräch als Erfolg. Er würde mit Walter persönlich sprechen und hatte somit die Gelegenheit, ihn ohne einen Umweg über diese unberechenbare Eiblinger für seine Idee zu begeistern. Wenn er jetzt nur noch diesen Bumble fände, dachte er, während er das Feuerzeug an die Zigarette führte und die Flamme aufleuchten ließ. Das Nächste, was er spürte, war ein brennender Schmerz an der Nasenspitze. Seine Augen waren einem hellen Flecken gefolgt, der sich genau in diesem Moment auf der anderen Seite der Allee vorbeischob und mit einem Mal seine gesamte Aufmerksamkeit abzog. Die Hand mit dem Feuerzeug war so außer Kontrolle geraten und hatte seine Nasenspitze verbrannt. Fabian entfuhr ein lauter Fluch, wobei unklar war, ob er ihn aussprach, weil seine Nase schmerzte, oder weil er registrierte, dass der helle Fleck, der Schuld an seiner Unachtsamkeit trug, nichts anderes als Bumbles weißes T-Shirt war. Fabian erhob sich und blickte dem Läufer nach. Es bestand kein Zweifel: der ruhige, sichere Rhythmus, die lockeren Bewegungen, die schmächtige Figur. Er war es!

Fabian hätte nicht zu hoffen gewagt, eine derartige Geschwindigkeit entwickeln zu können. Wie ein Irrer lief er los, kollidierte beinahe mit einem Radfahrer, kam dabei zu Sturz, richtet sich wieder auf, brüllte eine Entschuldigung und rannte weiter. Immer hinter dem weißen T-Shirt her, das in konstanter Entfernung vor ihm lag. Zum Fluchen hatte er keinen Atem, denn er musste jedes Fünkchen Kraft, das in seinem müden, verkaterten Körper lag, optimal einsetzen. Warum zur Hölle geriet er immer ausgerechnet dann in solche Situationen, wenn er verkatert war? Beim Marathon war es so gewesen und jetzt war es schon wieder so. Es war das reinste Déjà-vu-Erlebnis, ergänzt durch den Umstand, dass er diesmal obendrein selbst zu einer sportlichen Höchstleistung gezwungen war.

Mein Gott, wie lächerlich, dachte er. Das, was ihm allergrößte Anstrengung bereitete, war für den Mann ein gemütlicher Trainingslauf. Er sah die lockeren Bewegungen des Läufers vor sich, der seinen sehnigen Körper mit spielerischer Leichtigkeit über den Asphalt fliegen ließ. Fabian erkannte schnell, dass er nicht lange würde mithalten können. Also nahm er alle Kraft zusammen und begann einen Sprint, der ihn seine allerletzten Reserven kostete. Als er etwa bis auf fünfzig Meter an den Mann herangekommen war, merkte er, dass ihn seine Kräfte nun vollends verließen. Also begann er zu schreien: »Halt, stehen bleiben! Bitte stehen bleiben!« Dann auch auf Englisch: »Stop! Please stop!« Doch der Mann lief weiter ohne sich umzublicken. Fabian wusste, dass er ihn jeden Moment wieder verlieren könnte. Noch einmal schrie er. Umsonst! Und dann hatte er endlich den naheliegendsten aller Gedanken: »Bumble«, schrie er aus voller Seele, »Bumble, please stop!« Der Mann blieb abrupt stehen und drehte sich um. Als auch Fabian stehen blieb, fand er schließlich doch noch die Kraft für einen einzigen Fluch: »Scheiße«, sagte er leise. Dann wurde es schwarz um ihn.

Fabian sah zwei große weiße Augen. Sonst sah er nichts. Bumble hatte sich über ihn gebeugt und tätschelte ihm vorsichtig die Wangen. Als er sah, dass Fabian wieder zu sich kam, hörte er auf damit. »Are you okay?«, fragte er.

Fabian war noch zu verwirrt, um etwas zu erwidern, und er fasste stumm nach Bumbles Hand, um sich aufzurichten. Als er saß, nickte er, um zu erkennen zu geben, dass es ihm wieder besser ging. Bumble nickte ebenfalls und stand auf. Fabian wurde klar, welch seltsames Bild er für sein Gegenüber abgeben musste: Ein vollkommen Unbekannter taucht einfach so aus dem Nichts auf, versucht mit lauten Schreien Aufmerksamkeit zu erregen und bricht dann einfach zusammen. Das alles war wohl kaum ein guter Start für die Begegnung, die er so innig herbeigesehnt hatte. Fabian hielt es deshalb für angebracht, sich möglichst rasch zu erklären, der Mann würde ihn sonst schlicht für einen Irren halten. »I need to talk to you«, begann er.

Bumble antworte mit einem Blick der Verwunderung.

»I work for a newspaper, I want to talk with you about the marathon.«

Der Mann blickte unverändert skeptisch und antwortete noch immer nicht.

Fabian war nicht sicher, ob er verstanden wurde und erhob sich langsam. »Do you understand me?«, fragte er verunsichert. »Verstehen Sie mich?«

Bumble antwortete etwas, das wie »Yes, I understand« klang und fügte dann noch etwas hinzu, was Fabian allerdings beim besten Willen nicht einzuordnen vermochte. Die Dinge lagen offensichtlich genau umgekehrt. Er war hier derjenige, der nichts verstand. Bumble sprach mit einem derartig ungewöhnlichen Akzent, dass es schwer war, ihm zu folgen. Fabian atmete tief durch. Jeder kleine Erfolg wird sofort durch einen Misserfolg relativiert, dachte er und unternahm einen neuen Anlauf: »I want to talk with you about the marathon. Please tell me everything. When can we talk?«

Er erhielt eine Antwort, doch wieder verstand er so gut wie nichts. Lediglich ein paar Wortfetzen glaubte er heraushören zu können. Auch an der Gestik des Mannes war schwer zu erkennen, ob er sich zustimmend oder ablehnend verhielt. Klar war nur, dass er mit einem Mal aufgebracht war und recht impulsiv sprach. Fabian blickte sich hilflos um. Jetzt stand also tatsächlich dieser Mann vor ihm, und er war nicht in der Lage, mit ihm zu kommunizieren. Dann hatte er eine Eingebung. Unsicher formulierte er eine schlichte Frage: »Parlez-vous français?«

Die Antwort, die Fabian inhaltlich nicht verstand, fiel klar positiv aus. Bumble sprach. Und er sprach Französisch. Mehr konnte Fabian aber schon nicht mehr heraushören. Aufgrund des englischen Spitznamens war Fabian dem Irrtum aufgesessen, dass der Mann auch Englisch sprach. Fabian allerdings hatte seine Französischkenntnisse seit seiner Schulzeit nicht aufgefrischt und es war vollkommen undenkbar, dass er ein brauchbares Gespräch zustande bringen würde. »D'accord«, stammelte er, nur um gleich darauf wieder ins Englische zurückzufallen. »It's okay. Let's meet tomorrow. I will get an interpreter.«

Fabian sah sich eilig um. Sie standen schräg gegenüber eines Restaurants, auf dessen fast leerer Terrasse einige Senioren saßen und die Sonne genossen. »Let's meet right here, tomorrow«, sagte er und zeigte auf das Gebäude. »Nine o'clock in the morning. I will bring an interpreter.«

Bumble nickte. Es schien, als ob er verstanden hätte. Dennoch wiederholte Fabian alles noch einmal und zeigte die Uhrzeit auf seiner Armbanduhr an. Bumble hatte es aufgegeben, etwas zu sagen und beschränkte sich auf ein Nicken. Als er mit seinen Erklärungen fertig war, reichte Fabian dem Mann die Hand. Bumble erwiderte zaghaft den Händedruck und drehte sich um. Als er bereits wieder den ersten Schritt machen wollte, sagte Fabian »Please come!« und lächelte.

Bumble nickte ein letztes Mal und setzte sich dann in Bewegung. Nach wenigen Schritten lief er bereits wieder so ruhig und gleichmäßig, als wäre er nie unterbrochen worden. Fabian sah ihm so lange nach, bis der helle Fleck des weißen T-Shirts aus seinem Blickfeld verschwunden war. »Bitte komm wirklich«, sagte er leise.

Der restliche Tag verging wie im Flug. Fabian kehrte zu seiner Parkbank zurück und erholte sich von der kurzen, aber erschöpfenden Begegnung. Dann fuhr er geradewegs nach Hause und legte sich ohne sich auszuziehen aufs Bett. Nach einem langen und erholsamen Mittagsschlaf verbrachte er Zeit mit Alltäglichkeiten, wobei er versuchte, jeden Gedanken an die Geschichte rund um Bumble wegzuschieben. Ein Unterfangen, das sich als schwierig erwies, da er bei dem krampfhaften Versuch, an etwas anderes zu denken, stets bei Jonas und Frieda landete. Er wollte bereits zum Telefon greifen, doch dann besann er sich eines Besseren und sah ein, dass ihm ein Anruf um diese Uhrzeit nur eine neuerliche Schelte einbrächte. Um sich abzulenken, schaltete er das Radio ein. Es liefen die Nachrichten, doch weiter in seinen Gedanken gefangen, hörte er kaum zu. Erst die letzten Worte erregten seine Aufmerksamkeit und holten ihn in die Realität zurück. Der Nachrichtensprecher schloss die Sendung mit einem Hinweis auf den aktuellen Stand rund um eine Flüchtlingstragödie. Fabian musste an Eiblinger denken, die am Vortag einen akuten Fall erwähnt hatte. Ging es um den? Fabian setzte sich an den Computer und sah die Schlagzeilen durch. Auf der Südautobahn war ein Lkw aufgefunden worden, in dessen Anhänger mehr als siebzig Menschen auf grausame Weise zu Tode gekommen waren. In sämtlichen Medien war seither kaum von etwas anderem die Rede. Fabian verschlang alle Informationen über den Vorfall und war entsetzt. Einerseits über die furchtbare Tragödie, andererseits über den Umstand, dass er seine Zeit mit einem sinnlosen Besäufnis verbracht hatte, während derartig tragische Dinge geschehen waren. Er fühlte sich schmutzig und nutzlos. Beschämt klappte er den Laptop zu und legte sich für einige Minuten auf das Sofa im Wohnzimmer. Bewegungslos starrte er gegen die Zimmerdecke. Er spürte, dass er knapp davor war, in eine lähmende Traurigkeit zu kippen. Er schloss die Augen und wandte sich gedanklich wieder der Marathon-Story zu. Am Abend würde er Walter treffen und versuchen, ihn von der Geschichte zu überzeugen. Davor musste er aber noch einen Dolmetscher für das Treffen mit Bumble organisieren. Um keine Zeit zu verlieren und gleichzeitig seine Schwermut abzuwehren, rief Fabian kurzerhand bei *Von Tag zu Tag* an und ließ sich mit Eiblinger verbinden. Routiniert erklärte er, dass er für den nächsten Tag jemanden für eine Dolmetschung benötigte. Eiblinger schien immer noch stark beschäftigt und verband Fabian ohne weitere Umstände mit einer Mitarbeiterin, die versicherte, sich um das Anliegen zu kümmern. Das läuft ja wie am Schnürchen, dachte Fabian und erhob sich endlich vom Sofa. Jetzt brauchte er nur noch die richtige Strategie, um mit Walter fertigzuwerden. Er ging in die Küche und stellte sich an das geöffnete Fenster. Als Vorbereitung auf das Gespräch mit Walter ordnete er seine Gedanken. Es gab da zuallererst die Geschichte um Bumble, die er zum Thema des nächsten Artikels machen wollte. Doch wenn es nach Fabian ging, eröffnete diese eine Geschichte lediglich den Raum für Folgereportagen. Seine Erfahrungen in den beiden Flüchtlingsquartieren konnten Stoff für eine ganze Serie hergeben. Davon galt es Walter nun zu überzeugen. Fabian wusste, dass er es damit nicht einfach haben würde, denn es stimmte, was die resolute Heimleiterin in ihrem kurzen Gespräch vor zwei Tagen eingewandt hatte: Die Leserschaft eines Sensationsblatts interessierte sich in der Regel nicht für die Probleme Unterprivilegierter. Doch bei allen Differenzen kannte er Walter gut genug, um zu wissen, dass er von ihm eine Chance für seine Geschichte bekommen könnte. Es müsste ihm nur gelingen, den Hebel an der richtigen Stelle anzusetzen.

Als Fabian in die Fußgängerzone einbog, auf der das Nobelrestaurant Da Vittorio seine ausladende Terrasse betrieb, und die Klientel sah, die sich um die schicken, dabei aber unpraktisch niedrigen Tische versammelt hatte, überkam ihn ein intensives Gefühl der Abneigung. Er gehörte nicht zu jenen Leuten, die ein teures Lokal aus übertriebener Bodenständigkeit heraus ablehnten, doch was sich hier abspielte, war einfach zu viel. Figuren, die allesamt einem Gucci-Prospekt entsprungen schienen, bevölkerten die Terrasse und stellten ihre teure Abendgarderobe zur Schau. Und wenn es auch möglich war, dass einige von ihnen aufgrund beruflicher Verpflichtungen hier waren, schien doch klar, dass die Mehrheit nur gekommen war, um gesehen zu werden. Fabian, der sich mit Jeans und einem schwarzen Hemd für seine Verhältnisse geradezu vornehm, im Vergleich zum restlichen Publikum allerdings recht bescheiden gekleidet hatte, beschloss, diesen markanten Unterschied zu genießen, und erklomm selbstbewusst die drei niedrigen Stufen zur Terrasse. »Für Feldner bitte«, wandte er sich an einen Kellner, der in einem strahlend weißen Hemd steckte und reichlich Pomade im Haar trug. Der Mann geleitete Fabian an einen quadratischen Tisch für zwei Personen, der sich exakt an der Grenze zwischen Innenbereich und Terrasse befand. Walter war noch nicht zu sehen, und Fabian lehnte den angebotenen Aperitif ab. Stattdessen bestellte er einen Rotwein und holte seine Zigaretten hervor. Gerade wollte er sich eine anzünden, als auch schon Walter neben ihm stand.

»Bleib ruhig sitzen«, sagte er und machte eine beschwichtigende Handbewegung, als Fabian sich erheben wollte. Eine Eröffnung, die Fabian sofort in die Rolle des Unterlegenen brachte. Er rang sich ein Lächeln ab und reichte Walter über den kleinen Tisch hinweg umständlich die Hand. Als beide saßen, musterte Fabian sein Gegenüber. Er wusste, dass Walter nur ein paar Jahre älter war als er selbst. Dennoch wirkte es, als würden sie unterschiedlichen Generationen angehören. Schuld daran war Walters Stil. Sein biederes Äußeres gepaart mit einer betulichen Gestik, die wohl auf das Wissen, etwas erreicht zu haben, zurückzuführen war. Doch wenngleich ihm etwas Reserviertes und Unnahbares anhaftete, wirkte Walter dabei nicht unsympathisch. Wenn er einem so gegenübersaß, hätte man ihn fast für einen gemütlichen Typ halten können. Ein Eindruck, der durch seine stattliche Leibesfülle noch begünstigt wurde. Doch Fabian wusste, dass sich das ganz schnell ändern konnte. Ein provokantes Wort reichte, um seinen Jähzorn zu wecken und einen seiner lauten, herrischen Angriffe zu provozieren.

Genau das wollte Fabian heute vermeiden, denn er hatte sich fest vorgenommen, sein Anliegen über den Weg des geringsten Widerstands zu erreichen, weshalb er mit einer beinahe freundschaftlichen Bemerkung begann. »Italienische Sonne?«, fragte er lächelnd und deutete vage in Richtung Walters Gesicht, das merklich gebräunt war.

»Wenn du wüsstest …«, antwortete Walter und machte eine abwehrende Geste. »Du kannst dir gar nicht vorstellen, was ich hinter mir habe!«

Fabian zog fragend die Brauen hoch. Walter lehnte sich schnaufend zurück und winkte dem Kellner. »Das war die reinste Pannenserie. Zuerst ging das Boot ein, dann das Auto. Und schließlich bin ich zwei volle Tage in so einem Provinzkaff festgesessen.«

»Oho, das Boot!«, höhnte Fabian und verkniff sich in Erinnerung an seine guten Vorsätze schnell einen weiteren Kommentar. Doch Walter hatte die spöttische Bemerkung gar nicht mitbekommen, da er bereits mit dem Kellner beschäftigt war. Nach kurzem Überlegen lehnte auch er den Aperitif ab und verlangte stattdessen ein Mineralwasser.

Nachdem die beiden Männer ein wenig Small Talk betrieben hatten, dachte Fabian, dass es an der Zeit sei, das Gespräch auf sein Anliegen zu lenken. Walter erkannte sein Ansinnen und blockte ab. »Lass uns bestellen, bevor wir geschäftlich werden«, stellte er fest und reichte Fabian die Karte, die so groß war wie eine Zeichenmappe. Fabian öffnete das unhandliche Ding und machte einen Laut der Überraschung. »Hier stehen nicht einmal Preise«, entfuhr es ihm, nachdem er das recht übersichtliche Speisenangebot überflogen hatte. »Mach dir keine Sorgen«, sagte Walter leicht amüsiert. »Du bist eingeladen!« »Ich mache mir keine Sorgen, ich stelle nur fest«, erwiderte Fabian und legte die Karte vor sich auf den Tisch. Er hatte keine Lust, Zeit auf die Auswahl absurder Gerichte zu verschwenden, deren Namen ihm ebenso grotesk erschienen wie die Ausstattung und das Publikum des Lokals. Als der Kellner erschien, bestellte Walter etwas, wovon Fabian kein Wort verstand. Als der Mann im weißen Hemd auch ihm einen fragenden Blick beimaß, schloss sich Fabian mit einer Kreisbewegung seiner linken Hand wortlos der Bestellung Walters an. Er spürte, wie ihn dieses ganze Theater zu nerven begann. Hastig griff er nach seinem Glas und stürzte den restlichen Rotwein hinunter. »Und wenn Sie schon dabei sind, bringen Sie mir gleich noch einen«, wies er den Kellner an, der sich soeben abwenden wollte. Als sich der Mann entfernt hatte, unternahm Fabian einen neuen Anlauf. Diesmal ließ er sich nicht stoppen. Ohne Einleitung begann er, Walter eine Kurzfassung der Geschichte rund um Bumble zu erzählen. Er schloss mit der Erklärung, dass die Story in jedem Fall bemerkenswert ausfallen würde. Ohne Walter Zeit für Widersprüche zu lassen, kam er gleich zum nächsten Punkt. »In Anschluss an diese sehr persönliche Geschichte«, führte er aus, »haben wir die Gelegenheit, ein Thema aufzubereiten, das die Leser länger begleiten kann. Ich denke an eine Serie, die das Schicksal von Migranten behandelt und in schonungsloser Ehrlichkeit darstellt. Ich habe auch bereits ein paar konkrete Ideen für die ersten Beiträge.« Fabian hatte die ganze Zeit über den Augenkontakt mit Walter vermieden und wie blind drauflosgeredet. Es war ihm wichtig gewesen, so weit wie möglich zu kommen, ohne dabei unterbrochen zu werden. Doch nun hob er den Blick und sah sein Gegenüber direkt an. Walter machte große Augen und wirkte wie versteinert. Fabian legte eine kurze Pause ein. Eine Pause, die lang genug war, um Walters Reaktion auszulösen. »Bist du des Wahnsinns?«, brach es aus ihm heraus. »Seit wann interessieren sich unsere Leser für so einen Schwachsinn? Hast du überhaupt keine Ahnung von unserem Publikum? Wir sind doch kein Blatt für Grünwähler und linke Studenten, wir verkaufen Sensationen!«

Genau eine solche Reaktion hatte Fabian erwartet. »Eben deshalb!«, konterte er. »Genau deshalb, weil ich weiß, dass wir Sensationen liefern müssen, mache ich doch diesen Vorschlag. Du musst dich nur trauen, ernsthaft darüber nachzudenken.« Fabian beugte sich vor und fasste Walter fest in den Blick. »Die Geschichten, die wir erzählen könnten, sind genau aus dem Stoff gemacht, den du für Sensationsjournalismus brauchst. Da gibt es Not, Verzweiflung, Tod und Verbrechen. Nimm doch die aktuelle Katastrophe auf der A2. Genau davon lebt dein Blatt doch! Du kannst also die gleiche Suppe kochen wie immer, wir ändern nur ein wenig das Rezept.«

Als der Kellner zwei große, aber kaum beladene Teller auf den Tisch stellte, starrte Walter Fabian noch immer versteinert an. »Hör mir nur noch einen Moment lang zu«, beeilte sich Fabian fortzusetzen. »Wir suchen positive Identifikationsfiguren. Familien mit Kindern, junge Frauen, intelligente Gesichter. Und dann erzählen wir ihre bewegenden Geschichten. Ganz nah und ganz direkt. Es ist doch kein Naturgesetz, dass der

Boulevard diese Menschen immer nur vorführt. Das muss nicht sein. Wir müssen es nur gut aufbereiten und Geschichten über Menschen bringen, die trotz all des Unbills, der ihnen widerfahren ist, für ein besseres Leben kämpfen.«

Fabian gab sich größte Mühe, nicht wie jemand zu klingen, der für Walters Zeitung nur Verachtung empfand. Er wollte sein Thema aus einer neutralen und vollkommen sachlichen Perspektive darstellen.

»Nebenbei«, ergänzte er nach einer kurzen Pause, »kann die Blattlinie ja ruhig weiterhin dieselbe bleiben. Aber wir erzählen eben auch positive Geschichten. So nutzen wir beide Aspekte, spielen auf beiden Klaviaturen. Wir können dabei nur gewinnen.«

Während Fabian noch sprach, entfaltete Walter eine Stoffserviette von der Größe eines Handtuchs und breitete sie über seinen Schoß. Fabian schenkte seinem Teller keinerlei Beachtung und beugte sich noch ein wenig weiter vor. Er wusste, dass er mit seinem nächsten Satz sein wichtigstes Argument bringen und Walters wundesten Punkt treffen würde. Er sprach mit leicht gedämpfter Stimme: »Zeig den Idioten von der hochnäsigen Qualitätspresse doch einfach, dass du nicht so simpel gestrickt bist, wie sie glauben. Zeig ihnen, dass du Pluralismus zulässt. Überrasche sie!« Während der letzten Worte hatte Fabian nach der Gabel gegriffen und begann nun auch zu essen. Eine Zeit lang schwiegen beide.

»Du stellst dir das alles ein wenig zu einfach vor«, sagte Walter schließlich. Seine Stimme klang ruhig und überlegt.

»Warum?«, konterte Fabian sofort. »Du wirst wegen einer derartigen Serie keinen einzigen Leser verlieren, kannst aber gleichzeitig neue gewinnen. Und das alles quasi zum Nulltarif. Die Geschichten brauchen kaum redaktionellen Aufwand, denn ich kümmere mich persönlich um alles.«

Walter legte seine Gabel zur Seite und lehnte sich zurück. »So einfach stellst du dir also unser Geschäft vor?« Nun war in seinem Ton wieder die charakteristische Arroganz zu erkennen. »Aber wenn das alles wirklich so simpel ist, warum bist du dann nicht schon längst erfolgreicher Herausgeber?«

Fabian schluckte seine aufkeimende Wut hinunter. Am liebsten hätte er klar herausgesagt, was er von Walters Schundblatt hielt, doch er wusste, dass dann alles verloren wäre. »Okay, vielleicht übertreibe ich ein wenig«, sagte er verbindlich. »Ich meine nur, dass du damit kein großes Risiko eingehst. Was soll schon geschehen?« Jetzt ließ sich auch Fabian auf seinem Sessel zurückfallen und versuchte, Walters Blick einzufangen. Im selben Moment erschien wieder der Kellner und hielt Fabian das Etikett einer Weinflasche unter die Nase. Fabian reagierte genervt. Er wollte in seinem Anliegen vorankommen und sich nicht ständig von Nebensächlichkeiten stören lassen. »Jetzt gib schon her und fuchtel mir nicht dauernd mit der Flasche vor dem Gesicht herum!«, fuhr er den Mann an und entriss ihm die Flasche. »Ob ein Wein gut ist, erkenne ich am Geschmack, nicht an der Flasche!«, sagte er, während er sich selbst großzügig nachschenkte und die Flasche vor sich auf den Tisch stellte. Der Kellner ging ohne eine Miene zu verziehen ab. Als sie wieder alleine waren, lächelte Walter. Ganz offensichtlich genoss er es, wie sein Gesprächspartner langsam die Fassung verlor. »Was bist du denn so forsch zu dem armen Mann? Er hat dir wahrscheinlich den teuersten Wein serviert, den du dieses Jahr zu trinken bekommst.« Fabian entgegnete nichts und versuchte sich zu beruhigen. Langsam nahm er einen Schluck. Der Wein war wirklich außergewöhnlich, aber ein wenig zu schwer für einen lauen Frühsommerabend. Als Fabian dem Aroma nachspürte, merkte er, dass er schon ein wenig betrunken war. Langsam stellte er das Glas ab. »Lass es dir schmecken!«, sagte Walter und lächelte immer noch. »Du bist schließlich eingeladen!«

Das war zu viel! Fabian riss der Geduldsfaden. »Was für ein Scheiß!«, entfuhr es ihm. »Du hast doch dein ganzes Leben noch niemanden eingeladen. Du gibst die Rechnung einfach morgen in der Buchhaltung ab und das ganze Theater hier wird als Geschäftsessen abgeschrieben. Müsstest du tatsächlich selber zahlen, stünden wir jetzt wohl an einem Würstelstand.« Fabian schob den halb vollen Teller von sich und hob erneut sein Weinglas. »Was mir im Übrigen ohnehin lieber wäre«, fügte er hinzu, bevor er einen weiteren kräftigen Schluck nahm.

Walter reagierte kaum. Er trug immer noch sein süffisantes Lächeln auf den Lippen. »Also wirklich, Fabian«, sagte er. »Warum bist du immer so übertrieben energisch. Es geht doch um nichts!«

»Für dich vielleicht nicht«, erwiderte Fabian defensiv und fühlte sich entlarvt. Hatte er es bei den letzten Gesprächen stets geschafft, Walter aus der Fassung zu bringen, musste er nun erkennen, dass er diesmal selbst der Unterlegene war. Er versuchte wieder zur Ruhe zu kommen, um das Gespräch sachlich fortzusetzen. Doch dann sah er neuerlich Walters selbstgefälliges Grinsen inmitten des grotesken Settings des Nobellokals und konnte einfach nicht anders. »Du arrogantes Arschloch«, sagte er leise. »Du hältst dich tatsächlich für etwas Besseres!«

Diesmal stieg Walter auf die Provokation ein. »Mein Gott, wie ich dich …«, hob er zur selben Floskel an, mit der er auch ihre letzten beiden Gespräche beendet hatte.

Fabian lehnte sich weit nach vorne und schnitt ihm das Wort ab: »Lass den Scheiß! Du hasst mich nicht. Du bist nur neidig, weil ich mir meine Würde bewahre, während du Geld scheffelst.« Er sprach vollkommen ruhig und ließ Walter dabei nicht aus den Augen. »Doch weder hinter deinen teuren Anzügen noch hinter diesem ganzen Luxusscheiß hier«, er machte eine kreisende Handbewegung, »kannst du dein Unbehagen verstecken. Also hör mir gut zu. Bei mir geht es tatsächlich um etwas. Und deshalb mach ich dir ein Angebot. Ich schreib dir die verdammte Gutmenschenserie und du druckst sie. So komme ich einen kleinen Schritt weiter und du kannst ein klitzekleines Stückchen deiner Würde zurückgewinnen.« Während der letzten Worte hatte sich Fabian bereits erhoben. Er leerte das Weinglas in einem Zug und blickte Walter fest an. »Gib mir bis morgen Bescheid!«, sagte er gleichgültig und platzierte das leere Glas neben seinem praktisch unberührten Teller. Dann griff er nach der Weinflasche und ging grußlos davon. Im Hinausgehen kreuzte er den Weg des Kellners. »Die da nehm ich mit«, zischte er dem Mann zu und hob die Flasche leicht an. Der Kellner blickte ihn verwundert an. »Keine Sorge«, ergänzte Fabian und machte eine Kopfbewegung in Richtung Walter: »Der da zahlt!«

Nachdem er das Lokal über die Terrasse verlassen hatte, drehte er sich noch einmal um und besah das Treiben aus der Distanz. Neue Gäste kamen und begrüßten andere mit Küsschen auf die Wange. Da und dort wurde gelacht, ein junges Pärchen löste sich aus der Menge und stieg in ein Cabriolet, das in unmittelbarer Nähe geparkt war. Der Bursche, der sich hinter das Steuer klemmte, war wohl noch keine dreißig, trug ein Polohemd mit aufgestelltem Kragen und hatte trotz der Dämmerung eine dunkle Sonnenbrille im Haar stecken. Als der Motor laut aufheulte, blickte Fabian auf das Fahrzeug. Es war ein nagelneuer Porsche. »Du armes Würstchen«, sagte Fabian leise und lächelte dem Mann freundlich zu. Seine Gedanken rotierten. Warum verachtete er das Publikum hier derart? Was hatte dieser Schnösel ihm denn getan? War es vielleicht blanker

Neid, der ihn so bitter machte? Neid, den er sich einfach nicht eingestehen wollte?

Nein, es war nicht der banale Neid auf Materielles, der Fabian anstachelte. Es war eine viel stärkere, viel tiefer sitzende Wut. Es war eine Wut, die in jener himmelschreienden Ungerechtigkeit wurzelte, die so gewöhnlich wirkte, dass niemand sie hinterfragte. Warum speist dieses Milchgesicht in einem Nobelrestaurant und fährt einen Porsche, während andere Menschen nicht wissen, wo sie die Nacht verbringen sollen? Weil er fleißiger war als andere Menschen? Fleißiger als jene junge Frau, der die resolute Leiterin des Flüchtlingsquartiers ein paar Euro zustecken muss, damit sie Medikamente für ihr schreiendes Baby kaufen kann? Wohl kaum!

Fabian war fertig mit dem Publikum hier. Zum Abschied nahm er noch einen kräftigen Schluck aus der Weinflasche.

Er ging die weite Strecke zu Fuß. Der Weg führte ihn durch die Wiener Innenstadt, und die laue abendliche Stimmung nahm seinen Gedanken schnell jede Schwere. Die eroberte Weinflasche trug er wie die Trophäe einer gewonnenen Schlacht den gesamten Weg über bei sich. Zwischendurch rief er bei Frieda an, doch auch diesmal nahm niemand ab. Fabian rechnete nach, dass es nun schon drei Tage waren, an denen er sie und Jonas nicht erreicht hatte. Enttäuscht schaltete er das Telefon ab. Er wollte nicht auf Friedas Rückruf oder Walters Reaktion warten, und im Wissen, dass das Gerät nicht einmal eingeschaltet war, fühlte er sich entspannter. Auch die Weinflasche ließ er endlich irgendwo stehen. Immer wieder dachte er an Walter. Vor Jahren, als Fabian begonnen hatte, journalistisch zu arbeiten, waren sie eine Zeit lang befreundet gewesen. Sie arbeiteten damals für dieselbe Zeitung. Walter war im Anzeigenverkauf tätig, trug sich aber längst mit ambitionierteren

Plänen. Sie verband, dass sie beide mit ihrem damaligen Job nicht besonders glücklich waren. Fabian, da er längere und seriösere Geschichten schreiben wollte, Walter, weil er der Meinung war, dass man eine Zeitung ganz grundsätzlich anders ausrichten müsste. Er glaubte fest daran, dass man Nachrichten wie Waschpulver verkaufen müsste. Er sah in einer Zeitung ein Produkt, das vor allem den Zweck hatte, Geld damit zu erwirtschaften. Für den Qualitätsjournalismus hatte er dabei noch nie viel übriggehabt. Er sah in dessen Machern Idealisten mit Weltverbesserungstendenzen, die letzten Endes nichts anderes bezweckten, als ihre eigene moralische Überlegenheit zu demonstrieren. Dabei hatte Fabian immer schon vermutet, dass Walters Haltung auch auf Neid zurückzuführen war. Neid gegenüber einer Sache, von der er wusste, dass er sie selbst nie erreichen würde. Genau dieser Aspekt verlieh Walter etwas Menschliches. Letztlich war er auch Opfer seiner eigenen Rolle und seine Ablehnung eine Art Selbstschutz. Trotz aller Differenzen gab es so eine Verbindung zwischen ihnen und Fabian spürte, dass er den schlecht gelaunten Mann, auch wenn er das niemals zugegeben hätte, doch auch irgendwie mochte. Nach einiger Zeit hatten die beiden einander aus den Augen verloren und in Folge kaum mehr miteinander zu tun gehabt. Und wenn doch, dann hatte Walter Fabian stets so behandelt, wie er alle Journalisten behandelte, die ihren Job idealistisch anlegten: mit einer Mischung aus Verachtung und Hohn. Doch Fabian wusste, dass sich dahinter immer noch dasselbe Geltungsbedürfnis versteckte. Er wusste, dass Walter, wenn er die Möglichkeit bekäme, seinen Kollegen von der Qualitätspresse Respekt abzuverlangen, nicht würde widerstehen können.

DONNERSTAG

Fabian erkannte die Dolmetscherin sofort. Im Business-Outfit und mit streng nach hinten gebundenem Haar wirkte sie vor dem Eingang zu dem verschlafenen Lokal, das fast ausschließlich von Spaziergängern besucht wurde, grotesk deplatziert. Fabian ging zielstrebig auf die junge Frau zu und reichte ihr die Hand. Sie erwiderte einen zurückhaltenden, fast unsicheren Händedruck und stellte sich kurz vor.

»Dann sehen wir mal, ob unser Mann schon da ist«, sagte Fabian und erklomm schwungvoll die wenigen Stufen zur Terrasse. Seit seiner Begegnung mit Bumble hatte er für keine Sekunde mehr an die Möglichkeit gedacht, dass der Mann doch nicht auftauchen könnte. Im hintersten Bereich des Gastgartens, im Schatten eines der mächtigen Alleebäume, die gleich neben der Terrasse wuchsen, saß Bumble tatsächlich an einem viel zu groß wirkenden Tisch, auf dem lediglich ein einsames Glas Wasser stand. Er erkannte Fabian schon von Weitem und erhob sich, als die beiden sich näherten. Er trug auch diesmal wieder ein schlichtes weißes T-Shirt. Seine munteren Augen schienen Zuversicht zu verstrahlen, und als die beiden einander die Hände schüttelten, spürte Fabian, dass sein Gegenüber sich von der Begegnung etwas erhoffte. Dann sind wir ja schon zwei, dachte er, nahm Platz und richtete sein Aufnahmegerät ein. In kurzen Worten stellte Fabian die Dolmetscherin vor und besprach daraufhin mit ihr die Vorgehensweise. Die Frau wechselte kurz ein paar Worte mit Bumble, wobei Fabian zu bemerken glaubte, dass ihre Körpersprache Unsicherheit signalisierte. Doch Bumble antwortete ruhig und kontrolliert, weshalb Fabian seiner Beobachtung keine weitere Bedeutung beimaß und sofort mit dem Interview begann. Ohne Zeit mit einleitenden Worten zu verlieren, kam Fabian geradewegs auf Bumbles Marathon-Abbruch zu sprechen. »Ich wollte nicht Zweiter oder Dritter werden«, übersetzte die Dolmetscherin, »ich musste einfach gewinnen. Alles andere war keine Option.«

»Warum?«, fragte Fabian weiter, ohne sich der Tragweite dieser Frage bewusst zu sein. Bumble hatte verstanden und antwortete sofort.

»Weil es nicht nur ums Gewinnen ging, es ging ums Überleben!«, übersetzte die Dolmetscherin. »Um das Leben meiner Frau und meiner Kinder.«

Als wäre es notwendig gewesen, der Aussage durch den Kontrast mit einer Banalität stärkere Wirkung zu verleihen, stand plötzlich der Kellner neben ihnen, um die Bestellung aufzunehmen. Fabian bestellte einen Espresso, die Dolmetscherin einen Caffè Latte. Als der Kellner sich wieder entfernt hatte, hakte Fabian nach. Er bat Bumble nun darum, seine ganze Geschichte zu erzählen. »Erzähl mir einfach alles über deinen Weg hierher«, bat er. Bumble sprach zurückhaltend und man merkte, dass er seine Worte mit Bedacht wählte. Obwohl spürbar war, dass er sich kurzfasste, war seine Geschichte dennoch auf Anhieb klar und ergreifend. Mit starr auf Fabian gerichtetem Blick erzählte er von den untragbaren Lebensumständen in seinem Heimatland. Er erzählte von der Armut und dem Hunger, die das Leben dort bestimmten, und von der Gefahr, die von Miliztruppen ausging, die immer wieder plündernd ihre Region heimsuchten. Vor allem aber erzählte er von der Sorge um seine zwei Kinder, und von der Angst vor einer Zukunft, von der nichts darauf hindeutete, dass sie besser sein könnte als die kaum erträgliche Gegenwart. Er sprach schnell und machte nur die notwendigsten Pausen, um der Dometscherin ihre Arbeit zu ermöglichen. Mitunter sprach er so impulsiv, dass die Frau abbrechen und beide nach einer Pause neu beginnen mussten. Zwischendurch wechselte Bumble immer wieder ins Englische und wandte sich direkt an Fabian.

Immer wieder betonte er, wie schwer es ihm gefallen sei, den Weg nach Europa alleine anzutreten. »It was the hardest decision of my life«, sagte er und stockte. »To leave the family behind is …«, er suchte nach Worten, »is not easy«, sagte er schließlich und wiederholte das zwei weitere Male. Es war offensichtlich, dass seine knappen Worte seine Empfindungen nicht auszudrücken vermochten. »People here say we are cowards because we leave our families behind«, setzte er erneut an. »That makes me angry. Leaving your kids behind is the hardest thing. It takes a lot of courage. And it hurts.« Egal wovon er sonst noch berichtete, von der gefährlichen Überfahrt in einem überbesetzten Schlauchboot, dem ungewissen Warten auf das Treffen mit den nächsten Schleppern, von der permanenten Ungewissheit und der dauernden Angst, aufgegriffen und wieder zurückgeschickt zu werden – all das wirkte beinahe belanglos im Vergleich zu dem Schmerz und der Sorge, die in seiner Schilderung immer dann zu spüren waren, wenn er von seiner Familie sprach.

Fabian war von der Intensität des Berichts überwältigt. Dieser Mensch, der ihm da gegenübersaß, hatte sich in der vagen Hoffnung auf eine bessere Zukunft von seiner Familie trennen und sein Leben riskieren müssen. Trotz allen Wagemuts war er fürs Erste gescheitert, denn sein Aufenthaltsstatus war nach mehr als einem Jahr in Österreich noch immer ungeklärt. Darauf, seine Familie bald wiederzusehen oder ihr auch nur etwas Konkretes mitteilen zu können, bestand im Moment kaum Hoffnung. Was er hörte, warf Fabian immer wieder auch auf sich selbst zurück. Auch er lebte nun seit Monaten von seinem

Sohn getrennt. Wenn auch die Umstände in keiner Weise vergleichbar waren, spürte er doch so etwas wie Verbundenheit mit dem Mann. Er hatte das Glück, dass er sich um Jonas' Wohlergehen keinerlei Sorgen zu machen brauchte, aber dennoch litt er unter der Trennung. In diesem Wirrwarr der Emotionen hatte Fabian kaum registriert, dass die Dolmetscherin sich immer stärker aus dem Gespräch genommen hatte und Bumble nun fast nur noch in seinem eigentümlichen Englisch sprach. Fabian wandte sich wieder der jungen Frau zu und ersuchte sie, eine Frage zu übersetzen, die zu dem Ausgangspunkt des Gesprächs zurückführen sollte. Wie es denn gekommen sei, dass Bumble den Laufsport aufgenommen habe, wollte er wissen. Die Dolmetscherin zögerte kurz und übersetzte dann knapp und offensichtlich widerwillig die Frage. Als der Mann antwortete, merkte Fabian eine Irritation bei der Frau. Ihre ursprüngliche Teilnahmslosigkeit, die Fabian anfangs noch als Laune interpretiert hatte, war nun offener Ablehnung gewichen. Fabian war irritiert, mit dem schwierigen Gespräch aber zu sehr beschäftigt, als dass er darauf hätte reagieren können.

Bumbles Antwort war ausführlich. Auch das Laufen habe er für seine Familie begonnen. Das Warten auf eine Entscheidung über seinen Asylantrag sei furchtbar lähmend und Beschäftigungsmöglichkeiten rar. Also habe er mit dem Laufen begonnen. Ein Sport, für den man außer dem eigenen Körper kaum etwas benötigte, kam ihm wie gerufen. Anfangs sei es reine Ablenkung gewesen, doch bald habe er bemerkt, dass er über das Potenzial zu mehr verfüge. Schließlich sei ihm ein Gedanke immer häufiger gekommen: Wenn es ihm gelänge, eine sportliche Höchstleistung zu erbringen, dann könnte das seine Situation schlagartig ändern. Man würde ihn dann nicht länger ignorieren können, sondern müsste ihm endlich Beachtung schenken. Bumble berichtete mit Begeisterung von seinem Plan. Die Hoffnung, die er an den angestrebten Erfolg knüpfte, war spürbar. Doch es müsste ein wirklicher Erfolg sein, betonte er. Eine richtige Sensation, nicht bloß ein Titel in der Amateurliga. Etwas, das ihm die Türen in eine neue Welt öffnen und seiner Familie die Reise nach Europa ermöglichen würde. Also habe er eines Tages den Entschluss gefasst, am Vienna City Marathon teilzunehmen. Das sportliche Großereignis erhielt genug mediale Aufmerksamkeit, um ihn im Erfolgsfall in ein neues Leben zu katapultieren. Doch er wusste, dass allein eine gute Platzierung dafür zu wenig wäre: »It was all about winning!«

Als Reaktion auf die abweisende Art der Dolmetscherin verfiel Bumble nun wieder in sein rudimentäres Englisch zurück, wodurch das Gespräch noch schwieriger wurde. »Was ist los mit Ihnen?«, herrschte Fabian die Dolmetscherin an. »Wollen oder können Sie nicht besser?«

Die Frau fuhr überrascht zusammen, so als wüsste sie nicht, wovon die Rede war. Fabian fing ihren irritierten Blick ein und hielt ihm stand. »Was?«, pfauchte er, als sie noch immer nichts sagte. Langsam erhob sich die Frau. Erst als sie bereit war zu gehen, antwortete sie. »Das sind primitive und ungebildete Menschen«, sagte sie. »Es geht uns hier gut, weil wir etwas dafür geleistet haben. Aber diese Menschen kommen mit ihrem Elend hierher und erwarten sich Hilfe von den anderen.« Kurz zögerte sie und machte einen ersten Schritt. »Wenn die alle kommen, was ist dann mit uns?«, sagte sie und ging grußlos davon.

Fabian blieb der Mund offen. Als er es endlich schaffte, ihn wieder zu schließen, hatte die Frau bereits die Terrasse verlassen. Fabian sah ihr wie versteinert nach. Bumble blickte seinerseits Fabian stumm an.

Endlich fasste Fabian sich wieder und wandte sich neuerlich seinem Gesprächspartner zu. »Sorry«, sagte er verlegen. »I think it's enough for today.« Er würde sich für ein weiteres Treffen noch melden und erbat eine Telefonnummer.

Nachdem Fabian die Getränke bezahlt hatte, sprach ihn Bumble noch einmal an, um sich nach einem Honorar zu erkundigen. Fabian dachte nach. Selbstverständlich gab es für derartige Interviews ganz grundsätzlich kein Honorar, doch woher sollte Bumble das wissen? Während Fabian noch nach den richtigen Worten suchte, begann Bumble erneut. »Does she get paid?«, fragte er und nickte in die Richtung, in die die Dolmetscherin verschwunden war.

»Well«, antwortete Fabian ausweichend.

»Why does she get paid? She has no story to tell«, legte Bumble nach. »It's my story! She has no story to tell.«

Fabian zog noch einmal seine Brieftasche hervor und zählte überschlagsartig sein Bargeld. Nach Abzug der Getränkerechnung blieben ihm noch etwa vierzig Euro. Er wusste, dass er Bumble nichts schuldete, doch fühlte er sich ihm verpflichtet. Im Grunde hatte er ja auch recht. Welche Geschichte würde er denn erzählen? Weder die der Dolmetscherin noch seine eigene. Es war Bumbles Geschichte! Warum sollte also ausgerechnet er, der zudem so gut wie keine Chance hatte, auf legalem Weg an etwas Geld zu kommen, bei all dem nichts verdienen?

Zögerlich zog Fabian zwei Geldscheine aus seiner Börse und reichte sie seinem Gegenüber. »It's all I've got«, sagte er. »Next time you get more!«

Vielleicht war es gar keine schlechte Idee, sich so Bumbles Treue zu erkaufen, dachte er und erhob sich. Sollte die Sache mit seiner geplanten Serie hinhauen, würde er ihn noch öfter brauchen. Als die beiden Männer langsam über die sonst nur spärlich besuchte Terrasse auf den Ausgang zugingen, merkte Fabian, dass Bumble sich ein wenig unrund bewegte. Es war kaum merkbar, doch als er vor Fabian die wenigen Stufen hinabstieg, die sie wieder auf die Hauptallee zurückführten, erkannte er, dass der Mann das linke Bein etwas vorsichtiger aufsetzte als das rechte.

»Too much training?«, fragte er, als sie wieder im Schatten der mächtigen Kastanienbäume standen, und deutete dabei auf das Bein des Mannes. Es war keine richtige Frage, sondern eher der Situation geschuldet, die es erforderte, zum Abschied noch ein paar unverbindliche Worte zu wechseln.

»No!«, wehrte Bumble ab. »Not because of training. Too much work«, sagte er, drückte kurz Fabians Hand und wollte sich bereits zum Gehen wenden. Doch Fabian gab seine Hand nicht frei. »Work?«, fragte er verwundert. »I thought you were not allowed to work?«

Als er seine eigenen Worte hörte, erschrak er. Es klang, als wollte er Bumble zurechtweisen. Schnell rang er sich ein Lächeln ab.

Bumble blickte ihn starr und wortlos an. »They asked for it«, sagte er schließlich. »They told us we have to.«

»Who told you?«

»The man from the accomodation. The tall one.«

»I see«, sagte Fabian und ließ endlich Bumbles Hand los. »I'll call you.«

Bumble drehte sich wortlos um und ging davon. Fabian blickte ihm noch für einen Moment nach, dann setzte auch er sich in Bewegung.

Er hatte sich noch keine hundert Meter entfernt, als er langsamer wurde und sich schließlich auf eine Bank setzte. Er benötigte einen Moment der Ruhe, um all das zu ordnen, was er soeben gehört und erlebt hatte.

Die Geschichte rund um Bumble war im Grunde genau so,

wie er sie sich erwartet hatte. Er würde also einen weiteren Beitrag darüber verfassen können, wenngleich ihm nun einfiel, dass er aufgrund des abrupten Endes vergessen hatte, relevante Information über den unglücklichen Verlauf des Marathons zu erfragen. Doch das kümmerte ihn nun gar nicht so sehr. Ein anderes Thema hatte sich in den Vordergrund gedrängt, das den Marathon nun geradezu nebensächlich erscheinen ließ. Fabian lehnte sich zurück und richtete den Blick nach oben. Still beobachtete er das Astwerk der Alleebäume. Es war beinahe windstill und die Blätter hingen vollkommen bewegungslos vor einem strahlend blauen Himmel. Was zur Hölle hatte Bumble gearbeitet, wo Asylwerbern Arbeit doch untersagt war? Fabian versuchte sich an seinen Besuch bei dem Quartier zu erinnern. »The tall man«, hatte Bumble gesagt. Die einzige Person, die er dort gesehen hatte, war der ältere Mann gewesen, der in einem abgedunkelten Büro gesessen und ausgerechnet *Von Tag zu Tag* gelesen hatte. Ob der Mann groß war, war ihm nicht aufgefallen, aber es war nicht auszuschließen.

Gedankenverloren fingerte er eine Zigaretten aus dem Päckchen. Dabei fiel es ihm wieder ein: Der Mann war gar nicht die einzige Person, der er begegnet war. Der Marihuana rauchende Zivi war ja auch noch dort gewesen. Und hatte der, als er ihn gefragt hatte, warum alles so verlassen sei, nicht etwas davon erwähnt, dass sich einige etwas dazuverdienen seien? Vielleicht war dieses »Dazuverdienen» ja genau die harte Arbeit, die Bumble zum Humpeln gebracht hatte?

Fabian erhob sich ruckartig. »Das wird sich doch herausfinden lassen«, sagte er zu sich selbst.

Keine fünfzehn Minuten später parkte er den Roller an derselben Stelle, an der er auch drei Tage zuvor gehalten hatte. Mit großen Schritten überquerte er die weite Fläche, die zwischen dem Eingang des Areals und dem desolaten Gebäude lag. Da das Wetter angenehm war und er Marco für einen Gewohnheitsmenschen hielt, ging er diesmal gleich an der rechten Seite um das Haus herum, um an jenen Ort zu gelangen, an dem er den Zivildiener beim letzten Mal angetroffen hatte. Als er um die Ecke bog, sah er, dass er mit seiner Einschätzung richtiggelegen hatte. Der ausrangierte Bürosessel drehte sich auch diesmal hin und her. Fabian trat auf, als wäre er hier zu Hause. Grußlos positionierte er sich so in Marcos Nähe, dass dieser ihn immer nur dann zu sehen bekam, wenn er bei seiner Bewegung einen der beiden Extrempunkte erreicht hatte. Fabian zündete sich endlich eine lang ersehnte Zigarette an und wartete. Es dauerte ein paar Drehungen, bis Marco reagierte.

»Bist du ein Kieberer?«, wollte Marco unvermittelt wissen.

Fabian musste lachen. Launig schloss er an die ungewöhnliche Gesprächseröffnung an. »Keine Angst, ich bin nicht von der Sucht.«

Aus dem Drehsessel kam keine Antwort. Möglicherweise hatte der Mann den Scherz nicht als solchen erkannt und wog nun sein weiteres Vorgehen ab. Fabian beschloss Entwarnung zu geben.

»Ich weiß zwar im Moment wirklich nicht genau, was ich bin, in einer Sache bin ich mir allerdings ziemlich sicher: Polizist bin ich keiner.«

Ein unbestimmter Ton aus dem rotierenden Sessel gab Erleichterung zu verstehen. »Jetzt hab ich echt kurz g'laubt, du bist einer.«

Fabian lachte erneut.

»Weil du so herumschleichst und Fragen stellst. So wie die Polizisten im Film. Verstehst?«

»Ja, schon klar. Ich hätte auch tatsächlich gleich noch eine Frage.« Fabian war sich der Geistesverfassung seines Gesprächspartners nicht sicher, weshalb er weitere Abweichungen vom Thema vermeiden wollte.

»Letztes Mal hast du gesagt, einige der Leute hier seien sich etwas dazuverdienen.«

»Ja, vor allem die, die schon ein Zeiterl hier sind.«

»Wie lange sind die Menschen denn eigentlich hier untergebracht?«

»Ganz unterschiedlich. Manche nur ganz kurz, andere sitzen schon seit einer halben Ewigkeit hier fest.«

»Und wie geht das mit dem Dazuverdienen? Asylwerber dürfen doch nicht arbeiten.«

»Ich hab ja auch nicht gesagt, dass sie es dürfen, ich hab gesagt, dass sie's machen!«

»Und wo arbeiten sie?«

»Was weiß ich. Jetzt fragst aber echt wie ein Bulle«, winkte der Zivi ab und beendete im selben Moment seine kreisende Bewegung. Es schien, als wäre ihm schlagartig die Lust am Gespräch vergangen. Fabian trat ein paar Schritte näher, nahm einen letzten Zug von seiner Zigarette und warf den Stummel auf den Boden. Das riss Marco aus seiner Starre. »Hast no an Tschick für mi?«, fragte er.

Fabian erkannte die Gunst des Moments und holte ein Päckchen Tabak hervor, das er vorsorglich gekauft hatte. »Ich hab dir etwas mitgebracht«, sagte er lächelnd.

»Leiwand! Is der für mi?«

»Wenn du mir erzählst, was du über das Dazuverdienen weißt, gehört er dir.«

Der Köder verfehlte seine Wirkung nicht. »Na ja, wissen tu ich im Grunde ja nix. Aber ich kann eins und eins zusammenzählen. In der Früh kommt immer wieder ein Kleinbus und holt ein paar Leute ab. Die kommen dann erst am Abend zurück. Dann sind die immer alle total g'schlaucht, schlagen sich den Bauch voll und ab in die Heia.« Für einen Moment unterbrach er sich und nahm seine Drehbewegung wieder auf. Es wirkte, als könnte er in einer statischen Position einfach kein Gespräch führen.

»Und was glaubst, werden die machen? An Ausflug auf'n Kahlenberg wohl kaum!« Marco lachte kurz über seinen eigenen Scherz und brach dann abrupt ab. Fabian ließ den Blick in der Gegend herumschweifen. Für einen Augenblick war es ganz ruhig. Nur das leise Schleifgeräusch, das der Drehsessel bei seiner Bewegung erzeugte, war zu hören.

»Was is jetzt mit dem Tabak?«, sagte Marco, als er sich mit einem Mal wieder der Situation besann.

»Wann kommt denn dieser Bus für gewöhnlich?«

»Ganz früh. Im Winter is sogar noch dunkel, wenn er kommt. Die frühstücken dann auch nicht. Ich muss am Vorabend immer ein Jausensackerl machen. Wie bei einem Schulausflug.«

Fabian war überrascht. »Die sagen dir also vorher, an welchen Tagen der Bus kommt?«

»Na«, gab sein Gesprächspartner knapp zurück. »Sagen tut mir das niemand.«

»Aber du hast doch gerade gemeint, dass du dann Lunchpakete herrichten musst?«

»Ja eh. Dass ich die machen soll, das sagen sie mir. Aber nicht, dass der Bus kommt.«

Der mühsame Gesprächsverlauf begann Fabian zu nerven. Dennoch gab er sich Mühe, seine Ungeduld nicht zu zeigen, denn er fürchtete, dass eine schlechte Stimmung den zugedröhnten Informanten zum Schweigen bringen könnte.

»Aber wenn man eins und eins zusammenzählt …«

Der Zivi lachte und zeigte mit dem Finger auf Fabian. »Genau«, sagte er in einem Tonfall, als würde er ein Kind belohnen, das eine schwierige Aufgabe gemeistert hatte.

»Und wer sagt dir, dass der Bus …«, Fabian unterbrach sich. »Dass du die Jausenpakete herrichten sollst?«

»Na, wer wohl? Der Depperte!«, gab der Zivi zurück. »Hab mich eh g'wundert, dass der plötzlich so fürsorglich is. Aber der macht das ja nur, damit die nachher beim Hackln nicht z'sammbrechen.«

»Und wann war das das letzte Mal der Fall?«

»Was jetzt?«

»Dass der Bus jemanden abholen kommt.«

»Na fast immer.«

»Was? Täglich?«

»Na mitschreiben tu ich nicht. Aber schon oft.«

»Heute auch?«

»Ja, heut auch.«

»Und wann hast du gesagt, kommen die in etwa zurück?«

Der Mann zuckte mit den Schultern. »Meistens erst am Abend. Aber manchmal auch früher. Mal so, mal so.«

»Alles klar«, schloss Fabian die Unterhaltung und warf seinem Gegenüber den Tabak zu. Marco reagierte überraschend schnell und fing das Päckchen auf.

»Besten Dank«, sagte er und deutete eine Verbeugung an.

Fabian tippte sich kurz mit einem Finger an die Stirn und zog erleichtert davon. Das war geschafft. Erleichtert umrundete er das baufällige Gebäude und ging zu seinem Roller zurück. Wenn ihn nicht alles täuschte, war er drauf und dran, einen professionell aufgezogenen Schwarzarbeiterring aufzudecken. Aber wo würde die Geschichte dann zu lesen sein? Ausgerechnet in *Von Tag zu Tag!* Es erschien ihm mit einem Mal höchst ungewiss, dass dies tatsächlich der richtige Weg für sein Vorhaben war.

Sollte er sich nicht doch einen seriöseren Partner suchen? Eine Zeitung, die diese Bezeichnung auch verdiente? Gleichzeitig kamen ihm weitere Zweifel. Würde er überhaupt in der Lage sein, eine derartige Geschichte zu bewältigen? Früher, da hätte er sich wie ein Raubtier auf sämtliche Hinweise gestürzt. Ohne zu schlafen und ohne zu essen hatte er recherchiert und gearbeitet. Damals hatte er die notwendige Ausdauer und Routine für solche Aufgaben gehabt. Eine Ausdauer, die allerdings auch dazu geführt hatte, dass er vor lauter Arbeit seine Familie immer mehr aus dem Blick verloren hatte. So lange, bis er einmal nach einer arbeitsintensiven Woche, in der er kaum zu Hause gewesen war, plötzlich eine halb leergeräumte Wohnung vorfand. Fast alles, was nicht ihm gehörte, war mit einem Mal verschwunden. Angefangen von der Kleidung und den Schuhen im Vorzimmer über die CDs und Bücher im Wohnzimmer bis hin zu den banalsten Gebrauchsgegenständen. Alles, was Frieda oder Jonas gehört hatte, war einfach nicht mehr da. Und gleichzeitig mit den Gegenständen waren auch die einzigen Menschen verschwunden, die ihm etwas bedeutet hatten. Seither hatte er keinen Text mehr verfasst, der als ernsthafte journalistische Arbeit durchgegangen wäre. War es ihm überhaupt möglich, einfach so wieder zu seiner alten Form zurückzufinden? Und war es gleichzeitig möglich, Frieda zu beweisen, dass er ein verlässlicher Partner war, der trotz eines aufreibenden Jobs die notwendige Ruhe für seine Familie aufbrachte? Ein ganz gewöhnlicher Vater zu sein schien ihm das höchste und schwierigste aller Ziele. Was die Zeitung anging, versuchte er die Angelegenheit von der pragmatischen Seite zu betrachten. Wenn er Walter tatsächlich am Haken hatte, wäre es ungeschickt, plötzlich die Taktik zu wechseln. Ganz egal, ob eine andere Zeitung mehr Prestige brächte. Das war nicht der Punkt. Er wollte Menschen erreichen, die sonst nur Geschichten darüber lasen, wie kriminell und faul dieses zugereiste Pack war, dem obendrein noch Geld nachgeworfen wurde. Leute, die den rechten Populisten auf den Leim gingen und in den Wahlzellen dafür sorgten, dass eine politische Klasse erstarkte, die daran arbeitete, den sozialen Zusammenhalt zu zerstören. Er weigerte sich, einfach so hinzunehmen, dass die Leser des Boulevards allesamt irgendwelchen Rattenfängern nachliefen. Es war ihm klarer als je zuvor: Diese Geschichte musste in *Von Tag zu Tag* erscheinen. Immer vorausgesetzt, Walter würde mitspielen.

Als Fabian mit seinen Gedanken zu einem Ende gekommen war, hatte er seinen Roller erreicht. Den Heimleiter, oder wie auch immer die korrekte Bezeichnung für diese seltsame Gestalt lautete, würde er vorerst nicht zur Rede stellen. Stattdessen holte er seine Kameratasche unter dem Sitz hervor und ging noch einmal zurück. Schnell machte er ein paar Aufnahmen von dem heruntergekommenen Gebäude, wobei er sich auf die offensichtlichsten Mängel konzentrierte. Er fotografierte die zerbrochenen oder durch Holzplatten ersetzten Fenster, den abbröckelnden Putz und die triste Umgebung. Danach kehrte er zu seinem Roller zurück. Wie sollte er jetzt weiter vorgehen? Wenn der Bus in der Früh tatsächlich Arbeiter abgeholt hatte, würde er sie auch wieder zurückbringen. Dann könnte er einfach das Kennzeichen des Fahrzeugs notieren und hätte einen ersten handfesten Anhaltspunkt für weitere Recherchen. Fabian blickte sich um. Er war sich sicher, dass ein Fahrzeug, das die Unterkunft ansteuerte, hier vorbeikommen musste. Er müsste einfach nur hier stehen bleiben und abwarten. Da es aber erst früher Nachmittag war, beschloss er, zuvor noch etwas zu essen und erst danach Position zu beziehen. Vor all dem wollte er aber noch etwas erledigen, was ihm seit dem Gespräch mit Bumble keine Ruhe mehr gelassen hatte: Er wollte endlich mit seiner Familie sprechen.

Frieda nahm das Telefon bereits nach dem zweiten Läuten ab. Nach so vielen erfolglosen Versuchen hatte Fabian nicht damit gerechnet und reagierte etwas verdutzt. Ungeschickt stammelte er eine Erklärung. Frieda reagierte verhalten, dabei aber nicht abweisend. Sie wechselten einige belanglose Worte, bis Fabian endlich nach Jonas fragte. »Er ist wohl nicht hier?«, tastete er sich vorsichtig vor.

Frieda zögerte kurz. »Doch«, sagte sie schließlich. »Er hatte heute früher aus. Willst du ihn sprechen?«

»Ja, bitte«, gab Fabian überrascht zurück.

»Hallo Papa«, hörte er kurz darauf Jonas' Stimme und spürte gleichzeitig einen Stich in seinem Inneren. Seit ihrem letzten Gespräch war so viel Zeit vergangen, dass allein der Klang der kindlichen Stimme genügte, um ihm Tränen in die Augen schießen zu lassen. Kurz hielt er das Telefon weit vom Körper weg und fasste sich. Dann antwortete er.

Fabian saß rittlings auf seinem Roller und spielte gedankenverloren mit einem Kaffeebecher. Nachdem er sich eine Weile gezwungen hatte, an gar nichts zu denken, legte er den Kopf weit nach hinten, setzte den Becher an und ließ den letzten Rest lauwarmen Kaffees in seine Kehle tröpfeln. Noch einmal dachte er an das Telefonat. Die ersten Worte waren seinem Sohn hörbar schwergefallen, doch schon nach wenigen Sekunden hatte sich zwischen ihnen die alte Vertrautheit eingestellt. Fabian stand auf und ließ seiner gewölbten Brust einen dumpfen Ton der Zufriedenheit entweichen. Es war das Gespräch gewesen, das er schon so lange herbeigesehnt hatte.

Ein Blick auf sein Mobiltelefon sagte ihm, dass es schon später Nachmittag war. Er kramte Kopfhörer aus seiner Jackentasche und stöpselte sie sich in die Ohren. Dann setzte er sich wieder auf den Roller, öffnete den Musikplayer seines Handys und scrollte durch seine MP3-Sammlung. Als er sich endlich für einen Song entschieden hatte, unterbrach ein Klingelton abrupt die Musik. Auf dem Display erschien Walters Nummer. »Scheiße, jetzt nicht«, zischte Fabian leise und wies den Anruf ab. Er wollte sich seine gute Stimmung ganz einfach nicht durch ein Gespräch mit diesem Idioten zerstören lassen. Während Fabian darüber nachdachte, ob sein Verhalten angemessen war, ertönte bereits ein weiterer Signalton, der ihm verriet, dass Walter eine Nachricht auf seiner Mobilbox hinterlassen hatte. Fabian hörte in Ruhe das Lied zu Ende und rief erst danach die Nachricht ab. Kurz darauf pfiff er laut auf: Walter hatte zugestimmt! Natürlich nicht, ohne seine Zusage mit einem drohenden Unterton zu versehen und so zu tun, als ob alles seine Idee gewesen wäre, doch all das kümmerte Fabian nicht. Er hatte bekommen, worum er sich bemüht hatte. Nichts anderes zählte.

Der Tag hätte kaum besser verlaufen können und Fabian war frohen Mutes. Das war auch gut so, anders hätte er wohl kaum lang genug auf seinem Beobachtungsposten durchgehalten. Es war bereits Nacht, als endlich ein weißer Kastenwagen die Straße entlangkam, vor der Einfahrt zum alten Bahnhofsgelände langsamer wurde und den Blinker setzte. Fabian stand neben seinem Roller und tat, als würde er telefonieren. Als der Wagen an ihm vorbeifuhr, machte er mit seinem Telefon mehrere Fotos. Verwackelt und zu dunkel, doch ausreichend, um die Nummerntafel zu erkennen. Als der Bus auf das Gelände eingebogen war und wieder Fahrt in Richtung der Unterkunft aufnahm, merkte Fabian, dass er sich den mühsamen Rechercheweg über die Kennzeichen vielleicht würde sparen können. Auf der Heckklappe des Fahrzeugs war in großen Lettern der Name einer Baufirma zu lesen: »Dörflinger Bau: Errichtung, Instandhaltung, Restaurierung«.

Fabian machte schnell ein weiteres Foto und schüttelte den Kopf. Welche Dreistigkeit! Die versuchten erst gar nicht, ihre Spuren zu verwischen. Die holten die Schwarzarbeiter ganz einfach mit ihrem deutlich beschrifteten Firmenwagen ab. Das Warten war mühsam gewesen, doch es hatte sich gelohnt. Jetzt wollte er nur noch ins Bett. Die kurze Strecke zu seiner Wohnung fuhr er mit offenem Visier. Er war todmüde. Gleichzeitig hatte er sich seit einer Ewigkeit nicht mehr so lebendig gefühlt.

Als er endlich in seinem Bett lag, holte er noch einmal sein Mobiltelefon hervor und betrachtete die unscharfen Fotos des Lieferwagens. Dabei blieb er an dem Bild mit der Aufschrift der Baufirma hängen. Irgendetwas regte sich in seinem müden Kopf. Dörflinger Bau, was sagte ihm dieser Name? Er legte das Telefon zur Seite, schloss die Augen und versuchte sich zu konzentrieren. Wenige Sekunden später war er eingeschlafen.

FREITAG

Fabian stand in der Küche und befüllte mit einer Hand die Kaffeemaschine, während er mit der anderen das Mobiltelefon fest an sein Ohr drückte. Die Erkenntnis war ihm mitten im Schlaf gekommen, geradezu im Traum. Dabei war alles so einleuchtend und naheliegend, dass er es zuerst kaum hatte glauben können. Nicht im Halbschlaf und auch jetzt noch nicht. Er musste unbedingt so schnell wie möglich mit Sonia sprechen.

Fabian verschüttete einen halben Löffel Kaffeepulver auf dem Küchenboden und fluchte. Mit dem linken Fuß verwischte er das Pulver so, dass man es nicht mehr exakt ausmachen konnte und die konkrete Verschmutzung einem allgemeinen Reinlichkeitsmissstand wich. Er aktivierte den Lautsprecher des Telefons und knallte das Gerät auf den Küchentisch. In regelmäßigen Abständen ertönte das Freizeichen. Ungeduldig wartete er, bis Sonias Anrufbeantworter ansprang, dann legte er auf und drückte sofort die Wahlwiederholung. Erst als er das Prozedere mehrmals wiederholt hatte, gab er verärgert auf. Er musste Sonia ganz einfach erreichen. Es war erst kurz nach acht und für gewöhnlich vermied er es, Leute bereits um diese Uhrzeit anzurufen. Doch Sonia hatte zwei Kinder, und die mussten immerhin um acht in der Schule sein, also sprach nichts dagegen, es auch schon vor den Bürozeiten bei ihr zu versuchen. Noch vielmehr, da er sich mit einer Frage trug, die er lieber stellen wollte, bevor Sonia ihren Arbeitsplatz erreichte.

Fabian schenkte sich die erste Tasse Kaffee ein. Genau als er beide Hände voll hatte, kam der Rückruf. Er stieß einen lauten

Fluch aus und knallte Kanne und Tasse auf die Anrichte. Dann hastete er zum Küchentisch und riss das Telefon ans Ohr. »Ja«, brüllte er.

»Wo brennt's denn?« Sonias Tonfall war vollkommen entspannt.

»Genau das will ich herausbekommen«, gab Fabian impulsiv zurück.

»Jetzt beruhig dich mal. Der Tag ist jung, da sollte man noch nicht so gestresst sein.«

»Du hast gut reden!«

»Aber hallo, verschätz dich mal nicht. Mein Morgen war sicher anstrengender als deiner. Oder wie viele Kinder genau hast du heute schon aufgeweckt, verpflegt, angezogen und in die Schule gebracht? Bei mir waren es zwei.«

Fabian musste sich geschlagen geben. »Tschuldigung«, murmelte er einsichtig. »Wie kommt es dann, dass du so entspannt bist?«

»Weil ich drei Minuten autogenes Training hinter mir habe. Das mach ich immer, sobald die beiden Bestien im Schulgebäude verschwunden sind und ich wieder alleine im Auto sitze. Sonst überlebe ich nämlich den Tag nicht. Solltest du vielleicht auch mal versuchen.«

»Ja, ja, schon gut. Darf ich jetzt endlich sprechen?« Fabian war etwas ruhiger, aber noch immer aufgewühlt.

»Was ist denn, hast du deinen Illegalen endlich gefunden?«

»Ja, aber es ist kein Illegaler, sondern ein ganz gewöhnlicher Asylwerber, der seit Ewigkeiten auf seinen Bescheid wartet. Warum das so ist, kannst du ja in dem Verein erfragen, in dem du arbeitest.«

»Ich muss dir hoffentlich nicht erklären, dass ich für so was nicht zuständig bin?«

»Ja, ist mir schon klar. Darum geht es auch gar nicht.«

»Sondern?« Am Hintergrundgeräusch erkannte Fabian, dass Sonia mit dem Auto fuhr.

»Bist du schon im Ministerium?«, fragte er.

»Ich fahr in diesem Moment in die Tiefgarage, warum?«

»Lass uns fertig sprechen, bevor du aussteigst, okay?«

»Klingt nach James Bond, aber okay. Was gibt's denn Geheimes?«

»Der Typ, den du neulich erwähnt hast, dein Kollege. Das Arschloch, bei dem die Fäden zusammenlaufen was die Asylfälle angeht. Wie hieß der noch schnell?«

»Günther, warum?«

»Mit Nachnamen mein ich!«

»Dörflinger, warum?«

»Also doch. Ich wusste es!«, rief Fabian triumphierend.

»Jetzt beruhig dich mal wieder und erklär mir bitte, was du dir da gerade zusammenspinnst!«

»Das kann ich dir schon sagen. Aber wollen wir uns nicht besser treffen?«

»Jetzt lass endlich diese James-Bond-Nummer! Was glaubst du eigentlich? Dass jemand unser Gespräch abhört? Entweder du erzählst es mir jetzt oder gar nicht. Wenn wir uns erst einen Termin ausmachen müssen, kann ich dir nicht versprechen, dass das dieses Monat noch was wird.«

»Ist ja schon gut! Ich dachte mir einfach, es wäre angenehmer, persönlich zu sprechen. Also hör zu!« Fabian holte einmal tief Luft und erzählte dann die Kurzfassung seiner Erlebnisse des Vortags. Das Gespräch mit Bumble, das mit dem Zivi und die Entdeckung des Fahrzeugs der Baufirma.

»Und jetzt frage ich mich«, endete er, »warum die Baufirma, die Asylwerber zur Schwarzarbeit abholt, denselben Namen trägt wie dein Kollege im Ministerium?«

Sonias Antwort kam prompt: »Fabian, du spinnst! Willst du

damit sagen, dass Günther nebenbei eine Baufirma betreibt und Asylwerber als Schwarzarbeiter beschäftigt?«

»Na ja, das wäre schon eine denkbare Variante! Die Leute müssen ewig auf ihren Bescheid warten, sind zum Nichtstun verdammt und haben kein Geld. Dann kommt jemand vorbei und schlägt vor, dass sie sich etwas dazuverdienen können. Die armen Teufel sind eine leichte Beute. So wenig kann die Baufirma gar nicht zahlen, als dass ein paar von denen nicht dafür schuften würden. Und je länger sie keinen Bescheid bekommen, desto verzweifelter werden sie.« Fabian verstummte und lauschte. Auch Sonia schwieg.

»Das ist vollkommener Schwachsinn«, sagte sie endlich. »Hör zu! Ich werde dieses Gespräch mit dir nicht weiter führen. Ich muss jetzt ins Büro.«

»Ist das ein Geständnis?« Im selben Moment, in dem er die Worte aussprach, wusste Fabian, dass er eine Grenze überschritten hatte.

»Bist du wahnsinnig?«, fuhr Sonia ihn entrüstet an. »Was erlaubst du dir eigentlich? Ist dir überhaupt klar, was du da sagst? Wenn du diesen Schwachsinn herumerzählst, kannst du dir schon mal einen Anwalt suchen.«

»Was noch lang nicht heißt, dass es nicht wahr sein könnte«, blieb Fabian bei seiner Version und schaltete in dieselbe Tonart.

Sonia stieg nicht weiter darauf ein. Noch einmal erhob sie die Stimme, klang jetzt aber wieder kontrolliert. »Hör mir gut zu, Fabian. Das ist kein Spaß mehr. Schlag dir diesen Schwachsinn aus dem Kopf. Günther ist ein besserwisserisches, arrogantes Arschloch. Das gebe ich dir meinetwegen schriftlich. Aber eines kann ich dir versichern, mit dieser Baufirma hat er nichts zu tun. Und jetzt leg ich auf, ich werde bereits erwartet.«

Obwohl Sonia es angekündigt hatte, brach die Leitung nicht

ab. Fabian vermutete, dass sie ihm eine Chance geben wollte, sich zu entschuldigen. Er beschloss, sie zu nutzen.

»Ist gut«, sagte er. »Es lag eben alles so auf der Hand ...«

»Ein bisschen zu sehr auf der Hand, findest du nicht?«

Fabian erwiderte nichts. »Was hast du denn für einen Termin?«, sagte er schließlich, um das Schweigen zu brechen.

»Das geht dich einen Scheiß an!«

»Beruhig dich. Ich hab mich ja schon entschuldigt. War ja nur so dahingefragt.«

Sonia atmete tief durch. »Meinetwegen«, sagte sie ruhig. »Ich habe jetzt in wenigen Minuten einen Termin, bei dem sich unsere neue Abteilungsleitung entscheiden wird. Und wenn ich die Sache richtig deute, besteht das Risiko, dass eben dieser Depp von Dörflinger zum Zug kommt.«

»Okay«, gab Fabian zurück. »Dann versteh ich, dass du nervös bist. Entschuldige bitte.«

»Ist schon gut! Ich muss dann. Reden wir bald wieder.«

Am dumpfen Knall der Wagentür erkannte Fabian, dass Sonia aus dem Auto gestiegen war.

»Vielleicht hast du ja Glück und es wird der andere«, sagte er.

»Es gibt keinen anderen«, gab Sonia prompt zurück. An ihrer Atmung erkannte man, dass sie flott ging.

»Das verstehe ich nicht. Wenn es nur einen Bewerber gibt, steht die Entscheidung ja bereits fest?«

»Mein Gott, ihr Männer seid echt alle Idioten!«

Fabian antwortete mit einem fragenden Schweigen.

»Kein Mann, eine Frau! Es gibt keinen zweiten Bewerber, sondern eine Bewerberin!«

»Verstehe«, entschuldigte sich Fabian verlegen. »Vielleicht wird es ja die«, sagte er.

»Ja, das hoffe ich auch«, gab Sonia zurück. »Ich steige jetzt in den Aufzug«, sagte sie und legte auf.

Fabian schnappte die Kaffeetasse und ließ sich neben dem Küchentisch auf einen Sessel fallen. Das war gar nicht gut gelaufen. Sollte die Namensgleichheit tatsächlich ein Zufall sein? Er hatte jedenfalls keinen Anlass, Sonia nicht zu glauben. Die Namensgleichheit konnte ja tatsächlich eine falsche Fährte sein, so selten war der Name wirklich nicht.

»Schwachsinn!«, entfuhr es Fabian mit einem Mal. Er war doch nicht blöd! An der Sache war etwas dran, das sah ein Blinder. Er beschloss, unter der Dusche über sein weiteres Vorgehen nachzudenken. Als er das Badezimmer betrat, läutete neuerlich das Telefon.

»Oh, der Herr Starjournalist nimmt tatsächlich ab. Muss ich mich dafür jetzt bedanken?«

Walter! Der hatte ihm für einen schlechten Tagesbeginn gerade noch gefehlt. Fabian atmete einmal tief durch, bevor er antwortete. »Walter, was willst du?«

»Was ich will? Na was wohl? Wo ist jetzt der großartige Artikel, den du vollmundig angekündigt hast? Melde dich endlich bei Doris! Aber husch, husch.«

»Ich bin kein Hund, also spar dir das Huschen.«

»Jetzt zier dich nicht, sondern mach dich an die Arbeit! Und denk daran: knapp und würzig!«

»Okay, ich meld mich gleich bei ihr«, gab Fabian klein bei und signalisierte mit seinem Tonfall, dass er das Gespräch als beendet betrachtete. Er hatte nicht die geringste Lust auf eine weitere schwierige Unterhaltung.

»Nicht so schnell«, lenkte Walter ein. »Ich bin noch nicht fertig mit dir. Was ist dir eigentlich dabei eingefallen, diese Dolmetscherin so zu behandeln? Die Frau hat sich über dich beschwert.«

»Oho, das feine Fräulein hat sich also beschwert?«, erwiderte Fabian angriffig.

»Ja, und das gefällt mir gar nicht, denn die Agentur, die sie vermittelt hat, gehört einem guten Bekannten von mir. Da kann ich kein böses Blut brauchen.«

»Dann sollen sie ihr dort ihren Job besser erklären. Das Erste, was eine Dolmetscherin nämlich lernen sollte, ist, dass sie übersetzen soll. Und zwar ohne ihre eigene Meinung einzubringen. Dazu war die gute Frau aber nicht in der Lage. Hat sie das auch erwähnt, als sie ihre Beschwerde vorbrachte?«

Walter antwortete nicht sofort. Er war professionell genug, um den Hinweis ernst zu nehmen. »Okay«, sagte er schließlich. »Aber was auch immer sie getan hat, es war ganz sicher nicht notwendig, sie anzubrüllen.«

»Und das sagst ausgerechnet du!«

»Du verwechselst da etwas. Ich bin der Chef! Herumbrüllen ist quasi Teil meiner job description. Du bist Schreiberling. Und im Moment nicht unbedingt der gefragteste.«

»Sorry, ich war im Stress«, lenkte Fabian ein. »Die Situation war nicht ganz einfach.« Er hatte wirklich nicht die geringste Lust, mehr Zeit auf so eine Lappalie zu verschwenden.

»Ist das eine Entschuldigung?«

»Wenn du willst. Aber ich hab noch etwas Besseres zu bieten als eine läppische Entschuldigung.«

»Und das wäre?«

»Hör zu! Die Geschichte entwickelt sich in eine brisante Richtung. Ich habe konkrete Hinweise darauf, dass einige der Asylwerber systematisch zur Schwarzarbeit eingesetzt werden. Ich bin noch dabei, das zu recherchieren, aber wie es aussieht, könnte das eine richtig große Sache werden.«

Walter schien nachzudenken. »Wie lange brauchst du dafür?«, fragte er schließlich, ohne dabei übermäßiges Interesse erkennen zu lassen.

»Ein, zwei Tage, aber ich kann in dem aktuellen Artikel bereits einen ersten Hinweis liefern.«

Walter schwieg wieder kurz, bevor er nüchtern antwortete. Noch immer lag in seiner Stimme eine Skepsis, die Fabian nicht einzuordnen vermochte: »Okay, besprich alles Weitere mit Doris. Wenn die Sache wirklich das Zeug hat, Wellen zu schlagen, will ich den Artikel aber persönlich abnehmen. Richte ihr das aus. Und jetzt mach dich an die Arbeit!«

»Zu Befehl«, antwortete Fabian und legte auf.

Doris Eiblinger schien zur Abwechslung einen guten Tag zu haben, das Gespräch verlief sachlich, Fabian war es beinahe ein wenig peinlich, dass er etwas von höchster Stelle auszurichten hatte. Sie vereinbarten, dass Fabian den Artikel noch so rechtzeitig vor Redaktionsschluss senden würde, dass genug Zeit bliebe, den Text Walter persönlich vorzulegen.

Als Fabian das Telefon weglegte, hatte er bereits die ersten Formulierungen im Kopf. Doch es war nicht der lächerlich kurze und extrem zugespitzte Artikel für *Von Tag zu Tag,* der ihn in Atem hielt, sondern eine umfangreichere und seriösere Version der Geschichte, an der er mittlerweile parallel arbeitete. Ohne weitere Zeit zu verlieren, versammelte er Kamera, Laptop, Diktiergerät und seine handschriftlichen Aufzeichnungen auf dem Küchentisch und begann endlich zu schreiben. Den Text für Walters Zeitung hatte er in einer guten halben Stunde getippt. Anschließend wählte er noch zwei Fotos aus, und damit war die Sache im Grunde auch schon erledigt.

Noch einmal setzte er Kaffee auf und begann dann mit der Langversion des Textes. Während er für *Von Tag zu Tag* nicht viel mehr getan hatte, als noch einmal den beinahe Marathon-Erfolg aufzurollen und Bumble unter Rückgriff auf dessen persönliche Geschichte etwas mehr Plastizität zu verleihen, ging er es nun viel gründlicher an. Er hörte noch einmal aufmerksam die gesamte Aufnahme des Interviews durch, recherchierte im

Internet zur Lage in Bumbles Herkunftsland, las in den Online-Archiven ausländischer Zeitungen ähnliche Reportagen und besorgte sich schließlich aktuelle statistische Daten zum Thema Migration.

Erst als er das Gefühl hatte, eine Materialsammlung und einen Textentwurf zustande gebracht zu haben, der die Grundlage für eine ernsthafte Reportage darstellte, legte er eine kurze Pause ein. Wie in alten Zeiten hatte er sich in sein Thema verbissen und auf alles andere um sich herum vergessen. Als er einen Blick auf die Uhr warf, bemerkte er, dass es bereits höchste Zeit war, den Artikel an die Redaktion zu senden. Noch einmal überflog er den kurzen Text, der mit einer Andeutung der Schwarzarbeit endete. Der Kontrast zu der betont sachlichen Langversion, an der er gerade noch gearbeitet hatte, war geradezu grotesk und stieß Fabian unangenehm auf, doch besann er sich auf Walters Forderung: knapp und würzig. Wenn er die Leserschaft eines Sensationsblatts mit seinem Thema erreichen wollte, dann hatte er sich nun einmal an dieses Credo zu halten. Möge der Zweck die Mittel heiligen, dachte er, und sendete den Artikel an die Redaktion.

Er stand auf und wanderte planlos durch die Wohnung. Gedanklich kam er dabei vom Thema nicht los. Noch immer kannte er weder den Grund für den überraschenden Marathon-Abbruch noch wusste er etwas über den rätselhaften Gegenstand, den Bumble bei sich getragen hatte. Ein Umstand, der dem unglücklichen Ende ihres Gesprächs geschuldet war. Er würde Bumble ganz einfach noch einmal befragen. Schwerer wog da schon die Sache mit der Baufirma. Mit einem lauten Seufzer ließ er sich im Wohnzimmer auf dem Sofa nieder und legte beide Füße auf den niedrigen Couchtisch. Nach der Ernüchterung, die das morgendliche Telefonat mit Sonia gebracht hatte, stand er in diesem Punkt wieder ganz am Anfang.

Wenig später setzte er sich wieder an den Computer und begann im Internet nach der Baufirma zu suchen. Allerdings ohne konkretes Ergebnis. Weder gab es eine Homepage noch Aktivitäten im Bereich Social Media. Einziger Hinweis war ein Eintrag in einem Branchenregister, der die Firmenadresse am Stadtrand anführte. Sonst nichts. Wenn Fabian etwas erfahren wollte, würde er die Adresse aufsuchen müssen, allerdings war es dafür bereits zu spät. Eine simple Adresse als einziger Anhaltspunkt war doch etwas sehr dürftig. Er wählte Bumbles Handynummer. Diesmal hatte er Glück. Bumble meldete sich sofort und sie vereinbarten ein Treffen für den nächsten Tag.

Während einer Rauchpause am Küchenfenster betrachtete Fabian seinen provisorischen Arbeitsplatz. Ohne es zu merken hatte er praktisch den gesamten Tag an diesem Tisch verbracht. Noch einmal setzte er sich vor den Bildschirm und überflog den Textentwurf des Langartikels. Er war so in seine Tätigkeit vertieft, dass er das Läuten des Telefons zwar wahrnahm, aber nicht weiter beachtete. Erst als in direkter Folge ein weiterer Anruf einging, wurde er stutzig. Beide Male war es Sonia.

»Sonia, was für eine Überraschung!«, nahm er das Gespräch ehrlich erfreut an.

Sonia reagierte mit einem Ton, der sofort schlechte Stimmung erkennen ließ.

»Was ist denn mit dir los?«

Er bekam keine Antwort. Es klang, als kämpfte Sonia innerlich noch einen Moment dagegen an, sich Fabian anzuvertrauen. Schließlich brach es aber aus ihr heraus: »Der Cousin. Es ist sein Cousin!«

»Wer, was?« Fabian verstand kein Wort.

»Na wer wohl! Dörflinger! Das Arschloch!«

Bei Fabian fiel endlich der Groschen.

»Echt wahr!«

»Ja, echt wahr! Und das ist noch nicht alles. Ich glaube, dass ich auch eine Verbindung belegen kann. Morgen ist Samstag und keiner im Büro. Ich versuche, in seinen PC einzusteigen und einmal seine Korrespondenz durchzugehen.«

»Kennst du denn das Passwort für seinen PC?«

»Der Mann ist ein selbstverliebter, arroganter Idiot. Ich kenne die Namen seiner Frau, seiner Kinder, seines Hundes und den seiner verdammten Jacht. Es wird also schon etwas Passendes dabei sein. Menschen wie er verwenden grundsätzlich keine komplizierten Passwörter.«

»Weil sie zu blöd sind, sie sich zu merken?«

»Das vielleicht auch. Aber vor allem weil sie es vor lauter Selbstherrlichkeit gar nicht für möglich halten, dass es jemand wagen könnte, sie zu knacken.«

»Hoffen wir, dass du recht hast.«

»Verlass dich darauf.« Sonia klang nun bereits deutlich ruhiger. Es schien, als hätte sie sich erst jetzt, wo sie es ausgesprochen hatte, vollständig mit ihrer Entscheidung angefreundet. »Ich weiß nicht, was ich alles finde, doch es wird bestimmt genug dabei sein, um ordentlich Staub aufzuwirbeln. Verwende, was auch immer du gebrauchen kannst. Mir ist alles recht, solange du meinen Namen dabei raushältst.«

»Ehrensache! Aber was hat deinen plötzlichen Meinungsumschwung hervorgerufen?«

Sonia hielt kurz inne. »Du musst mir glauben. Ich habe das alles bisher selbst nicht gewusst. Das hat sich heute geändert.«

»Und weshalb hat es sich geändert?«

»Das brauchst du nicht zu wissen, aber sagen wir so: Falsch verstandener Korpsgeist wurde nach und nach von der Erkenntnis abgelöst, beinahe so geworden zu sein, wie ich nie hatte werden wollen.«

»Das ehrt dich!«, sagte Fabian anerkennend.

»Vielleicht. Aber wenn ich ehrlich bin, gibt es da auch noch weit niedrigere Motive.«

»Und zwar?«

»Eifersucht und Neid zum Beispiel.«

Fabian reagierte neuerlich irritiert. »Warum Eifersucht? Du wirst doch nicht mit dem Typen …«

Ein helles Lachen schnitt ihm den Satz ab. »Mein Gott, bist du naiv, Fabian! Nicht so, wie du denkst.«

Fabian schwieg. Endlich erinnerte er sich wieder an ihr morgendliches Gespräch. »Ich nehme mal an, der Idiot hat den Job bekommen, lieg ich da richtig?«

»Ja, da liegst du richtig!«

»Und wie hat deine Kollegin reagiert, die andere Bewerberin?«

Wieder lachte Sonia. »Fabian, bitte nimm es nicht persönlich, aber du bist echt ein Idiot.«

»Okay«, schoss Fabian scharf zurück. »Aber dann erklär mir doch auch bitte, weshalb ich ein Idiot bin?«

»Die zweite Bewerberin war ich. Und es sagt einiges über das Bild, das du von mir hast, dass du auf diesen Gedanken bisher nicht gekommen bist.«

Fabian blieb der Mund offen. Erst nach ein paar Sekunden stammelte er eine Entschuldigung.

»Ist schon gut«, erwiderte Sonia versöhnlich. »Halt mir die Daumen, dass ich morgen etwas finde. Dann sorgen wir gemeinsam dafür, dass Dörflingers erster Tag als Sektionschef auch sein letzter wird!«

SAMSTAG

Der erste Schock kam für Fabian bereits im Bett. Er schoss mit dem Gefühl hoch, etwas Wichtiges versäumt zu haben. Ein Blick auf sein Telefon bewies ihm, dass ihn sein Gefühl nicht getäuscht hatte: Es war bereits neun Uhr. Er hatte also tatsächlich verschlafen. Zwar hatte der Wecker geläutet, doch er hatte nichts davon mitbekommen. Mit einem lauten Fluchen stürzte er halb nackt in die Küche, wo noch immer der Laptop stand. Gebannt starrte er auf das Fenster seines Posteingangs. Tatsächlich: Von einem Account, dessen Absender eine willkürliche Zeichenreihe darstellte, war gleich ein halbes Dutzend Nachrichten eingegangen. Sonia hatte es also geschafft! Fabian sprang auf und stieß einen Freudenschrei aus.

Er begann sofort damit, die Daten zu durchforsten. Es waren Kopien einer Mailkorrespondenz. Die Leute sprachen Klartext, in Kombination mit den von Fabian recherchierten Hintergrundinformationen erschloss sich schnell, was hier vereinbart wurde. Der gesamte Mailverkehr war von blankem Zynismus geprägt, dessen Ausmaß ihn verblüffte. Der Inhalt der Nachrichten war in jeder Zeile brisant genug, um deren Urheber in arge Bedrängnis zu bringen. Insbesondere jene, die ein öffentliches Amt bekleideten.

Auch an diesem Vormittag verließ Fabian die Küche kaum. Sofort machte er sich daran, den Artikel für *Von Tag zu Tag* zu verfassen. Nebenher aktualisierte er auch die Reportage. Zwischendurch rief er in der Redaktion an, um ein kurzes Update zu geben. Doris Eiblinger bat lediglich darum, die Geschichte pünktlich zu erhalten.

Wenn die Story einschlug, würde er so schnell wie möglich versuchen, auch seine Reportage zu veröffentlichen und wäre in Folge nicht mehr auf Walter oder diese seltsame Eiblinger angewiesen. Er hatte allerdings noch keine konkrete Idee, in welchem Medium das sein sollte.

Fabian öffnete das Fenster, lehnte sich ein Stück hinaus und blickte auf die ruhige Straße. Er widerstand dem Verlangen, sich eine Zigarette anzuzünden, und dachte an Frieda und Jonas. Mit ihnen war der nächste Schritt, den er gehen musste, unweigerlich verbunden. Auch Sonia spielte eine Rolle. Und mehr noch Bernhard, Sonias Bruder und Fabians ehemaliger bester Freund. Vor allem aber ging es bei der ganzen Sache um ihn selbst. Ein Umstand, den er sich viel zu lang nicht hatte eingestehen wollen. Er hob den Kopf und blickte in den klaren Himmel. Noch einmal erschien ihm die Szene, die sein Leben vor ein paar Monaten endgültig aus der Bahn geworfen hatte. Doch diesmal schob er sie nicht zur Seite. Er spürte, dass er endlich bereit dazu war, sich seiner Verantwortung zu stellen. Er erinnerte sich daran, wie er vor etwa einem halben Jahr eines Abends nach Hause gekommen war. Viel zu spät und viel zu müde, von einem viel zu langen Tag. Dazu noch leidlich betrunken. Als er die Wohnungstür öffnete, merkte er, noch bevor er den Schlüssel abzog, dass etwas nicht stimmte. Jonas war schon im Bett und Frieda saß in der Küche. Doch sie war nicht alleine, dicht neben ihr saß Bernhard. Fabian hatte zuerst an einen gewöhnlichen Besuch gedacht und für einen Moment, dass vielleicht alles ganz normal war. Der Besuch eines guten Freundes. Sonst nichts. Doch dann sah er die Ringe unter Friedas Augen und spürte den verhaltenen, beinahe abweisenden Händedruck Bernhards. In dem Moment wusste er, dass gar nichts normal war.

Bernhard ging sofort aus der Deckung und sprach ihn direkt

an. Frieda habe ihn angerufen, weil sie nicht mehr weiterwusste. Er erzählte auch, dass er schon mehrmals hier gewesen sei und mit ihr über ihn gesprochen habe. Fabian zog einen Sessel heran und ließ sich auf der anderen Seite des Tisches nieder. Frieda sagte kein Wort, richtete den Blick fest auf die Tischplatte und bearbeitete mit ihren Händen ein Taschentuch. Bernhard sprach für sie. Er sprach lang und schonungslos, listete sämtliche von Fabians Verfehlungen auf und konfrontierte ihn mit Dingen, von denen Fabian selbst wusste, dass sie nicht zu tolerieren waren. Dinge, die er schon längst hatte ändern wollen, an denen er aber immer wieder gescheitert war: seine ausufernden und vollkommen unkontrollierbaren Arbeitszeiten, seine Unaufmerksamkeit, wenn er doch einmal zu Hause war, sein latentes Problem mit dem Alkohol und vor allem der Umstand, dass er so gut wie alles, was mit Jonas zu tun hatte, allein Frieda überließ. Und nun konnte Frieda einfach nicht mehr und hatte es satt, Fabian neuerlich um Besserung anzuflehen. Er könne bei alldem nicht mehr zusehen, sagte Bernhard schließlich und rechtfertigte damit seine Einmischung. Als er geschlossen hatte, wandte er sich kurz Frieda zu. Sie sah auf und erwiderte seinen Blick. Im selben Moment zerbrach etwas in Fabian. Obwohl er wusste, dass er im Unrecht war, fühlte er sich, als hätten sich seine Frau und sein bester Freund gegen ihn verschworen. Er wusste, dass Bernhard mit allem recht hatte. Gleichzeitig fühlte er sich bloßgestellt und verraten. All das ließ eine unkontrollierbare Wut in ihm aufkeimen. Er donnerte beide Hände auf den Tisch, sprang auf und warf dabei den Sessel um. Mit einem Satz war er bei Bernhard und packte ihn am Kragen. Frieda fuhr erschrocken hoch und stieß einen Schrei aus. Fabian ballte die rechte Hand zur Faust und erhob sie vor Bernhards Gesicht. Bernhard bewegte sich keinen Millimeter. Stumm hielt er Fabians Blick stand und wartete, ob sein

Freund den Mut aufbringen würde, ihn zu schlagen. Ein paar Sekunden verharrte Fabian noch mit erhobenem Arm, dann ließ er die Faust sinken, drehte sich um und verließ wortlos die Wohnung.

Am nächsten Tag entschuldigte er sich bei Frieda und schwor ihr einmal mehr Besserung. Doch sie sah ihn nur still an und antwortete nicht. »Hörst du mich?«, flehte er. »Ich höre dich seit Jahren«, sagte sie und ging davon. Drei Tage später war sie verschwunden. Seither hatte er mit Bernhard kein Wort mehr gewechselt. Kein Besuch, kein Mail, kein Anruf. Aber jetzt brauchte er ihn. Bernhard würde ihm dabei helfen können, den Artikel zu publizieren. Doch ihn um diesen Gefallen zu bitten, kostete ihn die größte Überwindung. Gleichzeitig war es eine Chance für die längst überfällige Entschuldigung. Letztlich ging es um mehr als den Artikel, es ging vor allem um ihre Freundschaft und seine Familie. So hing plötzlich alles zusammen. Fabian spürte, dass er nur, wenn er sich überwinden könnte, diesen einen Schritt zu machen, auch Chancen hätte, alles andere wieder in den Griff zu bekommen.

Ein Signalton seines Telefons riss ihn aus den Gedanken und ließ ihn zusammenfahren. Eine Nachricht von Sonia war eingetroffen: »Alles klar?«

»Bin schon an der Arbeit«, tippte Fabian rasch als Antwort, legte das Telefon zur Seite und erhob sich. »Dann bringen wir es zu Ende«, sagte er und nahm wieder seinen Platz vor dem Computer ein. Zwei Stunden später war die Sache erledigt. Er hatte den Text exakt so gehalten, wie Walter und Eiblinger sich das gewünscht hatten. In der für *Von Tag zu Tag* typischen Zuspitzung. Eine lächerliche Seite hatte man ihm zugestanden. Nachdem er alles abgeschickt hatte, rief er kurz bei Eiblinger an, um sich den Empfang bestätigen zu lassen, doch er erreichte nur die Sprachbox. Kurz fühlte er sich erleichtert, merkte dann aber, dass seine Anspannung nicht wirklich abklang. Seine Geschichte würde am nächsten Tag erscheinen. Es hieß also abwarten.

Abgesehen von dem Treffen mit Bumble am späten Nachmittag hatte er nichts vor. Obwohl es tausend Dinge gab, die Fabian hätte erledigen können, gelang es ihm nicht, etwas Vernünftiges zustande zu bringen.

Genervt von den immerselben Gedanken, beschloss er, schon früher als notwendig aufzubrechen und den Weg zum Prater zu Fuß zurückzulegen. Ein Spaziergang würde ihm etwas Ablenkung verschaffen. Als er dann die Terrasse des Lokals betrat, war er guter Dinge und hatte große Lust auf das bevorstehende Gespräch.

Diesmal war er gut vorbereitet und stellte gezielte Fragen. Auch den Grund des Marathon-Abbruchs erfuhr er: Es war ein dummer Ausrutscher gewesen, der ein altes körperliches Leiden angestoßen und Bumble so den Triumph gekostet hatte. Über die Arbeit auf der Baustelle fragte Fabian bewusst nichts. Er befürchtete, er könnte Bumble mit dem Thema in die Defensive bringen und ihr Vertrauensverhältnis zerstören. Dafür erkundigte er sich nach dem Gegenstand, den Bumble beim Marathon bei sich getragen hatte, und mit einem Lachen zog der Mann eine kleine Puppe aus seiner Hosentasche. Es war nicht viel mehr als ein ausgestopftes Stück Stoff, von dem sich schwer sagen ließ, ob es einen Menschen oder ein Tier darstellen sollte. Bumble erklärte, dass es sich dabei um einen Glücksbringer handelte, den seine Tochter für ihn gebastelt hatte. Kurz lächelte er das Ding an und steckte es wieder zurück in die Tasche.

Es war ein langes Gespräch, das die beiden Männer einander auf ganz eigene Weise näherbrachte. Fabian fühlte eine wachsende Sympathie für diesen Mann, der seinen schwierigen Weg so tapfer und entschlossen ging. Als Fabian erzählte, dass auch er von seinem Sohn getrennt leben musste, wurde ihm schlagartig bewusst, wie lächerlich es war, jemanden wie Bumble mit der Banalität seines familiären Zerwürfnisses zu konfrontieren. Doch Bumble nahm Fabians Schmerz ernst. »It does not matter why you are not with them«, sagte er. »It's always a pity.« Erst nach mehr als zwei Stunden trennten sich die beiden. Die Verabschiedung fiel beinahe freundschaftlich aus. Bevor sie auseinandergingen, stellte Fabian Bumble noch eine letzte Frage: »Glaubst du, du hättest wirklich gewinnen können?«

Bumbles Antwort kam sofort: »Sure!«

»When did you notice?«

»It's kind of funny«, begann Bumble eine kurze Erklärung. »I knew it right the moment before the start. I got down on my knees and tied my shoes. First the left one, then the right one. Then I took a deep breath and got up again. And then, this very moment, I knew it!«

Nachdem sie sich getrennt hatten, ging Fabian wieder zu Fuß die Allee entlang. Ein paar Hundert Meter weiter, fast schon am Praterstern, befand sich ein Fahrradverleih, der auch einen Kiosk betrieb. Vor einem kleinen Häuschen, das an die roten Waggons des dahinter thronenden Riesenrads erinnerte, waren ein paar Klappsessel und Plastiktische aufgestellt. Fabian ließ sich nieder und bestellte eine Dose Bier. Nachdem er mit der freundlichen Bedienung einige Worte gewechselt hatte, kramte er seine Zigaretten hervor und begann zu rauchen. Still beobachtete er das Treiben auf der abendlichen Hauptallee. Das Gespräch mit Bumble hatte ihn so gefangen genommen, dass er erst jetzt daran dachte, sein Mobiltelefon auf eventuelle Nachrichten zu überprüfen. Das Ergebnis überraschte ihn, bestand es doch aus einer einzigen Nachricht von Doris Eiblinger, die wiederum nur aus einem einzigen Wort bestand: »Erhalten«. Sonst nichts. Keine Änderungswünsche und keine Rückfragen. Auch Walter hatte noch immer nicht zurückgerufen. Lediglich zwei versäumte Anrufe seines Bruders wurden angezeigt, doch verspürte er nach dem langen Tag nicht die geringste Lust auf ein weiteres nervenaufreibendes Gespräch. Gedankenverloren legte er das Telefon vor sich auf das kleine Tischchen und blickte wieder ins Leere. Als sich die Bedienung näherte, bestellte er ein weiteres Bier. Im selben Moment hatte er das erste Mal das ungute Gefühl, dass vielleicht doch noch alles ganz anders kommen könnte. Als das dritte Bier vor ihm stand, erreichte ihn eine weitere Nachricht. Sie stammte von Sonia und bestand ebenfalls aus einem einzigen Wort: »Und?«

Fabian merkte, wie er ärgerlich wurde. War das jetzt ein Wettbewerb in Kürzestnachrichten? Er gab einen Ton von sich, der gleichzeitig nach Erheiterung und Resignation klang. Dann schrieb auch er ein einziges Wort: »Morgen!«

SONNTAG

Das Erwachen war hart. Fabian hatte sich gehen lassen, gönnte sich nun aber keine Gnade. Obwohl er erst spät und stockbetrunken ins Bett gekommen war, quälte er sich sofort auf. Angetrieben wurde er dabei von nur einem Gedanken: War sein Artikel erschienen? Eilig schlüpfte er in eine schmutzige Hose, die er vom Fußboden des Schlafzimmers aufgelesen hatte, und schickte sich an, die Wohnung zu verlassen. Als er bereits im Vorzimmer stand und die Tür öffnen wollte, hörte er das dumpfe Geräusch des Vibrationsalarms seines Telefons. Nach kurzem, nervösen Suchen zog er das Gerät aus einer Tasche seiner Jeansjacke, die an der Garderobe hing. Schon im Gehen nahm er das Gespräch an. »Ja!«, stöhnte er, während er die Tür hinter sich zuwarf.

»Fabian, hörst du mich?« Es war die Stimme seines Bruders. Oliver! Der hatte jetzt gerade noch gefehlt!

»Ja, ich höre. Was gibt's denn?« Fabian bemühte sich erst gar nicht, seine Anspannung zu verbergen. Gleichzeitig stürzte er in großen Schritten die Stiege hinab.

»Hör mir zu!«

»Tu ich ja, was gibt's denn so Wichtiges?«

»Papa«, sagte Oliver.

»Ist ja gut! Ich war schon bei ihm.« War das möglich? Da wollte dieser Typ doch ernsthaft überprüfen, ob er seiner Aufforderung, den alten Herrn zu besuchen, auch schön brav nachgekommen war.

»Jetzt hör mir doch endlich zu!«, brüllte Oliver, der Fabians Ablenkung ganz offensichtlich registriert hatte.

Fabian ging nun etwas langsamer. »Also gut, was ist denn?«, sagte er, stieß die Haustür auf und ging quer über die Straße auf eine der Zeitungsentnahmetaschen zu, die an Sonntagen an jeder Straßenecke aufgehängt wurden.

»Papa«, wiederholte Oliver.

»Ja, das hast du schon gesagt. Ich war bei ihm, es geht ihm gut.«

»Nein, das tut es nicht«, widersprach Oliver hart.

Fabian presste das Telefon etwas fester gegen seine Schläfe. »Was ist mit ihm?«, fragte er unsicher.

»Er ist tot«, sagte Oliver. »Papa ist tot!«

Fabian blieb mitten auf der Straße stehen und ließ das Telefon sinken. Wie durch eine dicke Wand drang die vom Lautsprecher seltsam verzerrte Stimme Olivers zu ihm durch. Erst als ein Auto knapp an Fabian vorbeifuhr und ihn dabei anhupte, kam er wieder zu sich. Langsam hob er das Telefon wieder an. »Ich ruf dich zurück«, sagte er und verließ die Fahrbahn. Auf der anderen Straßenseite angelangt ging er mechanisch weiter und fischte ein Exemplar aus der Zeitungstasche.

Er hatte die Nachricht gehört, aber noch nicht wirklich realisiert. Alles ging zu schnell. Er spürte, wie ihm schwindlig wurde. Mit der linken Hand fasste er nach der Stange eines Verkehrsschilds und schloss die Augen. Was zur Hölle war nur los mit seinem Leben?

Als er wieder ein wenig fester auf seinen Beinen stand, öffnete er die Augen und hob die Zeitung an. Zuallererst musste er herausfinden, was mit seinem Artikel geschehen war, erst dann würde er über alles andere nachdenken können. Eilig begann er damit, das Kleinformat an Ort und Stelle durchzublättern. Seite um Seite wurde er ungeduldiger. Als er in der Mitte angekommen war, verlor er vollends die Geduld und fetzte eine Seite nach der anderen weiter. Allmählich wurde ihm klar, dass die Befürchtung, die ihn noch am Vorabend eingeholt hatte, nun tatsächlich eingetreten war: Sein Artikel war nicht erschienen. Nicht in seiner Fassung und auch nicht in einer geänderten Version. Nichts!

Fabian hob die Zeitung mit der Rechten hoch und schleuderte sie dann, begleitet von einem lauten Fluch, auf den Boden. Was hatte diesen Idioten von Walter geritten, die Geschichte doch nicht zu bringen? Fabian spürte, wie ihn die Enttäuschung übermannte. Noch einmal musste er sich abstützen. Was würde jetzt aus seinem Folgeartikel, was aus seinem Wiedereinstieg in die Arbeitswelt? Er stieß einen weiteren Fluch aus und drehte sich um. In seinem Hirn ratterte es. Was könnte er nun unternehmen? Gab es einen Plan B? Was war jetzt zu tun?

Als er wieder die Straße überquert hatte und gerade den Schlüssel in den Zylinder des Haustors führen wollte, hielt er ruckartig inne. Auf dem Türstock rechts neben ihm war ein kleiner Aufkleber angebracht, der in dicken roten Lettern für einen Hersteller von Sicherheitstüren warb. Schon reichlich ausgeblichen und etwas ramponiert, klebte der Hinweis wohl schon seit Jahren hier, doch noch nie hatte Fabian ihm Beachtung geschenkt. Und auch jetzt ging es ihm nicht um den Aufkleber. Es war allein das Wort »Sicherheit«, das mit einem Mal seine ganze Aufmerksamkeit auf sich zog. Leise, so als würde er ein Mantra sprechen, wiederholte er das Wort mehrmals. Dann fuhr er blitzartig herum und lief zu der Zeitung zurück, die noch immer auf dem Gehsteig neben der Entnahmetasche lag. Er ging in die Knie und hob das Blatt hoch. Langsam wendete er die Ausgabe und betrachtete neuerlich die allerletzte Seite, der er beim ersten Durchblättern kaum Aufmerksamkeit geschenkt hatte. Schlagartig war ihm alles klar. »Um Ihre Sicherheit bemüht«, stand in großen Lettern quer über die ganze Seite, begleitet von mehreren Fotografien, die Polizisten in gestellten Posen zeigten. Unter all dem fand sich der Schriftzug und das Logo des Ministeriums. Für eine Sekunde hielt Fabian die Luft an, dann brüllte er aus voller Seele: »Walter, du verdammtes Arschloch!«

WALTER

SONNTAG

Nein, er wollte nichts mehr trinken! Auf barsche, beinahe schon ungestüme Art wies er das wiederholte Angebot der jungen Frau zurück. Wie lang saß er nun schon hier, in diesem seltsam aus der Zeit gefallenen Ambiente? Er hatte gar nicht gewusst, dass es derartige Einrichtungen überhaupt noch gab. Ein Modehaus für Damen, in dem sich mondän gebende Kundinnen Modelle anprobieren konnten, während ihre meist männliche Begleitung bei einem Drink auf einer Couch Platz nahm, in Zeitungen blätterte und obendrein noch rauchen durfte. Nur dass er seit Wochen nicht mehr rauchte, sondern dafür diese furchtbaren Kaugummis kaute und auch keinerlei Interesse für die italienischen Zeitungen und Magazine hegte, die hier überall auflagen. Was es hier allerdings nicht gab, war brauchbarer Handyempfang. Und genau den benötigte er jetzt am allerdringendsten. Jedenfalls dringender als einen weiteren Drink, und auch dringender als ein weiteres Sommerkleid, das ihm Nadja in Kürze vorführen wollte. Nervös hielt er sein Telefon in alle Himmelsrichtungen und überprüfte die Empfangsanzeige. Er musste diesen Idioten von Fabian erreichen und hatte es auch schon mehrmals versucht, aber die Verbindung war immer wieder abgebrochen. Allerdings war es Sonntagvormittag und vielleicht war der Idiot auch einfach verkatert und nahm das Telefon deshalb nicht ab. Walter richtete sich auf und zog sich die scheinbar schrumpfende Cordhose über den Bauch. Auch so eine Begleiterscheinung des Nikotinentzugs: plus fünf Kilo in nur drei Wochen! Aber darüber wollte er sich nun wirklich nicht auch noch ärgern. Wieder hob er das Handy an. Es war kein Wunder, dass er hier keinen Empfang hatte, immerhin saß er in einem Keller. Da half es auch nichts, dass die Angestellte, die ihn und Nadja herabgeleitet hatte, den seltsamen Raum als Souterrain bezeichnete. Genervt blickte er sich um. Ihm schräg gegenüber befand sich die Wendeltreppe, die nach oben führte. Würde er sich ein wenig dorthin bewegen und ein paar Stufen hochsteigen, hätte er vielleicht mehr Glück mit dem Empfang. Daran, einfach ganz nach oben zu gehen, um rasch das Gespräch zu erledigen, war nicht zu denken, denn die Stimmung zwischen Nadja und ihm war auch so schon schlecht genug. Käme sie nun genau in jenem Moment aus ihrer Umkleide, in dem er zum Telefonieren verschwunden war, könnte er den restlichen Tag gleich ganz vergessen.

Schnell nahm er drei Stufen und wählte erneut Fabians Nummer. Dabei behielt er stets den altmodischen blassgrünen Vorhang im Blick, der sich jeden Augenblick zur Seite schieben hätte können. Doch im Moment war noch alles ruhig. Auch die Verbindung schien diesmal zu funktionieren.

Verärgert und aufgebracht, gleichzeitig aber froh, das Gespräch endlich erledigt zu haben, ließ sich Walter wieder auf die Couch fallen. Dieser Idiot von Fabian hatte zugesagt, wenngleich er wohl wirklich verkatert war. Aber egal. Es war ja auch nur, um auf Nummer sicher zu gehen, denn vermutlich würde bei der Sache am Ende ohnehin nichts herauskommen. Alles Weitere lag nun jedenfalls bei Doris, denn er musste jetzt endlich in den Urlaubsmodus wechseln. Würde ihm das nicht bald gelingen, war nämlich der nächste Konflikt mit Nadja vorprogrammiert. Ein abruptes Geräusch ließ ihn hochfahren. Eine Verkäuferin, die man mittlerweile ganz sicher nicht mehr Verkäuferin, sondern Styling-Beraterin oder weiß der Teufel wie nannte, hatte den Vorhang zurückgezogen und Nadja erschien in einem hellblauen Etwas, von dem Walter nichts weiter wissen wollte, als wie viel es ihn kosten würde. Er rang sich ein Lächeln ab und stand auf. »Liebling, das steht dir ausgezeichnet«, sagte er. Und nach einer kurzen Pause: »Können wir jetzt gehen?«

Beim Mittagessen, das sie für italienische Verhältnisse ungewöhnlich früh auf der Terrasse einer kleinen Osteria einnahmen, versuchte er immer noch, sich endlich zu entspannen. Immerhin hatte er dem Verlangen widerstanden, in der Redaktion anzurufen. Das war zumindest ein erster Teilerfolg. Fabian würde das schon hinbekommen. Er war zwar einer dieser Idealisten, die Journalismus mit Missionarstätigkeit verwechselten, doch im Grunde war er in Ordnung. Außerdem hatte Walter mitbekommen, dass es Fabian derzeit privat wie beruflich alles andere als gut ging. Vielleicht würde ihn die Aufgabe ja sogar ein wenig aufmuntern. Er selbst konnte von hier aus jedenfalls nichts weiter ausrichten. Am Nachmittag würden sie endlich auf dem Meer sein, und dann sollte es ihm auch gelingen, abzuschalten. Beherzt stieß er die Gabel in die Pasta und fuhr kurz zusammen, als Nadja für einen Moment ihre Hand auf die seine legte. »Hast du mit der Rezeption gesprochen?«, fragte sie, ohne ihn anzusehen.

Scheiße, auch das noch! Nein, er hatte nicht mit der Rezeption gesprochen. Doch er konnte das unmöglich zugeben, denn wenngleich er es niemals ernsthaft erwogen hatte, hatte er es ihr dennoch versprochen. Es war einfach alles zu lächerlich. »Schatz«, begann er eine Antwort, deren zweiter Teil eine Lüge sein musste, die er sich im selben Moment zurechtlegte. »Es sind derzeit leider alle Zimmer mit Meerblick belegt.«

Nadja hob den Blick und sah ihn unverwandt an.

»Aber morgen können wir umziehen, wenn wir wollen«, ergänzte er schnell. »Nur dass sich das dann für die eine weitere Nacht wohl nicht mehr lohnen wird.«

»Dann müssen wir aber Geld zurückverlangen!«

Walter machte eine zurückhaltende Bewegung mit der freien Hand und tat so, als hätte er den Mund voll. Das Thema war ihm ein einziges Ärgernis. Im Grunde lief schon seit der Anreise zu diesem Kurzurlaub alles falsch. Spätestens seit ihrem Zwischenstopp gleich hinter der Grenze, den sie zum Frühstücken eingelegt hatten. Nadja hatte Kaffee und Croissants bestellt und sich frisches Gebäck und exzellenten Kaffee erwartet, stattdessen aber nur ein fades, lauwarmes Gebräu und ein zähes Stück Gebäck bekommen, das in Konsistenz und Geschmack näher bei einem trockenen Kipferl als einem ofenfrischen Croissant lag. Walter hatte sich über Nadjas Gesichtsausdruck amüsiert. »Erstens sind wir in Italien und nicht in Frankreich, und zweitens ist das hier eine Autobahnstation und kein Café. Du darfst dir hier also keine frischen, dampfenden Croissants erwarten«, hatte er gewitzelt und damit das Unglück erst so richtig ins Rollen gebracht. Seither war Nadja verärgert. Weniger wegen der gastronomischen Unzulänglichkeiten der hiesigen Raststationen, sondern seinetwegen. Als sie später das Zimmer bezogen und sie sofort feststellte, dass das Meer nicht direkt vom Zimmer aus, sondern lediglich über den Balkon zu sehen war, hatte die Angelegenheit ihre nächste Eskalationsstufe erreicht. Da er wusste, dass ihn das Thema sonst den restlichen Aufenthalt über begleiten würde, hatte er angeboten, mit der Rezeption zu sprechen. Nadja war derweil schon in das Modehaus vorgegangen, wo sie bereits erwartet wurde. Walter war über diesen Moment der Ruhe nicht unglücklich. Tatsächlich hatte er sich aber nur ein paar Minuten in die Lobby gesetzt und mit seinem Mobiltelefon beschäftigt. Er dachte gar nicht daran, wegen des mangelhaften Meerblicks zu urgieren. Nicht, weil er sich dabei nicht im Recht gefühlt hätte, sondern weil er von der langen Fahrt erschöpft war und einfach keine Lust hatte, weitere Energie auf eine derartige Lappalie zu verschwenden. Just als er so ein paar Minuten totschlug, erreichte ihn die Nachricht über den rätselhaften Läufer, der beim Vienna City Marathon gerade eine kleine Sensation lieferte. Schnell war er alle seine Kontakte durchgegangen und so bei Fabian gelandet, den er noch am Weg ins Modehaus das erste Mal angerufen hatte.

»Im Prospekt stand ganz klar Zimmer mit Meerblick und nicht Balkon mit Meerblick«, legte Nadja noch einmal nach.

»Ja, Schatz. Ich werde gleich nachher mit dem Rezeptionisten sprechen«, sagte Walter und hoffte, damit das Thema ein für alle Mal beendet zu haben.

Später im Hotel ging Nadja sofort aufs Zimmer und Walter gab vor, noch einmal in der Sache zu urgieren. In Wirklichkeit wählte er aber die Nummer der Redaktion, um sich bezüglich des Marathons updaten zu lassen, erreichte Doris aber nicht. Er verbrachte noch ein paar Minuten in der Lobby, versuchte die Lust auf eine Zigarette mit einem weiteren Kaugummi zu vertreiben, blätterte in einer Autozeitschrift und folgte schließlich Nadja aufs Zimmer. Eine kurze Pause noch, sagte er sich, dann könnte er endlich den Motor seines Bootes anwerfen.

Er hatte gut geschlafen und war voller Tatendrang. Die Siesta hatte alles wieder auf Spur gebracht. Nadja hatte er einfach erzählt, dass man ihm an der Rezeption widerspruchslos eine Rückerstattung angeboten habe, und sie war über den Ausgang der Angelegenheit so erfreut gewesen, dass sie gleich nach der Lüge miteinander geschlafen hatten. Das war eine kleine Sensation, denn so wie die Dinge angelaufen waren, hatte Walter sich bereits darauf eingestellt gehabt, den Urlaub ohne körperliche Zuwendung absolvieren zu müssen. Danach hatten sie noch ein wenig gedöst, und jetzt sah die Welt schon wieder anders aus.

Als sie aus dem kleinen Sporthafen hinausgetuckert waren, drückte Walter den Gashebel schwungvoll nach vorne und vernahm mit Freude das dumpfe Röhren des kraftvollen Außenborders. Endlich ging es los! Er schob sich die Ray Ban von den Haaren auf die Nase und atmete tief durch. So stellte er sich das Leben vor! Er besaß das Boot nun seit Jahren, konnte die bisherigen Ausfahrten jedoch an den Fingern einer Hand abzählen. Dabei kosteten ihn Wartung und Hafengebühr jährlich ein kleines Vermögen. Er hatte es sich also verdient, es endlich wieder einmal ordentlich krachen zu lassen. Verhalten warf er einen Blick über die Schulter, immerhin hatte er Nadja versprochen, es nicht zu übertreiben. Doch noch saß sie scheinbar unbeeindruckt auf der Rückbank und ließ ihre Aufmerksamkeit dem Mobiltelefon zukommen. Ihren Verrenkungen nach war sie gerade dabei, ein Selfie zu machen. Es wäre wohl klüger, gleich am Anfang ordentlich Gas zu geben, dachte Walter, denn war Nadja mit dem Fotografieren erst einmal fertig, war es nur noch eine Frage der Zeit, bis sie sich das erste Mal beschweren würde.

Walter sollte recht behalten. Er hatte sich noch keine fünfzehn Minuten ausgetobt, als Nadja ihn bereits laut anschrie, wobei jedoch unklar blieb, wie ernst es ihr damit war, denn schreien musste sie schon, um das mächtige Motorengeräusch zu übertönen. Walter dachte noch darüber nach, ob er tatsächlich bereits Gas wegnehmen müsste, als das Boot von selbst reagierte. Nadja glaubte, er habe die Geschwindigkeit aus Rücksichtnahme gedrosselt und bedankte sich sogar bei ihm. Erst dann bemerkte sie seinen hilflosen Gesichtsausdruck und registrierte, dass etwas nicht in Ordnung war. Das Boot hatte ganz von alleine an Fahrt verloren, und nach einigem Stottern gab der Motor nun vollständig auf. Zwei Versuche, ihn wieder anzuwerfen, blieben erfolglos. Walter fluchte leise. Nadja hatte sich erhoben und stand nun dicht neben ihm. »Was ist denn los?«, fragte sie mit einem Unterton, der Walter zu verstehen gab, dass er nicht allzu viel Zeit hatte, das Problem in den Griff zu bekommen. »Keine Sorge, Liebling, das wird gleich wieder«, versuchte er Zuversicht auszustrahlen. »Setz dich ein wenig in die Sonne, ich krieg das gleich wieder hin.«

Im selben Moment verschwand die Sonne hinter einer Wolkenfront und eine Brise kam auf, die schnell Wellen warf und das Boot heftig ins Schwanken brachte. Nadja schwieg und beschränkte sich auf einen skeptischen Gesichtsausdruck. Vorsichtig tänzelte sie wieder auf die Bank im Heck des Bootes zu und ließ sich fallen. Walter versuchte Ruhe zu bewahren und überprüfte Tank und Zulauf. Soweit er das beurteilen konnte, war alles in Ordnung. Neuerlich versuchte er, den Motor anzuwerfen, hatte jedoch abermals keinen Erfolg. Nach wenigen Minuten wusste er, dass er mit seinem Latein am Ende war. Vorsichtig blickte er sich um. Es galt, Ruhe zu bewahren, denn in solchen Situationen konnte Nadja schnell die Nerven verlieren. Still schätzte er die Distanz zur Küste ein. Sie hatten eine Viertelstunde lang gute Fahrt gemacht und die Küste war kaum mehr als ein dünner Streifen am Horizont. Mit dem schwachen Hilfsmotor würde der Rückweg eine kleine Ewigkeit dauern. Kam noch eine Strömung dazu, könnte es richtig eng werden. Walter richtete den Blick gegen den Himmel. Die Farbe der Wolken, die sich über ihnen zusammenzogen, lag irgendwo zwischen Grau und Dunkelblau. Leise fluchend nahm er die Sonnenbrille ab. In direkter Nähe zogen geräuschvoll zwei Möwen vorbei. Walter war sich sicher, dass sie ihn verspotteten.

Als das gleichmäßig tuckernde Fischerboot sie endlich in den Hafen zog, brach bereits die Dämmerung an. Schließlich war alles gekommen, wie es hatte kommen müssen. Nadja hatte auf Walters Erklärung, dass sie wohl mit dem Hilfsmotor durch ein kleines Gewitter zurückfahren müssten, mit einem minutenlangen Schreianfall reagiert. Walter hatte kaum widersprochen und stattdessen einfach den kleinen Motor angeworfen, dessen heller Klang ihn noch zusätzlich zu verhöhnen schien. Statt von dem eindrucksvollen Brüllen des Außenborders wurde seine Fahrt nun vom Klangbild einer Nähmaschine begleitet. Da war es fast schon wieder gut, dass bald das Gewitter losbrach und alles überdeckte. Nadja suchte Zuflucht im überdachten Bereich des Bootes und verfiel für den Rest der Fahrt in eisiges Schweigen. Walter musste derweil neben dem Hilfsmotor im Freien hocken bleiben und war innerhalb von Sekunden vollkommen durchnässt. Als sie bereits in Küstennähe waren, ging auch noch der Treibstoff aus und der kleine Motor versagte seine Dienste. Es war Glück im Unglück, dass kurz darauf ein Fischerboot vorbeikam, das Walter wild gestikulierend zu Hilfe rufen konnte. Der stoische Mann steuerte seinen Kahn dicht an die hilflose Jacht heran und warf wortlos ein Tau über, das Walter ungeschickt am Bug befestigte. Der Fischer sah ihm dabei regungslos zu und tippte sich nur kurz mit zwei Fingern an die schmutzige Kappe, als er die zusammengekauerte Nadja erblickte. Dann nahm er wieder seinen Platz hinter dem Steuerrad ein und zog sie langsam in den sicheren Hafen.

Zurück im Hotelzimmer stellte Nadja Walter vor vollendete Tatsachen. Auf der verregneten Bootsfahrt hatte sie einen Entschluss gefasst: Gleich am nächsten Morgen würde sie nach Mailand weiterreisen, um dort eine Freundin zu treffen. So könne sie die restlichen Tage wenigstens zum Shoppen nutzen, zumal das Wetter für den Strand ohnehin zu schlecht sei und

Walter sich ja nun um das Boot kümmern müsse. Die Verbindung hatte sie bereits recherchiert, ihre Entscheidung war getroffen. Walter widersprach nur so weit, wie er fand, dass es die Höflichkeit gebot. In Wahrheit war er nicht böse, dass diese unglückliche Urlaubsepisode früher als geplant endete. Sein versöhnliches Angebot eines gemeinsamen Abendessens schmetterte sie mit dem Verweis auf den bevorstehenden Reisetag ab. Walter nahm Nadjas Wünsche widerspruchslos zur Kenntnis: Würde er eben alleine eine Kleinigkeit essen und den Abend anschließend bei einem Drink ausklingen lassen. Kurz stand er noch unschlüssig im Raum herum, dann duschte er heiß, zog sich etwas Trockenes an und verließ das Zimmer.

In der Lobby hörte er endlich seine Nachrichten ab und ging mit seinem Smartphone für einen Moment online. Das Laufwunder hatte es offensichtlich nicht ins Ziel des Marathons geschafft. Umso mehr wunderte ihn, dass Doris ihm eine Nachricht hinterlassen hatte, in der sie etwas davon schwafelte, dass Fabian dennoch einen Artikel über den unbekannten Läufer schreiben wolle. Walter schüttelte den Kopf. »Wer von euch beiden ist eigentlich der größere Idiot?«, sagte er leise, während er den Kellner heranwinkte, um sich ein Club Sandwich und ein Mineralwasser zu bestellen. »Kaum bin ich außer Haus, glauben auch schon alle, sie könnten machen, was sie wollen«, murrte er und erntete dafür einen verständnislosen Blick des Kellners.

Als der Kellner das Sandwich und das Wasser vor ihm auf die Bar stellte, verlangte Walter nach dem ersten Whisky. Wozu noch länger warten? Wenn sich heute jemand einen Whisky verdient hatte, dann wohl er. Als er zwei Stunden und drei weitere Whiskys später zurück ins Zimmer torkelte, schlief Nadja schon. Vorsichtig legte er sich neben sie und schloss die Augen. »Alles Idioten«, murmelte er leise. Dann schlief er ein.

MONTAG

In der Früh ging alles sehr schnell. Als Walter sich merkbar angeschlagen im Bett aufrichtete, stand Nadja bereits fertig angezogen im Zimmer. Sie trug das blaue Kleid, das sie am Vortag anprobiert hatte. Vielleicht war es der ausgiebige Schlaf, vielleicht auch die Aussicht auf einen Ortswechsel, jedenfalls war ihre schlechte Laune verflogen. »Findest du nicht, dass es ein klein wenig zu eng ist?«, fragte sie und strich sich dabei prüfend über die Hüften.

»Du siehst großartig aus«, gähnte Walter und setzte sich an die Bettkante.

Leise vor sich hin summend, legte Nadja ihre Ohrringe an und verpasste ihrem Make-up den letzten Schliff. Walters Spiegelbild bedachte sie dabei mit einem versöhnlichen Blick, der von ihm aber nicht erwidert wurde. Er war sich noch nicht sicher, mit welcher Laune er ihr begegnen wollte. Mühsam kämpfte er sich aus dem Bett und stellte sich, nur in Unterwäsche, an die geöffnete Balkontür. Erst nachdem er ein paarmal kräftig durchgeatmet hatte, fühlte er sich in der Lage, ein Gespräch zu beginnen. »Willst du es dir nicht noch einmal überlegen?«, begann er. »Das Wetter wird heute wieder besser, so viel lässt sich schon erkennen.« Tatsächlich erinnerte nichts mehr an den Wolkenbruch des vergangenen Tages. Es war zwar noch bewölkt, doch roch es bereits nach einem schönen Frühsommertag. Als Walter sich mit beiden Händen am Türrahmen abstützte und den Oberkörper ein Stück auf den Balkon hinausschob, konnte er links vor sich erkennen, dass das Meer da und dort bereits aufblitzte. »Balkon mit Meerblick«, schoss ihm Nadjas Formulierung vom Vortag durch den Kopf und er spürte sofort wieder den Ärger aufsteigen. Egal, denn Nadja ließ sich wohl ohnehin nicht mehr umstimmen. Als hätte sie seine Gedanken gelesen, hob sie im selben Moment an: »Liebling, nicht doch!«

»Ich mein ja nur«, murmelte Walter resignativ, als er seinen Bauch vom Balkon zurückzog und auf das Badezimmer zuschritt. Als bereits das Wasser lief und er nur noch darauf wartete, dass es etwas wärmer würde, riss Nadja die Tür auf. »Was treibst du da?«, fragte sie überrascht.

Walter fuhr herum. »Na was wohl?«, fauchte er und ihre Blicke trafen sich.

»Doch nicht jetzt, ich reise ab!« Nadjas Stimme schien mit jedem Wort um einen Ton anzusteigen. »Das Taxi steht schon unten. Du musst mir mit dem Koffer helfen!«

Walter spürte, wie sich etwas in ihm aufbaute. Was denn noch alles? Für den Bruchteil einer Sekunde überlegte er, ob er seiner Wut freien Lauf lassen sollte, als ihn plötzlich eine ungeahnte Scham überkam. Die Erscheinung der attraktiven und stilvoll gekleideten Frau, die ihm, dem übergewichtigen, splitternackten und deutlich älteren Mann da gegenüberstand, forderte ihn auf seltsame Weise heraus und setzte ihn gleichzeitig herab. Mit einem Schlag wurde ihm der Unterschied, der auf so vielfältige Weise zwischen ihnen klaffte, bewusst. Kurz blickte er an sich herab, sah den bereits zum Großteil weiß behaarten, mächtigen Bauch, eine Ahnung seiner Männlichkeit und seine nackten Füße auf dem Frotteebadeteppich. Er fühlte sich genau so, wie er auch war: nackt!

Eine Sekunde hielt er Nadjas Blick stand, dann riss er ein Handtuch von dem Ständer neben der Duschkabine und wickelte es sich um die Hüften. »Gibt es in diesem Scheiß-Hotel denn niemanden, der dir mit dem verdammten Gepäck helfen kann?«

Ohne das Wasser abzudrehen, bahnte er sich seinen Weg an Nadja vorbei auf das Bett zu, riss den Hörer vom Telefon und wählte die Rezeption. »Room four twenty! A boy for the luggage, now!«, brüllte er. Dann knallte er den Hörer auf die Gabel, stampfte ins Bad zurück und ließ Nadja wortlos im Raum stehen. »Ariwedertschi«, brüllte er durch die bereits geschlossene Tür und stellte sich endlich unter die Dusche, die mittlerweile brennheiß war.

Als er das Badezimmer kurz darauf frisch rasiert und auch sonst einigermaßen wiederhergestellt verließ, war Nadja, abgesehen von einem leichten Nachhall ihres Parfums, verschwunden. Walter öffnete die Balkontür und ließ sich noch einmal auf das Doppelbett fallen. Er nahm sein Mobiltelefon und hörte die Nachrichten ab. Doris erbat einen Rückruf und Fabian hatte ebenfalls versucht ihn zu erreichen. Walter fragte sich, ob hier ein Zusammenhang bestehen könnte. Vermutlich ging es um diese leidige Marathon-Sache. Walter ließ sich zurückfallen und schloss kurz die Augen. Er verspürte nicht die geringste Lust auf ein Gespräch. Wozu bezahlte er diese Idioten eigentlich? Sollte Doris die Sache doch alleine regeln. Er richtete sich wieder auf und legte das Telefon weg. Der Tag gehörte nun ihm alleine. Im Bett sitzend versuchte er seine Gedanken zu ordnen. Hier hatte er jedenfalls nichts mehr verloren. Das Hotelzimmer, dessen mangelhafter Ausblick schließlich Mitschuld an dem ganzen Fiasko trug, würde er so bald als möglich verlassen. So viel stand fest. Und auch sonst hielt ihn nichts mehr. Die Sache mit dem Boot sollte sich mit einem kurzen Besuch am Hafen klären lassen. Alles Weitere war dann seine freie Entscheidung. Angereist waren sie über die kroatische Küste bis Zadar, von wo aus sie mit der Fähre die Adria überquert hatten. Wenngleich die Fähre für die Rückfahrt erst für den nächsten Tag gebucht war, stand für Walter jetzt schon fest, dass er hier keine Minute länger bleiben würde. Mit der Kraft dieses ersten vagen Entschlusses erhob er sich und zog sich an.

Im überdimensionalen Frühstücksraum des Hotels begnügte er sich mit einem Kaffee und einem frischen Croissant, das ausgezeichnet schmeckte und ihm die unglückliche Episode von der Raststation in Erinnerung rief. Auf einmal fühlte er sich einsam und unwohl inmitten des übertriebenen Settings des protzigen Hotels. Wohl auch deshalb erhob er sich schon recht bald vom Frühstückstisch und ging zum Parkplatz. Als er den Motor seines nagelneuen Sportcoupés anwarf und sich in den Verkehr einreihte, kam ihm eine Idee. Warum nutzte er die gewonnene Zeit nicht einfach für eine improvisierte Spritztour durch Norditalien zurück nach Österreich? Schließlich hatte er sich den schnittigen Wagen noch extra vor dem Kurztrip zugelegt, hatte bei der Anreise aus Rücksicht auf Nadja aber immer betont verhalten fahren müssen. Nun aber könnte er es endlich nach Lust und Laune laufen lassen. Als gälte es, seine Gedanken zu bestätigen, ließ er kurz den Motor aufheulen, betätigte das automatische Faltdach und schaltete das Radio ein. Der Sendersuchlauf sprang auf den erstbesten Empfang und ließ italienische Popmusik erklingen. Walter drehte lauter und steuerte zügig in Richtung des Sporthafens.

Der Wachmann an der Hafeneinfahrt war in die Lektüre einer großformatigen Illustrierten vertieft und blickte nicht einmal auf, als Walter im Schritttempo an ihm vorbeifuhr. Als er das Coupé in der Nähe der Anlegestelle parkte, war sein Entschluss bereits gefasst: Er hatte nur noch schnell die Angelegenheit mit dem Boot zu klären, dann war er ein freier Mann.

Das Gespräch mit dem einzigen anwesenden Mitarbeiter der Hafenwerkstatt verlief nicht ganz einfach. Der ältere Mann mit sonnengegerbter Haut, der auch sonst sämtliche Klischees eines Mannes erfüllte, der am und vom Meer lebte, begutachtete das Boot stumm und ausführlich. Nachdem er zu verstehen gegeben hatte, dass er den Motor gründlicher untersuchen müsse, was allerdings einige Tage dauern werde, führte er Walter in ein kleines Büro, das in einem eingeschoßigen Verwaltungsgebäude gleich neben der Anlegestelle untergebracht war. Nachdem Walter einen Reparaturauftrag unterschrieben hatte, der ausschließlich in italienischer Sprache gehalten war und von dessen Inhalt er keine Ahnung hatte, traten die beiden Männer wieder ins Freie. Der schweigsame Mann ging auf einen nahe gelegenen Steg zu und blieb dann stehen. Mit einer Handbewegung winkte er Walter heran, der seiner Aufforderung folgte.

»Mit Motor immer Probleme«, sagte der Mann in holprigem Deutsch, als Walter neben ihn getreten war. »Segel besser. Keine Probleme!« Er hob seine Rechte und deutete in Richtung einer kleinen Segeljacht, die am Ende des Stegs festgemacht war. Walter wusste nicht, was er erwidern sollte, und folgte dem Mann wortlos einige Schritte auf den Steg hinaus.

»Ist das Ihre?«, fragte er schließlich, als sie vor dem Boot zu stehen kamen. Die vollkommen aus Holz gefertigte Jacht befand sich in einem desolaten Zustand, ließ dabei aber den Glanz einer vergangenen Zeit erahnen. Hinter den oxidierten Messingbeschlägen und dem abgeblätterten Lack versteckte sich ganz zweifelsfrei ein Schmuckstück.

»Ich reparieren und verkaufen«, gab der Mann zurück. »In ein paar Wochen fertig. Kannst du haben!«

Walter blickte kurz verdutzt, setzte dann aber ein gezwungenes Lächeln auf. Noch einmal besah er das Boot. Zugegeben, eine fachmännische Restaurierung könnte den alten Kahn sicherlich wieder in eine stolze Schönheit verwandeln, doch sollte das ein Scherz sein? Er hatte diesem schrägen Vogel soeben eine quasi fabrikneue Motorjacht zur Reparatur überlassen, und er wollte ihm nun dieses im Moment nicht einmal seetaugliche Ding andrehen?

»Ich werde darüber nachdenken«, sagte Walter abwehrend und drehte sich bereits um. Erst als er den Steg verlassen hatte und bereits wieder auf den Parkplatz zuschritt, merkte er, dass der Mann ihm gefolgt war. Noch einmal blieb Walter kurz stehen und blickte den Alten an. »Ich rufe an«, sagte er und reichte ihm die Hand.

»Besser schnell melden!«, erwiderte der Mann.

Was sollte das nun wieder heißen? Wozu? Es bestand doch keinerlei Eile. Er wusste ja selbst noch nicht, wann er das Boot abholen kommen könnte. Fragend blickte er den Mann an.

»Boot sonst weg. Wenn du wollen, besser schnell anrufen!« Erst jetzt ließ er Walters Hand los und ging davon. Im selben Augenblick begriff Walter, dass der Alte noch immer von der Segeljacht gesprochen hatte. Regungslos blieb er stehen und sah der kleinen Gestalt nach, die wieder auf das Verwaltungsgebäude zuging. Dann ließ er den Blick noch einmal zu dem alten Boot hinauswandern, das am Ende des Stegs ruhig im Wasser lag. »Was für ein Spinner«, sagte er leise und ging zurück zu seinem Wagen. Der Wachmann an der Hafeneinfahrt hatte seine Zeitung zur Seite gelegt und saß nun mit gekreuzten Armen in der Sonne. Auch diesmal reagierte er nicht, als Walter langsam an ihm vorbeirollte.

Zurück beim Hotel fuhr Walter nicht wieder extra auf den Gästeparkplatz, sondern stellte das Coupé beim Haupteingang ab. Da sämtliche der dort vorgesehenen Kurzparkplätze belegt waren, hielt Walter ohne zu zögern in zweiter Spur. Er fand, dass es ihm nachgerade zustand, zu parken, wo auch immer es ihm passte. Schließlich hatte er in dieser Stadt in zwei Tagen mehr Geld gelassen als andere in einer ganzen Woche:

das Luxushotel, der Bootstellplatz, die Einkäufe und Restaurantbesuche. Außerdem würde er nur ein paar Minuten benötigen, um seine restlichen Sachen vom Zimmer zu holen und auszuchecken. Kaum fünfzehn Minuten später hievte er seinen kleinen Koffer sowie eine kleine Umhängetasche auf die Rückbank des Wagens. Als er die Fahrertür öffnete und hinter dem Steuer Platz nehmen wollte, entdeckte er einen kleinen Zettel unter dem Scheibenwischer. Da hatte ihm doch tatsächlich irgend so ein Idiot wegen dieser läppischen Viertelstunde einen Strafzettel verpasst! Schnell blickte er in alle Richtungen, konnte aber niemanden ausmachen, den er dafür hätte verantwortlich machen können. Schließlich stapfte er auf einen Hotelboy zu, der vor dem Eingang stand. Auffordernd hielt Walter dem verblüfften Mann den Zettel vors Gesicht. »What does that mean?«, fragte er. Der Boy zuckte nur hilflos mit den Schultern, wodurch er sich wohl als nicht zuständig erklären wollte. »Che cosa succede?«, schob Walter seine marginalen Italienischkenntnisse nach. Freilich half auch das nicht viel. Der Boy, der mit schwarzem Anzug und Zylinder wie einem Kostümfilm entsprungen wirkte, antwortete nun zwar tatsächlich mit Worten, doch verstand Walter diese nicht. Lediglich das Wort »polizia« begriff er, was wohl beuten sollte, dass das Strafmandat von einem Polizisten ausgestellt worden war. Walter fasste diese Antwort geradezu als Provokation auf. Was dachte dieser Idiot eigentlich? Dass er nicht wusste, dass Strafmandate von Polizisten ausgestellt werden? »And why didn't you do anything? I'm one of your customers!«, fuhr er den Mann an. Gleichzeitig spürte er, dass hier nichts weiter auszurichten war. Er warf dem Boy einen letzten wütenden Blick zu und trat dann den Rückzug an. Im Auto warf er den Strafzettel beiläufig auf den Beifahrersitz und dachte nicht eine Sekunde daran, die Strafe jemals zu begleichen. Was wollten diese Idioten schon machen? Ihn bei Interpol zur Fahndung ausschreiben? Wenn ihn die Strafe in Österreich jemals erreichen sollte, würde er sie eben auf die Firma abwälzen. Noch einmal fluchte er leise, beschloss aber gleichzeitig, sich den Tag nicht durch diese Lächerlichkeit verderben zu lassen. Stattdessen schaltete er das Radio ein, setzte seine Ray Ban auf und legte den Gurt an. Lustvoll warf er den Motor an und ließ ihn im Leerlauf aufheulen. Jetzt konnte es endlich losgehen!

Wenig später hatte er sich wieder vollständig unter Kontrolle. Zügig verließ er die Hafenstadt in Richtung Norden. Er hatte sich keine genaue Route überlegt, sondern orientierte sich an den Angaben für die größeren Städte. Zu Beginn wollte er ein wenig Tempo machen, dann aber bald die Hauptstraßen verlassen und durchs Hinterland kreuzen. Er hatte Lust auf kurvige Nebenstraßen und freute sich darauf, kleine, verschlafene Ortschaften zu durchfahren. Später wollte er irgendwo halten, um zu essen, noch später anderswo, um zu übernachten. Kurz nahm er beide Hände vom Lenkrad und warf sie jauchzend in die Luft. Zum ersten Mal seit einer kleinen Ewigkeit fühlte er sich als Herr seines eigenen Lebens.

Nach etwa einer Stunde verließ er die Staatsstraße, die parallel zur Küste verlief, und steuerte ins zunehmend bergige Hinterland. Jetzt konnte er das sportliche Fahrwerk seines Wagens zur Geltung bringen und genoss die kurvige Straße, die ihn mal bergauf, mal bergab trug. Nach einer Weile hielt er in einem kleinen Ort, der aus nicht viel mehr als ein paar einfachen Häusern bestand. An einem staubigen Platz, der sich zwischen einer kleinen Kirche und einem Verwaltungsgebäude erstreckte, parkte er neben der Terrasse des einzigen Lokals. Die Bedienung, eine freundliche ältere Dame, die weder Deutsch noch Englisch sprach, servierte ihm sofort etwas Wein und frisches

Weißbrot mit Prosciutto. Walter langte freudig zu und lehnte sich entspannt zurück. Langsam und bewusst genoss er jeden einzelnen Bissen der kleinen Mahlzeit. Er hatte das Gefühl, noch nie in seinem Leben besser gegessen zu haben. Als er den kleinen Teller geleert hatte, brachte die Frau unaufgefordert eine neue Portion und füllte auch sein Weinglas. Der ohnehin verschlafene Ort war in eine profunde nachmittägliche Ruhe verfallen, die nur kurz von zwei Straßenhunden unterbrochen wurde, die einander beschnupperten und dabei reichlich Staub aufwirbelten. Walter nahm den letzten Bissen und atmete zufrieden durch. Der schmucklose, verlassene Dorfplatz schien ihm der schönste Ort der Welt.

Nachdem er noch einen Espresso getrunken hatte, zahlte er einen lächerlich niedrigen Betrag und bedankte sich bei der Bedienung mit einem »Grazie mille«, das er so übertrieben betonte, dass er der alten Dame damit ein herzhaftes Lachen entlockte.

Als er wieder hinter dem Steuer saß, fiel ihm beim Anblick seiner Tasche mit den Wertgegenständen ein, dass er seit Stunden weder an die Redaktion noch an Nadja gedacht hatte. Außerdem hatte er den ganzen Tag über noch keinen einzigen der Nikotinkaugummis benötigt. Da er gleichzeitig für seine Verhältnisse wenig gegessen hatte, fühlte er sich ungewöhnlich leicht und agil. Es war, als hätte er sein eigenes Leben abgestreift und wäre in das eines anderen, glücklicheren Menschen geschlüpft. Nach weiteren eineinhalb Stunden auf der Straße, die er nun allerdings deutlich zurückhaltender, fast schon genussvoll gefahren war, hielt er an einer Tankstelle, die mitten im Nichts lag. Mit einem Lächeln, das jeder seiner Bekannten für eine Provokation gehalten hätte, wies er die Bedienung an, den Tank aufzufüllen, nahm seine Tasche und betrat das kleine Wirtschaftsgebäude, um zu zahlen und im Stehen einen

Espresso zu trinken. Als er bereits wieder hinter dem Steuer saß, stieg er noch einmal aus, um die Toilette aufzusuchen. Schließlich wusste er nicht, welche Distanz ihm noch bevorstand, bis er eine Übernachtungsmöglichkeit finden würde.

Keine fünfzehn Minuten nach der Tankstelle verlor der Wagen an Geschwindigkeit und blieb schließlich stehen. Walter dachte zuerst an eine versehentliche Fehlbedienung des Tempomaten und startete den Motor neu, doch nach wenigen Metern wiederholte sich der Vorgang. Danach gelang ihm auch kein Neustart mehr.

Begleitet von einem derben Fluch knallte Walter die Wagentür zu und fiel sofort in seine alte Rolle zurück. Hatte sich die ganze Welt gegen ihn verschworen? Was war da los? Der Wagen war nagelneu und hatte den Gegenwert einer kleinen Eigentumswohnung gekostet. Ratlos umkreiste er das Fahrzeug. Ihm war klar, dass er keine Chance hatte, sich selbst zu helfen. Was Technik anging, war er komplett ahnungslos. Und er war sich dieser Ahnungslosigkeit auch bewusst. Er versuchte deshalb erst gar nicht, die Motorhaube zu öffnen und einen prüfenden Blick zu riskieren. Es wäre ohnehin sinnlos gewesen. Stattdessen begann er zu schwitzen. Er bewegte sich von dem Fahrzeug weg und suchte Schutz im Schatten einer gewaltigen Pinie, die am Straßenrand wuchs. Was sollte er nun machen? Hilfe zu rufen, schien unmöglich, denn er hatte nicht die geringste Ahnung, wo er sich befand. Das Navi, das er den ganzen Tag über absichtlich nicht eingeschaltet hatte, hätte ihm nun helfen können, doch betraf das Problem auch die Elektronik, denn es war nicht nur der Motor erloschen, sondern das ganze Fahrzeug war tot: kein Licht, kein Radio, kein Navi. Sein nächster Gedanke war das Telefon. Rasch ging er zum Wagen zurück und öffnete die Beifahrertür. Doch wo sich die Tasche mit den Wertsachen befinden sollte, war nichts. Lediglich das Etui seiner Sonnenbrille lag auf dem Sitz. Walter stieß einen wütenden Schrei aus. Auch das noch! Sofort ratterten die Geschehnisse der letzten Stunden durch sein Hirn. Es war ihm sofort klar: Es musste beim Halt an der verlassenen Tankstelle geschehen sein. Vermutlich während er noch auf die Toilette gegangen war. Dieser hinterwäldlerische Idiot von einem Tankwart musste die Gelegenheit sofort erkannt und ihm einfach so die Handtasche vom Beifahrersitz gestohlen haben. Und ihm war es nicht einmal aufgefallen. Wütend trat er mit dem Fuß gegen einen der Vorderreifen. Als er sich wieder etwas beruhigt hatte, blickte er sich um. Weit und breit war nichts zu sehen. Keine Ortschaft, kein Haus, kein anderer Verkehrsteilnehmer. Er musste warten.

Ganze zwanzig Minuten vergingen, bis das erste Fahrzeug, ein voll beladener Tiertransporter, hupend an ihm vorbeidonnerte. Zehn Minuten später kam ein Pick-up die Straße entlang, den Walter heranwinken konnte. Im Grunde war alles wie bei der Bootshavarie. Der Fahrer des Pick-ups befestigte ohne viele Worte ein Abschleppseil an Walters Wagen und nahm wieder hinter dem Steuer Platz. Zehn Minuten später hielten sie vor einer kleinen Werkstatt an der Einfahrt zu einem Ort, der nicht viel größer war als jener, an dem er ein paar Stunden zuvor sein bescheidenes Mittagessen eingenommen hatte. Walter bot dem Fahrer des Pick-ups eine finanzielle Entschädigung an, wobei ihm im selben Augenblick klar wurde, dass das ohne Brieftasche eigentlich gar nicht möglich war, doch der Mann lachte nur und schüttelte den Kopf. Walter hob dankend die Hand zum Gruß und blieb in einer kleinen Staubwolke zurück, die der Pick-up beim Anfahren auslöste.

Als sich der Staub gelegt hatte, wischte sich Walter den Schweiß von der Stirn und sah sich um. Ihm war klar, dass das, was nun vor ihm lag, ohne Papiere, Bargeld und Kreditkarte nicht einfach werden würde. Doch was blieb ihm schon anderes übrig? Entschlossen ging er auf die Werkstatt zu und machte sich bemerkbar. Ein alter Herr und ein junger Mann, die beide in ölverschmierten Mechaniker-Overalls steckten, nahmen sich seiner an. Der Junge sprach immerhin ein paar Brocken Englisch, was eine Verständigung möglich machte. Nach einer Viertelstunde hatten die beiden Männer das Coupé in den Hof der Werkstatt geschoben und unter beachtlichem Redeaufwand, von dem Walter allerdings nicht ein einziges Wort verstand, eine erste Beurteilung des Problems vorgenommen. Nach einer abschließenden Diskussion, die wohl ebenso lang gedauert hatte wie die ihr vorausgegangene technische Überprüfung, trat schließlich der jüngere der beiden Männer auf Walter zu. »Tomorrow«, sagte er mit einem verlegenen Gesichtsausdruck. »Maybe the day after tomorrow.«

Walter reagierte mit einem Ton der Entrüstung. »Zwei Tage? Sind Sie des Wahnsinns?«, entfuhr es ihm. »Sie sollen das verdammte Auto reparieren, nicht ein neues bauen!« Erst aufgrund des Gesichtsausdrucks seines Gegenübers realisierte Walter, dass der Mann ihn nicht verstand. Was der Mann allerdings sehr wohl verstanden hatte, war Walters aufgebrachter Tonfall. Der Mechaniker wich einen Schritt zurück und schnitt ein finsteres Gesicht. Walter besann sich seiner Situation und rang sich eine einnehmendere Haltung ab. Er begriff, dass er nicht in der Position war, Forderungen zu stellen. »Okay, what's next?«, fragte er mit einem bemühten Lächeln, da der junge Mann eisern weiter schwieg.

»It's the cruise control«, antwortete der gleichgültig. »We have to phone for a spare part. As soon as it arrives you can go.«

Walter rang sich ein verhaltenes »grazie« ab, trat an den Wagen heran, nahm den Koffer von der Rückbank und ging davon. Bevor er die Werkstatt verließ, blickte er sich noch einmal um. Die beiden Männer waren verschwunden, das Coupé stand mit offenem Verdeck und heruntergelassenen Scheiben mitten im verlassenen Hof. Es roch nach Öl und Schmiermittel, irgendwo lief ein Radio. Walter sog den charakteristischen Werkstattgeruch ein und schüttelte den Kopf. »Werde ich hier jemals wieder wegkommen?«, fragte er sich leise.

Mittlerweile war es später Nachmittag. Das Auto war fürs Erste versorgt, jetzt musste er noch eine Bleibe für sich selbst finden. Er musste nicht lange suchen. Gleich schräg gegenüber der Werkstatt befand sich ein rustikales zweigeschoßiges Gebäude, in dem ein kleines Restaurant untergebracht war. An einem Pfosten des kleinen Vordachs, unter dem einige Tische standen, hing ein Schild in Form eines Bettes. »Na immerhin«, murmelte Walter und setzte sich in Bewegung. Erst jetzt wurde im klar, was für ein Glück er mit der Werkstatt gehabt hatte. Die beiden Männer hatten keinerlei Dokumente, geschweige denn eine Anzahlung verlangt. Nun gut, das Coupé selbst war Pfand genug, Selbstverständlichkeit war das dennoch keine. Wie er in der Pension nun erklären würde, dass er sich nicht ausweisen und erst im Nachhinein zahlen konnte, war ihm in dem Moment, in dem er durch die Tür trat, noch vollkommen unklar.

Im Gastraum befand sich ein Tresen, der offensichtlich Bar und Rezeption in einem war. Walter trat näher, blickte sich um und grüßte. Nichts geschah. Nach ein, zwei Minuten entdeckte er eine kleine Glocke, die er sogleich mehrmals energisch betätigte. Umsonst. Er begann in dem kleinen Raum herumzugehen und rief. Zu Beginn noch verhalten, dann allerdings sehr deutlich. Noch immer regte sich nichts. Wieder ging er zurück zur Bar und donnerte mehrmals auf die Glocke. Schlagartig, wie aus dem Nichts, stand eine junge Frau hinter der Bar und räusperte sich. Walter war so in Rage geraten, dass er sie zuerst gar nicht bemerkt hatte. »Mi dica!«, sagte die Frau und legte bestimmt einen Finger auf die kleine Glocke, um den Nachhall abzudämpfen. Walter fuhr herum. »Na endlich!«, entkam es ihm. »I was wondering«, begann er eine Rechtfertigung, hielt den versöhnlichen Tonfall aber nicht durch und brach deshalb den Satz ab. »I need a room«, sagte er schließlich knapp und fordernd.

Die Rezeptionistin hielt seinem Blick selbstbewusst stand. »Prego?«, fragte sie, als hätte sie nicht verstanden.

Walter stutzte kurz, begriff die Erbärmlichkeit seiner Lage und spürte, wie ihn der Ärger, den er seit der Panne unterdrücken hatte können, nun überwältigte. Er klatschte sich mit der flachen Hand gegen die Stirn. »Das darf doch nicht wahr sein!«, pfauchte er. »Da spricht dieser Bauerntrampel doch tatsächlich kein Wort Englisch! Wo zur Hölle bin ich hier gelandet?«

Die junge Frau, vermutlich noch keine dreißig, wohl eher Ende zwanzig, antwortete nicht. Unverwandt blickte sie Walter an. Erst als klar war, dass der weiter nichts sagen würde, warf sie ihr dunkles Haar in den Nacken und lehnte sich leicht vor. Fragend zog sie eine Augenbraue hoch.

»Camera«, sagte Walter. »One or two days. Uno o due dias.« Er stockte, da ihm selbst nicht klar war, ob das, was er da zusammenstammelte, eher Italienisch oder Spanisch war. Es war einfach zu lächerlich. »Per favore«, sagte er schließlich und wartete eine Reaktion ab.

Die junge Frau verzog den Mund zu einem kaum merkbaren Schmunzeln, drehte sich dann kurz um, pflückte einen Schlüssel von einem Brett und legte ihn wortlos vor sich auf die Bar. Walter nahm den Schlüssel, ratlos, was er weiter tun sollte. Offensichtlich erwartete die Rezeptionistin von ihm im Moment weder Ausweis noch Bezahlung. Walter überlegte, ob es nicht dennoch besser wäre, gleich die Katze aus dem Sack zu lassen. »Quanto costa?«, tastete er sich vorsichtig vor. Die Frau nannte ihm eine Zahl, die er nicht verstand, machte aber gleichzeitig eine Handbewegung, die ihm zu erkennen gab, dass er nun gehen könne und erst bei der Abreise zu zahlen habe. Walter nickte zustimmend und ging in die Richtung davon, die ihm gewiesen worden war. Er stand vor einer schmalen Holztreppe. Er stieg in den ersten Stock und betrat kurz darauf ein schlichtes Zimmer mit Blick auf die Straße und die schräg gegenüberliegende Werkstatt. »Was für ein Tag«, murmelte er, hievte seinen Koffer auf ein kleines Tischchen und ließ sich auf das frisch bezogene Doppelbett fallen. Er sah sich im Raum um. Das Zimmer war von geradezu malerischer Schlichtheit, gleichzeitig aber gemütlich und wo nicht stilvoll, da doch zumindest authentisch. Neben dem Doppelbett blieb gerade genug Platz, um aufzustehen und sich anzukleiden. Eine schmale Tür führte in ein winziges Badezimmer, in dem Dusche und Toilette untergebracht waren. An der Wand neben dem Bett befanden sich eine kleine Ablage und mehrere Heiligenbilder. Auf einem Tischchen vor dem Fenster stand auf einem gehäkelten Untersetzer eine Topfpflanze. All das war ziemlich genau das Gegenteil jenes Hotelzimmers, das er am Morgen verlassen hatte. Walter musste schmunzeln. Kurz später richtete er sich auf, ging ins Badezimmer und wusch sich Gesicht und Hals. Danach betrachtete er sich in dem kleinen Spiegel über dem Waschbecken. Er sah nicht gerade blendend aus. Die Strapazen des Tages waren ihm ins Gesicht geschrieben, dazu bemerkte er einen leichten Sonnenbrand, der wohl der langen Fahrt im Cabriolet geschuldet war. Er entfaltete ein Handtuch, das nach Flieder roch, und trocknete sich ab. Erst jetzt, wo alles erledigt war, spürte er, wie hungrig er war. Kurzerhand beschloss er, im Restaurant des Hauses etwas zu essen und die

Rechnung aufs Zimmer schreiben zu lassen. Morgen wollte er dann als Erstes versuchen, die Sache mit dem Geld zu klären.

Kaum hatte er an einem der Tische vor dem Gebäude Platz genommen, legte ihm dieselbe Frau, die ihm auch den Zimmerschlüssel gegeben hatte, eine Karte vor, die nicht besonders umfangreich war und von der Walter einfach das erste Gericht und ein Glas Hauswein bestellte. Sonst waren nur noch zwei weitere Tische besetzt. An einem speiste ein älteres Paar, an einem anderen saß ein einzelner Mann vor einem Glas Rotwein und blätterte in einer Zeitung. Schon nach wenigen Minuten standen vor Walter Tagliatelle mit Pilzen, die er leidenschaftlich verschlang. Als er aufgegessen hatte, lehnte er sich befriedigt zurück und ließ den Blick über die Straße streifen. Er hatte nicht einmal darauf geachtet, wie der Ort hieß, in dem er da gestrandet war. Ihm wurde bewusst, dass er hier nicht bloß mit seiner Autopanne und den gestohlenen Wertgegenständen klarzukommen hatte, sondern auch komplett abgeschnitten von der restlichen Welt und insbesondere der Redaktion war. Er hatte den ganzen Tag über keinerlei Update von Doris erhalten und deshalb auch keine Ahnung, was aus Fabians Marathon-Story geworden war. Das erste Mal an diesem Tag dachte er an die Arbeit. Kurz stutzte er. Er galt als Workaholic und Kontrollfreak und sah sich auch selbst so. Durfte er sich eine derartige Nachlässigkeit überhaupt erlauben? Mit einem kräftigen Schluck Wein spülte er die aufkeimenden Bedenken weg. Was soll's, dachte er. Was wollte er von hier aus schon unternehmen? Also könnte er gleich auch den Abend genießen und noch ein Glas Wein trinken. Als er bestellt hatte, merkte er, wie der andere Gast, der ebenfalls alleine an seinem Tisch saß, ihn heranwinkte. Walter war sich zuerst nicht sicher, ob tatsächlich er gemeint war, doch daran bestand kein Zweifel, denn das Paar hatte bereits sein Mahl beendet und war gegangen. Zögernd erhob sich Walter und trat näher. Als er dem Mann, der wohl geringfügig älter war als er selbst, gegenüberstand, merkte er, dass dieser die Zeitung zur Seite gelegt und ein Backgammon-Brett vor sich aufgebaut hatte. Mit einer einladenden Geste forderte er Walter dazu auf, sich zu ihm zu setzen. »Warum auch nicht«, sagte sich Walter und nahm Platz. Kurz darauf brachte die Kellnerin den bestellten Wein und stellte ihn wie selbstverständlich an Walters neuem Sitzplatz ab. Dazu tauschte sie ein paar Worte mit dem anderen Mann und lachte kurz. Eins ergab das andere und Walter fühlte sich, als wäre er hier seit Jahren Stammgast. Offen lächelte er sein Gegenüber an, nahm einen ersten Schluck und griff nach den Würfeln.

Walter hatte keinerlei Zeitgefühl, als er endlich in sein Zimmer torkelte. Sein Kopf brummte und er war todmüde. Dafür konnte er nun auf Italienisch bis dreißig zählen, kannte gleich mehrere ordinäre Flüche und hatte auf eindrucksvolle Weise erkundet, dass er sich offensichtlich in einer ganz passablen Weinregion befand. Zumindest war das die feste Überzeugung seines Backgammon-Partners, der darauf bestanden hatte, jede neue Partie mit der Verkostung eines weiteren regionalen Weines zu kombinieren. Walter hätte sich nicht träumen lassen, dass man sich ohne gemeinsame Sprache so gut unterhalten könnte. Auch hätte er nicht geglaubt, dass jemand das Backgammonspiel, das ja immerhin auch ein Glücksspiel war, so gut beherrschte. Aber Massimo, sein neuer Freund, hatte ihm das Gegenteil bewiesen und jede Partie haushoch gewonnen. Wie viele Partien es letztendlich gewesen waren, wusste Walter nicht mehr. Doch es war ihm auch egal, denn jetzt wollte er nur noch ins Bett. Er wusch sich nachlässig das Gesicht, setzte sich auf die Toilette und nickte, die Zahnbürste im Mund, für einen

Augenblick im Sitzen ein. Als er wieder zu sich kam, stand er auf und torkelte ins Zimmer zurück. Er riss das Fenster auf und atmete einmal tief durch. Was für ein Tag, dachte er.

Walter zog die Vorhänge zu und ließ sich rücklings aufs Bett fallen. Die Matratze war einladend weich und die Überzüge rochen nach Flieder. Trotz allen Unglücks, das ihm an diesem Tag widerfahren war, spürte er tief in seinem Inneren ein ungewohntes Gefühl der Leichtigkeit. Ein Gefühl, das er schon seit langer Zeit nicht mehr empfunden hatte. Ein Gefühl, das er nur auf eine einzige Art hätte beschreiben können: Er war glücklich!

DIENSTAG

Als Walter erwachte und sich im Bett aufrichtete, war es bereits hell. Sofort überkam ihn die Erinnerung an den letzten Abend. Er stand auf, zog die Vorhänge zur Seite und stellte sich gähnend ans Fenster. Der Wein musste tatsächlich gut gewesen sein, denn er spürte nicht einmal einen Anflug von Kopfschmerzen. Auch sonst fühlte er sich ausgezeichnet. Eigentlich viel zu gut für die kurze Nacht und das alkohollastige Finale des Vorabends. Er nahm seine Rolex, den einzigen Wertgegenstand neben seinem Cabrio, der ihm geblieben war, vom Nachtkästchen und legte sie an. Als er auf das Ziffernblatt sah, war ihm alles klar. Es war bereits kurz nach elf. Er hatte also nicht nur die kurze Nacht, sondern auch fast den gesamten Vormittag verschlafen. So lange hatte er es das letzte Mal wohl während seiner Studentenzeit im Bett ausgehalten. Mit einer raschen Handbewegung öffnete er seinen Koffer und begann sich anzukleiden. Dabei musste er feststellen, dass ihm nur noch ein einziges frisches Shirt geblieben war. Er beschloss, sich vorerst nicht um derartige Nebensächlichkeiten zu sorgen, zog das Poloshirt über und verließ das Zimmer.

Während er ein spätes Frühstück einnahm, holte ihn die Realität auf seltsame Weise ein. Was sollte er nun tun? Der Tag, der vor ihm lag, verlangte ihm keine einzige konkrete Tätigkeit ab. Das war neu für ihn. Gut, er hätte eine Diebstahlsanzeige aufgeben können, doch fragte er sich, welchen Sinn das haben sollte. Zwar würde er die Anzeige brauchen, um Duplikate seiner Dokumente ausstellen zu lassen, doch war es vollkommen egal, wo er die Anzeige aufgab. Er könnte sich also die vermutlich schon allein aus Gründen der Verständigung mühsame Angelegenheit ersparen und die Anzeige ganz einfach erst in Österreich machen. Schlimmstenfalls würde er den Schaden einfach auf eine seiner zahllosen Versicherungen abwälzen. Auch spielte er kurz mit dem Gedanken, zur Tankstelle zurückzukehren und die Herausgabe seiner Wertsachen zu fordern, doch auch diese Option erschien ihm bei genauerer Betrachtung alles andere als Erfolg versprechend. Was durfte er sich davon schon erwarten? Der Tankwart würde sich wohl kaum bei ihm entschuldigen und die Sachen zurückgeben. Nein, die Sache war verloren, und alles, was er jetzt noch anzetteln würde, wäre vergebliche Mühe. Walter beschloss, sich stattdessen darauf zu konzentrieren, irgendwie an Geld zu kommen. Alles andere würde er später in Österreich regeln, wo es ihm bedeutend leichter fiel, sich den notwendigen Respekt zu verschaffen.

Er ließ das Frühstück, serviert von der jungen Frau, mit der er sich seit seiner Ankunft ausschließlich mit Gebärden und Blicken verständigte, auf die Zimmerrechnung setzen und stand auf. Da er das Gefühl hatte, dass es noch zu früh war, um in der Werkstatt nachzufragen, schlenderte er in die entgegengesetzte Richtung und somit auf das Zentrum des beschaulichen Dorfes zu. Allerdings war Zentrum ein unpassender Begriff, denn auch dieser Hauptplatz war nicht viel mehr als eine bescheidene Fläche zwischen einer sehr bescheidenen Kirche und einer Gruppe weiterer schlichter Gebäude. In einem davon war eine kleine Bar untergebracht. Auf dem Gehsteig davor standen ein paar Plastiksessel und einige Tische. Walter ließ sich nieder und bestellte einen Espresso. In der Früh hatte er in seinem Koffer einen Zehn-Euro-Schein und ein paar Münzen gefunden. Er verfügte also über bescheidene finanzielle Mittel, um den verbleibenden Tag zu bestreiten. Als der

Betreiber der Bar den Kaffee brachte, erkundigte sich Walter nach einem Telefon. Der Mann geleitete ihn ins Innere des winzigen Lokals, stellte einen Apparat auf die Bar und entfernte sich wortlos. Walter nahm den Hörer von der Gabel und wählte die einzige Nummer, die er auswendig konnte: die der Zeitung. Während es am anderen Ende läutete, lehnte Walter sich mit dem Rücken gegen die Bar und erkannte in einer Glastür sein schemenhaftes Spiegelbild. Nachdem er sich mit Doris Eiblinger hatte verbinden lassen, erkundigte sich Walter routiniert nach dem Laufenden und gab sich dabei Mühe, sich nichts von seiner ungewohnten Situation anmerken zu lassen. Zwar hatte er vorgehabt, Eiblinger anzuweisen, ihm Geld zukommen zu lassen, doch nun, wo er mit ihr sprach, war es ihm plötzlich auf seltsame Art unangenehm. Er wusste, dass Doris eine fähige Frau war, die es ohne größere Probleme zustande brächte, ihn aus seiner Notlage zu befreien. Doch wenngleich er sie beruflich in so gut wie alles einweihte, wehrte sich nun etwas in ihm dagegen, sich ihr auf einer so persönlichen Ebene anzuvertrauen. Während er halbherzig ihrer Zusammenfassung lauschte, musterte er sein Spiegelbild. Er trug ein verschwitztes hellgelbes Poloshirt und etwas zu enge braune Shorts, aus denen zwei gerötete Beine wuchsen, die in nagelneuen Bootsschuhen mündeten. Auch sein Gesicht war immer noch gerötet, und das bereits etwas spärliche strohblonde Haar stand wild durcheinander. War diese Gestalt, die ihm da entgegenblickte, wirklich er? Und wollte er so sein? Jemand, der aussah wie ein Kind, das auf einen Schlag erwachsen geworden war. Denn genau so empfand er seine biedere, dabei aber reichlich ramponierte Erscheinung in diesem Moment. Um seinem Spiegelbild zu entkommen, wandte er sich wieder der Bar zu und besann sich des Gesprächs. »Wie sollen wir diesbezüglich vorgehen?«, wollte Eiblinger im selben Moment von ihm wissen. Walter hatte keine Ahnung, wovon die Frau sprach, beschloss aber, sich keine Blöße zu geben. »Entscheiden Sie das bitte selbst«, sagte er und versuchte damit seine Geistesabwesenheit zu überspielen. Eiblinger stutzte kurz. Es war ungewöhnlich, dass er Entscheidungen abgab. Doch die Frau war ein Profi und fasste sich sofort wieder. »Dann werde ich Herrn Krieger mit einen weiteren Artikel beauftragen«, sagte sie sachlich. Walter begriff nun, dass es um diesen Idioten von Fabian gegangen war. Er ärgerte sich, nicht bei der Sache gewesen zu sein, doch nun war es zu spät. Sei's drum! »Sonst noch etwas?«, fragte er knapp.

»Die Gesellschafterversammlung nächste Woche«, holte Eiblinger aus.

Verdammt! Die hatte Walter schon so gut verdrängt gehabt. Dabei war es so ziemlich das Wichtigste, was ihn nach seiner Rückkehr erwartete. »Was ist damit?«, fragte er.

»Wir haben nun endlich alle Zusagen. Wie es aussieht, werden wir also vollzählig sein.«

»Das ist gut.« Walter hatte schlichtweg keine Lust mehr auf dieses Gespräch.

»Da wäre noch etwas«, lenkte Eiblinger, die seine Intention wohl erkannt hatte, scharf ein.

»Was denn noch?«

»Die Unterlagen für die Sitzung wurde gestern fertiggestellt.«

Walter schwieg. Jedes Quartal dasselbe Ärgernis! Musste er sich damit jetzt wirklich auseinandersetzen? »Und, was ist damit?«, entfuhr es ihm.

»Ich meine die Anzeigenabteilung. Sie erinnern sich doch sicher an die Rückgänge«, begann Eiblinger vorsichtig.

Walter konnte derartige Erklärungen nicht ausstehen. Er stieß sich von der Bar ab, über die er sich während des Gesprächs gelehnt hatte, und wurde laut. »Kommen Sie doch endlich zur Sache. Was ist mit den Inseraten?«

»Nun, der von uns befürchtete Einbruch scheint noch deutlicher zu sein, als wir angenommen hatten.«

Walter spürte, wie sich das Gespräch gleich einer schweren Decke über ihn legte. Eine Decke, die seinen Gedanken jegliche Leichtigkeit nahm und alles unter sich zu ersticken drohte. Ja, er wusste, dass es da Probleme gab. Aber musste er sich nun tatsächlich auch noch mit Bilanzen herumschlagen?

»Verlangen Sie eine Erklärung von der zuständigen Abteilungsleiterin. Sie soll bis zu meiner Rückkehr einen detaillierten Bericht vorlegen«, befahl er und spürte das starke Bedürfnis, den Hörer sofort auf die Gabel zu knallen, um dem mühsamen Gespräch ein jähes Ende zu setzen. »Haben Sie mich verstanden?«, fragte er.

Eiblinger bejahte.

»Dann ist's ja gut«, sagte er und gab seinem Bedürfnis nach.

Wenig später ließ sich Walter auf der Terrasse in einen Sessel fallen. Das war geschafft! Er nahm einen Schluck und stellte fest, dass der Kaffee bereits kalt war. Verärgert stellte er die Tasse zurück. Das Telefonat hatte ihm gezeigt, wie wenig es bedurfte, um ihn wieder in seine Gewohnheiten zurückfallen zu lassen. Er hatte kaum fünf Minuten mit Eiblinger gesprochen und fühlte sich, als hätte er einen aufreibenden Arbeitstag hinter sich. Verärgert erhob er sich und betrat noch einmal die kleine Bar, um einen weiteren Espresso zu bestellen. Aus Gewohnheit griff er nach einem Kleinformat, das dort herumlag, und nahm es mit an den Tisch. Im Sitzen blätterte er die Zeitung durch. Es war ein Blatt, wie auch er es führte. Mit einer Mischung aus Interesse und Ablehnung besah er jede Seite. Die sprachliche Beschränkung offenbarte einen befreiten Blick. Davon lebte er also. Mit so etwas verdiente er sein Geld.

Als der Kellner ihm den Espresso brachte, warf er das Papier mit verächtlicher Miene auf den Sessel neben sich. Denn genau das war es: Papier, weiter nichts! Er erinnerte sich an die Journalismusseminare, die er vor einer kleinen Ewigkeit absolviert hatte. Damals, als er auch gelegentlich mit diesem Fabian, über den er sich gerade noch geärgert hatte, über Aufgabe und Bestimmung der Medien diskutiert hatte. Er hatte es genossen, die hohen Erwartungen seiner Kollegen zu zerstören, die den Journalismus gewählt hatten, weil sie darin eine Möglichkeit sahen, der Gesellschaft einen Dienst zu erweisen, sie vielleicht gar zum Besseren zu verändern. »Soll ich euch sagen, was eine Zeitung ist?«, hatte er damals gerne hitzige Debatten zu einem abrupten Ende gebracht. »Bedrucktes Papier! Ein Mittel zum Zweck!« Sie hatten ihn für diese Ansicht verachtet, doch er hatte immer gewusst, dass letzten Endes er es zu etwas bringen würde. Und so war es dann auch gekommen. Er war der Herausgeber und Fabian musste bei ihm um einen lächerlichen Artikel betteln.

Er hob die Tasse mit dem frischen Kaffee an und lehnte sich zurück. Was, wenn er sich die ganze Zeit über geirrt hatte? Wie stand es denn tatsächlich um ihn? Zum ersten Mal seit einer Ewigkeit verbrachte er seine Nächte in einem Hotel, das keine fünf Sterne hatte, und trug sein letztes sauberes Hemd. Und ging es ihm jetzt schlechter als noch vor zwei Tagen? Nein, ganz im Gegenteil! Zum ersten Mal seit langer Zeit fühlte er sich so, wie sich ein Mensch fühlen sollte: zufrieden!

Er winkte den Barbesitzer heran und kramte umständlich ein paar Münzen aus der engen Hosentasche. Der Mann begnügte sich mit neunzig Cent. Den nicht getrunkenen Kaffee weigerte er sich zu verrechnen und auch für das Telefonat wollte er nichts nehmen. Walter verabschiedete sich verlegen. Was bekam er in den Restaurants, in denen er sonst verkehrte, für neunzig Cent? Vermutlich nicht einmal ein Glas Leitungswasser. Vorausgesetzt, man ließe ihn, so wie er derzeit aussah, überhaupt ein.

Zurück in der Pension legte er sich eine Weile nieder und stattete am späten Nachmittag der Autowerkstatt einen kurzen Besuch ab. Der junge Mechaniker empfing ihn mit einem offenen Lächeln, vertröstete ihn aber sogleich auf den nächsten Tag. »Sorry. Tomorrow!«, sagte er knapp.

Walter dachte für einen Moment an den Autohändler, der ihm den sportlichen Wagen schmackhaft gemacht hatte. »Mit der Automatik und dem Tempomat werden Sie gar nicht merken, wie die Kilometer an Ihnen vorbeiziehen«, hatte der Mann gelacht. Was für ein Idiot! Natürlich merkte er die Kilometer nicht. Allerdings aus einem ganz anderen Grund. Walter bedankte sich mit einem Kopfnicken und verließ die Werkstatt. Als er zur Pension zurückging, sah er, wie Massimo an demselben Tischchen Platz nahm, an dem sie auch den letzten Abend verbracht hatten. Walter trat näher und spürte, wie er sich insgeheim darüber freute, den Wagen noch nicht in Betrieb nehmen zu können. Massimo erhob sich und wies lächelnd auf den Platz neben sich.

MITTWOCH

Auch an diesem Morgen schien die Sonne kraftvoll durch die Vorhänge des kleinen Zimmers. Sie ließ den Stoff eigentümlich strahlen und offenbarte den einen oder anderen Webfehler. Da es noch nicht spät war, blieb Walter noch lange im Bett liegen. Ein weiterer simpler Luxus, den er sich seit Ewigkeiten nicht mehr gegönnt hatte. Nur einmal erhob er sich kurz, um das Fenster zu öffnen. Dann ließ er sich sogleich wieder aufs Bett fallen und starrte gegen die holzverkleidete Zimmerdecke.

Er wusste, dass es nun langsam eng wurde. Die Zeit lief weiter, und er wurde in der Zeitung gebraucht. Er dachte an Nadja. Ohne Telefon hatte er auch von ihr keinerlei Nachrichten. Kurz blieb er gedanklich an ihrer sonderbaren Beziehung hängen. Er wusste natürlich, dass Nadja nicht mit ihm zusammen war, weil er ein attraktiver Typ war oder einen besonders einnehmenden Charakter hatte. Er wusste, dass es eine Mischung aus Bewunderung und Achtung war, die sie an ihn band. Und das war noch eine schmeichelhafte Sicht der Dinge, denn ihm war vollkommen klar, dass Außenstehende das Zusammenwirken dieser Gegebenheiten gerne auf einen einzigen Aspekt verkürzten: Geld! Und ja, diese Leute hatten recht. Selbstverständlich war Nadja auch des Geldes wegen bei ihm. Man erkannte es am Blitzen in ihren Augen, wenn sie ein teures Restaurant besuchten oder eine noble Boutique betraten. Dazu die Kurzurlaube in Kitzbühel, Nizza oder Monte Carlo, zu denen sie ihn immer wieder antrieb. Man spürte, wie sehr sie es genoss, ein Leben zu führen, von dem sie bis zu ihrer Begegnung nur hatte träumen können. Dass er ihr all das bieten konnte, ließ sie über vieles hinwegsehen – den hohen Altersunterschied, seine ruppige Art und seinen stetig an Umfang gewinnenden Körper.

Er erhob sich, öffnete den kleinen Koffer und leerte den gesamten Inhalt auf die Seite des Doppelbetts, die er nicht benutzt hatte. Gedankenverloren begann er damit, die am wenigsten verschmutzen Kleidungsstücke auszusortieren. Im Grunde glaubte er Nadja sogar, dass sie ihn mochte, ja dass sie ihn in manchen Momenten vielleicht sogar wirklich gern hatte. Doch Basis für eine dauerhafte Beziehung erkannte er keine. Und Liebe schon gar nicht. Auch das war ihm klar. Immerhin hatte er Übung in diesen Dingen, es war nicht die erste derartige Affäre. Nach der Trennung von seiner Frau hatte es keine zwei Wochen gedauert, bis die ersten Mitarbeiterinnen begonnen hatten, ihm schöne Augen zu machen. Obwohl ihm das natürlich auch geschmeichelt hatte, war er doch nicht blöd. Er wusste, was da gespielt wurde.

Als er stark zerknüllte, aber noch akzeptabel riechende Kleidung gefunden hatte, nahm er die Sachen mit ins Badezimmer und zwängte sich in die winzige Duschkabine. Immer schneller drehten sich seine Gedanken in die immer gleiche Richtung. Er war nun Ende fünfzig. Wie viel Zeit blieb ihm noch? Wenn er noch fünfzehn, vielleicht zwanzig Jahre hatte, die er gesund und selbstbestimmt leben konnte, was wollte er dann mit dieser Zeit anfangen? Wollte er wirklich so weitermachen? Er hatte beachtliche Ersparnisse, besaß mehrere Immobilien und hielt die Mehrheit an *Von Tag zu Tag*. Was wollte er sich noch beweisen? Und wenn nicht sich selbst, wem dann?

Als er das Badezimmer verließ und in die zerdrückte Kleidung schlüpfte, musste er an die seltsame Begegnung in der Bootswerkstatt denken. Vielleicht hatte der kauzige Alte ja recht gehabt. Was zur Hölle wollte er mit einem spritfressenden Motorboot? Hätte er stattdessen eine kleine Segeljacht, könnte er sich einfach vom Wind tragen lassen und wäre nie wieder jemandem Rechenschaft schuldig!

Sei's drum, dachte er. Was immer er in Zukunft auch tun würde, von hier musste er nun jedenfalls abreisen. Nur wie er das ohne Papiere und Geld anstellen sollte, das war ihm noch immer nicht klar.

Beim Frühstück auf der kleinen Terrasse der Pension wurde er wieder wortlos von der jungen Frau versorgt, die ihn seit seiner Ankunft bediente. Walter war unklar, woran er bei ihr war, denn ihre resolute und gleichzeitig zurückhaltende Art schien immer noch von ihrer missglückten ersten Begegnung herzurühren. Er hatte bemerkt, dass alle anderen Gäste und Mitarbeiter mit ihr im besten Einvernehmen standen. Walter ließ den Blick über die anderen unbesetzten Tische gleiten und blieb schließlich an jenem Tischchen hängen, an dem er zwei Abende mit Massimo verbracht hatte. Am Vorabend waren sie etwas kürzer beisammengesessen und hatten auch zurückhaltender getrunken. Wieder hatte Massimo sämtliche Partien gewonnen. Walter erschien die Erinnerung daran bereits wie der Gedanke an eine liebe Gewohnheit. Er riss sich los und trank den letzten Rest Kaffee. Dass er zwei Tage hintereinander freiwillig an einem solchen Ort verbringen würde, hätte er noch vor wenigen Tagen schlichtweg für unmöglich gehalten. Ganz stimmte das so auch nicht, denn eigentlich saß er ja nicht freiwillig hier, sondern aufgrund der Autopanne. Dennoch fühlte es sich so an, als ob er aus freien Stücken hier wäre, denn er hätte ja auch einen anderen Weg suchen können, um sich aus dieser Lage zu befreien. Nur hatte er eben genau das unterlassen. Und vielleicht ja gerade deshalb, weil er sich im Grunde gar nicht befreien wollte. Während Walter seinen Gedanken nachhing, bemerkte er nicht, wie ein junger Mann an ihm vorbei die Pension betrat und schon kurz darauf wieder auf der Terrasse erschien, um sich ihm von schräg hinten zu nähern. »Signore Feldner?«, fragte er, als er nah genug herangetreten war.

Walter fuhr herum und stieß instinktiv ein »Ja!« aus. Als er den schlanken, groß gewachsenen Mann, der in einem schmutzigen Overall steckte, vor sich sah, überkam ihn ein Schrecken und er verstummte. Es war der Mann, von dem er vor zwei Tagen seinen Wagen hatte auftanken lassen. Der Mann, von dem er überzeugt war, dass er ihm seine Tasche mit den Wertgegenständen entwendet hatte. Walter wusste nicht, wie er reagieren sollte, und starrte den Tankwart regungslos an.

»I guess these are your belongings«, sprach der Mann in wackeligem Englisch und hob mit seiner Linken ein Paket an, in dem Walter sofort seine vermisste Tasche erkannte. Wortlos nahm er sie entgegen und warf einen Blick in das Innere: Fahrzeugpapiere, Brieftasche, Mobiltelefon. Alles war da. Walter nahm die Brieftasche heraus und öffnete sie. Sämtliche Ausweise, Kreditkarten, ja sogar die großen Scheine waren nach wie vor vorhanden. Mit fragendem Gesichtsausdruck blickte Walter sein Gegenüber an.

»The gas station«, erklärte der Mann. »You forgot it in the restroom.«

»And how did you find me?«, schaffte Walter es endlich, eine Frage zu formulieren.

»Maria, the girl from the reception, stopped by yesterday. She told me about a strange Austrian guest. So I showed her your belongings.«

»I see«, antwortete Walter verlegen und öffnete erneut seine Brieftasche. »Please take this as a reward«, setzte er fort und reichte dem Mann einen Geldschein, den dieser jedoch höflich zurückwies. »Thank you, but that's not necessary«, sagte er und drehte sich bereits wieder um. Neuerlich betrat er die Pension, wo Walter ihn kurz darauf mit der jungen Rezeptionistin, von der er nun wusste, dass sie Maria hieß und dass er auch ihr einiges zu verdanken hatte, angeregt plaudern hörte.

Walter fühlte sich wie ein Vollidiot. Nicht genug damit, dass er hier ohne Geld und Papiere aufgetaucht war und das Vertrauen all jener in Anspruch genommen hatte, die ihm Unterkunft, Verköstigung, ja sogar die Reparatur seines Wagens ohne Anzahlung vorgestreckt hatten. Nein, er hatte sie wegen ihrer mangelnden Fremdsprachenkenntnisse als Hinterwäldler abgestempelt und sogar des Diebstahls verdächtigt. Dabei hatte er ihnen die ruhigsten und erholsamsten zwei Tage seit Langem zu verdanken. Geknickt griff er nach seiner Tasche und stahl sich in Richtung der Autowerkstatt davon. Um nichts auf der Welt wollte er sich einen weiteren Fehltritt erlauben.

Der ältere der beiden Mechaniker erklärte Walter in einem Kauderwelsch aus Italienisch, Englisch und einigen Brocken Deutsch, dass sein Sohn soeben damit beschäftigt sei, das Ersatzteil einzubauen. Das Auto werde in rund einer Stunde wieder fahrtüchtig sein. An einem kleinen Bürotisch, der in der Werkstatt unmittelbar neben einer Hebebühne stand, erledigten sie die Formalitäten. Walter zahlte in bar, bedankte sich überschwänglich und ging erleichtert davon.

In seinem Zimmer packte er schnell seine Sachen. Als er bereits in der Tür stand, drehte er sich noch einmal um und besah ein letztes Mal den kleinen Raum, den er zwei Tage bewohnt hatte. Das Fenster war gekippt und der ausgewaschene Vorhang bewegte sich leicht in der Zugluft. Von der Straße drangen Alltagsgeräusche herauf: Leute unterhielten sich, ein Moped wurde gestartet, irgendwo bellte ein Hund. Die Tür zum winzigen Badezimmer stand halb offen und so konnte Walter im Spiegel über dem Waschbecken einen Teil seiner

Figur erkennen. Er trat einen halben Schritt zur Seite und sah sich nun ganz: einen in die Jahre gekommenen Mann in nicht ganz sauberer Kleidung. Und dennoch spürte er, dass er sich verändert hatte.

Maria stand an der Bar, als Walter den Gastraum betrat. »Il conto, per favore«, sprach er sie an. Die junge Frau hob ihren Blick und lächelte. »Ah, Herr Feldner reisen schon ab?«, gab sie in makellosem Deutsch zurück. Walter war wie versteinert.

»Ihren Zimmerschlüssel bitte!«, fuhr Maria fort und machte kein Hehl daraus, dass sie Walters Irritation genoss.

Als er sich wieder gefasst hatte, übergab er verlegen den Schlüssel und räusperte sich. »Sie sprechen also Deutsch?«, fragte er und erkannte im selben Moment, wie dumm die Frage war.

»Aber selbstverständlich. Meine Mutter stammt aus Südtirol und ich war auf einer Schweizer Tourismusschule.« Nebenbei griff sie nach einem Taschenrechner und begann, die Belege zu addieren, die sich die letzten Tage über in einem kleinen Fach angesammelt hatten, über dem nun Walters Zimmerschlüssel hing. Walter sah sich verlegen im Raum um. »Ich denke, ich habe mich bei Ihnen zu entschuldigen«, sagte er, als die junge Frau ihm eine säuberliche Rechnung vorlegte.

»Nicht der Rede wert! Sie werden schon Ihre Gründe für Ihre schlechte Laune gehabt haben.«

Walter beglich den Betrag mit seiner Kreditkarte und legte anschließend ein stattliches Trinkgeld auf die Bar, doch auch die junge Frau wollte sein Geld nicht nehmen. »Das Geld eines Menschen ist nicht wichtig«, sagte sie und schob die beiden Scheine zu Walter zurück. »Allein der Charakter zählt!«

Verlegen steckte Walter die Scheine wieder ein und sah die Frau an. »Dann bedanke ich mich für alles und wünsche Ihnen das Allerbeste.« Er bemühte sich, es so ehrlich klingen zu lassen, wie er es meinte.

»Keine Ursache! Ich hoffe, es hat Ihnen bei uns gefallen«, erwiderte Maria mit einem Lächeln und verließ den Raum.

Zehn Minuten später saß Walter hinter dem Steuer und presste seinen Wagen Richtung Norden. Diesmal hatte er die kürzeste Strecke auf dem Navi gewählt. Mit jedem Kilometer, den er sich von der Ortschaft entfernte, schien er ein wenig von der Schmach abzuwerfen, die dieser Vormittag über ihn gebracht hatte. Gleichzeitig spürte er, wie eine andere Anspannung in ihm aufkam. Allein der Gedanke an die Redaktion ließ seinen Blutdruck ansteigen. Als er sein Mobiltelefon zurückbekommen hatte, war der Akku vollkommen leer gewesen und er musste es am Armaturenbrett laden. Walter verband das Telefon mit der Freisprechanlage und rief sofort Doris Eiblinger an. Seine Assistentin hatte den Anruf ganz offensichtlich bereits erwartet. »Gut, dass Sie sich melden!«, begann sie aufgeregt. »Bei uns geht es drunter und drüber. Ich habe auch schon mehrmals versucht, Sie zu erreichen.«

»Ich war von der Zivilisation abgeschnitten«, gab Walter knapp zurück und war sich selbst nicht sicher, ob er es ironisch oder ernst gemeint hatte. »Was ist denn los?«

»Gestern wurde auf der A2 ein abgestellter Schlepper-Lkw gefunden, in dessen Anhänger sich fünfzig oder sechzig tote Flüchtlinge befanden, die genaue Zahl ist noch nicht bekannt. Vermutlich sind die Menschen erstickt.«

Walter war die Tragweite dieser Meldung sofort klar. »Wer hat sich darum gekümmert?«, fragte er nüchtern.

Eiblinger erstattete ein umfassendes Update. Obwohl sie auf einige Probleme in der Berichterstattung verwies, da der Anhänger von den Behörden sofort streng abgeriegelt worden war, hatte Walter dennoch das Gefühl, dass die Frau die Angelegenheit gut im Griff hatte. Er ließ sich versichern, am Laufenden gehalten zu werden, und erkundigte sich nach weiteren Neuigkeiten.

Eiblinger erwähnte ein paar Angelegenheiten, darunter auch einen Folgeartikel über den Marathon.

»Was für ein Folgeartikel?«, fragte Walter verwundert.

»Nun, der Artikel über diesen mysteriösen Läufer, den Herr Krieger vorgeschlagen hatte.«

»Was für ein Mysterium? Wovon sprechen Sie? Und seit wann hat Fabian bei uns etwas zu sagen?« Walter spürte, wie seine Beunruhigung anstieg. Mit seiner Rechten kramte er das Päckchen mit den Nikotinkaugummis aus der Tasche am Beifahrersitz.

Eiblinger ließ sich nichts anmerken und antwortete sachlich. »Wir haben das doch neulich am Telefon besprochen. Sie hatten die Entscheidung mir überlassen und ich habe Ihnen gesagt, dass ich Herrn Krieger kontaktieren würde.«

»Weshalb? Damit er eine Geschichte über einen Beinahe-Marathongewinner schreibt? So einem Schwachsinn habe ich nie zugestimmt!« Walters Tonfall hatte sich Stück für Stück weiter hochgeschraubt.

»Bei unserem letzten Tele…«

»Erklären Sie mir nicht, was ich gesagt habe und was nicht«, fiel Walter ihr grob ins Wort. »Das werde ich selbst doch wohl am besten wissen.«

»Wie Sie meinen«, begab sich Eiblinger in die Defensive. »Kann ich sonst noch etwas für Sie tun?«

»Nein danke, das reicht! Ich werde diesen Idioten gleich persönlich zur Rechenschaft ziehen!«, keifte Walter und schob sich endlich den Kaugummi in den Mund. »Heute Nachmittag bin ich in Wien, dann melde ich mich wieder!«

Ohne eine Antwort abzuwarten drückte er den Anruf weg und erhöhte deutlich die Geschwindigkeit. Diese Idioten! Da war er noch nicht einmal zurück im Land, und schon musste er sich wieder mit den Fehlentscheidungen dieser inkompetenten Bande herumschlagen!

Der Tachometer zeigte knapp hundertachtzig, als er das Blaulicht im Rückspiegel sah. Rasch nahm er Tempo weg, doch es war bereits zu spät. Schon hatte ihn die dunkle Zivilstreife überholt und winkte ihn an den Pannenstreifen. Auch das noch!

Was sich in Folge abspielte, war geradezu filmreif. Der Beamte, der sich Walter vornahm, sah aus wie die Karikatur eines südländischen Polizisten: Spiegelsonnenbrille, Dreitagebart, nach hinten gegeltes Haar und eine Art, sich zu bewegen, die Selbstsicherheit versprühte. Walter versuchte, die Sache abzukürzen und griff noch während der Mann sich seinem Fahrzeug näherte, nach seiner Brieftasche. »Let's keep this short, officer!«, sagte er, als er das Fenster herunterließ. »I know I was too fast. So tell me how much I owe you and we can go on.« Bereits während er sprach, holte er deutlich sichtbar einige große Geldscheine hervor. Doch es war, als wollte der Mann hinter der Sonnenbrille krampfhaft erfüllen, was sein Äußeres versprach: Probleme! »We are not in Germany«, antwortete er knapp. Das allein reichte, um Walter den Rest zu geben. Er vergaß sich und schrie: »Was heißt hier Deutschland! Kann die Polizei in diesem Land nicht einmal Kennzeichen zuordnen? Ich bin Österreicher, verdammt!«

Der Polizist hatte vermutlich kein Wort verstanden, doch die Lautstärke und Walters Gestus genügten, um ein Programm in Gang zu setzen, das einzig darauf angelegt war, ihm zu zeigen, wer hier das Sagen hatte. Der Mann trat gelassen einen Schritt zurück und befahl Walter auszusteigen. Dann winkte er seine

Kollegin herbei, die in Erscheinungsbild und Auftreten wie eine weibliche Version seiner selbst wirkte. Die beiden wechselten ein paar kurze Sätze, von denen Walter ahnte, dass sie nur eines bedeuteten: »Dem zeigen wir's!« Daraufhin absolvierte das Paar in demonstrativer Gelassenheit das volle Programm: Fahrzeugkontrolle, Alkoholtest, langwierige Überprüfung der Papiere per Funk mit der Leitstelle. Nach anfänglichen Gesten des Unmuts verfiel Walter bald in stumme Resignation. Es war sinnlos. Er musste die beiden ganz einfach ihre Sache durchziehen lassen. Alles andere würde nur noch weitere Verzögerungen auslösen. Wenn er sich einfach ruhig verhielt, hatte er immer noch die besten Chancen, bald weiterfahren zu können. Und tatsächlich wurde ihm eine knappe Stunde später endlich ein Strafzettel ausgestellt. Dazu gab es eine überausführliche Belehrung, von der klar war, dass sie einzig den Zweck hatte, Walters Geduld noch etwas weiter zu strapazieren. Doch er tat den beiden nicht den Gefallen, noch einmal die Fassung zu verlieren. Still nahm er hinter dem Steuer Platz, legte den Gurt an und ließ alles über sich ergehen. »Can I go on now?«, fragte er, als der Polizist endlich geendet hatte und ihm eine Quittung überreichte. Der Mann nickte. Walter ließ wortlos das Fenster hochfahren und startete den Motor. Die nächsten dreißig Kilometer fuhr er festgenagelte hundertzwanzig Stundenkilometer. Diesen Typen war zuzutrauen, dass sie ihm mit Abstand folgten.

Knapp nach Mittag passierte Walter die Grenze nach Österreich. Bereits am Brenner hatte er Fabian angerufen, um sich von ihm persönlich erklären zu lassen, was der Schwachsinn mit dem Artikel über den gescheiterten Marathonläufer sollte. Doch es gab da noch mehr, was Walter beschäftigte. Er spürte, dass er Fabian nicht bloß angerufen hatte, um ihm die Leviten zu lesen. Da war noch ein anderer Grund. Ein Grund, den er sich allerdings nicht genau erklären konnte. Am ehesten ließ es sich wohl als kollegiale Anteilnahme verstehen. Er wusste um Fabians schwierige Situation, und bei allen persönlichen Differenzen empfand er auch so etwas wie Anerkennung für dessen konsequente Haltung. Die Verfehlungen der letzten Zeit wollte Walter ihm dabei nicht übel nehmen. So eine Beziehungskrise, noch dazu wenn ein Kind involviert war, konnte einen schon einmal aus der Bahn werfen. Auch die ständigen Sticheleien, mit denen Fabian ihn so gerne reizte, sah er ihm im Grunde nach. Er wusste, dass Fabian das tun musste, um sein Gesicht zu wahren. Zwar hatte er die moralische Überlegenheit auf seiner Seite, aber was brachte ihm das schon? Es war Teil desselben Spiels, dass er Fabian ausgerechnet zu Da Vittorio und damit in eins der teuersten Restaurants Wiens bestellt hatte. Walter wusste, dass das für seinen erfolglosen Kollegen einer Bestrafung gleichkam. Und wenn der Idiot es auch diesmal wieder geschafft hatte, ihn am Ende ihres Telefonats übers Maß zu provozieren, sah er der Begegnung dennoch ohne Groll entgegen. Es war ein wenig so, als würde er sich dadurch etwas von dem erhalten, was er bei seinem Kurzaufenthalt in dem verschlafenen italienischen Provinzdorf schätzen gelernt hatte. Der Kontakt zu einer Welt, in der er ein anderer sein durfte. Seine donnernde, aufbrausende Rolle, in die er so schnell wieder verfallen war, empfand er mit einem Mal nämlich als genau das: als eine Rolle, die er zu spielen hatte.

Erst spät am Abend kam Walter nach Hause. Von Nadja fand sich, abgesehen von zwei Sprachnachrichten, die sie während der letzten Tage auf dem Anrufbeantworter des Festnetzanschlusses hinterlassen hatte, keine Spur. Walter nahm ihre Abwesenheit hin, wie er auch schlechtes Wetter oder eine Flugverspätung hingenommen hätte. Es war, wie es war. Weitere

Gedanken wollte er an diesem Abend nicht darauf verschwenden. Sein Kopf wäre auch viel zu schwer dafür gewesen. Der Tag war lang und anstrengend gewesen und das Treffen mit Fabian dann noch so etwas wie eine mühsame Zugabe. Dem Typen ging es dreckig, so viel stand fest. Obwohl er Fabian schon längere Zeit nicht mehr gesehen hatte, war ihm sofort aufgefallen, dass da etwas gar nicht in Ordnung war. Okay, der Mann litt unter der Trennung von seiner Familie und hatte offensichtlich auch ein kleines Alkoholproblem. Eine derartige Entgleisung hätte Walter sich aber dennoch nicht erwartet.

Er entledigte sich des Großteils seiner Kleidung und schenkte sich einen Drink ein. Beim Essen hatte er bewusst auf Alkohol verzichtet, doch jetzt wollte er sich ein wenig Entspannung gönnen. Mit dem Glas in der Hand schob er die Glastür auf, die auf die großzügige Terrasse führte, und trat in die schwüle Nacht. Er stellte sich dicht an den Sims und blickte auf die spätabendliche Stadt. Verkehrsgeräusche und Stimmen drangen zu ihm herauf, irgendwo tönte ein zu lauter Fernseher.

Da hatte ihm dieser Fabian doch allen Ernstes eine Serie über das Schicksal von Migranten vorgeschlagen. Walter musste bei dem Gedanken daran leise auflachen. Der Typ war irre! Als er nachvollziehbare Bedenken geäußert hatte, was ohnehin bereits ein starkes Zugeständnis an Fabians schwierige Situation gewesen war, hatte dieser vollends die Kontrolle verloren. Offensichtlich wollte er an Walters Gewissen appellieren und war dabei der absurden Idee verfallen, dass er, Walter, sich gegenüber seiner Kollegenschaft von der Qualitätspresse etwas zu beweisen hätte. Als ob ausgerechnet er sich darum kümmern würde, was irgendjemand anderer von ihm dachte! Okay, die Zeitung, die er machte, war der letzte Dreck. Das war ihm klar. Doch er verdiente Geld damit. Richtig viel Geld sogar. Und da kommt so ein Spinner daher, der seit Monaten keinen Cent verdient hat, und versucht ihn mit moralischen Argumenten zu einer absurden Artikelserie über Flüchtlinge zu bewegen?

Fabian dachte anscheinend wirklich, dass die jüngste Katastrophe auf der A2 etwas auslösen könnte. So schlimm die Sache auch war, wusste Walter nur zu gut, dass sich schon in ein paar Tagen kein Mensch mehr dafür interessieren würde. Die Medien würden das nächste Mal auf das Thema zurückfallen, wenn die Hintermänner gefasst wären und der Prozess begänne. Er kannte sein Geschäft in allen hässlichen Details. Und so betroffen ihn eine Nachricht persönlich auch machte, verstand er es dennoch, seine beruflichen Entscheidungen vollkommen nüchtern zu treffen. Wer das nicht verstand, hatte in seiner Branche nichts verloren und wäre bei einer NGO deutlich besser aufgehoben. Und genau das schien bei Fabian der Fall zu sein. Der Umstand, dass er nun ausgerechnet für *Von Tag zu Tag* so eine Geschichte machen wollte, bewies Walter nur einmal mehr, wie verzweifelt der Kerl sein musste.

Walter setzte sich auf eine der wetterfesten Liegen, die Nadja für die Terrasse angeschafft hatte, und stellte das Glas auf den mit groben Fliesen bedeckten Boden. Er lehnte sich zurück und blickte in den Himmel. Sterne waren kaum zu sehen. Die Wolken, denen das schwüle Wetter zuzuschreiben war, verdeckten alles. Walter dachte an die Ereignisse der letzten Tage. Am selben Nachmittag noch hatte er das Gefühl gehabt, mit seiner Abreise das einzig Richtige getan zu haben. Schließlich hatten die schmachvolle Auflösung rund um seine gestohlen geglaubten Habseligkeiten und die Peinlichkeit mit der Rezeptionistin ihm deutlich gemacht, dass er dort nicht hingehörte. Doch nun erschienen ihm diese Dinge nur noch nebensächlich. Dafür erinnerte er sich wieder an die Momente der Ruhe, die er eben dort gefunden hatte, wo er allen Luxus hatte entbehren müssen. Wieder fiel er auf dieselbe Frage zurück, die er sich auch schon in Italien gestellt hatte: Was erwartete er sich noch von seinem Leben?

Er leerte das Weinglas in einem Zug. Zumindest was die nähere Zukunft anging, waren die Dinge klar: Nächste Woche stand diese verdammte Gesellschafterversammlung bevor. Allein beim Gedanken daran wurde er nervös. Da dachte er lieber an die letzten Tage in der verschlafenen Ortschaft, die Backgammon-Abende und den alten Mann, der ihm eine Segeljacht verkaufen wollte. Eine versöhnliche Stimmung überwältigte ihn: Er würde Fabian diese verdammte Serie schreiben lassen! Wenn es ihm egal war, was andere über ihn dachten, dann galt das ja wohl in beide Richtungen. Was hatte er also schon zu verlieren? Und wenn es diesem glücklosen Fabian dabei half, wieder auf die Beine zu kommen, hatte er wenigstens etwas Gutes damit erreicht. Entschlossen erhob er sich von der Liege und schlurfte ins Haus zurück, um endlich zu Bett zu gehen. Als er bereits im Schlafzimmer stand und sich auszog, entschied er, dass er Fabian nicht sofort zusagen würde. Sollte der nur ruhig noch ein wenig zittern. Zu einfach brauchte er es diesem Spinner auch wieder nicht zu machen.

DONNERSTAG

An diesem Morgen war Walter ungewöhnlich früh in seinem Büro. Seine Sekretärin war noch nicht da und er setzte sich sofort an den Schreibtisch. Am Vortag hatte er nur noch ein weiteres Mal kurz mit Eiblinger über das Unglück auf der A2 gesprochen, um sich zu versichern, dass alles unter Kontrolle war. Nun wollte er sich aber selbst einen Überblick verschaffen. Er führte ein paar Telefonate und sah einige Mails durch. Genau in dem Moment, in dem seine Sekretärin eintrat und ihm einen guten Morgen wünschte, lehnte er sich das erste Mal zurück. Kurz besprach er sich mit der Frau, die seit Jahren für ihn arbeitete, über die er aber nicht viel mehr wusste, als wie sie hieß und dass sie ihre Aufgaben prompt erledigte. Allzu schwierig war das allerdings nicht, denn alles, was wichtig war, erledigte er ohnehin mit Eiblinger. Nach dem kurzen Wortwechsel bat er schließlich um einen Kaffee und setzte sich wieder an den Schreibtisch. Nun sah er die Konkurrenzblätter durch. Eine andere Boulevardzeitung hatte ein abweichendes Foto gebracht. Irgendwie mussten sie es geschafft haben, einen Fotografen einzuschleusen. Das Bild war eine Grenzüberschreitung, denn es waren Leichenteile der Verunglückten darauf zu erkennen. Walter warf die Zeitung angewidert vor sich auf den Tisch. Was war mit den Menschen nur los? War so etwas denn wirklich notwendig? War die Sache so nicht schon schlimm genug? Musste die Grenze dessen, was man noch zeigen durfte, immer weiter verschoben werden? Noch einmal griff er nach dem Blatt, wobei ihn ein ähnliches Gefühl überkam, wie er es vor ein paar Tagen bereits empfunden hatte, als er in der kleinen Bar das italienische Pendant seiner Zeitung durchgeblättert hatte. Wollte er wirklich weiter in diesem Metier arbeiten? In einem Metier, dessen Niveau immer tiefer sank? Dankbar über das leise Klopfen seiner Sekretärin erhob er sich und nahm den Kaffee entgegen. Dann schob er die Zeitung mit der grenzwertigen Aufnahme zur Seite und widmete sich den anderen Blättern. Als er den Kaffee ausgetrunken hatte, war er wieder etwas ruhiger und darüber hinaus im Bilde. Entspannt lehnte er sich zurück. Er konnte zufrieden damit sein, wie hier im Haus mit der Sache umgegangen worden war. Vermutlich war es vor allem wieder einmal Doris' Verdienst. Nicht einmal für einen notorischen Nörgler wie ihn gab es da etwas zu bemängeln. Beruhigt stapelte er alle Zeitungen übereinander und ließ sie neben sich auf den Boden fallen. Als er dieses furchtbare Thema damit endlich und buchstäblich vom Tisch hatte, ließ er sich den Bericht der Anzeigenabteilung bringen.

Fein säuberlich fand sich jeder Posten der letzten Verrechnungsperiode aufgelistet und kommentiert. Dazu eine aussagekräftige Zusammenfassung und eine Prognose für das nächste Quartal. So nüchtern in Tabellen gefasst, ergaben die Zahlen tatsächlich ein noch schlimmeres Bild, als er befürchtet hatte. Nicht nur bei den Kommerzinseraten waren die Erlöse kräftig gesunken, auch die Anzeigen der öffentlichen Hand waren drastisch zurückgegangen. Walter warf die Papiere vor sich auf den gläsernen Bürotisch und lehnte sich in seinem Ledersessel zurück. Mit dem linken Bein versetzte er dem Sessel eine Drehung und wandte so dem Tisch den Rücken zu. Vor ihm lag nun die Glasfront seines Panoramabüros, die ihm einen weiten Blick über Wiens Innenstadt eröffnete. Kurz starrte er in den frühsommerlichen Himmel. Dann versuchte er den südlichsten Punkt zu fixieren, den er gerade noch erkennen konnte. Irgendwo dort hinten lag das Meer. Irgendwo dort wartete ein altes Segelboot darauf, dass er einen Schritt tat, der ihn von all dem hier befreien würde. Mit einem leisen Seufzer wischte er den Gedanken zur Seite und konzentrierte sich wieder auf den Bericht. Einiges daran musste jedenfalls noch deutlich geschönt werden. Aber selbst wenn man alle Register zog, um die Sache noch etwas zurechtzurücken, würde da am Ende immer noch ein beachtliches Minus stehen. Walter musste sich etwas einfallen lassen.

Der Erinnerungsalarm seines Handys befreite ihn fürs Erste. Ein Blick auf seinen Tagesplan verriet ihm, dass sein restlicher Arbeitstag aus einem einzigen Sitzungsmarathon bestand. Das Treffen der Gesellschafter rückte näher und er hatte sämtliche Abteilungen zum Rapport bestellt. Blieb nur zu hoffen, dass es nicht anderswo auch noch krachte. Er warf einen letzten Blick auf die Stadt, die ihm buchstäblich zu Füßen lag. Er sah, wie sich Menschen, die von hier oben klein wie Ameisen wirkten, langsam die Gehsteige entlangschoben und Fahrzeuge, klein wie Spielzeugautos, die kurzen Grünphasen nutzten, um ein paar Meter weiterzuspringen, bevor sie von der nächsten Ampel wieder zum Stehen gezwungen wurden. Alles erschien Walter wie ein verzweifelter Kampf gegen eine höhere Macht, bei dem es kein Entkommen gab.

Die Besprechungen nahmen dann tatsächlich kein Ende. Walter war auch früher nie ein sitzfreudiger Mensch gewesen, dem stand seine Macher-Natur im Weg. Bisher hatte er derartige Termine aber ohne viel Aufhebens an sich vorbeiziehen lassen. Er wusste, dass so etwas einfach dazugehörte. Die Plausibilität dessen, was bei derartigen Besprechungen präsentiert wurde, konnte er ohnehin nicht beurteilen. Dafür, dass wirklich alles seine Ordnung hatte, bezahlte er die Leute vom Controlling. Er war nur die autoritäre Instanz. Wenn er da war, würde es sich niemand erlauben, unvorbereitet aufzutauchen oder bewusst etwas falsch darzustellen. Hinterfragte das Controlling eine Zahl oder bemängelte eine Vorgehensweise, beharrte die betreffende Abteilung aber auf ihrer Darstellung, reichte meistens schon ein Blick oder eine kurze Frage seinerseits, um wieder alles auf Kurs zu bringen. Und da niemand wollte, dass seine Abteilung bei ihm schlecht angeschrieben wäre, gaben deren Sprecher sofort klein bei, wenn er sich einschaltete. Die meisten der Menschen, die ihm bei derartigen Terminen begegneten, betrachtete Walter als rückgratlose Jasager. Dass er ein derartiges Verhalten auch noch förderte, war ihm zwar klar, aber egal. Er glaubte schlichtweg von keinem dieser Idioten, dass sie unter anderen Umständen Besseres zustande brächten. Also war es auch ganz egal, wie er sich ihnen gegenüber gab.

An diesem Tag beruhigte ihn aber auch das Wissen um seine Durchsetzungskraft und Überlegenheit nicht. Immer wieder glitt er in Gedanken ab und ertappte sich dabei, wie er nach Erlösung suchend auf die Uhr spähte. So richtig bei der Sache war er bei derartigen Terminen nie, doch diesmal war er geradezu abwesend. Er dachte an Nadja und daran, wie es mit ihnen weitergehen würde. Er dachte an die letzten Tage, die ihm immer noch so nah schienen, als könnte er einfach aufstehen und sich für eine Partie Backgammon zu Massimo an den Tisch setzen. Und nicht zuletzt tauchte da auch immer wieder Fabian in seinen Überlegungen auf, hatte sich zwischen ihnen doch eine ungeahnte Parallele entwickelt. Wenngleich er wenig Konkretes über Fabians private Situation wusste, war seine Krise dennoch offensichtlich. Dass auch er selbst Dinge zu hinterfragen begann, die ihm noch vor wenigen Tagen selbstverständlich erschienen waren, hatte er mittlerweile ebenfalls realisiert. Beide waren sie so auf der Suche nach etwas, von dem sie nicht genau wussten, was es sein könnte. Und wenngleich sie weltanschaulich und charakterlich einiges trennte, verband sie diese Suche doch auf ganz eigentümliche Art.

Walter blickte in die Runde und versuchte kurz, dem Vortrag eines jungen Mitarbeiters zu folgen. Der Mann hatte sich für diesen Termin tatsächlich eine grellorange Krawatte zu seinem schlank geschnittenen Anzug umgebunden und sah damit aus wie ein smarter Junganwalt aus einer US-amerikanischen Fernsehserie. Dazu benutzte er ein Vokabular wie aus einem Handbuch für Vortragstechnik. Bevor er mit seinen Ausführungen begann, erläuterte er seine »Talking-Points« und verwies immer wieder auf die »Milestones« seines Projekts. Walter graute vor solchen Typen. Wieder musste er an Fabian denken. Man konnte von ihm halten, was man wollte, doch für so einen Schwachsinn würde er sich niemals hergeben.

Es war später Nachmittag, als auch die letzte Besprechung endlich zu Ende ging. Die Gesamtbilanz war nicht gerade rosig. Die massivsten Probleme waren wie erwartet die der Anzeigenabteilung, doch auch sonst hatte das Unternehmen schon besser gewirtschaftet. Für die Gesellschafterversammlung würde er ordentlich tricksen müssen. Nachdem er die letzte Runde mit wenigen Worten geschlossen hatte, wartete er ohne sich von seinem Platz zu erheben ab, bis beinahe alle Kollegen den Besprechungsraum verlassen hatten. Als bis auf ihn und Doris Eiblinger niemand mehr im Raum war, erhob auch Walter sich und wechselte noch ein paar Worte mit ihr. Dabei erwähnte er auch, dass Fabian sich bald wegen eines weiteren Artikels bei ihr melden werde. Nach ihrem aufgeregten Telefonat zum selben Thema klangen Walters Worte nun beinahe wie eine Entschuldigung. Die Frau nahm alles mit einer leicht hochgezogenen Braue zur Kenntnis, ließ sich sonst aber keinerlei Regung anmerken. Als sie ihr kurzes Gespräch beendet hatten, ergab sich eine eigentümliche Stille, die nur von den leisen Geräuschen des Reinigungspersonals gestört wurde, das bereits damit begonnen hatte, die zurückgelassenen Gläser und Tassen vom riesigen Konferenztisch zu räumen.

»Wie geht es Ihnen?«, fragte Eiblinger unvermittelt.

Walter erschrak beinahe. Seit er dieses Unternehmen leitete, hatte sich noch nie jemand ernsthaft nach seinem Befinden erkundigt. Und gerade von der stets etwas distanzierten Eiblinger hatte er sich so etwas nicht erwartet.

»Wem?«, fragte er irritiert und verbesserte sich sogleich selbst. »Es geht mir gut. Danke! Warum fragen Sie?«

»Nun, Sie wirken irgendwie …« Die Frau zögerte. »Etwas anders als sonst.«

»Was meinen Sie damit?«

Eiblinger machte einen Schritt zur Seite und nahm ein halb volles Wasserglas vom Tisch, trank aber nicht daraus. »Sie wirken … Nun, wie soll ich es ausdrücken? Einerseits entspannt, andererseits, verstehen Sie mich bitte nicht falsch, seltsam abwesend. Es hat heute auf mich so gewirkt, als hätten Sie kaum zugehört.«

Walter wusste nicht, wie er den Kommentar einordnen sollte. War ihm sein Widerwille tatsächlich so deutlich anzumerken?

»Ach was!«, meinte er und unterstrich die Phrase mit einer impulsiven Handbewegung. »Ich höre bei diesem Schwachsinn doch nie zu.«

»Verstehe«, sagte Eiblinger und stellte ihr Glas wieder zurück auf den Tisch.

»Sonst noch etwas?«

»Die Bilanzen der Anzeigenabteilung. Haben Sie bereits entschieden, wie wir diesbezüglich …«

Ein lauter Seufzer Walters unterbrach die Frau. Sogleich

ärgerte er sich über diesen kleinen, aber verräterischen Ausrutscher. Seine Assistentin könnte ihm die Unmutsbekundung sicher als Schwäche auslegen. Noch dazu, wo sie offensichtlich bereits vermutete, dass etwas mit ihm nicht stimmte.

»Ich bin da an einer Sache dran«, log er mit offensiver Selbstsicherheit. Er durfte sich einfach keine Blöße geben.

»Ich informiere Sie umgehend, sobald ich eine Entscheidung getroffen habe.«

»Gut«, sagte Eiblinger trocken.

Walter wandte sich um, machte zwei Schritte und klemmte sich seine Tasche unter den Arm. Dann blieb er kurz stehen und ließ den Blick durch den Raum gleiten. Auch hier gab es ein großes Panoramafenster, das weit blicken ließ. Der Tisch war nun vollkommen leer und die beiden Frauen, die ihn abgeräumt hatten, waren wieder verschwunden. Walter fühlte sich wie ein Fremdkörper in diesem leeren, sterilen Raum. Er machte einen Schritt auf Eiblinger zu. Kurz trafen sich ihre Blicke.

»Noch eine Kleinigkeit«, sagte Walter. »Was auch immer Herr Krieger verzapft, ich will alles sehen, bevor wir es bringen. Ganz egal, was Sie darüber denken.«

»Geht in Ordnung«, gab Eiblinger nüchtern zurück.

»Schicken Sie mir auch alles, was er bisher geschrieben hat. Und zwar nicht nur die Artikel, sondern die gesamte Korrespondenz. Jedes Mail inklusive aller Anhänge.«

»Ich kann Ihnen noch heute alles zukommen lassen.«

»Danke«, sagte Walter und versuchte ein zaghaftes Lächeln. »Ich melde mich morgen bei Ihnen«, sagte er bereits im Gehen und verließ den Raum.

Auf der Heimfahrt durch den frühabendlichen Stoßverkehr rief Walter Fabian an, erreichte aber nur dessen Anrufbeantworter. Er hinterließ eine kurze Nachricht, wobei er sich bemühte, nichts von seiner gewachsenen Sympathie durchklingen zu lassen. Es wäre ihm einfach unprofessionell erschienen. Nüchtern sagte er der von Fabian vorgeschlagenen Serie zu, versuchte aber, es wie eine gemeinsame Entscheidung klingen zu lassen. Fabian sollte sich nur nichts darauf einbilden.

Zu Hause angekommen ließ er sich etwas vom Asiaten bringen und speiste in aller Ruhe. In seinem Kopf wiederholten sich immer wieder die Bilder des mühsamen Besprechungsmarathons. Er dachte über sein Verhältnis zu seinen Mitarbeitern nach. Eiblinger und zwei, drei andere waren die Einzigen, denen er vertraute. Fast alle anderen nervten ihn. Lag es an ihm oder war es ein Naturgesetz, dass man sich als Chef die Leute ganz einfach vom Leib halten musste? Selbst wenn er es gewollt hätte, wäre es ihm gar nicht möglich gewesen, zu mehreren Mitarbeitern gute Kontakte zu haben.

Walter erhob sich und warf das leere Plastiktässchen, aus dem er gegessen hatte, in den Abfall. Dann trat er vor den zweitürigen Edelstahlkühlschrank und holte eine angebrochene Flasche Weißwein hervor. Im Vorbeigehen angelte er ein Glas aus einem Regal und verließ die Küche in Richtung der Terrasse. Als er am Festnetztelefon vorbeikam, sah er, dass der Anrufbeantworter blinkte. Vermutlich eine weitere Nachricht von Nadja. Kurz spielte er mit dem Gedanken, das Gerät abzuhören, tat es dann aber nicht. Gerade noch im letzten Tageslicht ließ er sich auf einer Liege nieder und füllte schwungvoll sein Glas. Wie war er ursprünglich eigentlich auf die verrückte Idee verfallen, sich eine Motorjacht zuzulegen? Walter lehnte sich zurück und dachte nach. Es lag nun bereits ein paar Jahre zurück, dass er auf einem seiner Kurzurlaube im Frühstücksraum eines Hotels mit diesem Wichtigtuer ins Gespräch gekommen war. Da kein Tisch mehr frei war, hatte der Kellner ihn und seine damalige Begleiterin kurzerhand an den Tisch eines anderen Paares gesetzt. Der Mann hatte sofort damit begonnen, geradezu enthusiastisch von seiner neuen Jacht zu erzählen. Als sie das Frühstück beendet hatten und noch für ein paar Worte in der Lobby zusammenstanden, hatte er Walter und seine Begleitung dann zu einer Spritztour eingeladen, die sie auch tatsächlich noch am selben Nachmittag absolvierten. Dabei war Walter die Gesellschaft des Paares gar nicht sonderlich angenehm gewesen. Doch er hatte einen hoch professionellen Umgang mit solchen Menschen entwickelt. Mit Leuten, die Geld hatten, musste man sich in seinem Business ganz einfach gut stellen. Schließlich wusste man nie, wozu man solche Kontakte in Zukunft noch brauchen könnte. So war es dann auch in diesem Fall gewesen. Der Mann erwies sich als hoher Beamter im Innenministerium und hatte in *Von Tag zu Tag* später das eine oder andere Inserat schalten lassen. So jemanden bräuchten wir jetzt wieder, dachte Walter und nahm den ersten kräftigen Schluck. Der Wein schmeckte leicht abgestanden, doch die niedrige Temperatur machte ihn erträglich.

Was die Jacht anging, hatte sich alles Weitere dann ganz von selbst entwickelt. Es kam ihm damals plötzlich so vor, als wäre ein derartiges Statussymbol geradezu eine Notwendigkeit. »Nur Angeber sprechen über Autos«, hatte der Mann bei der ersten Ausfahrt zu ihm gesagt. »Wirklich wichtige Menschen sprechen über Boote!« Walter hatte sich gleich im nächsten Frühjahr auch ein Boot zugelegt. Zu dem Ministeriumsheini selbst aber hatte Walter bald darauf den Kontakt verloren. Sein selbstverliebtes Auftreten war ihm auf Dauer dann doch etwas zu viel gewesen. Walter stellte das Weinglas auf den Boden. War es möglich, dass er auch so geworden war? Ein einfältiger reicher Sack, der sich einzig über Statussymbole definierte? Er ließ den Kopf zurücksinken und schloss die Augen. Als er sie wieder öffnete, war so viel Zeit vergangen, dass die Dämmerung bereits deutlich fortgeschritten war. Noch einmal besann er sich auf die mühsame Angelegenheit mit den Inseraten. Er könnte diesen Angeber aus dem Ministerium einfach wieder anrufen und fragen, ob er sich für ein paar Inserate bei ihm einsetzen würde. Das könnte die Anzeigenbilanz in letzter Sekunde noch retten. Doch bald verwarf er den Gedanken wieder. Irgendetwas in ihm sträubte sich dagegen. Er wollte mit derartigen Kotzbrocken einfach nichts mehr zu tun haben. Und vor allem wollte er eines nicht: selbst ein solcher Kotzbrocken sein!

FREITAG

Der Anruf erreichte Walter, als er beim Frühstück saß. Der Chef eines Übersetzungsbüros, das *Von Tag zu Tag* gelegentlich Dolmetscher vermittelte, war in der Leitung. Der Mann sprach so aufgebracht, dass Walter einen Moment benötigte, bevor er verstand, worum es überhaupt ging. Erst nach und nach begriff er, dass Fabian der Grund des Ärgernisses war. Offensichtlich hatte der Spinner am Vortag eine Mitarbeiterin des Mannes beleidigt. Eigentlich wunderte das Walter gar nicht, denn dass Fabian jemanden beleidigte, war nun wirklich keine Überraschung. Was ihn an der Sache viel mehr irritierte, war, dass Fabian offensichtlich eine Dolmetscherin für seinen Artikel beschäftigt hatte. Wer zur Hölle hatte das genehmigt? War es vielleicht doch ein Fehler gewesen, diesen gescheiterten Weltverbesserer für sich arbeiten zu lassen? Mit viel Mühe gelang es Walter, den aufgebrachten Anrufer abzuwimmeln. Als er das Telefon endlich weglegte, wusste er nicht, auf wen er zorniger sein sollte: auf Fabian, weil er ihm so schnell Probleme eingebracht hatte, oder auf diesen Spinner vom Übersetzungsbüro, der ihm allen Ernstes wegen einer solchen Lappalie persönlich in den Ohren lag. Verärgert schenkte Walter sich ein Glas Orangensaft ein und beschloss, der Sache keine weitere Aufmerksamkeit zu widmen. Fabian aber, den würde er sich besser gleich noch einmal vornehmen. Wenn das schon so losging, wäre es kein Fehler, ihm gleich klarzumachen, dass er keine Probleme machen, sondern liefern sollte!

Auf dem Weg ins Büro erledigte er den Anruf aus dem Auto. Er erreichte Fabian sofort und konnte ihm sogar eine halbherzige

Entschuldigung in der Dolmetschersache sowie die baldige Lieferung eines weiteren Artikels abringen. Allerdings tat sich damit gleichzeitig ein neuer Unruheherd auf. Fabian war anscheinend an einer Geschichte dran, von der er sich viel versprach. Ein Umstand, der Walter beunruhigte, denn wenn Fabian für eine Sache brannte, handelte es sich dabei mit ziemlicher Sicherheit um etwas, was in seiner Zeitung wie ein Fremdkörper wirken würde. Dabei hatte er das Zugeständnis an Fabian doch lediglich aufgrund seiner plötzlichen Schwäche für den glücklosen Mann gemacht. Dass dieser nun Spesen produzierte, indem er Dolmetscher beschäftigte und womöglich auch noch Unruhe in sein Unternehmen brachte, war Walter gar nicht recht. Als der mühsame Weg durch den zähen Morgenverkehr endlich hinter ihm lag und er in die Tiefgarage des Redaktionsgebäudes fuhr, merkte er, dass sein Hemd bereits vollkommen durchgeschwitzt war. Der Weg vom noblen Außenbezirk ins Bürogebäude im Herzen der Stadt kostete ihn täglich mehr Nerven. In seinem Büro zog er zuallererst eines der frischen Hemden an, die dort immer bereitlagen. Mehr aus Gewohnheit denn aus echtem Gusto ließ er sich einen Kaffee bringen. Seine Sekretärin wies er an, ihn nicht zu stören. Als er allein war, druckte er sämtliche Unterlagen aus, die ihm Eiblinger gemailt hatte. Dann ließ er sich mit den Papieren in der Hand auf dem Sofa nieder, das vor dem Panoramafenster stand. Hier fühlte er sich freier als am Schreibtisch. Und freie Gedanken benötigte er, um die Sache mit Fabian nüchtern bewerten zu können.

Fabians Artikel waren kurz und von bescheidenem Inhalt. So, wie er es verlangt hatte, und so, wie es in *Von Tag zu Tag* eben üblich war. Es ging um diesen Marathonläufer, über den man kaum mehr erfuhr, als dass er recht lang sensationell unterwegs gewesen war, den Wettkampf dann aber nicht hatte beenden können. Fabian spekulierte über die Gründe für den

Abbruch und konstruierte unter Verweis auf die ungewöhnlichen Durchlaufzeiten und einen rätselhaften Gegenstand, den der Läufer angeblich bei sich getragen hatte, eine Stimmung des Mysteriösen. Neben Fotos vom Wettkampf waren auch Aufnahmen von dem Quartier zu sehen, in dem der Mann vermutlich untergebracht war. Ein baufälliger Schuppen, der keineswegs einladend wirkte. Wohl auch weil er ganz bewusst unvorteilhaft fotografiert worden war. Walter warf die Papiere auf das kleine Tischchen vor sich und ließ sich auf das Sofa zurückfallen. Es war ihm klar, was Fabian vorhatte. Ganz offensichtlich wollte er hier positive Stimmung für diesen Mann machen, von dem er kaum mehr wusste, als dass er vermutlich mit unklarem Aufenthaltstitel hier war. Das ging gerade noch, denn wenngleich der Boulevard Zuwanderer in der Regel nicht positiv wegkommen ließ, galten für Künstler und Sportler eigene Regeln. Wer in diesen Bereichen etwas Herausragendes leistete, konnte auch in *Von Tag zu Tag* gut wegkommen. Bei einem vielversprechenden Nachwuchsstürmer oder einer stimmgewaltigen Opernsängerin wurde die Herkunft nun einmal anders bewertet. Sollte es also seinetwegen mit diesem Läufer auch so sein. Das allein war noch nichts, was Walter Sorgen bereitete. Der Hinweis auf die desolate Herberge allerdings war tendenziös und ließ erkennen, worauf es Fabian in Wahrheit anlegte. Er wollte nicht nur die publikumswirksame Geschichte des Mannes erzählen, sondern dabei auch gleich seine moralischen Werte einbringen. Das war klar gegen die Blattlinie, denn bei *Von Tag zu Tag* ging es nicht um Visionen für eine bessere Welt. Es ging schlicht und einfach darum, Geld zu verdienen. Und mit solchen Geschichten ließ sich ganz einfach kein Geld verdienen. Und schon gar nicht, wenn die Beiträge in dieser anklagenden Form aufbereitet waren. Ein allzu kritischer Hinweis auf die schlechte Unterkunftssituation war gleichzeitig ein Angriff auf die heimische Leserschaft, weil ihr damit ein schlechtes Gewissen gemacht wurde. So etwas wollten seine Leser aber nicht. Walter atmete einmal tief durch und erhob sich. Er bemerkte, dass er ein weiteres Blatt im Drucker vergessen hatte. Der Ausdruck zeigte zusätzliche Aufnahmen des Läufers und der Unterkunft. Fotos, die Fabian als Alternativen zur Illustration seiner Beiträge an Eiblinger gesendet hatte. Walter konzentrierte sich auf ein Foto des Mannes. Es war klar, warum das Bild nur als Variante gesendet worden war, denn es war etwas unscharf und man konnte von dem Mann nicht besonders viel erkennen. Dennoch, oder gerade deshalb, übte das Foto auf Walter eine eigentümliche Faszination aus. Wer war dieser Mensch, der hier ausgewiesenen Spitzenathleten einfach so die Stirn bot? Ein Mann in einem simplen weißen T-Shirt mit, soweit man das erkennen konnte, vollkommen entspannten Gesichtszügen, lebhaften Augen und einer Körperhaltung, die so gar nichts von den Strapazen eines Marathons erahnen ließ. Was veranlasste einen gewöhnlichen Menschen dazu, sich so eine Leistung abzuringen? Walter konnte zu Fuß kaum ein paar Stockwerke bewältigen. Welche Geschichte lag hinter dieser Person, die zum Nichtstun verurteilt in einer derartigen Hundehütte hausen musste und sich nur über eine extreme körperliche Verausgabung Geltung verschaffen konnte? Walter spürte, wie etwas von der Faszination für die Geschichte, die wohl auch Fabian antrieb, auf ihn überging. Ja, es war in Ordnung, darüber zu berichten. Da hatte Fabian schon recht. Dennoch konnte er nicht zulassen, dass die Geschichte sein Geschäftsmodell durcheinanderbrachte. Dieser moralisierende Gestus hatte in *Von Tag zu Tag* ganz einfach nichts verloren.

Er trat an das Fenster heran und hielt den Ausdruck mit den Fotos vor sich hoch. Das Bild des Läufers lag nun zwischen ihm und der Ansicht der Stadt, die ihm das Fenster eröffnete.

Mehrmals ließ er den Blick zwischen den beiden Ebenen hin und her pendeln. Irgendwo da draußen war dieser Mensch und wartete auf eine Chance, sich in dieser Welt zu behaupten. Und er, Walter, war Teil eines Systems, das es solchen Menschen schwer machte. War er tatsächlich mitverantwortlich für die Misere anderer? War sein nach wirtschaftlichen Kriterien ausgerichtetes Modell einer Zeitung denn wirklich verwerflich? Wenn man Leute wie Fabian fragte, vermutlich schon. Doch wie stand er selbst dazu? Vor ein paar Tagen noch wäre er gar nicht auf die Idee gekommen, sich eine derartige Frage überhaupt zu stellen. Seit Italien aber war plötzlich alles anders.

Er ließ den Ausdruck wieder sinken und legte ihn zu den anderen Papieren auf dem kleinen Couchtisch. Lustlos griff er nach der Kaffeetasse, stellte sich wieder ans Fenster und nahm einen Schluck von dem bereits vollständig erkalteten Getränk. Er fühlte, wie sich eine lähmende Unschlüssigkeit seiner bemächtigte. Wie sollte er nun weiter vorgehen? Antriebslos blieb er einige Minuten so stehen und blickte starr in die Ferne. Schließlich ging er an seinen Schreibtisch zurück und überprüfte seine Termine. Lediglich ein Gespräch mit der Leiterin der Anzeigenabteilung war für den frühen Nachmittag anberaumt. Doch Walter hatte noch keinerlei Ahnung, wie er in dieser Sache weiter vorgehen sollte, weshalb er das Gespräch ebenso gut verschieben könnte. Entschlossen nahm er sein Sakko und verließ das Büro. Seiner Sekretärin teilte er im Vorbeigehen mit, kurzfristig außer Haus zu sein, und wies sie an, den geplanten Termin auf den nächsten Tag zu verschieben.

»Aber morgen ist doch Samstag«, entgegnete die Frau überrascht.

»Und wenn Weihnachten wäre!«, gab Walter zurück und ging. Wenn er sich schon selbst darum kümmern musste, brauchte er auch sonst niemanden zu schonen. Sie mussten diese leidige Sache ganz einfach irgendwie hinbekommen. Wochenende hin oder her!

Walter verließ das Gebäude und überschritt kurz darauf die Ringstraße in Richtung der Inneren Stadt. Langsam, fast schon schlendernd, zog er an dem riesigen Opernhaus vorbei und schritt weiter aufs Zentrum zu. Er hatte keinen genauen Plan, sondern ging, wohin seine Füße ihn trugen. Immer wieder blieb er stehen und beobachtete die anderen Passanten und Touristen, die den historischen Teil der Stadt erkundeten und mit einem Plan oder einem Mobiltelefon in der Hand versuchten, sich zu orientieren. Er konnte sich nicht daran erinnern, wann er das letzte Mal mit so viel Ruhe hier unterwegs gewesen war. Für gewöhnlich durchmaß er die Innenstadt nur raschen Schrittes auf dem Weg zu einem wichtigen Termin. Zeit dazu, sich umzusehen, hatte er sich schon lang nicht mehr genommen. Schließlich ließ er sich vor einem Kaffeehaus nieder. Bewusst hatte er die Gegend gemieden, in der sich die Restaurants befanden, in denen er gelegentlich verkehrte. Hier, in einem traditionellen Kaffeehaus, das von einer vollkommen anderen Klientel besucht wurde, hatte er keine zufällige Begegnung mit Kollegen zu fürchten. Er bestellte ein Mineralwasser und holte sich einige Zeitungen von der Bar. Richtige Zeitungen, nicht das, was er produzierte. Nachdem er zwei Großformate überflogen hatte, lehnte er sich zurück und blickte auf das Treiben vor sich. Es ging bereits auf Mittag zu. Die letzten Lieferwagen verließen die noblen Fußgängerzonen und immer mehr Touristen flanierten vorüber. Walter blickte einer Gruppe Japaner nach, die an ihm vorbeizogen und so gut wie alles fotografierten. Als die Gruppe sich entfernt hatte, ließ Walter seinen Blick im Leeren hängen. Der Ausbruch aus seinem gewöhnlichen Tagesablauf verlieh ihm ein Gefühl der Leichtigkeit. Für eine

Zeit schwebten seine Gedanken in einem schwerelosen Raum, losgelöst von jedem konkreten Anhaltspunkt. Dann dachte er daran, dass Nadja nun bereits seit fünf Tagen von ihm getrennt war und es ihm immer noch egal war. Er dachte daran, dass er, wenn er nichts ändern würde, seinen nächsten Tag wieder so zubringen müsste wie den, vor dem er soeben geflüchtet war. Exakt im selben Moment spürte er, dass er das nicht zulassen würde. Er war nie ein Mann des Zögerns gewesen. Nicht wenn es darum ging, etwas aufzubauen, und auch nicht jetzt, wo es darum ging, sich zurückzuziehen. Er wusste längst, dass das Gefühl, das ihn seit Italien begleitete, mehr als eine Laune war. Und er spürte, dass jetzt der Moment war, tatsächlich etwas zu verändern. Er konnte und wollte nicht mehr länger warten. Mit einem Mal stand sein Entschluss fest: Gleich nach der nächsten Gesellschafterversammlung würde er die notwendigen Schritte einleiten, um den Großteil seiner Anteile abzustoßen und sich aus dem aktiven Geschäft zurückziehen. Im Grunde sah er keine Hindernisse, alles sollte sich in wenigen Wochen abwickeln lassen. Dass einige der Teilhaber Interesse daran hatten, die Mehrheit an der Zeitung zu übernehmen und ihn als Geschäftsführer zu entfernen, war kein Geheimnis. Er wusste auch bereits, wen er als seinen Nachfolger vorschlagen könnte. Es gab nur ein einziges Problem an der Sache: Irgendwie musste er das Betriebsergebnis schönen. Querelen bei der nächsten Gesellschafterversammlung infolge schlechter Bilanzen könnten ihn, was den Wert seiner Anteile anging, ein kleines Vermögen kosten. Jedes Gerücht über Probleme im Unternehmen war bares Geld. Er konnte einfach nicht riskieren, sein allerletztes Geschäft wegen einer Unachtsamkeit zu verpfuschen. Er brauchte also noch einmal eine zündende Idee, einen letzten klugen Schachzug. Dann wäre er draußen, dann wäre er frei!

Walter erhob sich und zahlte. Langsam setzte er seinen Spaziergang fort. Er beschloss, erst am Abend ins Büro zurückzukehren. Es war, als wollte er sich diesen Tag, an dem er eine so bedeutende Entscheidung getroffen hatte, nicht von alltäglicher Routine zerstören lassen. Ziellos schlenderte er herum, aß an einem Imbiss und betrat das erste Mal seit Jahren eine Buchhandlung. Fast zwei Stunden verbrachte er in der Abteilung für Reiseliteratur und fühlte sich dabei wie neugeboren. Lustvoll blätterte er einen Reiseführer nach dem anderen durch. Er fühlte sich, als läge ihm die Welt zu Füßen. Beflügelt von den Versprechungen einer abenteuerlichen Zukunft besuchte er schließlich die Ausstellung eines Künstlers, von dem er noch nie zuvor etwas gehört hatte. Er verstand kein einziges Bild, begriff keinen einzigen künstlerischen Ansatz, genoss aber die Zeit in diesen ruhigen, großen Ausstellungsräumen, die auf ihn so fremd und dabei so befreiend wirkten. Die ganze Zeit über versuchte er, nicht an seine beruflichen Angelegenheiten zu denken, und hoffte doch gerade deshalb auf eine plötzliche Eingebung. Allein, sie wollte nicht kommen. Als er am späten Nachmittag ins Büro zurückkam, war er genauso ideenlos wie in dem Moment, in dem er es verlassen hatte.

Dann ging alles ganz schnell. Walters Sekretärin war bereits gegangen und Eiblinger betrat nach einem kurzen, höflichen Klopfen das Büro. Bei sich trug sie den Ausdruck eines Artikels, den Fabian kurz zuvor gesendet hatte. »Ich denke, Sie sollten sich das hier ansehen«, sagte sie und schloss die Tür hinter sich.

Walter irritierte die dramatische Gesprächseröffnung und er ließ sich von Eiblinger die Unterlagen geben. Rasch überflog er den kurzen Artikel. Fabian hatte nicht zu viel versprochen. Wenn das, was er in diesem knappen Text andeutete, wirklich stimmte, war er tatsächlich einer großen Sache auf der

Spur: Seine Recherchen über den gescheiterten Marathonläufer hatten Hinweise auf organisierte Schwarzarbeit und die systematische Ausbeutung von Asylwerbern zutage gefördert. Seine Geschichte über den glücklosen Sportler hatte sich so zu einer Story entwickelt, die einigen Sprengstoff barg. Und zwar politischen Sprengstoff, denn Fabian hatte dem Artikel interne Notizen zu seinem Recherchestand beigefügt, die darauf hindeuteten, dass die Spur, die er da verfolgte, direkt ins Ministerium führte. Stichhaltige Beweise dafür hatte er noch keine, kündigte aber schon für den nächsten Tag konkretere Informationen an.

Walter pfiff leise durch die Vorderzähne und ließ gleichzeitig die Papiere auf den Schreibtisch fallen. »Was halten wir davon?«, fragte er und blickte Eiblinger scharf an.

»Das habe ich mich auch bereits gefragt«, gab die Frau zurück. »Wenn etwas dran ist, kommt da eine große Sache auf uns zu.«

»Das kann man wohl sagen. Aber was tun wir damit?«

Eiblinger blickte irritiert. »Heißt das, dass Sie nicht sicher sind, ob wir den Artikel bringen sollen?«

»Doch, doch. Wir bringen ihn«, gab Walter bestimmt zurück. »Was mich jedoch interessiert, ist, ob da nicht noch viel mehr für uns drinsteckt. Und dabei denke ich nicht nur an eine Geschichte, sondern an einen konkreten Benefit für unser Unternehmen.«

»Ich fürchte, ich verstehe nicht, worauf Sie hinauswollen.« Seine Assistentin nahm neuerlich die Unterlagen an sich, um zügig darin zu blättern. Walter sah die Frau einen Moment schweigend an. Eiblinger musste Walters Blick gespürt haben und ließ die Papiere sinken. Fragend hielt sie seinem Blick stand.

»Wir machen Folgendes«, begann Walter. »Sie geben den Artikel frei und sagen Herrn Krieger, dass alles okay geht. Ansonsten verhalten wir uns ruhig und tun gar nichts. Aber was auch immer Herr Krieger sendet, Sie leiten es mir sofort weiter. Egal wie banal die Sache auf Sie auch wirken mag. Keine Zeile wird veröffentlicht, ohne dass ich sie persönlich abgesegnet habe!« Walter machte eine Pause, um seinen Worten mehr Bedeutung zu verleihen. »Haben Sie mich verstanden?«, fragte er abschließend.

Eiblinger hatte sich kaum bewegt. Es war ihr anzumerken, dass sie immer noch nicht wusste, was sie von Walters Reaktion halten sollte.

»Okay«, sagte sie knapp. Als sie bereits die Türklinke in der Hand hielt, wandte sie sich noch einmal Walter zu. »Was haben Sie vor?«, fragte sie offen heraus.

»Warten Sie nur ab«, gab Walter ruhig zurück. »Die Geschichte rettet uns vielleicht den Arsch. Allerdings nicht in der Art, wie sich Herr Krieger das vermutlich vorstellt!«

SAMSTAG

Die Morgensonne schien Walter ins Gesicht. Wie in Zeitlupe erhob er sich von der für eine Nächtigung nicht gerade idealen Terrassenliege und streckte sich. Einen Moment benötigte er, um sich zu orientieren. Auf dem Boden neben der Liege stand ein halb volles Weinglas, daneben zwei Flaschen, von denen eine leer war.

Walter fuhr sich mit den Fingern durch das zerzauste Haar und trat an den Sims heran. Langsam kam die Erinnerung zurück. Erst spät war er nach Hause gekommen. Gerade als er die Wohnung betreten hatte, läutete es am Festnetzanschluss und Walter beging den Fehler, abzunehmen. Nadja hatte ihm sofort die Leviten gelesen: Wo er sich herumtreibe, warum er sie nicht zurückrufe, was ihm eigentlich einfalle? Walter hatte kaum hingehört und sich, als Nadjas Aufregung etwas abgeklungen war, erklären lassen, dass sie mittlerweile in Florenz sei, von wo aus sie am nächsten Tag mit dem Zug zurück nach Wien kommen werde. Ihre Ankunft war also noch für den heutigen Abend zu erwarten. Walter hatte keine einzige Gegenfrage gestellt und so bei Nadja nur noch mehr Irritation ausgelöst. »Ich erkläre dir alles, sobald du zurück bist«, hatte er sie vertröstet. Was hätte er denn auch sonst sagen sollen? Dass er beschlossen hatte, sein Leben zu ändern und dass sie dabei ab sofort keine Rolle mehr spielte?

Walter stützte sich mit den Ellenbogen gegen den Sims und sah auf die erwachende Stadt, die er von seiner Position aus fast vollständig überblicken konnte. Irgendwo da unten war Fabian und würde ihm die notwendigen Informationen liefern, um seinen nächsten Schritt zu tun. Einen Schritt, der definitiv sein sollte. Am Abend zuvor hatte er alles bis ins Detail durchgedacht. Gleich nach dem Gespräch mit Nadja hatte er eine Flasche Wein geöffnet und sich auf die Terrasse gesetzt. Dieser Ort war für ihn in den letzten Tagen gewissermaßen zu seinem letzten Refugium geworden. Überall anders fühlte er sich nicht mehr wirklich wohl. Nicht in seinem Büro, nicht in seinem Auto und auch nicht in seinem Haus. Es schien ihm, als könnte er nur hier, unter freiem Himmel, seine Gedanken entfalten. So hatte er auch hier den Plan gefasst, der ihn aus seinem alten Leben herausreißen und in eine bessere Zukunft führen sollte. Seit Eiblinger ihm Fabians letzten Artikel präsentiert hatte, war Walter klar, was nun zu tun war. Jetzt musste er nur noch die Nerven bewahren und alles geschickt umsetzen. Er stieß sich vom Mauersims ab und betrat die Wohnung, um zu duschen. Auch dabei konnte er sich gedanklich nicht von dem lösen, was vor ihm lag. Es war aber nicht ein mögliches Scheitern seiner Pläne, das ihn nachdenklich stimmte, vielmehr war es geradezu ein Nebenaspekt seines Vorhabens, der ihn zunehmend unruhig werden ließ. Eine Kleinigkeit, an die er früher wohl keinen Gedanken verschwendet hätte, die ihm nun aber einfach keine Ruhe ließ. Am Vorabend war er darüber so stark ins Grübeln geraten, dass er nach der ersten Flasche Wein noch eine zweite geöffnet hatte. Eine Flasche für den Plan, eine weitere, um sein schlechtes Gewissen zu ertränken. Anschließend war er auf der Liege eingeschlafen.

Walter schloss die Augen und genoss das heiße Wasser. Er wusste, dass er, sobald er das Badezimmer wieder verlassen hätte, einen Prozess anstoßen würde, der dann nicht mehr aufzuhalten war. Zum ersten Mal gestand er sich nun auch ein, wovor er seit so langer Zeit gedanklich davonlief: Um sich selbst zu retten, musste er Fabian verraten!

Kurz setzte Walter sich auf das ungemachte Doppelbett und starrte auf die kahle Wand. Für ein paar Minuten versuchte er Energie zu tanken. Dann erhob er sich, zog sich wie mechanisch an und fuhr in die Stadt. Im Büro angekommen erledigte er Belanglosigkeiten. Da Wochenende war, begegnete er kaum Mitarbeitern. Die Redaktionen waren, wenn überhaupt, nur minimal besetzt, und die Leute von der Produktion arbeiteten in einem anderen Stockwerk. Er führte ein paar bedeutungslose Gespräche und ließ sich sonst nicht viel außerhalb seines Büros blicken. Zu Mittag bestellte er über einen Lieferservice etwas zu essen, brachte aber keinen Bissen hinunter. Kurz wies er Eiblinger an, sich sofort bei ihm zu melden, falls Fabian etwas von sich hören ließ. Dann legte er sich auf das Sofa vor dem Panoramafenster, schloss die Augen und wartete. Er war in einen leichten, traumlosen Schlaf verfallen, als es an der Tür klopfte und Eiblinger eintrat. Sofort war er wieder hellwach. Die Redakteurin überreichte ihm stumm ein paar Ausdrucke: ein weiterer Text von Fabian und die Zusammenfassung seiner Recherchen. Walter wusste sofort, dass es nun kein Zurück mehr gab. Es war exakt das eingetroffen, was er sich erwartet hatte. Immer wieder hatte er an diesen aufgeblasenen Idioten aus dem Ministerium mit seiner Motorjacht denken müssen. Und immer wieder hatte er daran gedacht, dass all das, was Fabian bisher angedeutet hatte, geradezu perfekt auf diesen Menschen zutraf. Dörflinger hieß dieser Idiot, das war ihm längst wieder eingefallen. Und nun, wo er den Namen in Fabians Unterlagen sah, wusste er, dass alles zusammenpasste. Schon damals, als er diesen Großkotz kennengelernt hatte, war ihm klar gewesen, dass der Mann zu jenen Menschen gehörte, die keinerlei Skrupel hatten, jede Information und jede Gelegenheit für sich selbst zu nützen. Walter hatte schon damals aus Gesprächen, in denen Dörflinger sich geradezu ungeniert damit gebrüstet hatte, neben seiner Stelle im Ministerium noch andere Einkünfte zu erzielen, herausgehört, dass es zwischen diesen Tätigkeiten einen Zusammenhang gab. Dörflinger war dabei zwar niemals konkret geworden, seine Andeutungen waren aber klar genug. Er verhielt sich gerade so, als hätte er alle wissen lassen wollen, dass man ihm ohnehin nichts anhaben könne. Es war dieses überhebliche Verhalten, das ihn für Walter damals so abstoßend gemacht hatte. Und irgendwie hatte der Mann ja recht behalten, denn nicht einmal er, ein Zeitungsmacher, der immerhin von Sensationen lebte, hatte Anstalten gemacht, den selbstherrlichen Idioten anzugreifen. Zwar hatte er seine Gesellschaft fortan gemieden, gleichzeitig aber nichts Genaueres über die Sache wissen wollen. Es hatte erst ein kleiner, gescheiterter Journalist kommen müssen, der sich endlich zutraute, diesen Missstand anzuklagen. Fabian war ein winziger David, der sich mit einem mächtigen Goliath anlegte, und es war ganz offensichtlich der Mut der Verzweiflung, der ihm die Kraft dazu gab. Es lag eine traurige Ironie darin, dass Walter gerade jetzt, wo er einen Wandel durchlaufen hatte, der ihn für ein derartiges Vorgehen empfänglich machte, Fabians Pläne vereiteln musste. Mit einer beinahe schon demütigen Geste ließ er die Papiere sinken und wandte sich Eiblinger zu. »Dieser Artikel wird nicht erscheinen«, sagte er bestimmt. »Bestätigen Sie Herrn Krieger lediglich den Empfang und informieren Sie die Redaktion. Um alles Weitere kümmere ich mich persönlich. Sollte heute oder in Zukunft jemand nach dieser Geschichte fragen, kommen Sie damit zu mir. Haben Sie mich verstanden?«

Seine Assistentin nickte, ohne dabei eine Miene zu verziehen. Walter war nicht sicher, was die Frau tatsächlich begriffen hatte und zögerte kurz. Er wusste um Eiblingers Loyalität und um ihre Ambitionen. Beides würde er nun brauchen. »Um diesen Dörflinger werde ich mich persönlich kümmern«, fuhr er fort. »Der Mann wird uns dabei helfen, über die nächste Gesellschafterversammlung zu kommen.«

»Und was soll ich dabei tun?«, fragte Eiblinger mit immer noch starrer Miene.

»An Sie habe ich einstweilen eine andere Frage.«

Eiblinger tat einen Schritt zur Seite und zog eine Braue hoch. »Und die wäre?«

Walter versuchte ein zaghaftes Lächeln. »Haben Sie schon einmal darüber nachgedacht, was Sie in diesem Unternehmen noch erreichen wollen?«

Der restliche Tag verlief, wie Walter das geplant hatte. Nach dem Gespräch mit Eiblinger hatte er Dörflinger am Handy angerufen. Die Nummer stimmte immer noch und Walter atmete innerlich auf, denn anders wäre es ihm wohl nicht möglich gewesen, den Mann an einem Samstag im Ministerium zu erreichen. Dörflinger war überrascht, nach so langer Zeit einen Anruf von Walter zu erhalten. »Herr Feldner, dass Sie sich einmal melden! Sagen Sie bloß, es hat sich schon herumgesprochen und Sie wollen mir als Erster gratulieren!«

Dörflinger war am Vortag eine Abteilungsleitung übertragen worden. In Walters Hirn ratterte es nur so. Fabian waren die belastenden Informationen also exakt zu dem Zeitpunkt zugespielt worden, an dem Dörflinger befördert worden war. Das konnte kein Zufall sein! Die Sache roch deutlich nach einer weiteren Person aus dem Ministerium, die mit diesem Idioten eine Rechnung offen hatte. Walter musste auf der Hut sein, denn wenn diese Person hartnäckig war, könnte sie auch ihm gefährlich werden. Doch jetzt gab es keinen Weg mehr zurück und es war ihm auch egal. Zu sehr hatte er sich bereits auf das gefreut, was nun kommen sollte: »Dann gratuliere ich«, sagte Walter mit aufgesetzter Freundlichkeit. Und kurz drauf, mit kaum veränderter Stimme: »Es gibt da eine Kleinigkeit, die ich mit Ihnen besprechen wollte!«

Der Rest des Gesprächs war von einem fast schon bizarren Kontrast zwischen Tonfall und Inhalt geprägt. Was Walter mit Dörflinger trieb, war eiskalte Erpressung. Das war sonnenklar, doch Walter blieb stets höflich und es war kein einziges Mal notwendig, explizit zu werden. Dörflinger begriff rasch, was gespielt wurde, und versuchte die eine oder andere Ausflucht. Doch Walter bewahrte Ruhe und konnte alle Finten mühelos parieren. Im Ton beinahe freundlich, genoss er seine Überlegenheit. Lediglich der Gedanke an Fabian schmerzte ihn. Nachdem Dörflinger endlich klar geworden war, dass er keine Chance hatte, konnte Walter in Ruhe seine Bedingungen diktieren: eine sofortige Serie täglicher großformatiger Inserate und eine großzügige Ankündigung für das nächste Quartal. Dörflinger versuchte noch, sich mit einem Verweis auf das Wochenende herauszureden, doch Walter blieb hart. Er wusste, dass ein Mann wie Dörflinger die Möglichkeiten hatte, auch an einem Samstag etwas zu bewegen.

»Das war ein unerwartetes Wiederhören«, sagte Dörflinger am Ende ihres Gesprächs, und man merkte ihm an, dass er in Wahrheit gerne etwas ganz anderes gesagt hätte.

»Die Leiterin unserer Anzeigenabteilung erwartet Ihren Anruf«, hatte Walter unbeeindruckt geantwortet. »Lassen Sie die arme Frau nicht warten. Sie ist extra am Wochenende ins Büro gekommen, um für Sie da zu sein.«

Ein paar Stunden später kam es Walter so vor, als hätte er das alles nur geträumt. Der Tag war so außergewöhnlich verlaufen, dass es im Nachhinein geradezu irreal wirkte. Er versuchte sich zu fassen. Wieder saß er auf seiner Terrasse. Alles um ihn war still und es begann bereits leicht zu dämmern. Er wusste, dass ihm nur noch ein paar Minuten Ruhe blieben, denn bald würde ein Taxi vorfahren und Nadja absetzen. Was dann genau vor ihm lag, wusste er nicht. Er wusste nur, dass es nicht einfach werden würde. Dennoch war sein Entschluss gefasst. Heute war der erste Tag seines neuen Lebens und auch in dieser Sache gab es kein Zurück mehr.

Noch einmal dachte Walter an die Infos aus dem Ministerium. Wie war Fabian bloß an derartig brisante Informationen gelangt? Jemand aus dem engsten Mitarbeiterkreis musste ihm die Infos zugespielt haben, anders war die Sache einfach nicht zu erklären. Walter lehnte sich zurück und schloss die Augen. Intensiv dachte er an Fabian. Zuerst an den Fabian, den er unlängst gesehen hatte, später dann an jenen Fabian, den er von früher her kannte. Und da tauchte plötzlich noch eine andere Person neben Fabian auf. Eine von Fabians Freundinnen, die mit ihm studiert hatte, aber dann einen ganz anderen Weg gegangen war. Eine etwas eigenwillige, starrköpfige junge Frau aus Fabians Freundeskreis, mit der Walter selbst kaum etwas zu tun gehabt hatte. Dennoch sah er sie in seiner Erinnerung nun deutlich vor sich. Und wenn er sich richtig erinnerte, war das Besondere an der Frau gewesen, dass sie zuerst zur Polizei gegangen war und kurz darauf auch noch zu studieren begonnen hatte. Und hatte er nicht irgendwann später erfahren, dass die Frau im Ministerium gelandet war? Walter hörte, wie ein Auto näher kam und vor dem Haus anhielt. Er öffnete die Augen und erhob sich. Kurz darauf drang von der Straße her Nadjas Stimme zu ihm hoch. Autotüren knallten, der Motor startete wieder. Walter kam gedanklich von der Frau aus Fabians Vergangenheit einfach nicht los. Wie hatte sie bloß geheißen? Er drehte sich um und ging langsam in die Wohnung zurück. Im selben Moment, in dem es an der Haustür läutete, fiel Walter der Name wieder ein: Sonia!

SONIA

SONNTAG

»Ja, ich komm ja schon!« Sonia ließ die Zeitung sinken und griff nach der Rolle Toilettenpapier, die vor ihr auf dem Boden stand. Gleichzeitig begann außerhalb des kleinen sanitären Rückzugsraums ein wildes Schreiduell, das von donnernden Schlägen gegen die Klotür begleitet wurde. »Mama, Mama!«, tönte es. Dazu unterschiedliche Beschwerden und Vorwürfe, vorgetragen im aufgeregten Stakkato zweier Kinderstimmen. Es war wirklich zum Verzweifeln. Nicht einmal am Klo hatte man seinen Frieden!

Wenige Minuten später waren beide Mädchen ruhiggestellt. Die Aufregung, die sich um einen rosafarbenen Gummiball entsponnen hatte, von dem es ursprünglich zwei Exemplare – für jedes der Mädchen einen – gegeben hatte, war von Sonia unter Zuhilfenahme eines mit viel Butter und Marmelade bestrichenen, schwesterlich geteilten Frühstückskipferls gemildert worden. Nun mampften die beiden Mädchen einigermaßen ruhig vor sich hin und Sonia fand endlich Zeit, sich eine Tasse Tee zuzubereiten.

Seit halb sechs ging das nun schon so. Mina, die um zehn Minuten jüngere der beiden Zwillinge, war aufgewacht, als die Morgendämmerung ihr erstes schwaches Licht in das Kinderzimmer hatte dringen lassen. Das war typisch für einen Sonntag oder jeden anderen Tag, an dem die Mädchen nicht in die Schule mussten. Wenn hingegen morgendliche Eile geboten war, verhielt es sich genau umgekehrt. Dann waren die beiden kaum munter zu bekommen. Früher hatte Sonia ihnen deshalb an einem Freitagabend oft vorgemacht, dass der nächste Tag ebenso ein Arbeitstag sei, weil sie sich davon erhoffte, dass die beiden es so vielleicht ein wenig länger im Bett aushielten. Das Experiment scheiterte allerdings. Einen freien Tag spürten die Mädchen ganz einfach. Da waren alle Tricks vergeblich.

Sonia hatte sofort gemerkt, dass Mina bereits munter war. Ihr Schlafzimmer lag gleich neben dem Zimmer der Mädchen und die Türen standen nachts immer offen. An den leisen, dumpfen Schlägen hatte sie erkannt, dass Mina begonnen hatte, mit ihrem Flummi zu spielen. Und noch bevor sie es geschafft hatte, die Kleine zu sich ins Bett zu holen, damit sie ihre Schwester nicht weckte, war es auch schon zu spät. Tina war ebenfalls erwacht und hatte auch sofort begriffen, dass Mina mit eben jenem Gummiball spielte, dessen Eigentumsverhältnisse nicht restlos geklärt waren. Darüber nämlich, welchem der Mädchen das verbliebene Exemplar gehörte, herrschte zwischen den Zwillingen nun schon seit Tagen Uneinigkeit. Sonia musste ihren Vater, der den Mädchen die Bälle geschenkt hatte, unbedingt darüber aufklären, dass derartige Geschenke in Zukunft auf keinen Fall identisch sein dürften.

Jedenfalls war das Thema jetzt vom Tisch und Sonia konnte endlich auch frühstücken. Sie schenkte den beiden etwas Milch nach und nahm zwei kleine Fruchtjoghurts aus dem Kühlschrank, die sie ihren Töchtern vor die Nase stellte. Mit etwas Glück ließ sich der Frühstücksfrieden so noch um ein paar Minuten verlängern. Sonia setzte sich und zog ihre Teetasse heran. Vor ihr lag ein langer, ruhiger Tag. Oder zumindest das, was sie früher gerne als langen und ruhigen Tag bezeichnet hatte, denn ruhig war hier natürlich überhaupt nichts. Lang waren die Tage allerdings immer noch. Sehr lang!

Irgendwann nachdem sie die Zwillinge bekommen hatte und sich nach der ersten aufregenden Zeit etwas Routine eingespielt hatte, war ihr allmählich klar geworden, dass all die Kategorien, die in ihrem früheren Leben einmal gegolten hatten, nun einfach nicht mehr passten. Es gab keine ruhigen Tage mehr. Jetzt nicht, und innerhalb der nächsten Jahre vermutlich auch nicht. Es gab bestenfalls ruhige Momente. Dann, wenn ihr jemand zur Hilfe kam, oder dann, wenn die Mädchen im Kindergarten oder in der Schule waren. Nur hatte sie von diesen Momenten in den seltensten Fällen etwas, denn in der Regel war sie dann selbst in der Arbeit oder es gab sonst tausend andere Dinge, die sie erledigen musste. Noch heute, Jahre später, war ihr ein Gespräch mit ihrem Kinderarzt in Erinnerung. »Wenn die Kinder schlafen, müssen Sie auch schlafen«, hatte der Mann ihr geraten und große Augen gemacht, als Sonia ihn freiheraus fragte, ob die Krankenversicherung etwa die Kosten für das Personal übernehme, das sie in so einem Fall einstellen müsse. »Wann koche ich, wann kaufe ich ein, wann wasche ich ab, wann dusche ich, wann gehe ich aufs Klo und wann räume ich zusammen?«, hatte sie den irritierten Mann gefragt, der sich nur mit einem zaghaften Kopfschütteln zu helfen gewusst hatte. »Sie müssen auf sich achten, sonst halten Sie das auf Dauer nicht durch«, hatte er leise ergänzt.

Aber sie hatte durchgehalten. Und zwar seit mittlerweile fast zehn Jahren. Alleine, ganz ohne Partner und nur mit rudimentärer Hilfe ihrer Eltern. Und dabei hatte sie kaum einen Arbeitstag versäumt und auch die beiden Bestien, wie sie ihre Töchter liebevoll nannte, kein einziges Mal vernachlässigt. Dafür war ihr Leben auf diese beiden Komponenten zusammengeschrumpft: arbeiten und Mutter sein. Und sonst nichts.

Heute war jedenfalls wieder einer dieser langen Tage, wobei es diesmal halb so schlimm war, denn für den Nachmittag hatte Sonia es geschafft, ihre Mutter um Hilfe zu bitten. Nächste Woche stand ihr dieses Bewerbungsgespräch um die Abteilungsleitung im Ministerium bevor und sie musste endlich damit beginnen, sich in die Unterlagen einzulesen, die sie zur Vorbereitung mit nach Hause genommen hatte. An diesem Wochenende wollte sie sich zumindest einen ersten Überblick verschaffen, doch war der Samstag wieder einmal von Alltäglichkeiten aufgebraucht worden, und abends, als die Kinder endlich im Bett waren, hatte sie dann einfach keinen Kopf mehr dafür gehabt. Also hatte sie nach dem dünnen Kriminalroman gegriffen, an dem sie seit Wochen las, und war einmal mehr darüber eingeschlafen. Es blieb ihr also nur noch der kommende Nachmittag, um endlich mit den Vorbereitungen zu beginnen.

Ein spitzer Schrei ließ Sonia zusammenfahren. Sie hob den Blick und erkannte sofort das Problem: Sie hatte zwei unterschiedliche Joghurts auf den Tisch gestellt. Einmal Erdbeere und einmal Banane. Und wenngleich keine ihrer Töchter jemals eine klare Präferenz oder Abneigung gegen eine der beiden Früchte hatte erkennen lassen, war genau das nun Anlass zum Streit. Denn Tina wollte Banane und hatte eben deshalb nach dem kleinen gelben Becher gegriffen. Das hatte bei Mina schlagartig ebenfalls einen Bananengusto entstehen lassen, der nun aber unbefriedigt zu bleiben drohte, da nur noch ein rotes Becherchen auf dem Frühstückstisch stand. Deshalb auch der Schrei. Hätte Tina nach dem Erdbeerjoghurt gegriffen, wäre es nicht anders gekommen, war sich Sonia sicher, als sie aufstand und den Kühlschrank öffnete. Sie hatte Glück, denn es gab noch ein weiteres Bananenjoghurt. Zumindest die nächsten Minuten waren gerettet.

»Mama, was machen wir heute?«, fragte Mina, nachdem sie kurz lustlos mit ihrem Löffel in dem Joghurt gestochert hatte und nun den beinahe noch vollen Becher von sich schob.

»Das werden wir schon noch sehen«, gab Sonia zurück. »Iss erst dein Joghurt fertig!«

»Aber ich will nicht mehr.«

»Warum willst du nicht mehr? Du hast doch kaum etwas davon gegessen.«

»Banane schmeckt mir nicht!«

»Ich hab dir doch extra ein Bananenjoghurt geholt, weil du darauf bestanden hast!«

»Aber es schmeckt mir trotzdem nicht. Ich will eine echte Banane.«

»Wir haben keine echten Bananen!« Das war gelogen, denn tatsächlich hatte Sonia am Vortag Bananen gekauft, doch sie kannte derartige Situationen und wusste nur zu gut, dass es einer Banane, wenn Mina nun eine bekäme, genauso ergehen würde wie dem Joghurt. In Wahrheit war Mina nämlich bereits satt und begann sich zu langweilen. Sonia wusste, dass es nun notwendig war, schnell den nächsten Programmpunkt ins Auge zu fassen. Andernfalls stand ein weiterer Streit bevor.

»Was machen wir heute?«, wiederholte Mina im selben Moment ihre Frage und bestätigte damit Sonias Einschätzung.

»Ja, Mama, was machen wir?«, kam ihr nun auch ihre Schwester zur Hilfe. Die Sache war ernst!

Sonia hatte keine Ahnung, sie hatte für den Tag, abgesehen von dem Besuch ihrer Mutter, nichts geplant. Das war geradezu fahrlässig, denn die Mädchen brauchten ein Programm, sonst würden sie früher oder später wieder Probleme machen. Um sich etwas Zeit zu verschaffen, erhob sie sich und schaltete das Küchenradio ein.

»Jetzt räumen wir erst einmal die Küche auf«, sagte sie. Es war wohl die Langeweile, die die beiden Mädchen dazu trieb, tatsächlich mitzuhelfen. Sonia wusch ein paar Teller ab, während die Kinder den Tisch abräumten. Nebenbei versuchte sie, den Nachrichten zu lauschen, verstand aber wegen des Lärms, den die Mädchen verursachten, kaum ein Wort. Erst die aufgeregte Stimme des Sportreporters erreichte sie und brachte die rettende Idee. Das hatte Sonia ganz vergessen: Heute war Marathon!

Die Strecke, die Wien gewissermaßen zweimal durchkreuzte, verlief auch in der Nähe ihrer Wohnung. Sie würde also einfach die Mädchen schnappen und mit ihnen ein bisschen zusehen gehen. So kämen sie alle an die frische Luft und die Kinder wären zumindest eine Zeit lang beschäftigt.

Sonia wohnte in einem kleinen Innenbezirk mit schmalen Gassen und kaum Freiflächen. Um das Spektakel besser beobachten zu können, waren sie zur nahe gelegenen Mariahilfer Straße marschiert. Die breite Einkaufsstraße bot den zahlreichen Zusehern ausreichend Platz und die beiden Mädchen überboten sich gegenseitig darin, die vorbeiziehenden Sportler mit aufmunternden Kommentaren anzufeuern. Sonia setzte sich auf die Stufen vor dem Eingang eines Kaufhauses und erfreute sich am frühsommerlichen Wetter und der volksfestartigen Atmosphäre. Sie selbst war früher auch schon den einen oder anderen Halbmarathon gelaufen. Die Sportlerinnen, die nun an ihr vorbeizogen, hatten allerdings schon weit mehr als die halbe Distanz in den Beinen. Sie hatte auch immer vorgehabt, einmal die vollen zweiundvierzig Kilometer zu bewältigen, doch seit sie die Zwillinge hatte, gelang es ihr immer seltener, ihr gewünschtes Trainingspensum einzuhalten. Ein Anflug von Neid überkam sie, als sie die Teilnehmerinnen die leicht in Richtung Innenstadt abfallende Straße hinablaufen sah. Sie erhob sich, schob ihren aufkeimenden Zorn zur Seite und trat näher an das Geschehen heran. Sie wollte sich den angenehmen Moment nicht von niedrigen Gefühlen zerstören lassen, irgendwann würde auch sie wieder Zeit für andere Dinge finden. Im Moment waren eben die Mädchen das Wichtigste. Die Mädchen und dieser verdammte Termin, auf den sie sich vorzubereiten hatte.

Obwohl sie es sich nicht eingestehen wollte, merkte sie, wie sehr die Sache sie zu belasten begann. Dabei wusste sie gar nicht, ob die Bewerbung überhaupt aussichtsreich war, denn die Personalstelle ging strikt nach Protokoll vor und gab keinerlei Informationen frei. So wusste Sonia nicht einmal, wie viele Personen sich sonst noch beworben hatten, diesbezüglich war sie auf Gerüchte angewiesen. Und dabei war es so, wie es immer war, wenn es um Neubesetzungen ging. Die Leute, die stets alles zu wissen glaubten, in Wahrheit aber keine Ahnung hatten, verbreiteten ihre Spekulationen, und jene, denen man eine vernünftige Einschätzung zutrauen würde, hielten sich vornehm zurück. Sie hatte also schlichtweg keine Ahnung, ob sie sich ernsthafte Hoffnungen machen durfte. Die formalen Voraussetzungen erfüllte sie jedenfalls. Sie galt als zuverlässig und kompetent. Gleichzeitig wusste sie, dass es Leute gab, die sich nicht gerade darum rissen, mit ihr zusammenzuarbeiten. Sie stand im Ruf, sehr direkt und mitunter etwas hantig zu sein. Dabei war sie nur sachlich und arbeitete betont zielgerichtet. Im Grunde waren das Eigenschaften, die einem Kandidaten um eine Führungsposition nicht schaden sollten. Doch sie war eben kein Kandidat, sondern eine Kandidatin. Und wenn Frauen derartige Eigenschaften mitbrachten, wurde das anders bewertet. Ein Mann, der vergleichbar handelte, galt als durchsetzungsstark, ihr hatte man im Laufe ihrer Karriere aber immer wieder Verbissenheit oder gar Verbitterung vorgeworfen. Sie kannte dieses Spiel und hatte gelernt, im Alltag damit umzugehen. Diese Bewerbungssituation war nun aber etwas Besonderes und Sonia konnte nicht abschätzen, ob ihr der Ruf, der ihr vorauseilte, schaden oder nützen würde. Jedenfalls war jetzt nicht der Moment, sich den Kopf darüber zu zerbrechen, denn sie hatte beschlossen, den Vormittag ihren Kindern zu widmen.

Nachdem der Großteil der Sportler vorbeigezogen war, gingen die drei in einen nahe gelegenen Park und spazierten dann langsam wieder zurück nach Hause. Da Sonia nicht die geringste Lust verspürte, etwas zu kochen, erlaubte sie den Mädchen, sich etwas bei einem Schnellimbiss auszusuchen und unterwegs zu essen.

Als sie wenig später wieder die Wohnung betraten, registrierte Sonia zufrieden, dass sie deutlich entspannter war als beim Verlassen des Hauses. Es war früher Nachmittag, ihnen blieb also noch etwas Zeit, bis ihre Mutter auftauchen würde. Die angenehme, weil friedliche Stimmung setzte sich fort, und während die beiden Mädchen sich spielend in ihr Zimmer zurückzogen, nickte Sonia kurz auf dem Sofa ein. Sie schreckte erst auf, als sie hörte, dass die Eingangstür aufgeschlossen wurde und die Stimme ihrer Mutter in die Wohnung drang.

»Hallöchen!«, schallte es hell und kräftig. Ihre Mutter gehörte zu den Menschen, die in der Gegenwart von Kindern ganz automatisch eine Oktave höher schalteten. Sonia erhob sich, wischte sich den Schlaf aus den Augen und torkelte gähnend ins Vorzimmer. Die Begrüßung verlief wie gewohnt. Die Mädchen freuten sich über den Besuch der etwas distinguierten Dame und überfielen sie vom ersten Moment an mit ihren Vorschlägen für die Nachmittagsgestaltung. Nachdem das Wichtigste besprochen war, zog die Großmutter mit den beiden in Richtung Spielplatz ab und Sonia verwendete ein paar Minuten darauf, die Wohnung zumindest oberflächlich aufzuräumen. Dann holte sie ihre Unterlagen hervor. Wenige Minuten später hatte sie bereits alles um sich herum vergessen und war in ihre Vorbereitungen vertieft.

Sie erhob sich erst wieder, als sie die Wohnungstür hörte.

Eigentlich war es gar nicht die Tür, die sie aufschrecken ließ, sondern das Geschrei einer ihrer Töchter, das so laut war, dass Sonia die Rückkehr der Bande bereits bemerkte, als die drei sich noch im Stiegenhaus befanden.

Heulend stolperte Mina zur Tür herein und begann sofort damit, lautstark ihr Leid zu klagen. Der Erzählung nach, die Sonia aus Fragmenten zusammensetzte, die ihre Töchter und ihre Mutter von sich gaben, war alles so lange gut gelaufen, bis sich Mina am Spielplatz plötzlich daran erinnert hatte, dass sie ja noch den kleinen rosafarbenen Gummiball bei sich trug. Also hatte sie den Flummi herausgeholt und damit zu spielen begonnen, was natürlich neuerlich Tinas Neid provozierte. Nach einer größeren Streiterei, in der es Tina gelungen war, den Ball an sich zu nehmen, war das rosa Ding dann geradewegs auf ein Kanalgitter zugerollt und kurz darauf im Wiener Kanalisationssystem verschwunden. Unklar blieb, ob das Versenken des Flummis auf einen bösen Vorsatz zurückzuführen war oder als Unglück bewertet werden musste. Mina war von Ersterem überzeugt, Tina beharrte auf dem Gegenteil.

Sonia wusste, dass nun alles schnell gehen musste, denn vor ihr lag der wohl intensivste Tagesabschnitt. Galt es doch, die beiden Mädchen zu beruhigen, sie in die Badewanne zu stecken, ein Abendessen auf den Tisch zu zaubern, die notwendigen Dinge für den nächsten Tag vorzubereiten und die beiden um eine Uhrzeit ins Bett zu bringen, die es ihr erlaubte, noch einen Moment der Ruhe zu finden, bevor schließlich auch sie von der Müdigkeit überwältigt werden würde. Schnell verabschiedete sie ihre Mutter und versuchte nebenbei die immer noch Rotz und Wasser heulende Mina zu beruhigen.

Rund zwei Stunden später lagen die Mädchen endlich im Bett. Es war ein ganz normaler Sonntag gewesen, ohne besondere Vorkommnisse und sogar mit der Hilfe ihrer Mutter.

Dennoch fühlte sie sich, als hätte sie einen langen, aufreibenden Arbeitstag hinter sich. Als sie schon dachte, dass sie alles geschafft hätte und sich bereits zum Schlafen fertig machen wollte, bemerkte sie, dass das Display ihres stumm geschalteten Telefons aufleuchtete. Überrascht von dem späten Anruf nahm sie das Gerät vom Küchentisch. Auf dem Display stand Fabians Nummer. Was wollte der von ihr? Noch dazu um diese Uhrzeit. Sonia merkte, wie sie sich über den Anruf freute. Sie spürte, dass es ihr guttun könnte, zum Tagesabschluss noch ein Gespräch mit einem erwachsenen Menschen zu führen. Erfreut hob sie ab. »Herr Krieger! Wie komme ich zu der späten Ehre?«

»Die Ehre ist ganz meinerseits! Wie steht's?«

»Sag bloß, du rufst seit Wochen das erste Mal bei mir an und willst mich nur fragen, wie es mir geht?«

Fabian lachte kurz, wobei nicht klar zu erkennen war, ob aus Verlegenheit oder Erheiterung. »Nein, natürlich nicht, doch in zivilisierten Gesellschaften haben sich Umgangsformen etabliert, die danach verlangen, ein Gespräch mit unverbindlichen Höflichkeitsfloskeln zu beginnen.«

»Tatsächlich?«, gab Sonia in einem Tonfall zurück, als hätte Fabian sie soeben in ein wohlbehütetes Geheimnis eingeweiht.

»Sag bloß, du bist böse? Ich weiß, ich hab mich lange nicht mehr gemeldet …«

»Ach, hör schon auf!«, fiel ihm Sonia ins Wort. »Ich freu mich, dich zu hören. Ehrlich! Was hast du auf dem Herzen?«

»Hör zu«, begann Fabian. »Heute war dieser Marathon. Und ich wollte dich dazu gerne etwas fragen.«

»Ich weiß, ich hab's mir mit den Mädchen angesehen. Aber was hab ich damit zu tun?«

»Das würde ich dir gern persönlich erklären. Glaubst du, dass du morgen einen Moment Zeit für mich findest?«

»Für dich doch immer!«

Als Sonia endlich im Bett lag, dachte sie noch kurz über das Telefonat nach. Es fiel ihr schwer, ihre Gefühle für Fabian einzuordnen. Sie kannten einander nun schon ewig und es hatte in ihrer Freundschaft immer wieder intensivere und weniger intensive Phasen gegeben. Sie waren charakterlich grundverschieden und lagen auch weltanschaulich nicht immer auf einer Wellenlänge, dennoch hatten sie auch nach Meinungsverschiedenheiten immer wieder zueinandergefunden. In den letzten Jahren hatten sie beide große Veränderungen durchgemacht. Sie waren beide Eltern geworden und es war immer schwieriger geworden, Freundschaften angemessen zu pflegen.

Aus dem Kinderzimmer nebenan kamen gleichmäßige Atemgeräusche. Mit etwas Glück stand ihr eine ruhige Nacht bevor. Ein letztes Mal erhob sie sich und betrat auf Zehenspitzen das Zimmer der Mädchen. Tina lag im Stockbett oben, Mina unten. Sonia schob Tinas Polster etwas zur Seite und drückte vorsichtig einen Fuß Minas unter die Decke. Wenn die beiden so friedlich schlummernd dalagen, war es schwer vorstellbar, wie viel Energie sie einem mitunter rauben konnten. Sonia lächelte zufrieden und drückte jedem der Mädchen einen Kuss auf die Stirn. Dann ging sie zurück in ihr eigenes Bett und knipste das Nachtlicht aus. Zum Glück war nun auch der zweite Flummi verschwunden, dachte sie, als sie endlich die Augen schloss.

MONTAG

Sonia verließ die Kantine im Eilschritt. Sie hatte ihre Mittagspause bereits um mehr als nur ein paar Minuten überzogen, denn das Gespräch mit Fabian, das zwischendurch fast zu einem kleinen Streit geworden wäre, hatte sie dazu gebracht, die Zeit zu übersehen. Schnell lief sie über die breite Fahrbahn des Rings und überquerte eilig die großzügige Freifläche des Heldenplatzes, um an ihren Arbeitsplatz zurückzukehren. Da und dort waren noch Arbeiter damit beschäftigt, die letzten Zelte und Tribünen des Zieleinlaufs des Marathons abzubauen.

Fabian war also dabei, einem vermutlichen Asylwerber, über den er nichts weiter wusste, als dass dieser überraschend schnell laufen konnte, Rosen zu streuen. Sonia hatte noch nie ein Problem damit gehabt, woher jemand kam. Sie versuchte, Menschen allein nach ihrem Handeln zu beurteilen. Das war immer schon ihr Credo gewesen und vielleicht sogar einer der Gründe, in den Polizeidienst zu treten. Andererseits wusste sie aus erster Hand um die ganz realen gesellschaftlichen Spannungen, die Zuwanderung aus anderen Kulturen erzeugen konnte. Je unterschiedlicher die Gewohnheiten und Gebräuche der Menschen waren, die aufeinandertrafen, desto größer waren auch die Reibungsflächen. Das war zutiefst menschlich. Außerdem galt es nicht nur hier, sondern auch überall anders auf der Welt. Und dabei musste man noch gar nicht von Religion sprechen. Dass aber dieser Faktor sehr wahrscheinlich noch hinzukam, war allerdings auch klar. Sonia biss sich auf die Unterlippe. Als Atheistin war sie felsenfest davon überzeugt, dass allein die Gesetze dieses Landes den Menschen als Maßstab dienen dürften. Nur schien diese Annahme nun immer öfter naiv und weltfremd. Sie erinnerte sich daran, wie fassungslos und ohnmächtig sie in ihrer Zeit als Streifenpolizistin gewesen war, wenn muslimische Konfliktparteien sie einfach nicht als Gesprächspartner anerkennen wollten. »Wer kein Muslim ist, kann das nicht verstehen!«, hatte sie mehr als einmal zu hören bekommen. Und dabei waren das noch die harmloseren Fälle, denn es konnte genauso gut vorkommen, dass sie als Frau, Uniform hin oder her, ganz grundsätzlich ignoriert wurde. Die muslimischen Männer wagten es zwar nicht, ihre Abneigung offen auszusprechen, doch wandten sie sich dann ganz einfach immer nur an die männlichen Beamten und verweigerten ihr als Frau den Händedruck. Speziell wenn es um Aspekte der Geschlechterdiskriminierung ging, etwa in Fällen häuslicher Gewalt, spürte sie, wie sie mitunter an der Möglichkeit eines friedlichen Zusammenlebens zweifelte. Und dann kam dieser Fabian daher, der in seinem Leben noch kein einziges Mal in derartigen Konflikten hatte vermitteln müssen, und nahm es sich heraus, ihre Skepsis zu kritisieren. Für Leute wie ihn bedeutete Zuwanderung doch lediglich, dass es im Kühlregal ihres Supermarkts neben Liptauer und Streichwurst nun eben auch Hummus zu kaufen gab. Gleichzeitig betrachteten diese Träumer die Kopftücher zugewanderter Musliminnen als bereichernden Ausdruck einer kulturellen Vielfalt. Dieselben Menschen, die den Glauben ihrer religiösen Landsleute gerne verhöhnten, sprachen nun davon, wie viel Respekt eine sich zum Kopftuch bekennende Muslimin verdiene, weil sie ihre Religion unbeirrt und selbstbewusst lebe. Was hatte es bitte mit Selbstbewusstsein zu tun, wenn man sich hinter einem Stück Stoff verstecken musste?

Das Thema nagte an ihr. Ihr war klar, dass es weit dringendere Fragen gab als die, ob eine Minderheit sich etwas mehr oder weniger Stoff um den Körper band. Dennoch fühlte sie sich von der Diskussion gleich doppelt herausgefordert. Einerseits als Frau, andererseits als Mutter zweier Töchter. Sie wusste, dass Österreich nicht Gefahr lief, sich demnächst in ein Kalifat zu verwandeln, aber dennoch wollte sie Entwicklungen, die die Freiheiten von Frauen und Mädchen einzuschränken drohten, auf keinen Fall Vorschub leisten. Ihre grundsätzlich liberale Haltung geriet deshalb rasch ins Wanken, wenn sie mit konkreten Beispielen von Diskriminierung konfrontiert wurde. Toleranz konnte doch unmöglich bedeuten, die Intoleranz anderer widerspruchslos hinnehmen zu müssen. Dabei wusste sie in jedem Moment, dass die Welt nicht schwarz oder weiß war. Es war klar, dass sie als Polizistin nur dann gerufen wurde, wenn wieder einmal etwas schieflief. Es wählte schließlich niemand 133, um zu berichten, wie toll das gesellschaftliche Miteinander funktionierte. War dieser Mann, den Fabian suchte, eines der positiven Beispiele? Dass es solche gab, wollte sie ganz einfach nach wie vor fest glauben, denn anderenfalls wäre ohnehin längst alles verloren. Dann könnte sie ihre Hoffnung auf eine respektvolle, von gegenseitigem Verständnis geprägte Gesellschaft gleich aufgeben und zu dem werden, was die meisten ihrer Kollegen waren: frustrierte Grantler, die jene Partei wählten, die derartige Konflikte schürte und aus ihnen Profit schlug und schon allein deshalb gar kein Interesse daran hatte, die tatsächlich vorhandenen Probleme zu lösen. Es war zum Aus-der-Haut-Fahren!

Mittlerweile war Sonia wieder an ihrem Arbeitsplatz angekommen und beschloss, sich noch einen Kaffee zu besorgen, bevor sie sich wieder an ihren Schreibtisch setzen wollte. Als sie die Teeküche betrat, stieß sie beinahe mit jenem Kollegen zusammen, über den sie noch kurz zuvor mit Fabian gesprochen hatte: Dörflinger. Ausgerechnet!

»Aber Fräulein Aigner, nicht so ungestüm!«, witzelte der hünenhafte Mann und tat, als wäre er zu Tode erschrocken. Dieser Idiot nannte sie allen Ernstes jedes Mal Fräulein. Als wäre sie eine Kellnerin. Und das, wo Menschen mit einem Minimum an Sprachgefühl nicht einmal mehr weibliche Servicekräfte so ansprachen. Doch Dörflinger gehörte zu jenen, die das nun erst recht besonders lustvoll taten. Ganz als wäre es ihr angestammtes Recht, Frauen sprachlich herabzusetzen. Sonia war wiederholt mit Dörflinger aneinandergeraten, doch sie hatte es irgendwann aufgegeben, auf dessen Dummheiten zu reagieren. Der Mann war ein hoffnungsloser Fall und Sonia wollte keine Energie auf Konflikte mit ihm verschwenden.

»Verzeihen Sie vielmals, Männlein Dörflinger!«, sagte sie genau so laut, dass dieser Idiot es nicht verstehen konnte und bediente sich an der Kaffeemaschine.

»Wie meinen?«, fragte Dörflinger nach.

»Nicht so wichtig«, gab Sonia trocken zurück.

»Was auch immer ich falsch gemacht habe, vergeben Sie mir«, flötete Dörflinger in gespielter Unterwürfigkeit.

Sonia ignorierte den Mann und leerte ein paar Tropfen Milch in ihren Kaffee. Rechts von ihr, mit dem Hinterteil gegen die Arbeitsfläche gelehnt, stand ein anderer Kollege aus Dörflingers Abteilung, den Sonia für sich den »Grinser« getauft hatte. Der Mann war etwa in ihrem Alter und offenbar neu in Dörflingers Abteilung. Erst ein paarmal war er ihr begegnet, wobei er stets zu grinsen schien. Vielleicht waren es aber auch nur seine normalen Gesichtszüge. Nun grinste er aber auf jeden Fall über Dörflingers halblustige Kommentare. Sonia spürte, wie sie begann, sich zwischen den beiden Männern unwohl zu fühlen.

»Verzeihung«, sagte sie knapp und schob sich an den beiden vorbei, um den engen Raum wieder zu verlassen.

»Hoffentlich haben wir Sie nicht verärgert«, scherzte Dörflinger in derselben Tonart weiter. »Wer weiß, vielleicht müssen wir eines Tages ja noch unter Ihnen dienen.«

Sonia hörte gar nicht wirklich hin und verließ die Küche eilig. Sie wollte schleunigst zurück an ihren Arbeitsplatz, um ihren Zeitplan für den Nachmittag einzuhalten. Sie konnte es sich schlichtweg nicht erlauben, aufgehalten zu werden, denn sonst würde sie länger bleiben müssen, was wiederum zur Folge hätte, dass sie die beiden Mädchen erst später abholen könnte. Das wurde in der Schule nicht gern gesehen und würde außerdem den ganzen weiteren Tagesablauf durcheinanderbringen. Wenn es sich dieser Idiot von Dörflinger leisten konnte, seinen Nachmittag scherzend in der Teeküche zu verbringen, traf das auf sie noch lange nicht zu. Sie hatte für den nächsten Tag einen Bericht fertigzustellen, mit dem sie auf keinen Fall in Verzug geraten wollte. Verärgert knallte sie ihre Kaffeetasse auf den Schreibtisch und setzte sich an den Computer.

Schließlich kam es dann wirklich noch so, wie sie es befürchtet hatte. Aufgrund der vertrödelten Zeit sowie eines ärgerlichen Softwareproblems, das sie noch zusätzlich aufgehalten hatte, musste sie länger als geplant im Büro bleiben. Obwohl es sich lediglich um einen der Standardberichte zum Quartalsende handelte, nahm sie die Sache ernst. Sie war bekannt für ihre Zuverlässigkeit und gerade jetzt, wo sie sich um eine höhere Position beworben hatte, war nicht der Moment, das zu ändern.

Beinahe eine Stunde später als gewohnt befreite sie die Zwillinge endlich aus der Nachmittagsbetreuung. Die übliche Station am Spielplatz, die ihre Töchter am Nachhauseweg so gerne einlegten, musste entfallen, was natürlich für Beschwerden sorgte. Stattdessen mussten sie bei einem Supermarkt halten, um die notwendigsten Einkäufe für die bevorstehende Woche zu erledigen. Das Unterfangen, das um diese Uhrzeit ohnehin schon mühsam genug war, wurde durch die schlechte Laune der beiden Mädchen noch zusätzlich verkompliziert. Trotzig wählten die beiden immer wieder Süßigkeiten, weil sie der Meinung waren, dass ihnen eine Entschädigung für den versäumten Spielplatzbesuch zustehe. Doch Sonia blieb hart und stellte Schokolade und Kekse immer wieder zurück ins Regal. Als sie dann endlich an der Kassa standen und sie begann, die Einkäufe auf das Förderband zu legen, stellte sie zu ihrer Verwunderung fest, dass einige Produkte fehlten. Erst am herzhaften Lachen der Kinder bemerkte sie, dass sich die beiden einen Scherz daraus gemacht hatten, die Hälfte der Einkäufe im Geheimen wieder zurück ins Regal zu räumen. Die Kinder bogen sich vor Lachen, als ihre Mutter das Malheur entdeckte. Sonia musste anerkennen, dass den beiden ein nicht unkomplizierter Scherz gelungen war. Sie schluckte ihre Verärgerung hinunter und stimmte in das Lachen ein, das sie aus der Verkrampfung des Tages erlöste. Es war einer jener Momente, die sie liebte: Ihre Kinder halfen ihr, dem öden Alltag zu entfliehen. Was machte es da schon, wenn sie für den Einkauf zwanzig Minuten länger benötigte.

Als sie endlich zu Hause ankamen, blieb gerade noch genug Zeit, die Mädchen zu baden und zu verköstigen. Müde von dem langen Tag weigerten sich die beiden ausnahmsweise nicht, ins Bett zu gehen, und Sonia fand völlig unerwartet noch etwas Zeit, neuerlich die Unterlagen für ihre Bewerbung durchzusehen. Immer wieder holten sie Gedanken an das Treffen mit Fabian ein und sie ertappte sich dabei, wie sie minutenlang in die Luft starrte und der Unterhaltung mit ihm nachhing. Fabian verfasste also ernsthaft einen Artikel für *Von Tag zu Tag*. Sonia konnte es immer noch nicht glauben. Andererseits wusste sie von ihrem Bruder, dass es Fabian eine Zeit lang wirklich schlecht gegangen sein musste. Da war es schon verständlich, dass er sich nun an jeden Strohhalm klammerte. Und wenn sie sich recht erinnerte, war Fabian mit dem Herausgeber der Boulevardzeitung früher ja zumindest bekannt gewesen.

Der Vibrationsalarm ihres Telefons ließ sie hochfahren. Als sie auf das Display sah, musste sie schmunzeln: Es zeigte Fabians Nummer.

Fabian berichtete von seinem Tag und davon, dass er Dank ihres Hinweises ein Stück weitergekommen war. Trotz allem hatte sie den Eindruck, dass er mit dem Ergebnis nicht zufrieden war. Etwas unbestimmt Melancholisches lag in seiner Stimme. Für einen Moment hingen sie gemeinsamen Erinnerungen nach. Dann war alles gesagt und sie spürten beide, dass das Gespräch eigentlich ans Ende gekommen war. Doch irgendetwas hielt sie davon ab, schon aufzulegen. Sonia war während des Telefonats in ihr Schlafzimmer gewandert und hatte leise die Tür geschlossen. So konnte sie sprechen, ohne die Mädchen aufzuwecken. Fabian bat sie, ihm etwas zu erzählen.

»Erzähl mir einfach, wie dein Tag war!«, forderte er.

Sonia setzte sich auf das Bett und lehnte sich langsam zurück. »Okay«, sagte sie entschlossen und blickte an die Zimmerdecke. Dann erzählte sie alles, was ihr an diesem Tag widerfahren war. Sie begann mit der morgendlichen Weigerung der Mädchen, aufzustehen, berichtete über die zahlreichen Konflikte am Frühstückstisch bezüglich Sitzplatz, Temperatur der Getränke und Zusammensetzung der Speisen. Sie erzählte von den Streitereien bei der Wahl der Kleidung, von der Diskussion darüber, wer im Auto wo sitzen durfte, von der plötzlichen Verzweiflung Tinas, als sie bei der Ankunft in der Schule feststellte, dass sie ihr Kuscheltier zu Hause vergessen hatte, und von der Lösung der Krise in Form zahlreicher Zugeständnisse und Versprechungen, die mit dem eigentlichen Problem überhaupt nichts zu tun hatten. Dann berichtete sie noch von ihrem stressigen Arbeitstag, von den blöden Kommentaren ihrer männlichen Kollegen und von dem Ärger mit dem unnötigen Bericht und dem mühsamen Softwareproblem. Schließlich schloss sie mit der Anekdote aus dem Supermarkt und der Darstellung des allabendlichen Wahnsinns, der sich täglich aufs Neue vor dem Zubettgehen der Kinder zutrug. »Das also war mein Tag«, sagte sie. »Und der morgige wird in etwa genauso.«

Fabian hatte die ganze Zeit über geschwiegen. Jetzt meldete er sich wieder. »Das klingt schön«, sagte er. »Versteh mich nicht falsch, ich meine das nicht zynisch. Mir ist klar, dass dein Leben anstrengend ist. Aber gleichzeitig klingt es wunderschön. Du hast eine Aufgabe. Etwas, wofür es sich lohnt, in der Früh aufzustehen.«

»Ich weiß«, gab Sonia zurück. »Es ist schön, und ich bin auch dankbar dafür. Aber gleichzeitig ist es unglaublich ermüdend.«

»Kann ich dich etwas fragen?«, sprach Fabian weiter.

»Nur zu!«

»Willst du es ihm nicht endlich sagen?«

Sonia wusste sofort, was Fabian meinte. Es traf sie hart und unvorbereitet.

»Ich denke, er hat ein Recht darauf!«

»Er hat einen Scheiß!«, gab Sonia zurück.

»Sonia, hör mir zu«, sprach Fabian gefasst weiter. »Ich kenne diesen Typen nicht, aber ganz egal wer er ist, er hat ein Recht darauf, seine Kinder kennenzulernen.«

Nun schwiegen sie beide.

»Du hast doch keine Ahnung!«, entkam es Sonia endlich. Fabian hatte das Gespräch selbst auf diese Ebene gebracht, jetzt musste sie auch keine Rücksicht mehr auf seine Situation nehmen. »Was weißt du schon davon, was es bedeutet, Mutter zweier Kinder zu sein. Was gibt dir das Recht, über mich zu urteilen?«

Fabian wartete kurz, bevor er antwortete. »Weißt du«, sagte er mit ruhiger Stimme. »Auch wir Männer lieben unsere Kinder. Vielleicht können wir es nicht so gut zeigen, doch wir lieben sie genauso. Aber wir können sie nur lieben, wenn man uns auch lässt.«

Sonia rang nach Luft. Sie spürte, wie aufgebracht sie war. Langsam richtete sie sich auf und blieb am Bettrand sitzen. Mit der freien Hand strich sie nervös das Leintuch glatt. »Wie oft am Tag denkst du denn schon an Jonas?«, fragte sie schließlich. Sie hatte sich die Frage nicht wirklich überlegt. Sie fühlte sich in die Enge getrieben und hatte deshalb einfach etwas ausgesprochen, von dem sie glaubte, dass es Fabian bloßstellen würde. Fabians Antwort kam sofort: »Von dem Moment in der Früh, in dem ich aufwache, bis zu jenem, in dem ich abends die Augen schließe.«

DIENSTAG

Sonia schmiss die Tür ihres Seat zu und lehnte sich im Fahrersitz zurück. Mit geschlossenen Augen spielte sie Übungen durch, die sie für derartige Situationen einstudiert hatte. Es war ihr ganz spezielles autogenes Training, das sie so weit perfektioniert hatte, dass es ihr ein Leichtes war, auch in Momenten größter Hektik innerhalb weniger Sekunden innere Ruhe zu finden. Die Zwillinge hatte sie pünktlich in der Schule abgeliefert. Es hatte sich schon lange so eingespielt, dass sie, noch bevor sie ins Büro weiterfuhr, allein im Auto ein paar Minuten Kraft tankte. Doch diesmal funktionierte ihr sonst so erfolgreiches Vorgehen nicht. Es lag nicht an der üblichen Hektik, die stets die ersten Stunden des Tages bestimmte, sondern gleich an mehreren zusätzlichen Faktoren, die sie an diesem Morgen belasteten. Die Nacht war nicht erholsam gewesen. Nach dem späten Telefonat mit Fabian hatte sie noch lange keine Ruhe gefunden. Zu viele Dinge spielten sich gleichzeitig in ihrem Kopf ab. Ihre Gedanken liefen durcheinander, ergänzten sich, türmten sich übereinander und fielen dann wieder in sich zusammen. Vor allem das bevorstehende Bewerbungsgespräch und auch die Geschichte mit dem Vater der Mädchen, die Fabian so unerwartet aufgebracht hatte, machten ihr zu schaffen. Erst weit nach Mitternacht war sie endlich in einen leichten Schlaf gefallen.

Nun war sie, nach den ersten intensiven Stunden des Tages, bereits wieder so erschöpft, als hätte sie gar nicht geschlafen. Und zu allem Überfluss hatte sie gleich nach dem Aufstehen jenen Druck hinter den Augen gespürt, der oft ein erster Hinweis auf eine beginnende Migräne war. Vorsorglich hatte sie gleich nach dem Frühstück eine erste Tablette genommen, doch es war ungewiss, ob sie den Kopfschmerzen so entkommen würde. Jedenfalls war wieder einmal alles auf einmal geschehen. Als sie merkte, dass ihre Entspannungsübungen nur mäßig erfolgreich waren, drehte sie den Zündschlüssel. Während der kurzen Strecke ins Büro musste sie immer wieder an Fabian denken. Eigentlich war es eine Frechheit, was er sich erlaubte. Da verschwand er monatelang von der Bildfläche, weil er ausschließlich mit sich selbst beschäftigt war, und dann tauchte er plötzlich wieder auf und sorgte sofort für Unruhe. Es war schon in Ordnung, dass er sich mit seinen Nachforschungen über den Läufer an sie gewandt hatte. Seine vorwurfsvollen Bemerkungen aber hätte er sich ruhig sparen können. In der schlaflosen Nacht hatte sie immer wieder an ihr Gespräch in der Kantine denken müssen. Vielleicht hatte sie etwas zu schnell und etwas zu deutlich ihre Bedenken über diesen Marathonläufer geäußert. Andererseits kannte Fabian sie gut und wusste deshalb auch, woran er bei ihr war. Er würde ihr die impulsive Reaktion schon nicht übel nehmen. Aber sie wollte nicht, dass er glaubte, sie habe sich in eine abgestumpfte Alltagsrassistin verwandelt. Ein aggressives Hupen ließ sie zusammenschrecken. Sie hatte beim Spurwechsel vergessen, den Blinker zu setzen, und wurde nun von einem Lkw-Fahrer dafür gerügt. Schnell streckte sie die linke Hand aus dem geöffneten Fenster und machte eine beschwichtigende Geste.

Kurz darauf fuhr sie in die Tiefgarage und stellte den Wagen ab. Als sie den Motor abgeschaltet hatte, blieb sie noch einen Moment ruhig im Wagen sitzen. Nach ein paar Minuten ging das Licht in der Garage aus und Sonia saß im Dunkeln. Nur die Notbeleuchtung sorgte für ein Minimum an blassgrüner Helligkeit. Ihre Gedanken kamen nicht zur Ruhe. Die Sache mit

Fabians Laufwunder war das Eine, doch gab es da noch etwas anderes, was ihr zu schaffen machte. Dieser Idiot von Dörflinger zum Beispiel. Ebenfalls mitten in der Nacht hatte Sonia an eine Bemerkung vom Vortag denken müssen. »Vielleicht müssen wir eines Tages noch unter Ihnen dienen« oder so etwas in der Art hatte er zu ihr gesagt. Erst als sie nachts schlaflos dagelegen hatte, kam sie dazu, über diesen möglicherweise verräterischen Kommentar nachzusinnen. Was hatte Dörflinger damit andeuten wollen? Dass er von ihrer Bewerbung um die Abteilungsleitung wusste? Und wenn ja: Warum und von wem? Sie hatte keinerlei Informationen über andere Bewerber erhalten. Aber Dörflinger war ein alteingesessener Hase. Und nur wenige der Gerüchte, die über ihn im Umlauf waren, ließen Gutes erahnen. Es gab sogar einige Anekdoten über den Mann, die jedem anderen ganz sicher geschadet hätten. Aber Dörflinger eben nicht. Er schien einfach alle und jeden zu kennen und auch mit allen im besten Einvernehmen zu stehen. Und so kam es, dass sich Dörflinger ganz offensichtlich alles erlauben durfte. Sonia verabscheute solche Typen. Da sie aber nicht naiv war, hatte sie irgendwann aufgehört, sich für all das zu interessieren. Sie hatte es einfach als gegeben hingenommen, dass es in jedem größeren Betrieb auch solche Figuren gab. Was sollte sie alleine schon daran ändern? Einmal atmete sie laut durch und öffnete die Wagentür. Der Bewegungsmelder schlug an und leicht zeitversetzt entzündeten sich sämtliche Neonröhren, die das Parkdeck sofort in ein kaltes, hartes Licht tauchten. Es hatte also jemand Dörflinger von ihrer Bewerbung erzählt. Vermutlich ein Mitarbeiter der Personalabteilung, mit dem der Idiot Tennis spielte, in die Sauna ging oder sonst etwas trieb, was diese Art von Männern eben so trieb. Sie würde sich davon jedenfalls nicht irritieren lassen. Es war ja auch vollkommen gleichgültig, ob er davon wusste oder nicht. Es empörte sie nur, dass für ihn offensichtlich andere Spielregeln galten. Und dass das ebenso offensichtlich sonst niemanden zu stören schien. Sonia war schon bei den Aufzügen angelangt, als sie hörte, dass ein Fahrzeug in die Garage einfuhr. Es war ausgerechnet Dörflingers Auto. »Na komm schon«, murmelte sie genervt und drückte nervös auf den Knopf zwischen den beiden Fahrstuhltüren. Als Sonia gerade überlegte, schnell den Weg über das Stiegenhaus zu wählen, erkannte sie, dass es dafür bereits zu spät war. Dörflinger hatte seinen Wagen an seinen Parkplatz genau neben den Fahrstühlen herangelenkt und sie mit Sicherheit längst gesehen. Wahrscheinlich hat er sich diesen privilegierten Platz auch mit blöden Kommentaren erworben, dachte Sonia, als sie erkannte, dass sie den Fahrstuhl mit Dörflinger würde teilen müssen. Also warf sie ihre Haare in den Nacken, atmete einmal tief durch und tat so, als wäre es eine ganz gewöhnliche Situation. Wenige Sekunden später trat Dörflinger bereits neben sie: »Fräulein Aigner! Das ist aber ein Zufall!«

»Wir arbeiten am selben Ort und haben zur selben Zeit Dienstbeginn«, erwiderte Sonia trocken. »Allzu groß ist der Zufall wohl nicht.«

»Aber, aber! Warum denn schon so streng am frühen Morgen?«

Im selben Moment öffneten sich die Türen eines der beiden Fahrstühle und Sonia stieg kommentarlos ein. Dörflinger stellte sich dicht neben sie und wählte das Stockwerk. Sonia roch Dörflingers aufdringliches Parfum und tat einen kleinen Schritt zur Seite.

»Wir wollen es besser sportlich nehmen«, sagte der Mann und wandte sich Sonia zu. »Möge der Bessere gewinnen.«

Sonia schwieg weiter und wich Dörflingers Blick aus.

»Wir sind doch Profis«, fuhr er fort und lehnte sich ein wenig in ihre Richtung. Sonia wandte ihr Gesicht ab und bemühte sich, dass es nach einer natürlichen Bewegung und nicht zu deutlich nach einer Flucht aussah.

Noch bevor sie antworten musste, erklang ein heller Signalton und die Türen öffneten sich schon wieder.

»Ganz wie Sie meinen«, sagte Sonia, schritt eilig aus und ließ Dörflinger stehen.

In ihrem Büro angekommen warf sie ihre Tasche in eine Ecke und fasste sich an die heftig pulsierende Stirn. Die Migräne war dabei, sich deutlich Raum zu verschaffen. Schnell nahm sie das Wasserglas, das noch vom Vortag auf ihrem Tisch stand, und kramte eine weitere Tablette aus ihrer Schreibtischlade. Diese verfluchten Kopfschmerzen hatten ihr gerade noch gefehlt. Jeden Monat dasselbe Spiel.

Sie setzte sich an den Schreibtisch und fuhr den PC hoch. Während sie wartete, nahm sie den Kopf zwischen die Hände und schloss die Augen. Was hatte dieser Idiot angedeutet? Dass er von ihrer Bewerbung wusste, war klar. Aber wenn sie sich nicht verhört hatte, hatte er sich ebenfalls um die Stelle beworben. Dabei war Dörflinger doch bereits Abteilungsleiter! Die Stelle, die nun nachbesetzt werden sollte, hatte mit seiner Position überhaupt nichts zu tun. Seit Jahren leitete er die Abteilung für Fremdenrecht. Warum zur Hölle sollte er sich nun um die Leitung der Presseabteilung bewerben? Ein Signalton gab ihr zu verstehen, dass der Computer hochgefahren war. Es war auch egal. Sie kam ohnehin immer wieder zu demselben Ergebnis. Es hatte einfach keinen Sinn, sich jetzt unnötig Gedanken darüber zu machen. Sie meldete sich am Computer an und war wenige Minuten später wieder in ihren Bericht vertieft.

Erst am frühen Nachmittag gönnte Sonia sich die erste Pause. Sie hatte sich Hals über Kopf in die Arbeit gestürzt und es so geschafft, alles andere um sich herum zu vergessen: Dörflinger, das Bewerbungsgespräch, Fabian. Sogar ihre Kopfschmerzen hatte sie weniger stark wahrgenommen. Mit der Arbeit war sie gut vorangekommen. Einigermaßen beruhigt lehnte sie sich zurück. Sie spürte, wie eine Last von ihr fiel. Für heute könnte sie es damit bewenden lassen. Für den Nachmittag stand ein langer, aber unbedeutender Besprechungstermin auf dem Programm. Sie beschloss, einen kleinen Spaziergang im nahe gelegenen Volksgarten zu machen und dabei etwas zu essen.

Als sie das Büro verließ, holte sie ihr Telefon hervor und sah, dass ihre Mutter sie angerufen hatte. Sie könnte sich am nächsten Tag um die Zwillinge kümmern. Sonia nahm das Angebot freudig an und spürte, wie eine weitere Last von ihr genommen wurde. Wenn alles gut ging, würde sie morgen also einen ganzen Nachmittag für sich allein haben. Andererseits waren es nur noch drei Tage bis zu ihrem Bewerbungstermin und damit war klar, dass sie die gewonnene Zeit wohl in die Vorbereitung auf das Gespräch würde investieren müssen. Dennoch, oder gerade deshalb, erschien ihr das Angebot ihrer Mutter wie ein Geschenk des Himmels. Wenn es ihr jetzt auch noch gelänge, ihre Migräne in den Griff zu bekommen, könnte sie tatsächlich ein paar Stunden ganz nach ihren Bedürfnissen gestalten. Selbst der Gedanke an die bevorstehende Sitzung war jetzt plötzlich keine wirkliche Belastung mehr. Sonia blieb kurz stehen, blickte in den Himmel und sammelte sich. Wenn sie sich nicht täuschte, wurde es wirklich ständig schwüler. Aber vielleicht war es auch nur ihre körperliche Verfassung, die ihr dieses Gefühl gab. Ein Gewitter wäre eine Erlösung, dachte sie und ging in ihre Pause.

Also Sonia ins Büro zurückkam, ging alles Schlag auf Schlag. Sie hatte die Bürotür noch nicht hinter sich geschlossen, als ihr ein blinkendes Lämpchen an ihrem Telefon bereits verriet, dass man sie angerufen hatte. Der Anruf kam von ganz oben. Sonia rief sofort zurück und war ein paar Sekunden darauf im Bilde: In einer Pannengrube der Südautobahn war ein Schlepper-Lkw mit mehreren Toten entdeckt worden. Aus dem ruhigen Nachmittag würde nichts werden. Es gab Arbeit!

Keine fünfzehn Minuten später saß Sonia in einer ersten Lagebesprechung. Es galt, eine Pressekonferenz zu organisieren, Tausende Anrufe zu koordinieren und jede Menge Informationen zusammenzutragen, die in den nächsten Tagen benötigt werden könnten. Sonia hatte Glück im Unglück, denn sie war jenem Team zugeteilt worden, das im Büro die Stellung halten sollte. So musste sie nicht außer Haus und auch nicht an der Pressekonferenz teilnehmen. Sie kündigte in der Schule wieder einmal eine Verspätung an und machte sich an die Arbeit. Kurz nachdem die Pressekonferenz am späten Nachmittag über die Bühne war, konnte sie in den Bereitschaftsdienst wechseln und das Büro verlassen. So schaffte sie es, ihre Kinder mit vergleichsweise geringer Verspätung abzuholen. Im Auto auf dem Weg nach Hause spürte sie dann, wie die Kopfschmerzen sich nun wieder stärker bemerkbar machten. Den beruflichen Wahnsinn hatte sie gemeistert, nun galt es auch noch den ganz gewöhnlichen zu überleben.

MITTWOCH

Die Idee war Sonia noch im Bett gekommen und hatte sich dann schnell verfestigt. Während sie ihren beiden Töchtern das Frühstück bereitete, war es bereits beschlossene Sache: An diesem Tag würde sie gegen ihre Gewohnheit nach Möglichkeit nicht ins Büro fahren. Sie hatte in dieser Nacht deutlich besser geschlafen als in der Nacht zuvor, doch hatte sie wieder nicht die erhoffte und notwendige Erholung gefunden. Als sie die beiden Mädchen endlich im Bett gehabt hatte, war mit einem Mal die Migräne, die sie den ganzen Tag über mit Medikamenten hatte verdrängen können, mächtig über sie hereingebrochen. Das Wetter war unerträglich schwül, was ihre Kopfschmerzen noch verstärkte. Sie öffnete sämtliche Fenster der Wohnung und hoffte auf ein bisschen Durchzug, der das lähmende Klima erträglicher machen würde, doch es half alles nichts. In der Mitte ihres Hirns begann es heftig zu pulsieren und die hinzukommende Übelkeit trieb sie bald ins Bett. Sie kannte diese Schmerzen und wusste, dass es nun kein Entkommen mehr gab. Also nahm sie die nächste Dosis Medikamente, legte eine Kühlbrille auf und schaltete das Licht ab. Sie rechnete bereits damit, dass sie stundenlang still und leidend daliegen würde, als eine höhere Macht Erbarmen mit ihr hatte und ihr tiefen Schlaf schenkte. Als sie gegen Mitternacht erwachte, tobte es immer noch in ihrem Hirn, doch sie fühlte, dass für diesmal das Schlimmste hinter ihr lag. Auch die drückende Schwüle war gewichen, und als sich Sonia an das Fenster stellte, merkte sie, dass ein Gewitter niedergegangen sein musste. Die Luft war nun kühl und klar. Sie hatte so fest geschlafen, dass sie nichts von dem Regen bemerkt hatte. Ein paarmal sog sie gierig die frische Nachtluft ein. Danach schlich sie kurz in das Zimmer der Zwillinge, um nach dem Rechten zu sehen. Die beiden Mädchen schliefen tief und fest. Beruhigt legte sie sich wieder ins Bett. Sie lag lange wach, fand schließlich aber doch noch ein paar Stunden Ruhe. Als dann pünktlich um halb sechs der Wecker läutete, fühlte sie sich angeschlagen und nur mäßig erholt. Kurzerhand fasste sie deshalb den Entschluss, an diesem Tag zu Hause zu bleiben und ein paar ihrer angehäuften Überstunden abzubauen. Die Personalstelle hatte sie ohnehin schon wiederholt darauf hingewiesen, dass das mit ihren Gutstunden so nicht weitergehen könne. Am Vorabend hatte sie vor dem Zubettgehen noch einmal ihr Diensthandy zur Hand genommen und sich über den aktuellen Stand in der Sache mit dem Schlepper-Lkw informiert. Es lief so weit alles nach Plan und das Team würde, sofern über Nacht keine weiteren Probleme hinzugekommen waren, den heutigen Tag auch ohne sie überstehen. Da auch ihr Bericht so gut wie erledigt war, war ihre Anwesenheit an diesem Tag nicht unbedingt erforderlich. Freilich hätte sie sich ebenso gut einen Tag krankmelden können, doch fürchtete sie, dass man es ihr als Schwäche auslegen könnte.

Nachdem sie die Zwillinge in der Schule abgesetzt hatte, wollte sie ursprünglich gleich wieder zurück nach Hause. Vielleicht gelänge es ihr, noch ein wenig zu schlafen, vielleicht würde sie sich ein Bad einlassen oder etwas lesen, wenn ihr Kopf es zuließ. Die Medikamente betäubten eben nicht nur den Schmerz, sondern gleich das ganze Hirn. Sonia nahm ihr Handy und wählte die Nummer des Sekretariats. Sie wollte gleich Bescheid geben. Sie kannte sich selbst gut genug, um zu wissen, dass sie, wenn sie es nicht gleich fixierte, in einer halben Stunde Gefahr liefe, doch noch ins Büro zu fahren. Als sie dem

Sekretariat ihre Abwesenheit mitgeteilt hatte, blieb sie noch kurz unschlüssig im Wagen sitzen. Zwar war es ihr gelungen, sich selbst auszutricksen, doch spürte sie nun, dass sie es auch vermeiden musste, wieder zurück nach Hause zu fahren. Es war die nächste gefährliche Falle, die sie zu umgehen hatte. Statt sich zu erholen, würde sie nämlich die in den letzten Tagen zu kurz gekommene Hausarbeit erledigen, einkaufen gehen und sich anschließend an den Herd stellen, um den Kindern endlich wieder eine vernünftige Mahlzeit zu bereiten. Das war zwar löblich und verantwortungsbewusst, doch ganz sicher nicht das, was sie jetzt brauchte. Sie benötigte einen ruhigen Tag. Eine Pause von all den Dingen, die sie täglich antrieben und unter Strom setzten. Sport wäre eine gute Sache, doch fühlte sie sich dazu körperlich noch nicht in der Lage. Als sie unentschlossen dasaß und ins Leere starrte, wurde ihr die Entscheidung abgenommen. Sie spürte den Vibrationsalarm ihres Telefons, das sie immer noch in Händen hielt, und schreckte auf. Es war ihr Bruder Bernhard, der angekündigt hatte, sich diese Woche bei ihr zu melden. Seit er die Korrespondentenstelle hatte, pendelte er zwischen Wien und Hamburg. Pendeln war in seinem Fall aber nicht die richtige Beschreibung, denn auch wenn er eigentlich in Wien war, war er hier kaum anzutreffen. Wann auch immer in der Region südöstlich von Deutschland etwas geschah, wurde er hingeschickt. Nun war er aber endlich wieder für ein paar Tage in der Stadt, und Sonia freute sich auf ein längst fälliges Treffen. Sie schlug vor, gemeinsam ein zweites Mal zu frühstücken. Bernhard willigte sofort unter der Bedingung ein, dass er seine Wohnung nicht verlassen müsste. So kam es, dass Sonia wenig später ihren Seat vor dem heruntergekommenen Altbau parkte, in dem ihr Bruder seit seiner Studienzeit wohnte.

Das Wiedersehen fiel herzlich aus. Sonia rügte ihren Bruder ob seiner häufigen Abwesenheiten und Bernhard gab sich einsichtig, wobei er eine reumütige Entschuldigung inszenierte. Die beiden nahmen in der geräumigen Küche Platz und Bernhard servierte seiner Schwester alles, was er für ein Frühstück auftreiben konnte. Sonia erkundigte sich nach Bernhards letzter Reise und dieser sich nach den Zwillingen. Nachdem sie so die dringendsten Neuigkeiten ausgetauscht hatten, konnte Sonia nicht länger zuwarten. »Ich muss etwas mit dir besprechen«, begann sie.

Bernhard blickte sie fragend an.

»Wann hast du das letzte Mal etwas von Fabian gehört?«

»Schon länger nicht. Warum fragst du?«

»Nur so.«

»Was soll das heißen, nur so? Nur so stellt man solche Fragen nicht.«

»Ich hab ihn gestern zu Mittag getroffen«, lenkte Sonia ein und blickte ihren Bruder nun offen an.

»Tatsächlich?«, antwortete Bernhard überrascht. »Wie geht es ihm?«

»Das ist es ja, was ich dich fragen wollte. Ich bin mir nicht sicher. Einerseits wirkt er gefasst, andererseits hat mir die Begegnung zu denken gegeben.«

»Inwiefern?«

»Fabian arbeitet an einer Geschichte über einen unbekannten Marathonläufer. Irgendein Typ, der einfach so eine Spitzenzeit gelaufen ist, ohne dass man vorher jemals etwas von ihm gehört hätte.«

»Gut, dass er wieder arbeitet. Was ist das Besondere an dem Läufer?«

»Das ist ja das Problem. Fabian hat ihn noch nicht gefunden und weiß folglich kaum etwas über ihn. Der Mann ist nämlich noch vor Ende des Marathons verschwunden. Fabian vermutet, dass es ein Asylwerber ist, und erwartet sich von der Sache eine spannende Geschichte.«

Bernhard griff nach seiner Kaffeetasse und machte einen skeptischen Gesichtsausdruck. »Das hört sich etwas vage an, aber wer weiß, wenn er den Mann findet, könnte ja was dran sein.«

»Meinst du?«

»Na ja, sportliche Höchstleistungen bewegen die Leute eben. Allerdings sagtest du, dass er abgebrochen hat, oder?«

»Ja. Den Grund dafür kennt Fabian noch nicht.«

»Da kann man ihm nur Glück wünschen, weil wenn das eine Story sein soll, dann braucht es schon eine wirkliche Sensation, ein kleines Wunder. Fast ein Wunder reicht für eine Sensation nämlich nicht.«

Sonia nickte zustimmend, erwiderte aber nichts. Sie sah sich in der Küche um. Alles hier war perfekt. Aber nicht in dem Sinne, dass es ein bewusst gestalteter Raum gewesen wäre, sondern ganz im Gegenteil. Man merkte, dass hier alles natürlich gewachsen war, alles seinen Ort gefunden hatte. Die angestaubte altmodische Uhr auf der Anrichte, die kleine uneinheitliche Sammlung von Mokkatassen neben der Kaffeemaschine, die vielen Zeitungen und Bücher, die herumlagen, und die zahllosen kleinen Bilder und Fotos, die überall angebracht waren, verliehen der Wohnung ihren ganz speziellen Charme.

»Und was denkst du darüber?«, riss ihr Bruder Sonia aus den Gedanken.

»Ich weiß nicht«, antwortete sie ausweichend. »Ich fürchte, Fabian war von meiner Reaktion enttäuscht.«

»Warum das?«

»Na ja, der Mann stammt vermutlich aus Afrika …«

»Huiii!«, machte Bernhard laut und schnitt seiner Schwester

damit das Wort ab. Sonia brauchte auch gar nichts mehr zu sagen, denn ihr Bruder kannte ihre Position schon aus früheren Diskussionen und zog sie sogleich eifrig auf. »Daher weht also der Wind! Schon klar, da ist für dich natürlich der Ofen aus.«

Sonia beherrschte sich. Sie wollte nicht denselben Fehler begehen wie mit Fabian. Diesmal würde sie betont sachlich argumentieren. »Ich habe da eben so meine Bedenken«, sagte sie kontrolliert und nahm den Zuckerstreuer vom Tisch. Ihr Bruder ließ nicht locker und forderte sie weiter heraus. »Du immer mit deinen Vorverurteilungen. Du kennst den Mann doch gar nicht. Da brauchst also nicht gleich zu befürchten, dass unsere abendländische Kultur an ihm zugrunde geht«, scherzte er angriffig.

»Lass den Blödsinn«, erwiderte Sonia und begann mit dem Zuckerstreuer zu spielen, um ihre aufkommende Anspannung abzuleiten. »Aber wenn du schon unsere Kultur ansprichst: Wenn ich sehe, wie muslimische Männer in kurzen Hosen durch unsere Stadt spazieren und drei Meter dahinter ihre vollverschleierten Frauen nachtrotten, merke ich, dass da etwas nicht stimmt.«

»Ich vermute, es gibt genug österreichische Männer, die auch gerne hätten, dass ihnen ihre Frauen unterwürfig nachtrotten müssten«, gab Bernhard trocken zurück.

Sonia spürte, wie sie die Haltung verlor und knallte den Zuckerstreuer hart auf den Tisch. »Siehst du«, fuhr sie Bernhard an, »das ist genau die Argumentation, die mich so ankotzt. Was hat denn bitte das Eine mit dem Anderen zu tun? Wenn wir ohnehin schon genug eigene Machos hier haben, brauchen wir uns doch nicht auch noch welche zu importieren!«

»Du meinst also, wir sollten nur jenen Menschen eine Chance geben, die deine weltanschaulichen Positionen teilen und sich brav einreihen?«

Bernhard gelang, was Sonia nicht geschafft hatte: Er blieb komplett ruhig.

»Also, wenn es nach mir geht: Ja! Wir haben eine Ewigkeit gebraucht, um uns von unserer eigenen Religion zu befreien, von Geschlechtergerechtigkeit mag ich erst gar nicht anfangen. Da brauchen wir uns doch jetzt nicht religiöse Fanatiker mit einem mittelalterlichen Weltbild hereinholen.«

»Genau! Die sollen lieber in ihrer Dritten Welt bleiben und krepieren. Seit Hunderten von Jahren plündern wir ihre Rohstoffe und zerstören ihr Land, mittlerweile schicken wir ihnen sogar schon unseren Abfall. Aber hierherkommen sollen diese Menschen bitte nicht.«

Sonia spürte, wie sie innerlich kochte. Sie war wütend, weil sie argumentativ nicht weiterwusste, und sie war noch viel wütender, weil es ihr wieder nicht gelungen war, ruhig zu bleiben.

»Und was soll dann deiner Meinung nach geschehen?«, fragte sie. »Machen wir einfach die Grenzen auf und lassen alle herein?«

»Siehst du, das ist jetzt dafür genau die Argumentation, die mich so ankotzt. Niemand hat je behauptet, dass das geschehen soll. Wirklich jeder weiß, dass das auch nicht möglich ist. Aber was durchaus möglich ist, ist, dass man Menschen eine faire Chance gibt. Und deshalb ist es auch komplett egal, wie dieser Typ heißt, woher er kommt und woran er glaubt. Er hat sich in jedem Fall eine Chance verdient.«

Als Bernhard geendet hatte, nahm er den Zuckerstreuer und klopfte ihn nun seinerseits mit einer heftig überzeichnenden Geste auf den Tisch. Der Spiegel, den er Sonia mit dieser kurzen Imitation vorhielt, ließ sie laut auflachen. Bernhard lachte mit ihr und als sie sich beide wieder beruhigt hatten, sahen sie einander stumm an. Sonia spürte, wie sich ihre Anspannung legte. Eine der Stärken ihres Bruders war es, Dinge nüchtern darzustellen und die Haltung zu bewahren. Vermutlich war er auch deshalb in seinem Beruf so schnell so weit gekommen. Sonia gestand sich ein, dass sie ihm in diesem Punkt gerne ein bisschen ähnlicher wäre. Aber sie war eben immer schon die Laute und Aufbrausende gewesen. Und so würde es wohl auch immer bleiben.

»Verrat mir doch noch, für wen Fabian die Geschichte schreiben möchte«, kehrte Bernhard wieder zu dem Ausgangspunkt ihres abgeglittenen Gespräches zurück und griff nach seiner Kaffeetasse.

Sonia blickte auf und sah ihren Bruder scharf an. »Denkst du, dass du bereit dafür bist?«, fragte sie mit einem Grinsen.

Bernhard machte eine Geste, die ihr bedeutete, dass sie sprechen solle.

»Für *Von Tag zu Tag!*«

Bernhard ließ seine Tasse sinken, ohne davon getrunken zu haben. »Du verarschst mich!«, sagte er.

»Nein!«

»Okay, ich muss zugeben, das klingt originell.«

»Bernhard«, sagte Sonia eindringlich und lehnte sich etwas nach vorne. »Was ist eigentlich damals zwischen euch geschehen? Damals, als Frieda Fabian verlassen hat.«

Bernhard wich dem Blick seiner Schwester nicht aus.

»Es war eine hässliche Sache«, begann Bernhard. »Hässlich für alle: für Frieda, für Jonas, für Fabian und auch für mich. Frieda hatte mich kontaktiert, weil sie beobachtete, wie Fabian immer weiter abrutschte. Eines Abends hat sie mich dann gebeten, zu ihr zu kommen. Sie wollte Fabian zur Rede stellen, traute sich alleine aber nicht. Also fuhr ich zu ihr und wir warteten, bis Fabian nach Hause kam.«

Bernhard machte eine Pause und erhob sich. Von der Anrichte nahm er einen Aschenbecher und eine Packung Zigaretten. »Stört es dich?«, fragte er, während er das Fenster öffnete.

»Nicht, wenn du mir damit fernbleibst. Los, erzähl weiter!«

Bernhard zündete sich eine Zigarette an und blies den Rauch aus dem Fenster. »Viel mehr gibt es nicht zu erzählen. Fabian wollte nicht hören und ist laut geworden. Ich glaube, er war ziemlich betrunken. Er ist dann wieder davon. Kurz drauf hat Frieda ihn sitzen lassen.«

»Und du, wie bist du mit ihm verblieben?«

»Was genau meinst du?« In Bernhards Stimme lag nun etwas Unsicherheit.

»Warum hast du seither nicht mehr mit ihm gesprochen? Ihr seid doch Freunde?«

Bernhard zuckte mit den Schultern und blickte aus dem Fenster. Sonia musterte ihn von der Seite. Sie waren einander ähnlich. Geschwister, die man als solche erkannte. Auch er war schmächtig mit jugendlichen, fast kindlichen Zügen. Daran konnte auch der hellbraune Dreitagebart nichts ändern, der ihm an diesem Morgen im Gesicht stand. Doch so ähnlich sie einander äußerlich waren, so unterschiedlich waren sie charakterlich. Bernhard war das Kind, das sich ihre Eltern immer gewünscht hatten: höflich und aufmerksam, eifrig und erfolgreich. Er hatte sie nie auf die Probe gestellt, wollte nie mit dem Kopf durch die Wand. Ihre Eltern waren stolz auf Bernhards Stelle bei der renommierten Zeitung und zeigten das auch deutlich. Sonia wusste hingegen, dass sie sich zwar den Respekt ihrer Eltern erkämpft hatte, mit ihrem Weg aber nicht deren Erwartungen erfüllte. Ihre eigenwillige Entscheidung, zur Polizei zu gehen, hatten die beiden nie wirklich verdaut. Seit sie nicht mehr in Uniform war, stand es zwar wieder besser um ihre Beziehung, doch Sonia wusste, dass der Berufsweg ihres Bruders weit mehr Anerkennung fand.

»Ich denke, er war eifersüchtig«, sagte Bernhard endlich und holte seine Schwester in die Realität zurück.

Sonia schwieg.

»Ich war auch vorher schon ein paarmal bei Frieda gewesen. Sie hatte mir ihr Leid geklagt.«

»Und du hast sie getröstet?« Sonia biss sich auf die Zunge. Im selben Moment, in dem sie es aussprach, merkte sie, dass der Kommentar etwas andeutete, was sie gar nicht intendiert hatte.

Bernhard ließ sich nichts anmerken, drückte den Zigarettenstummel in den Aschenbecher und wandte sich vom Fenster ab. »Ja, ich habe sie getröstet«, sagte er und sah Sonia dabei offen an. Dann setzte er sich wieder an den Tisch und schenkte sich Kaffee nach.

Sonia war die zweideutige Bemerkung unangenehm. Sie senkte den Blick und starrte in ihre Tasse. Als sie einen Schluck Tee genommen hatte, beschloss sie, das Thema zu wechseln, und erkundigte sich nach Bernhards Arbeit. Ihr Bruder ließ sich nicht anmerken, ob er für die Richtungsänderung des Gesprächs dankbar war, doch schon kurz darauf erzählte er eine Anekdote von seiner letzten Dienstreise, und die Spannung, die gerade noch zu spüren gewesen war, löste sich bald auf. Sonia beneidete ihren Bruder um diese Erfahrungen. Früher war sie auch viel und gerne verreist, doch nun war das kaum mehr möglich. Es war einer ihrer größten Wünsche, endlich wieder einmal zu verreisen. Und wenn es nur für ein Wochenende wäre.

Sie saßen noch eine Zeit lang so zusammen und unterhielten sich über alles Mögliche. Als Sonia sich schließlich zum Gehen fertig machte, war es bereits Mittag. Im Vorzimmer sprach sie noch einmal das Thema an. »Willst du dich nicht einmal bei ihm melden?«, fragte sie.

»Ich bin mir nicht sicher, ob ihn das freuen würde.«

»Warum denn nicht?«

»Ich weiß ja nicht, was er sich zusammenreimt, aber ich hatte bei unserer letzten Begegnung nicht das Gefühl, als ob ihm an einem baldigen Wiedersehen gelegen wäre.«

»Hat er denn Grund, sich etwas zusammenzureimen?« Wieder hatte Sonia die Frage ausgesprochen, ohne vorher darüber nachzudenken.

Diesmal stieg Bernhard auf die Anspielung ein. »Nein, er hat keinerlei Anlass, sich etwas zusammenzureimen. Frieda war verzweifelt und hat mich kontaktiert, weil ich Fabians Freund bin. Ich habe mich bemüht, ihr zu helfen. Ich habe ihr zugehört und das eine oder andere Mal mit Fabian zu reden versucht, doch es war erfolglos. Aber das weißt du ja.«

Sonia kam sich blöd vor, überhaupt an die Möglichkeit einer Affäre zwischen ihm und Frieda gedacht zu haben. »Verstehe«, sagte sie verlegen. »Sei mir nicht böse, aber Fabian geht es nicht gut und ich habe mir gedacht …«

»Ich bin dir nicht böse«, fiel ihr Bernhard ins Wort. »Aber gerade du solltest doch wissen, wie absurd so eine Annahme ist. Wenn du mit einem Kind alleine gelassen wirst, an permanenter Überforderung leidest und dabei zusehen musst, wie deine Familie auseinanderbricht, ist eine Affäre vermutlich das Letzte, was du suchst. Das Leben ist doch keine Telenovela. So etwas geschieht nur in Kitschromanen.«

Sonia wusste, dass Bernhard richtiglag. »Entschuldigung«, murmelte sie, hängte sich ihre Tasche um und küsste ihren Bruder auf die Wange.

»Kannst du nicht etwas für ihn tun?«, fragte sie ein wenig unschlüssig.

»Sag mal, langsam könnte man ja glauben, du hättest was mit Fabian laufen, so wie du dich für ihn ins Zeug legst.«

Sonia entkam ein befreiendes Lachen. Ihr Bruder stimmte ein und beide waren sie froh, das Thema nun endgültig beendet zu haben.

»Ich mein ja nur«, sagte Sonia, als sie sich wieder beruhigt hatte. »Der arme Kerl muss für *Von Tag zu Tag* schreiben. Das hat er sich doch nicht verdient.«

»Nein, wirklich nicht«, stimmte ihr Bernhard zu. »Doch ich denke, der Ball liegt fürs Erste bei ihm. Ich will nicht nachtragend sein, doch was er sich geleistet hat, bedarf doch einer gründlichen Entschuldigung.«

Die beiden umarmten einander und Sonia ging. Wieder im Wagen spürte sie, wie gut ihr der Besuch getan hatten. Gleichzeitig merkte sie, wie sie müde wurde. Die nahezu schlaflosen Nächte forderten ihren Tribut. Ohne weiter über das Erlebte nachzudenken, fuhr sie nach Hause und legte sich ins Bett. Schon nach wenigen Minuten überkam sie ein schwerer, traumloser Schlaf.

Sonia nahm das Tempo zurück und parkte in einer Querstraße. In der noblen Villengegend gab es keine Parkplatznot und sie konnte bequem so halten, dass sie freien Blick auf das schräg gegenüberliegende Grundstück hatte. Obwohl sie nur ein einziges Mal hier gewesen war, erinnerte sie sich noch gut an das außergewöhnliche Haus. Die schmucklosen Wände aus Sichtbeton und die klar strukturierten, beinahe quadratischen Fenster verliehen dem Gebäude einen Charakter, der zeitgemäß wirkte, dabei aber klare Referenzen an den Baustil der Moderne setzte. Sonia drehte den Motor ab und merkte, wie ihr Puls stieg. Gleich nach dem erholsamen Mittagsschlaf hatte sie den Entschluss gefasst, hierherzukommen. Immer wieder hatte sie mit dem Gedanken gespielt, ihn dann aber stets wieder verworfen. Heute aber hatte sie keine Sekunde gezögert. Dabei wusste sie gar nicht, was genau sie hier wollte. Ja, natürlich, sie wollte ihn sehen. Doch was dann weiter geschehen sollte, darüber hatte sie keinen Moment nachgedacht. Sie warf einen Blick auf ihr Telefon. Es war später Nachmittag. Da ihre Mutter zugesagt hatte, die Kinder abzuholen, stand sie nicht unter Zeitdruck. Langsam lehnte sie sich im Sitz zurück und nahm eine großformatige Zeitung vom Beifahrersitz, die sie vorsorglich mitgenommen hatte. Wenn doch jemand an ihrem Auto vorbeikäme, der Verdacht schöpfen könnte, würde sie sich einfach dahinter verstecken.

Es war damals alles so klischeehaft und banal gewesen, dass sie bis heute nie mit jemandem darüber gesprochen hatte. »Solche Dinge geschehen nur in Telenovelas«, hatte ihr Bruder vor wenigen Stunden zu ihr gesagt. Und genau so ließe sich auch beschreiben, was ihr vor nun beinahe zehn Jahren geschehen war. Nach einem gewöhnlichen Arbeitstag war sie mit einer Freundin in der Innenstadt verabredet gewesen. Sie wollten einander in einem kleinen, für Sonias Geschmack etwas zu schicken Lokal treffen, wo Leute nach Dienstschluss Cocktails tranken und sich auch sonst so benahmen, wie sie es aus TV-Serien kannten. Ihre Freundin hatte den Ort vorgeschlagen und Sonia wollte keine Spielverderberin sein, weshalb sie eingewilligt hatte. Dann hatte ihr aber eben diese Freundin per SMS in allerletzter Sekunde abgesagt und Sonia saß unverhofft alleine vor einem Long Island Iced Tea. Ausgewählt hatte sie das Getränk nur, weil es das erste war, was ihr einfiel, als sich der Barkeeper näherte. Sie hatte den Drink in dem absurd großen Glas skeptisch beäugt und beschlossen, es rasch zu leeren, um dann so schnell wie möglich zu verschwinden.

Sie hatte ihren Cocktail noch nicht zur Hälfte getrunken, als er plötzlich neben ihr saß. Er war charmant, witzig und unaufdringlich. Das Gespräch, das scheinbar beiläufig in Gang gekommen war, verlief so selbstverständlich, dass sie gar nicht darüber nachdachte, warum er ebenfalls alleine unterwegs war. Nach dem ersten Drink stellte der Kellner von selbst weitere

Getränke vor die beiden, und erst als sie auch diese beinahe geleert hatten, gab der Unbekannte lachend zu, dass er sie bestellt hatte, als Sonia kurz auf der Toilette gewesen war. Aber selbst das erschien nicht aufdringlich, sondern witzig und zwanglos. Also trank Sonia aus und ließ sich ein weiteres Mal einladen. All das war ganz gegen ihre sonst so kontrollierte und zurückhaltende Art. Männer, die sich ihr auf eine derart offensive Weise näherten, hätte sie sonst eiskalt abblitzen lassen. Doch an diesem Abend war alles anders gewesen. Sie hatte sich einfach treiben lassen. Ohne sich weiter Gedanken zu machen, ließ sie sich gerne von dem unbekannten Gesprächspartner gefangen nehmen. Als er sie, es war schon nach Mitternacht, freiheraus fragte, ob sie ihn begleiten würde, hatte sie nur kurz verlegen gelacht, dann aber sofort eingewilligt. Bei ihm zu Hause, also in dem Haus, vor dem sie nun zum ersten Mal wieder stand, hatte sie dann auf nichts weiter geachtet. Sie war für ihre Verhältnisse ungewöhnlich betrunken gewesen. Ohne Umwege hatte er sie ins Schlafzimmer geführt und eins hatte das andere ergeben. Er zwang sie zu nichts und alles, was zwischen ihnen geschah, wollte sie mindestens ebenso sehr wie er. Es war fast so, als hätte sie einmal ein anderes Leben anprobieren wollen. Einmal nicht vorsichtig und berechnend sein, einmal nicht auf alles achten und an alle möglichen Konsequenzen denken. Einmal so leben, als zählte nur dieser eine einzige Moment. Und dieser eine Moment, diese eine einzige hemmungslose Hingabe, hatte schließlich ihr Leben verändert.

Sonia ließ die Zeitung sinken, die sie minutenlang angestarrt hatte, ohne ein einziges Wort wahrzunehmen. Im Haus schräg gegenüber war alles ruhig, ganz offensichtlich war noch niemand zu Hause. Sonia legte die Zeitung auf den Beifahrersitz und kam sich mit einem Mal blöd vor. Was war das auch für eine absurde Idee, sich im Auto sitzend hinter einer Zeitung zu verstecken? Im Ernstfall erregte man so nur noch mehr Aufmerksamkeit. Sie starrte auf das Armaturenbrett vor sich. Als sie damals bemerkt hatte, dass ihre Periode ausblieb, hatte sie sofort gewusst, was geschehen war. Sie hatte keinen Tag darauf verschwendet, an eine stressbedingte Verzögerung zu glauben. Sie kannte ihren Körper und wusste, dass er wie ein Uhrwerk funktionierte. Also hatte sie einen Termin beim Gynäkologen gemacht und drei Tage später bestätigt bekommen, was sie ohnehin schon gewusst hatte: Sie war schwanger. Als wäre es am Tag zuvor geschehen, konnte sie sich noch daran erinnern, wie sie in der folgenden Nacht schlaflos dagelegen und über die bevorstehenden Veränderungen nachgedacht hatte. Es war ihr von Anfang an klar gewesen, dass sie die Konsequenzen ihres Handelns tragen würde. An eine Abtreibung hatte sie keine Sekunde gedacht. Weglaufen war in ihrem Leben noch nie eine Option gewesen. Außerdem wollte sie ohnehin irgendwann einmal Kinder haben, nur vielleicht nicht jetzt. Aber der Umstand, dass sie Kinder bekommen könnte, ohne dabei die Anwesenheit eines Mannes in Kauf nehmen zu müssen, erschien ihr nicht unbedingt die schlechteste aller Varianten.

Als sie in jener Nacht das Haus wieder verlassen hatte, war es noch finster gewesen. Der Mann hatte noch geschlafen. Sie war einfach aufgestanden und hatte ihre Sachen angezogen. Es war, als hätte sie damit auch ihr altes, kontrolliertes Leben wieder angelegt. Wochen später hatte sie mehrmals wieder die Bar aufgesucht, hatte sich stets im hintersten Winkel versteckt und auf sein Erscheinen gewartet. Er kam nicht. Als wäre es eine berufliche Aufgabe, hatte sie sich später Informationen über ihn besorgt. Es war eine leichte Übung. Sie wusste nun seit Jahren, dass er schon damals verheiratet gewesen war und Kinder hatte. Die Sache war für sie erledigt. Sie hatte Klarheit und wollte von diesem Mann weiter nichts mehr wissen. Nie wieder. Bis heute.

Sie schreckte auf, als ein Moped knapp an ihr vorbeizog und vor dem Haus hielt. Ein junger Mann stieg ab und öffnete das Tor zu dem Grundstück. Obwohl er sie sicher nicht sehen konnte, presste sich Sonia tiefer in den Sitz. Es war nicht der Mann, den sie kannte, dafür war er deutlich zu jung. Sonia begriff, dass es der Sohn sein musste. Er hatte das Grundstück noch nicht betreten, als auch ein Auto vor dem Haus hielt. Der Teenager machte kehrt und ging auf den Wagen zu. Eine Frau stieg aus und umarmte den Jugendlichen, dann stieg auch der Mann aus, auf den Sonia gewartet hatte. Sie erkannte ihn trotz der Entfernung auf den ersten Blick. Er war unmerklich gealtert, aber immer noch ganz so, wie Sonia ihn in Erinnerung hatte. Selbstbewusstsein verströmend, leger und stilvoll gekleidet, sicher in seinen Bewegungen. Sonia merkte, wie ihr Herz schneller schlug. Was zur Hölle machte sie hier?

Auch der Mann begrüßte nun seinen Sohn und dann verschwanden alle drei gemeinsam in dem Haus. Eine gewöhnliche, glückliche Familie, die einen gemeinsamen Abend vor sich hatte. Für einen Moment stellte sich Sonia vor, was geschähe, würde sie nun einfach an der Tür läuten. »Hallo, ich bin Sonia. Erinnerst du dich?«

Bei der Vorstellung schüttelte sie heftig den Kopf. Nein, das war sie nicht. So konnte es nicht funktionieren. Das wäre zu wenig, zu banal, zu billig. Ihr Leben, so viel stand fest, war ganz bestimmt keine Telenovela.

DONNERSTAG

Sonia war früher im Büro als sonst. Es war fast so, als wollte sie ihren am Vortag konsumierten Zeitausgleich wiedergutmachen. Die Mädchen hatte sie zwanzig Minuten früher in der Schule abgesetzt und war dann ungewöhnlich rasch im Büro angekommen. Im zunehmend zähen Morgenverkehr profitierte man wirklich von jeder Minute, die man früher unterwegs war.

Im Aufzug musste sie an ihre letzte Begegnung mit Dörflinger denken und war deshalb sofort wieder im Berufsalltag gefangen. Am nächsten Tag war also endlich das leidige Bewerbungsgespräch. Höchste Zeit, die Sache endlich hinter sich zu bringen.

Sonia betrat ihr Büro, fuhr den Computer hoch und schloss, wie gewohnt, während des Wartens die Augen. Sofort musste sie an Fabian denken. Er hatte sie am Vorabend neuerlich angerufen. Sie war keineswegs in Redelaune gewesen, denn der Ausflug in das Nobelviertel am Stadtrand hatte noch kräftig in ihr gearbeitet. Außerdem war ihre Mutter, als Sonia endlich nach Hause gekommen war, mit den Mädchen etwas überfordert gewesen. Sonia hatte also Tempo machen müssen, was ihre Mutter natürlich gleich als Kritik auffasste. Sonia geriet daraufhin in Verlegenheit, denn sie fand, dass es ihr nicht zustand, jemandem, der ihr aushalf, auch noch Vorwürfe zu machen. Sie wollte keine dieser Mütter sein, die selbst während ihrer Abwesenheit alles bestimmen wollten. Schnell entschuldigte sie sich bei ihrer Mutter und versuchte, sie dazu zu überreden, doch noch etwas länger zu bleiben. Doch ihre Mutter war, auch wenn sie sich alle Mühe gab, es zu überspielen, merklich eingeschnappt.

»Vielleicht können wir ja auch einmal alle gemeinsam etwas unternehmen!«, fragte Sonia versöhnlich, um zu unterstreichen, dass es ihr damit ernst war. Ihre Mutter blickte überrascht auf und Sonia las freudige Überraschung in ihren Zügen.

»Das wäre schön! Ich dachte schon, du brauchst mich nur noch als Babysitterin.«

»Aber Mama«, gab Sonia immer noch etwas verlegen zurück und küsste ihre Mutter auf die Wange.

»Ist schon gut, ich melde mich!«, verabschiedete sie sich und Sonia schloss erleichtert die Tür hinter ihr. Nach dem Vormittag bei ihrem Bruder und all den Erinnerungen an die schwierige Beziehung zu ihren Eltern freute sie sich, abschließend noch die richtigen Worte gefunden zu haben. Vielleicht war sie ja wirklich zu streng mit allen.

Sonia öffnete wieder die Augen und blickte auf den Bildschirm vor sich, der bereits die Anmeldemaske zeigte. War sie auch mit sich selbst zu streng? Wieder musste sie an den Vortag denken. Die Szene, die sie beobachtet hatte, kam ihr nun vor wie aus einem belanglosen Film, den sie vor langer Zeit gesehen hatte. Eine Familie, die sich beim Heimkehren ganz zufällig trifft und freudig Umarmungen austauscht. Dahinter die schicke kleine Villa im weichen Abendlicht. Alles wie im Bilderbuch. Dass sich hinter dieser idyllischen Kulisse etwas verbarg, was ihr wie eine Lüge erschien, war für Außenstehende nicht zu erkennen. Seit dem Gespräch mit Fabian stellte sie ihren radikalen Entschluss, den Vater der Zwillinge niemals einweihen zu wollen, infrage. Hatte der Mann ein Recht darauf, von seinen Kindern zu wissen? Hatten nicht vielmehr ihre Kinder ein Recht darauf, ihren Vater kennenzulernen? Bisher war es ihr gelungen, das Thema immer gut zu umschiffen. Auch ihre Eltern hatten Sonia nie mit Fragen gelöchert. Zwar waren sie besorgt gewesen, als Sonia sie damals über ihre Schwangerschaft informiert hatte, doch hatten sie ihre Weigerung, darüber zu sprechen, recht bald akzeptiert. Sonia schüttelte den Kopf bei dem Gedanken daran, dass ihre Eltern die Tatsache, dass sie alleinerziehende Mutter sein würde, leichter verdaut hatten als ihre Entscheidung, zur Polizei zu gehen. Ganz normal erschien ihr diese Reaktion nicht. Aber ihre Eltern waren eben auch speziell.

Wenn die Frage nach der Vaterschaft der Zwillinge doch einmal aufkam, lenkte Sonia meist flott ab oder antwortete ausweichend. Bisher war sie damit gut durchgekommen, doch wusste sie, dass das nicht ewig so weitergehen würde. Zumindest für die Mädchen selbst würde sie irgendwann eine glaubwürdige Antwort brauchen. Für die Wahrheit, und Sonia war immer klar gewesen, dass sie ihren Töchtern früher oder später die ganze Wahrheit erzählen würde, war es die nächsten Jahre allerdings noch zu früh.

Sonia loggte sich in den PC ein und öffnete ihren Posteingang. Dafür, dass sie einen Tag abwesend gewesen war, hatte sich überraschend wenig angesammelt. Ein paar nicht wirklich dringende Anfragen, die üblichen Rundmails und eine Nachricht von Pokorny. Sonia stutzte. Was konnte der von ihr wollen? Im ersten Moment dachte sie an einen Zusammenhang mit dem Unglück auf der Südautobahn, doch Pokorny konnte damit eigentlich gar nichts zu tun haben. In dem knappen Text erwähnte er sein Telefonat mit Fabian und erkundigte sich, ob sie beide diese Woche wohl einmal Zeit für ein gemeinsames Mittagessen oder einen Kaffee fänden. Nach Möglichkeit außer Haus. Sonia schloss das Fenster des Mailprogramms und lehnte sich zurück. Irgendetwas war seltsam an der Sache. Ja, sie verstand sich ganz gut mit dem etwas kauzigen Mann aus Dörflingers Abteilung. Sie hatten einander über eine sektionsübergreifende Arbeitsgruppe kennengelernt. Die paar Male, die Sonia in der Zeit, die sie nun hier arbeitete, mit ihm zusammengetroffen war, ließen sich an den Fingern einer Hand abzählen. Wenn er jetzt plötzlich ein Treffen anregte, musste das wohl bedeuten, dass er ihr etwas mitzuteilen hatte. Noch dazu, wo die Aufforderung den ungewöhnlichen Zusatz »nach Möglichkeit außer Haus« trug.

Sonia stand auf und stellte sich ans Fenster.

Sie arbeitete nun seit über fünf Jahren hier. Mit allen kam sie ganz gut aus, dennoch gab es einiges, was sie nicht so recht in den Griff bekam. Sie durchblickte das komplizierte System des Ministeriums noch immer nicht vollständig. Natürlich kannte sie die Strukturen, Positionen, Kompetenzen und Regelungen, nur sprach vieles, was tatsächlich passierte, eine andere Sprache. Es gab alteingesessene Beamte, die mehr zu sagen hatten, als eigentlich vorgesehen war. Das konnte auf Durchsetzungsvermögen oder Protektion gründen, so genau war das nicht zu erkennen. Dann gab es wieder Leute, die strikt und unauffällig ihre Aufgaben versahen. Pflichtbewusste Beamte, die in diesem Gerangel um Macht nicht mitspielen wollten. Kolleginnen, die Tag ein, Tag aus unauffällig ihrer Tätigkeit nachgingen. Pokorny gehörte zu einer dieser Gruppen, Dörflinger zur anderen.

Sie drehte sich um und sah in ihr schmuckloses Büro. Abgesehen von ein paar Zeichnungen ihrer Kinder, die sie an den kahlen Wänden angebracht hatte, und einem einzigen Foto neben dem PC hatte sie sich hier immer noch nicht eingerichtet. Die Leitung ihrer Abteilung war ausgeschrieben worden, als der ehemalige Chef vor wenigen Wochen überraschend und schwer erkrankt war. Man sprach von Krebs, aber so genau wusste es bisher niemand. Jedenfalls war der Mann von einem Tag auf den anderen ausgefallen und die Stelle vakant geworden. Interimistisch wurde sie nun von einem altgedienten Referatsleiter geführt, doch wusste Sonia, dass dieser sich auf keinen Fall um die Abteilungsleitung bewerben wollte. Sonia war stellvertretende Referatsleiterin, was nach mehr klang, als es war. Nach ihrem Wechsel von der Polizei ins Ministerium hatte sie einen schnellen Aufstieg begonnen, der dann aber recht bald ins Stocken geraten war. In Wirklichkeit machte sie immer noch denselben Job wie zu Beginn ihrer Tätigkeit. Mit dem einzigen Unterschied, dass nun auf ihrem Türschild die stellvertretende Referatsleitung vermerkt war. Als sie von der freien Abteilungsleitung erfahren hatte, hatte sie sich sofort darum beworben. Sonia atmete einmal tief durch und setzte sich wieder an ihren Schreibtisch. Neuerlich öffnete sie ihr Mailprogramm und tippte eine Antwort an Pokorny. Heute würde es sich auf keinen Fall mehr ausgehen, also schlug sie den nächsten Tag für ein gemeinsames Essen in einem nahe gelegenen Lokal vor. Dann hätte sie auch das Bewerbungsgespräch bereits hinter sich und würde endlich einen freien Kopf haben. Nur wenige Sekunden, nachdem sie die Nachricht abgesendet hatte, kam ein kurzes »OK« als Antwort.

Sonia grübelte kurz über dieser ungewöhnlichen Antwort. Offensichtlich hatte Pokorny auf ihre Nachricht gewartet. Ein Hinweis mehr darauf, dass an der Sache etwas seltsam war. Sonia zwang sich dazu, nicht weiterzugrübeln, sie hatte genug Arbeit zu erledigen. Bis Mittag gelang es ihr dann auch, den begonnenen Bericht fertigzustellen und endlich abzuschicken.

Der Nachmittag war ausreichend arbeitsintensiv, um sie weiter von ihren gedanklichen Baustellen abzulenken. Nur als sie sich zwischendurch einmal in die Teeküche wagte, kamen neuerlich Erinnerungen an ihre letzte Begegnung dort auf. Diesmal war sie aber auf Nummer sicher gegangen und hatte sich geradezu angeschlichen. Das Letzte, was sie jetzt brauchte, war ein weiterer Anlass, sich noch mehr wirre Gedanken zu machen.

Als sie sich etwas später an diesem Nachmittag neuerlich dabei ertappte, wie sie in Gedanken abglitt, beschloss sie, an diesem Tag keine Minute länger zu bleiben als unbedingt erforderlich. Da sie früher gekommen war, konnte sie auch früher gehen. Sie fuhr den PC herunter, schaltete das Telefon auf Abwesenheit und nahm ihre Tasche. Als sie mit dem Aufzug in die Garage fuhr, entschied sie, an diesem Abend nicht noch einmal die Unterlagen für die Bewerbung hervorzuholen. Sie hatte bereits genug getan. Nun würde sie die Mädchen abholen und mit ihnen so lange auf den Spielplatz gehen, wie die beiden das wollten. Zum Abendessen könnten sie sich dann einfach eine Pizza oder sonst etwas kommen lassen. Ihre beruflichen Sorgen würden ihr schon nicht davonlaufen. Daran bestand nicht der geringste Zweifel.

FREITAG

Es kam wie erwartet: Alles, was sie am Vortag noch so konsequent zur Seite geschoben hatte, holte Sonia am nächsten Morgen verlässlich wieder ein. Gleich nachdem sie die Kinder in der Schule abgesetzt hatte, meldete sich Fabian. Sonia war zu diesem Zeitpunkt noch vollkommen entspannt. Doch alle Entspannung verflog in exakt jenem Moment, in dem Fabian zu sprechen begann. Er fantasierte etwas davon, dass Dörflinger eine Baufirma betreibe und Asylwerber schwarz beschäftige. Dabei tat er geheimnisvoll und wollte lieber persönlich reden. Sie hatte ihn gründlich zurechtgewiesen und schnell wieder abgewimmelt. Dörflinger war zweifellos ein unguter Zeitgenosse, doch was Fabian sich da zusammenreimte, war einfach unvorstellbar. Es war wohl an der Zeit, ihm zu zeigen, dass er sich nicht alles erlauben durfte. Sonia atmete tief durch und verließ den Fahrstuhl. In ihrem Büro angekommen, setzte sie sich vor den PC und schloss für einen Moment die Augen. Nachdem sie sich wieder etwas entspannt hatte, begann sie damit, Routineangelegenheiten zu erledigen. Sie kontrollierte ihren Mail-Eingang und entdeckte eine neue Nachricht von Pokorny. Er schlug für das gemeinsame Mittagessen ein anderes Lokal vor als jenes, das sie angeregt hatte. Als Begründung verwies er auf die zahlreichen Kollegen, die dort verkehrten. Er bevorzuge »etwas Ruhigeres«, wie er es umschrieb. Er war damit schon der Zweite, der an diesem Vormittag geheimnisvoll tat. Was war mit den Leuten nur los? Hatten sie sich alle gegen sie verschworen, um zu verhindern, dass sie sich in Ruhe auf ihr Vorsprechen konzentrieren konnte? Genervt tippte Sonia eine knappe Antwort, schloss das Mailprogramm und erhob sich. Es war genug! Sie würde die kurze Zeit, die ihr nun noch blieb, offline verbringen. Auch ihr Telefon nahm sie aus der Tasche und brachte es in den Flugmodus. Danach holte sie die Unterlagen hervor, die sie seit Tagen mit sich herumtrug, und blätterte sie lustlos durch. Auch das war nicht befriedigend. Es war ohnehin zu spät, jetzt noch etwas anzufangen. Also blieb sie fast bewegungslos in ihrem Bürosessel sitzen und starrte auf eines der wenigen Bilder, die den Raum schmückten. Es war die Buntstiftzeichnung eines fröhlich grinsenden Schmetterlings, die ihr eine ihrer Töchter – sie hatte vergessen welche – vor ein paar Jahren zum Geburtstag geschenkt hatte. Nicht viel mehr als ein paar kurvige Striche auf weißem Grund, darunter eine grüne Linie für eine Wiese, oben eine blaue für den Himmel. Wenn nur alles so einfach wäre wie auf einer Kinderzeichnung! Sie erhob sich, nahm ihre Handtasche und verließ das Büro. Im Vorraum der Damentoilette stellte sie sich vor das Waschbecken und wusch sich lange das Gesicht. Danach öffnete sie ihr Haar, ordnete es und band es neu zusammen. Für einen Moment betrachtete sie still ihr Spiegelbild. Wie gewohnt war sie bis auf einen kaum merkbaren Lidstrich ungeschminkt. Zwei schlichte silberne Ohrringe waren der einzige Schmuck, den sie trug. Sie trat einen kleinen Schritt zurück und musterte die für ihren Stil ungewöhnliche Kleidung. Sie trug eine blaue Bluse und einen grauen Rock zu dunklen Strümpfen. Lange hatte sie mit sich gerungen, dieses Businessoutfit anzulegen. Doch immerhin ging es heute um eine Führungsposition und man musste den Leuten eben auch geben, was sie sich erwarteten. Wer wusste, dass sie sich sonst vorwiegend leger kleidete, verstand so schon allein an ihrem Outfit, dass sie kompromissbereit war. Das könnte ein erster Pluspunkt für sie sein. Dennoch kam sie sich nun mit einem

Mal seltsam verkleidet vor und wurde ein wenig unsicher. Aber für derlei Gedanken war es ohnehin zu spät, denn in wenigen Minuten musste sie bereits im Büro der Personalstelle sein. Also warf sie einen letzten Blick auf ihr Spiegelbild und sah sich selbst tief in die Augen. Noch einmal atmete sie durch, dann ging sie los.

Sonia ging schnell. Es kam ihr vor, als ginge sie in letzter Zeit nur noch schnell. Diesmal war es aber nicht Zeitdruck, der sie antrieb, sondern eine tief sitzende Wut. Das Gespräch war eine einzige Farce gewesen. Zwei Männer und eine Frau, alle drei von der Personalabteilung und alle mit Sonia oberflächlich bekannt, hatten den Termin ohne jegliche Begeisterung und Leidenschaft routiniert abgewickelt. Am Anfang hatte Sonia noch geglaubt, dass dieses Verhalten der üblichen Anspannung am Beginn derartiger Gespräche geschuldet sei und sich später noch lockern würde, doch war dem nicht so. Zur Entspannung kam es erst gar nicht, denn noch ehe Sonia es sich versah, war das Gespräch auch schon wieder beendet. »Sie hören dann bald von uns«, hatte einer der Kollegen im Aufstehen gesagt, bevor Sonia überhaupt dazu gekommen war, etwas von dem loszuwerden, was sie sich die letzten Tage über eingeprägt hatte. Gleich darauf erhoben sich auch die beiden anderen, um sie zu verabschieden. Sonia wusste nicht, wie sie reagieren sollte. Verlegen stammelte sie eine Verabschiedungsfloskel und verließ den Raum. Kaum hatte sie die Tür hinter sich zugezogen, spürte sie, wie ihre Verwirrung von einem anderen, viel stärkeren Gefühl abgelöst wurde: blanker Wut! Als sie kurz darauf im Eilschritt durch den Volksgarten stapfte, musste sie sich beherrschen, nicht einfach laut draufloszubrüllen. Kurz setzte sie sich auf eine Parkbank und zwang sich dazu, ihr Beruhigungsprogramm durchzuspielen.

Erst als sie sich wieder einigermaßen im Griff hatte, stand sie auf und ging, nicht mehr ganz so schnell, aber immer noch zügig, am Burgtheater und der Universität vorbei. Pokorny hatte für das gemeinsame Treffen ein Restaurant vorgeschlagen, das weit genug von ihrem Dienstort entfernt lag, um dort nicht zufällig mit anderen Kollegen zusammenzutreffen. Sie betrat das holzgetäfelte, etwas düstere Lokal und blickte sich um. Das Publikum war speziell. An den groben Vollholztischen hatte sich fast ausschließlich ältere, wenn nicht gar recht betagte Kundschaft versammelt. Es roch nach Hausmannskost und kaltem Rauch, der aus dem Barbereich in den Gastraum drang. Obwohl sie deutlich zu früh dran war, entdeckte sie Pokorny an einem der hintersten Tische. Er starrte Richtung Eingang. Sonia winkte kurz, trat an den Tisch heran und ließ sich ihm gegenüber auf einen rustikalen Sessel fallen.

»Und? Wie ist es gelaufen?«, wollte Pokorny ohne Begrüßung wissen.

»Das Gespräch für die Abteilungsleitung?«

»Deines war doch heute, oder?«

»Ja, meines war gerade. Wie viele es sonst noch gibt, weiß ich aber nicht.« Sonia fühlte sich von dieser zügigen Eröffnung überrumpelt und griff unbeholfen nach der Speisekarte.

»Zwei gestern, deines und ein weiteres heute«, gab Pokorny trocken zurück.

Sonia hielt in der Bewegung inne und blickte den Mann verblüfft an. »Woher …«, setzte sie an. Doch es war nicht notwendig, weiterzusprechen. Pokorny hob abwehrend die linke Hand und brachte sie zum Verstummen. Sonia ließ die Karte sinken und sah ihn verwundert an.

»Hör zu«, sagte er mit ruhiger Stimme. »Ich habe dich hergebeten, um dir ein paar Dinge zu erzählen, die dich vielleicht überraschen werden. Einiges davon wird dich vermutlich belasten. Vielleicht so sehr, dass du nachher nicht mehr so weitermachen wirst können wie bisher. Wenn du das nicht willst, sag es einfach und wir gehen jetzt sofort zurück ins Büro und tun so, als wäre nichts geschehen. Ich will dich nicht in etwas hineinziehen, mit dem du vielleicht nichts zu tun haben willst. Hast du mich verstanden?«

Sonia blieb die Luft weg. Sie hatte Pokorny bisher nur als ruhigen, bedachten, ganz und gar nicht aufgeregten Menschen kennengelernt. Ein Beamter der alten Schule, den kaum etwas aus der Ruhe brachte. Die Ankündigung, die er eben gemacht hatte, passte gar nicht in dieses Bild.

»Worum geht es denn?«, fragte sie, um sich etwas Raum zu verschaffen.

»Um dich, um mich, um Dörflinger, um deinen Freund, diesen Journalisten, und um einen Asylwerber. Vor allem aber um den Scheißjob, den wir Tag für Tag machen.«

»Sprich!«, erwiderte Sonia knapp. Sie wollte wissen, was gespielt wurde. Im selben Moment näherte sich ein Kellner. Sonia bestellte ein Mineralwasser. »Mir ist der Appetit vergangen«, erklärte sie.

»Um ehrlich zu sein, mir geht es nicht anders«, sagte Pokorny und orderte einen Kaffee.

Als sie wieder allein waren, begann Pokorny ohne weitere Umschweife mit seinen Ausführungen. Obwohl er ruhig und sachlich sprach, merkte man ihm seine Aufregung an.

»Am besten ist wohl, ich beginne mit dem für dich unangenehmsten Teil«, sagte er. »Du wirst die Abteilungsleitung nicht bekommen. Das kann ich dir jetzt schon garantieren.«

Wenngleich sie diese Aussage nach dem soeben durchlebten Gespräch nicht wirklich überraschte, wurde Sonia neuerlich von ihrer Wut überwältigt und sie beugte sich weit vor: »Woher zur Hölle willst du das wissen?«

Wieder machte Pokorny eine beschwichtigende Geste. »Vergiss bitte nicht, dass ich nur der Bote bin. Aber hör mir zu, dann wird dir bald alles klar werden.«

Sonia zwang sich dazu, ruhig zu bleiben. Einmal mehr schluckte sie ihre Wut hinunter und lehnte sich zurück.

»Also, den Job wird Dörflinger bekommen. Er hat sein Alibigespräch in diesem Augenblick und er wird die Stelle auch bekommen. Das ist abgemachte Sache.«

Also doch! Sonia kochte innerlich. Sie hatte es ja bereits vermutet, doch jetzt, wo sie es bestätigt bekam, war sie geradezu körperlich ergriffen. Mit einem Mal schien ihr alle Kraft zu entweichen und sie musste sich zurücklehnen. Dass sie den Posten selbst nicht bekommen würde, war die eine Sache. Sie war professionell genug, um mit Niederlagen umzugehen. Dass aber ausgerechnet dieser Idiot von Dörflinger, der ohnehin bereits Abteilungsleiter war, ihr den Job wegschnappen und dadurch gleichzeitig zu ihrem Vorgesetzten werden sollte, entsetzte sie geradezu.

»Wie kann das sein?«, ächzte sie. »Was erhofft er sich davon? Dörflinger ist doch bereits Abteilungsleiter!«

Sonias Stimme hatte sich deutlich gehoben und Pokorny mahnte sie mit einer Geste zur Ruhe.

»Immer langsam«, sagte er beschwichtigend. »Alles der Reihe nach! Wie du weißt, war Dörflinger vor deiner Zeit bereits stellvertretender Leiter der Presseabteilung. Danach hat er ins Fremdenwesen gewechselt, wo er zwar richtiger Abteilungsleiter wurde, dafür aber bei euch nichts mehr zu melden hatte. Das passte ihm von Anfang an nicht, denn die Leitung deiner Abteilung ist für ihn weitaus attraktiver. Jetzt, wo dort die Stelle ganz oben frei geworden ist, will er deshalb zurückwechseln. Er holt sich eben immer das, was gerade am besten für ihn ist.«

»Was findet er bei uns denn so attraktiv?«, dachte Sonia laut nach.

»Das brauch ich dir wohl nicht zu erklären, es ist ja deine Abteilung. Aber das Anzeigenbudget würde mir zum Beispiel als Erstes einfallen. Das ist ein Haufen Geld, mit dem man sich jede Menge Freunde machen kann.«

Sonia hörte still zu und nickte. Pokorny hatte recht, sämtliche Anzeigenaufträge mussten von der Abteilungsleitung abgesegnet werden. Ohne den Mann an der Spitze ging da gar nichts. Mit ihm dafür aber fast alles.

»Aber es gibt da noch mehr«, fuhr Pokorny fort. »Er verlässt seine eigene Abteilung nämlich nicht einfach so, sondern hat dort bereits seinen Nachfolger in Position gebracht. Ein gewisser Eisner. Das ist ein neuer Mitarbeiter bei uns: unauffälliger Typ, einnehmendes Lächeln, adrettes Auftreten. Vielleicht bist du ihm schon mal über den Weg gelaufen!«

»Was, der Grinser?«, entfuhr es Sonia.

»Ah, ich sehe, du hast seine Bekanntschaft bereits gemacht.« Pokorny entkam für einen Moment ein Lächeln. »Ja, Grinser beschreibt ihn ganz gut. Noch besser beschriebe ihn wohl nur Arschkriecher. Aber wir wollen nicht gleich vulgär werden! Der Mann ist jedenfalls auffällig weit oben eingestiegen und wird nach Dörflingers Wechsel noch weiter steigen. Dörflinger geht also, bewahrt sich über diesen Handlanger aber Einfluss in seiner alten Abteilung. Er gewinnt bei der Sache also gleich zweimal.«

Sonia nickte zustimmend und nahm dem Kellner, der an ihren Tisch herangetreten war, die Mineralwasserflasche aus der Hand. Pokorny zog seinerseits die Kaffeetasse an sich heran und versenkte den Inhalt zweier Zuckerpäckchen in dem Getränk. Für einen kurzen Moment schwiegen beide. Sonia starrte auf ihr Glas und hörte auf das leise klirrende Geräusch, das ihr

Gegenüber beim Umrühren erzeugte. Pokorny räusperte sich, nahm einen ersten Schluck und hob neuerlich an: »Nun würde ich gerne deinen Freund, diesen Krieger, ins Spiel bringen.«

»Fabian? Was hat der damit zu tun?«

»Eine ganze Menge. Ich habe vor einigen Tagen zum ersten Mal mit ihm telefoniert. Er wollte etwas über einen afrikanischen Asylwerber erfahren. Ich denke, du weißt, worum es geht. Zumindest hat er sich damals auf dich berufen.«

Sonia nickte stumm.

»Wie es der Zufall so will, haben dieser Journalist und ich heute Vormittag noch einmal miteinander gesprochen. In der Zwischenzeit haben wir beide in dieser Sache recherchiert. Und siehe da: Es hat sich herausgestellt, dass unsere Ergebnisse wie Puzzlestücke zusammenpassen.«

»Und welches Bild ergibt das Puzzle? Lass mich raten: systematisch aufgezogene Schwarzarbeit!«

Pokorny sah auf und blickte Sonia verblüfft an.

»Entschuldigung«, murmelte Sonia. »Ein bisschen etwas hab ich mir mittlerweile auch zusammengereimt. Aber bitte, sprich weiter!«

»Dieser Bumble ist eine Asylwerber auf Warteposition. Er hat die weiße Karte, was heißt, dass sein Verfahren im Laufen ist. Das kann, wie du weißt, Monate dauern, aber auch Jahre. Während dieser Zeit wird er grundversorgt, also zu wenig zum Leben und zu viel zum Sterben. Du kennst das ja.«

Pokorny hielt kurz inne und wartete, bis Sonia eine bestätigende Geste gemacht hatte, dann sprach er weiter.

»Diese Leute sind natürlich anfällig für Angebote, die einen Zuverdienst versprechen. Du kennst ja die Problematik rund um die Suchtmittel. Aber das ist hier nicht der Fall.«

»Sondern?«

»Hier ist es Schwarzarbeit. Dörflinger vermittelt nämlich seit geraumer Zeit Asylwerber als nicht angemeldete Billigstarbeitskräfte.«

Sonia musste sofort an das morgendliche Telefonat mit Fabian denken. Er hatte also recht gehabt. »Und wie verdammt noch mal kommt es, dass davon niemand etwas mitbekommen hat?«

»Genau das hab ich mich auch gefragt. Aber alles schön langsam. Als dein Freund heute noch einmal bei mir angerufen hat, hat er mir erzählt, dass er diesen Bumble bereits gefunden hat und dass der angeblich regelmäßig am Bau arbeitet. Ich hab mir den konkreten Fall dann genauer angesehen. Unter bestimmten Umständen darf man ja in Grundversorgung arbeiten. Zum Beispiel für sogenannte gemeinnützige Tätigkeiten. Das kann alles Mögliche sein: Schneeschaufeln, Zusammenräumen nach Großveranstaltungen, einfache Verwaltungstätigkeiten. Dafür gibt es dann ein paar Euro. Mehrere Asylwerber, die mit diesem Bumble gemeinsam untergebracht sind, werden allerdings auffällig häufig auf diese Art beschäftigt.«

»Nur sind sie in Wirklichkeit nicht Schnee schaufeln, sondern schuften irgendwo am Bau«, setzte Sonia fort.

»Ganz genau! Aber aus den Unterlagen geht das nicht hervor, denn abgerechnet wird natürlich so, als wäre es gemeinnützig. Alles simpel und ganz korrekt. Zumindest auf dem Papier.«

Schamvoll dachte Sonia wieder an Fabian. »Hältst du es für möglich«, fragte sie, »dass Dörflinger sogar selbst eine Baufirma betreibt, für die er sich dann billige Pfuscher holt? Angeblich gibt es eine Firma Dörflinger.«

»Ja, nur dass das nicht seine, sondern die seines Cousins ist. Ich hab das bereits recherchiert.«

Sonia nickte gedankenverloren. Im Grunde war alles überraschend einleuchtend. Das einzig wirklich Verwunderliche daran war, dass nicht schon viel früher jemand hingesehen hatte.

»Und wie kommt es, dass das niemandem auffällt?«, fragte sie. »Zum Beispiel wenn die Leute zum Arbeiten abgeholt werden?«

»Nach meinen Recherchen bezieht Dörflinger seine Leute immer aus derselben Unterkunft. Wahrscheinlich wird der Betreiber geschmiert.«

»Und sonst? So etwas muss doch organisiert werden. Da gibt es doch sicher Leute, die etwas sehen oder hören?«

Pokorny schob seine leere Kaffeetasse zur Seite und sah Sonia an.

»Ich denke, es ist eine Mischung aus mehreren Faktoren und wir sind alle nicht ganz unschuldig«, sagte er. »Natürlich gibt es immer Leute, die etwas vermuten. Aber vor allem gibt es bei uns Leute, die lieber wegschauen, als sich einzumischen. Aus welchem Grund auch immer. Ich selbst vermute seit Jahren, dass Dörflinger nicht ganz sauber ist, aber es ist ja bloß ein Verdacht gewesen. Und jemanden anzugreifen wird bei uns nicht gerne gesehen. Man will sich keine Feinde im eigenen Nest machen, da wird man schnell als Verräter gebrandmarkt. Und dann weiß man ja auch nicht, wessen Hilfe man vielleicht irgendwann noch brauchen kann.«

»Und wie kommt es dann, dass du jetzt nicht mehr länger wegschauen willst?«

Pokorny blickte kurz auf seine Armbanduhr und setzte sich aufrecht hin.

»Ich sitze hier nun seit Jahren und mache still und unauffällig meinen Job. Immer wieder kommen Leute, die nach ein paar Monaten, die sie blöd hinter ihren Schreibtischen gesessen sind, plötzlich nach oben fallen. Und das ist nicht einmal das Schlimmste. Andere steigen gleich weiter oben ein als wir, die wir hier seit ewig werken. Versteh mich nicht falsch, ich bin nicht naiv und weiß, dass das vermutlich überall auf der Welt so ist. Letztlich hängen wir am Tropf der Politik. Jeder neue

Minister bringt auch neue Leute. Das war schon immer so und wird wohl auch immer so sein. Aber das, was nun geschehen ist, hat eine neue Qualität an Unverfrorenheit. Hier geht es nicht mehr darum, dass jemand protegiert wird. Hier geht es darum, dass sich ein korrupter Abteilungsleiter die Rosinen herauspickt und in einer anderen Abteilung seinen Adlatus installiert. So etwas war, zumindest seit ich hier bin, und das ist nun bereits ein Vierteljahrhundert, noch nicht da.«

Sonia schwieg. Der Abgrund, der sich vor ihr auftat, erschreckte sie. Wenn das stimmte, dann war es genau wie Pokorny es am Anfang ihres Gesprächs gesagt hatte: Sie würde nicht mehr so weitermachen können wie bisher. Aber was sollte sie tun, welche Konsequenzen müsste sie ziehen?

»Ich stehe zwei Jahre vor meiner Pensionierung«, sprach Pokorny weiter und holte Sonia damit aus ihren Gedanken. »Mir war schon lange klar, dass ich mir das alles irgendwann einmal nicht mehr gefallen lassen werde. Dieser Punkt ist jetzt erreicht. Es gibt einen konkreten Anlass und ich habe nichts mehr zu befürchten. Ich werde auspacken! Die Frage ist, ob du mir helfen willst?«

»Ja!«, gab Sonia spontan zurück. Für sie bestand nicht der geringste Zweifel. Alles, wofür sie stand, würde sonst ins Wanken geraten.

»Was können wir tun?«, fragte sie.

»Wir müssen jetzt vor allem schnell sein.« Pokorny dämpfte die Stimme und lehnte sich ein wenig nach vorne über den Tisch.

»Können wir uns auf deinen Freund, den Journalisten, verlassen?«, fragte er.

»Hundertprozentig!«

»Gut, ich hoffe, du irrst dich nicht. Dann kontaktiere ihn am besten noch heute. Es kommt Arbeit auf ihn zu! Ich habe vor einiger Zeit damit begonnen, belastendes Material zusammenzutragen: Mails, falsche Abrechnungen und Derartiges. Die Leute waren sich ihrer Sache sicher und sind unvorsichtig geworden. Ich werde dir alles morgen Früh über einen anonymisierten Account senden, leite du es dann an deinen Freund weiter. Es wird genug dabei sein, um Dörflinger arg in Bedrängnis zu bringen.«

Pokorny leerte in einem Zug das kleine Wasserglas neben der Kaffeetasse und nahm seine Jacke. Es war klar, dass das Gespräch beendet war. Als hätten sie es abgesprochen, erhoben sie sich gleichzeitig. Auf der Straße vor dem Restaurant blieb er noch einmal kurz stehen, zündete sich eine Zigarette an und wandte sich Sonia zu.

»Eine Sache noch«, begann er. »Ich hab vorhin gesagt, dass ich nichts zu befürchte habe. Das heißt aber nicht, dass ich Probleme suche. Nach Möglichkeit will ich bei der ganzen Sache herausgehalten werden. Ich würde gerne die letzten zwei Jahre hier genauso verbringen wie die bisherigen: in Ruhe und möglichst ohne Konflikte.

»Keine Sorge, ich werde einen Weg finden, dich da rauszuhalten«, antwortete Sonja bestimmt.

Pokorny zog an seiner Zigarette, blies den Rauch in die Luft und sah Sonia nachdenklich an. »Wie wirst du vorgehen?«

Sonia blickte sich kurz um. »Was du mir erzählt hast, entsetzt mich«, sagte sie. All das ist das genaue Gegenteil dessen, wofür ich stehe. Ich bin zur Polizei und danach ins Ministerium gegangen, weil ich glaube, dass es gerade hier mehr Aufrichtigkeit braucht.«

Sie machte eine kurze Pause und trat einen Schritt näher an Pokorny heran. »Fabian wird die Sache auffliegen lassen. Und sollte es danach notwendig sein, öffentlich Position zu beziehen, werde ich das tun. Ich habe keine Angst. Nicht vor Dörflinger und auch vor sonst vor niemandem.«

Sonia stockte kurz.

»Das heißt aber nicht, dass ich dich dafür verurteile, dass du es anders hältst. Aber ich kann nur so handeln. Alles andere käme mir falsch vor.«

Pokorny nickte kaum merklich und zog wieder an seiner Zigarette. »Geh du jetzt«, sagte er. »Es ist besser, wenn wir nicht gemeinsam gesehen werden.«

Sonia lag in ihrem Bett und starrte an die Decke. Es war bereits dunkel, nur das trübe Licht der Nachttischlampe erhellte den kleinen Raum. Durch das gekippte Fenster drangen hin und wieder Stimmen, aus dem Nebenzimmer hörte sie das leise und gleichmäßige Schnarchen einer ihrer Töchter. Das Telefonat mit Fabian hatte sie gut hinbekommen. Sie hatte es geschafft, glaubwürdig zu vermitteln, dass sie allein an der Sache arbeitete.

Sie nahm den Wecker vom Nachtkästchen und überprüfte die Weckzeit. Für den nächsten Morgen hatte sie wieder ihre Mutter zur Kinderbetreuung bestellt. Sie selbst würde möglichst früh ihren Laptop schnappen und in einem nahe gelegenen Café online gehen, um Pokornys Nachrichten an Fabian weiterzuleiten. Später wollten sie dann alle gemeinsam Mittag essen gehen. Sie, die Zwillinge, Bernhard und ihre Mutter. Sogar ihr Vater, der sonst immer irgendetwas trieb, was es ihm verunmöglichte, derartige Termine wahrzunehmen, wollte diesmal mitkommen. Sonia war froh, gleich etwas vorzuhaben, was sie ablenken würde. Auch freute sie sich darauf, Zeit mit der ganzen Familie zu verbringen. Sie hatte das Gefühl, dass sie mit ihren Eltern etwas ins Reine zu bringen hatte. Das gemeinsame Essen, das erste seit Ewigkeiten, konnte ein geeigneter Schritt in diese Richtung sein.

Gähnend stellte sie den Wecker zurück und knipste das Licht

aus. Wieder starrte sie an die Decke, auf die das einfallende Straßenlicht nun seltsame Muster zauberte. Was in den letzten Tagen geschehen war, hatte ihr Leben gründlich durcheinandergebracht. Sie, die immer in allem so sicher und unbeirrbar war, hatte mit einem Mal das Gefühl, doch nicht alles unter Kontrolle zu haben. Sonia schloss die Augen und spürte, wie eine profunde Müdigkeit an ihr zog.

Trotz der Erschöpfung lag sie noch lange wach. Kurz bevor sie endlich einschlief, schoss ihr ein letzter klarer Gedanke durch den Kopf. Es gab da noch jemanden, den sie bei ihrer Aufarbeitung bisher vergessen hatte. Einen Menschen, den sie nicht kannte und über den sie kaum etwas wusste. Einen Menschen, der, ohne es zu ahnen, all das losgetreten hatte, was sich nun um sie herum abspielte: ein Asylwerber, der sich Bumble nannte.

BUMBLE

SAMSTAG

Bumble öffnete die Augen. Er hatte geträumt. Es war wieder derselbe Traum gewesen. Es war immer derselbe Traum, immer die gleichen Bilder, die ihn einholten. Keiner der vielen erschreckenden Momente, die er erlebt, keiner der verstörenden Anblicke, die er hatte ertragen müssen. Stattdessen vertraute Bilder, die ihn nun schon seit Wochen verfolgten. Es waren die Gesichter seiner Kinder. Das seiner Tochter und das seines Sohnes. Anfangs war es ihm am helllichten Tag geschehen. Seine Gedanken verselbständigten sich einfach und trugen ihm die Bilder zu. Immer, wenn er einen ruhigen Moment hatte, ganz egal wann und wo. Wenig später waren ihm seine Kinder dann auch im Traum erschienen. Zuerst die Tochter, dann der Sohn. Es war immer die Tochter, die zuerst kam. Sie tat nichts, stand einfach nur da und blickte ihn an. Dann veränderte sich ihr Gesicht, verschwand wieder oder verwandelte sich in das seines Sohnes. Auch er blickte ihn wie versteinert an. Ruhig und ohne die geringste Regung. Es war eine stumme Anklage, die Bumble verfolgte. Seit mehr als einem Jahr war er nun von seiner Familie getrennt. Und seither hatte er ihnen nichts sagen können, was ihnen Hoffnung hätte geben können, hatte sie weder beruhigen noch ermutigen können. Stattdessen musste er immer wieder um Geduld bitten, um Verständnis und Nachsicht. Es war nicht gekommen, wie sie sich das erhofft hatten, nicht so, wie man es ihnen erzählt hatte. Seine Familie konnte nicht ahnen, wie es hier war. Und da sie es nicht wussten, musste er es ihnen erklären. Und diese Erklärung war nichts anderes als eine einzige große Enttäuschung.

Bumble richtete sich auf und versuchte, möglichst leise von dem quietschenden Metallstockbett zu klettern. Wie immer war er der Erste, der aufstand. Die anderen schliefen noch oder dösten vor sich hin. Vorsichtig öffnete er seinen Spind, legte seine Schlafkleidung ab und zog ein weißes T-Shirt und eine kurze Trainingshose an. Als Letztes schlüpfte er in seine fast neuen Laufschuhe. Fertig angekleidet suchte er die Toilette auf, wusch sich kurz Gesicht und Hände und trank Wasser aus der Leitung. Er trank langsam und in kleinen Schlucken. Sauberes Wasser gab es hier reichlich. Und dass es an jeder Stelle der Stadt einfach so aus der Leitung sprudelte, verblüffte ihn immer wieder aufs Neue.

Bumble verließ den Waschraum und kurz darauf auch die Unterkunft. Etwas abseits des Gebäudes stand Marco und rauchte. Bumble hob die Hand und winkte dem Zivildiener kurz zu. »Morgen, Hummel«, rief der junge Mann und lachte verschmitzt.

Bumble lief los.

»Warum nennst du dich Hummel?«, hatte Marco von ihm wissen wollen. Tatsächlich nannte Bumble sich nicht Hummel, sondern eben Bumble, was kurz für Bumblebee stand. »The bumblebee is not supposed to fly«, hatte Bumble erklärt. »His wings are too small. But he does not know and so he flies anyway.«

Genauso war es auch mit ihm. Er wusste, dass er nicht für den Spitzensport geschaffen war. Andere waren sehniger, ausdauernder und stärker. Ja, er war schwarz, doch er war keiner der drahtigen Kenianer oder Äthiopier, von denen man sagte, dass sie zum Laufen geboren seien. Doch er kümmerte sich nicht um das, was man sagte. Er hatte ein klares Ziel. Ein Ziel, das schwerer wog als jede körperliche Voraussetzung. Ein Ziel, das ihn schneller werden lassen konnte als alle anderen, das ihn bis an seine Grenzen und weit darüber hinaus gehen ließ. So wie die Hummel, die trotz ihrer zu kleinen Flügel ganz einfach abhob und davonflog.

Bald hatte er das staubige Bahnhofsgelände, auf dem das Quartier untergebracht war, verlassen und lief am Rand einer stark befahrenen Straße auf den nahe gelegenen Prater zu. Es war noch früh, doch konnte man schon jetzt spüren, dass es wieder ein ungewöhnlich warmer Tag war, der da anbrach. Bumble kreuzte den großen Kreisverkehr des Pratersterns und lief durch eine Unterführung, in der es immer scharf nach Urin roch. Dann befand er sich bereits auf der Hauptallee. Es war kein gewöhnlicher Trainingstag. Es war der Tag vor dem Wettkampf. Er lief nur, um ein wenig die Muskeln zu lockern. Schon seit Tagen absolvierte er nur noch kurze Einheiten und versuchte, Kraft für den Wettkampf zu tanken. Die langen, intensiven Trainingsläufe lagen bereits hinter ihm. Doch fiel es ihm schwer, sich zurückzuhalten, denn er spürte, wie sein Körper darauf wartete, endlich die Leistung zu erbringen, auf die er sich so intensiv vorbereitet hatte. Die langen, kraftraubenden Einheiten waren ihm lieber gewesen, denn bei ihnen konnte er das Gefühl der Hilflosigkeit besser abstreifen. Wenn er sich verausgabte, spürte er, dass er für etwas kämpfte. Das reduzierte Training machte ihm dagegen auf eigentümliche Art zu schaffen. In jedem einzelnen seiner Schritte spürte er die Kraft und Ausdauer, die er sich über Monate hinweg antrainiert hatte, durfte sie aber nicht abrufen. Am liebsten hätte er seiner Energie freien Lauf gelassen und wäre mit voller Hingabe losgesprintet. Doch einen Tag lang musste er sich noch beherrschen. Also lief er in kleinen Schritten, drehte sich um neunzig Grad und lief seitlich, dann drehte er sich weiter und lief ein Stück rückwärts. Anschließend erlaubte er sich ein paar schnellere Meter, um danach gleich wieder zu bremsen und ganz ruhig auszulaufen. Schon bald zwang er sich wieder zum Umkehren. Er durfte nichts übertreiben, morgen würde er jedes Fünkchen Kraft benötigen.

Er kannte die Prater Hauptallee auswendig und hätte hier genauso gut mit geschlossenen Augen laufen können. Er kannte jeden Strauch und jeden Kieselstein. Ohne darauf zu achten, wusste er in jedem Moment exakt, wo er war und wie viele Meter noch vor beziehungsweise bereits hinter ihm lagen. Er erinnerte sich noch gut daran, wie er das erste Mal die Allee entlanggelaufen war. Damals war er mit einer Gruppe von Leuten hierhergekommen, die gelegentlich im Quartier aufkreuzten und Aktivitäten vorschlugen. Eine willkommene Abwechslung, wenn man den ganzen Tag über nichts zu tun hat. Die meisten seiner Mitbewohner waren Fußball spielen gegangen, doch dafür hatte er sich schon früher nie begeistern können. Also schloss er sich einer kleinen Gruppe an, die laufen ging. Der Sport war ihm damals vollkommen neu, doch fand er schnell Gefallen daran. Er merkte, dass er gut darin war, weil er allen anderen regelmäßig davonlief, ohne dass es ihn auch nur die geringste Mühe kostete. Bald begann er, auch alleine zu laufen. Zweimal die Woche, bald dreimal und schließlich täglich. Er liebte es, wie er dabei den Kopf freibekam und alles um sich herum vergessen konnte. Zumindest für ein paar Minuten hatte er so eine Beschäftigung. Als die Leute, die den Lauftreff organisierten, dann eines Tages einen kleinen Wettkampf veranstalteten, versuchten sie, auch ihn dafür zu begeistern. Bumble lehnte ab. Nicht weil er Angst vor einem direkten Vergleich gehabt hätte oder sich für zu schwach hielt. Er lehnte ab, weil er damals schon wusste, dass er diesen Wettbewerb haushoch gewinnen würde. Doch er wollte keinen Amateurevent gewinnen, um danach mit Hobbyläufern von einem bedeutungslosen Siegerfoto zu lächeln. Er hatte andere Pläne. Viel größere Pläne. Und jede Aufmerksamkeit, die ihm zuvor entgegengebracht würde, wäre schädlich. Er wollte alles auf eine Karte setzen und alles auf einmal erreichen. Deshalb durfte er auf keinen Fall vor der Zeit entdeckt werden. Sein Triumph musste einschlagen wie eine Bombe. Laut und vollkommen unerwartet. So, dass all die Menschen, die ihm sonst nie Aufmerksamkeit schenken würden, ihn nicht länger ignorieren könnten.

Als er die kurze Strecke wieder zurückgelaufen war, blieb er am Anfang der Allee stehen und dehnte vorsichtig seine Beinmuskulatur. Die Einheit war so kurz und leicht gewesen, dass er nicht einmal wirklich schwitzte. An einem Hydranten trank er etwas Wasser und setzte sich auf eine Bank. Er hatte Zeit. Den ganzen restlichen Tag hatte er nichts anderes zu tun, als auf den Abend zu warten und endlich zu Bett zu gehen. Erst der nächste Tag würde dann die ersehnte Befreiung bringen. Lang blickte er den anderen Sportlern nach, die hier an einem Samstag unterwegs waren. Sie liefen einzeln oder in Gruppen. Einige der Läufer hatten eigene Trainer, die ihnen Übungen vormachten, Anweisungen erteilten und Zeiten stoppten. Bumble war aufgefallen, dass einige dieser Trainer auch afrikanischer Herkunft waren. Wenn er seinen Sieg erst in der Tasche hätte, könnte auch er so etwas machen. Und dann würde er auch diese Sprache erlernen.

Erst als es Mittag wurde und das Sonnenlicht unter dem Blattwerk der großen Bäume einen grünlichen Stich bekam, erhob sich Bumble. Er war fast am Ziel. Jetzt konnte er nichts mehr tun. Nur warten. Einmal noch warten.

Als er zurück zur Unterkunft kam, war alles ruhig. Auf der Betonfläche vor dem Haus spielten einige Kollegen Fußball. Andere waren weggegangen, um den Tag anderswo zu verbringen. Es war lähmend, hier, wo es absolut nichts zu tun gab, einen ganzen Tag lang festzusitzen. Viele gingen deshalb weg. Irgendwohin. Auch er versuchte so wenig Zeit wie möglich hier zu verbringen, wo ihn alles daran erinnerte, was er war: ein Mensch auf dem Abstellgleis. Untergebracht auf einem ehemaligen Frachtenbahnhof, an dem niemals wieder ein Zug ankommen oder abfahren würde. Kurz nachdem Bumble hier gestrandet war, hatte ein verzweifelter Kollege ihm gegenüber diesen naheliegenden Vergleich gezogen. »Mach dir keine falschen Hoffnungen«, hatte er gesagt. »Sie haben uns hierhergeschickt, weil sie wissen, dass hier nie wieder ein Zug abfahren wird. Das hier ist nicht der Anfang von irgendwas. Es ist eine Endstation.«

Während der warmen Jahreszeit war es einfacher, den Tag anderswo zuzubringen. Irgendwo in der Stadt, in einem Park, auf der Straße. Aber auch im Winter, wenn es richtig kalt war, hielt er es hier nicht aus. Lieber anderswo frieren, als hier festsitzen. Angebote wie das gemeinsame Laufen, organisiert von den wenigen Menschen, die sich gelegentlich ihrer annahmen, waren gut gemeint. Aber trotzdem kaum besser als das endlose Herumsitzen und Warten. Es verdeutlichte einmal mehr, wer man war und wo man stand. Man war nichts und stand genau dort, wo es auch sonst nichts gab. Nur immer wieder dieselben Menschen, die einen immer wieder zu denselben Dingen einluden, die man doch viel lieber hinter sich lassen würde. Man wollte endlich das Leben beginnen, für das man gekommen war. Doch dieses Leben, dieser Traum, schien weiter weg als je zuvor.

Als eines Tages dieser Mann auf ihn zugekommen war und ihm erklärt hatte, dass es am nächsten Tag Arbeit gebe, war er deshalb froh gewesen. Endlich etwas tun können, endlich etwas schaffen. Selbst wenn es anstrengend wäre, erschien ihm die Vorstellung bei Weitem besser, als hier noch länger festzusitzen. Seither war er deshalb jedes Mal mitgegangen, wenn der Lieferwagen gekommen war, um Arbeiter abzuholen. Der Mann hatte ihnen Geld versprochen. Es war wenig Geld und anschließend wurde sogar noch etwas für die Verpflegung abgezogen. Einige seiner Kollegen schimpften deshalb über den Mann und weigerten sich zu arbeiten. Bumble weigerte sich nicht. Er hätte schon allein gearbeitet, um der quälenden Monotonie zu entkommen. Und das bisschen Geld konnte er gut gebrauchen für seinen Plan, an den er in jedem freien Moment dachte. Der Plan, der ihn hier wegbringen sollte. Runter von diesem Abstellgleis. Er hatte längst begriffen, dass es keinen Sinn hatte, hier länger zu warten. Nicht auf einen Zug und auch auf sonst nichts. Er hatte stattdessen beschlossen, einfach davonzulaufen. Und morgen war endlich der Tag dafür. Einen einzigen Nachmittag und eine einzige Nacht musste er noch hier verbringen. Dann war es endlich so weit.

Am Nachmittag machte er einen langen Spaziergang. Erst spät, gerade noch rechtzeitig zum Abendessen, kehrte er in die Unterkunft zurück. Das Abendessen nahm er alleine ein. Wie immer hatte er abseits der anderen Platz genommen und aß ruhig und konzentriert. So, als wäre es eine schwierige Aufgabe. Er ließ sich viel Zeit und versuchte, jeden Bissen bewusst und in Ruhe aufzunehmen. Danach trat er noch einmal ins Freie und stellte sich ins Abendlicht. Er schloss die Augen und spürte, wie die letzten Strahlen der Sonne auf sein Gesicht fielen. Morgen war es also endlich so weit. Morgen war sein Tag!

Als er im Bett lag und die Augen schloss, erschienen ihm bald wieder die Gesichter seiner Kinder. Doch diesmal begriff er sie nicht als Anklage, sondern freute sich darüber. Schon bald, so hoffte er, würde er diese Gesichter zum Lachen bringen.

SONNTAG

Als einer der Ersten stand Bumble vor dem weißen Kunststoffzelt im Startbereich des Marathons. Der Wettkampf begann traditionell mit einem Lauf über die Reichsbrücke in Richtung Innenstadt. Vor dem Hintergrund einer von hohen Bürotürmen geprägten Skyline tummelten sich bereits allerorts eifrige Mitarbeiter und erste Teilnehmer. Bumble war wie immer früh aufgestanden und hatte seine Trainingskleidung angezogen, die aus nichts anderem als einem gewöhnlichen weißen T-Shirt und einer kurzen Sporthose bestand. Als Letztes hatte er seine Laufschuhe angezogen. Er kniete nieder und band sorgfältig die Schuhbänder. Zuerst die des linken, dann die des rechten Schuhs. Die Laufschuhe waren das Einzige von Bedeutung, was er sich seit seiner Ankunft in Österreich geleistet hatte. Alles andere erschien ihm für den Laufsport nebensächlich. Es war ganz gleich, welche Kleidung man sonst trug, doch gute Schuhe waren unverzichtbar. Als er mit dem Laufen begonnen hatte, trug er noch sein gewöhnliches Schuhwerk. Das einzige Paar, das er damals besaß. Alte, stark abgenutzte Sportschuhe, die ihn bereits seit Monaten begleiteten. Als er dann aber immer regelmäßiger zu laufen begonnen hatte, sah er sich bald nach richtigen Laufschuhen um. Wenn im Quartier Kleiderspenden eintrafen, stürzte er sich immer zuallererst auf die Schuhe. Doch es war schwer, etwas Geeignetes zu finden. Sportschuhe gab es oft, doch richtige Laufschuhe waren nur selten dabei. Erst nach Wochen konnte er endlich ein Paar ergattern. Leicht abgetragene rote Schuhe. Äußerlich abgenutzt, doch mit intaktem Fußbett und noch ausreichend

Profil auf den Sohlen. Alleine eine Nummer zu groß waren sie. Bumble nahm sie dennoch. Er zog sich dickere Socken an und schnürte die Schuhbänder extra fest. Dennoch rutschte er beim Laufen in den großen Schuhen noch stark herum. Wenn möglich, trainierte er nun zweimal täglich. Einmal gleich nach dem Aufstehen und ein weiteres Mal am späten Nachmittag oder Abend. Selbst wenn er den Tag mit schwerer Arbeit auf einer der Baustellen verbracht hatte, auf die der weiße Lieferwagen ihn und seine Mitbewohner immer häufiger brachte, lief er anschließend immer noch in den Prater. Dabei fand er heraus, dass sein Fuß am Abend etwa eine halbe Nummer größer war. Fest gebunden passten die Schuhe dann beinahe. Er begann deshalb, beim Morgentraining barfuß zu laufen. Auf dem weichen Erdboden am Rand der Nebenfahrbahn funktionierte das überraschend gut. Nur für das Training am Abend zog er dann die roten Schuhe an. In den warmen Sommermonaten war das bloßfüßige Laufen kein Problem und er hielt es bis in den Herbst hinein so.

Als es in den Morgenstunden aber immer kälter und der Boden immer härter wurde, entschloss er sich zu der ersten Investition seit seiner Ankunft in Österreich. Er kaufte sich perfekt sitzende, nagelneue Laufschuhe. Längst hatte er damit begonnen, regelmäßig etwas Geld dafür zur Seite zu legen. Als er dann endlich genug zusammen hatte, war er in ein großes Sportgeschäft gegangen und hatte ein halbes Dutzend unterschiedlicher Modelle anprobiert. Mit jedem Paar war er ein oder zwei Runden durch das riesige Geschäft gelaufen und hatte dabei auf jede Kleinigkeit geachtet: auf den perfekten Sitz, die richtige Festigkeit, die ideale Dämpfung und mögliche Druckstellen. Der jugendliche Verkäufer erklärte Bumble in einer Mischung aus Deutsch und Englisch etwas über die Vorzüge der jeweiligen Marken und Dämpfungssysteme. Doch

Bumble hörte gar nicht zu, denn er wusste ganz genau, worauf er zu achten hatte. Es war eine Entscheidung, die er ganz einfach fühlen musste. Worte waren dabei unnütz. Schließlich fand er ein Paar, das ihn überzeugte. Ein Paar, das so gut passte, dass er gar nicht merkte, dass er Schuhe trug. Genau so musste es sein. Die Schuhe verschlangen seine gesamten Ersparnisse. Beim Zahlen dachte er beschämt daran, wie viel dieses Geld in seiner Heimat für seine Familie bedeuten würde. Doch wusste er gleichzeitig, dass dies nicht der Moment für Zurückhaltung war. Er durfte nicht zulassen, dass Sparsamkeit am falschen Ort seinen Plan gefährdete. Wie einen wertvollen Schatz trug er die Schuhe aus dem Geschäft. In der Unterkunft verschloss er sie sofort in seinem Spind. Er war sonst nicht übertrieben ängstlich, doch diese Schuhe waren das Wertvollste, was er besaß. Sie waren Teil seines Plans, den es unbedingt umzusetzen galt.

Ab sofort zog er sie für das Morgentraining an. Für die Einheit am Abend begnügte er sich weiterhin mit den alten Schuhen. Er wollte sein neues Material kennenlernen und gut einlaufen, dabei aber so lange wie möglich schonen. Erst als der Tag des Marathons immer näher rückte, erlaubte er es sich, vollständig auf die neuen Schuhe zu wechseln. Die alten hatten ihm schon die eine oder andere Blase eingebracht. Ein Risiko, das er sich so knapp vor dem Wettkampf nicht mehr erlauben durfte. Auch das Startgeld für die Nachnennung hatte er, genauso wie er es mit dem Geld für die Schuhe getan hatte, früh zur Seite gelegt und in seinem Spind unterhalb der Schmutzwäsche versteckt. Dort, wo er alles aufbewahrte, was ihm lieb und teuer war: seine Dokumente, ein paar Fotos von seiner Familie, ein Wertkartentelefon und die kleine, handgefertigte Puppe, die ihm seine Tochter beim Abschied überreicht hatte. Wenn er das Quartier für längere Zeit verließ, nahm er das Geld stets an sich und trug es die ganze Zeit über am Körper. In der Unterkunft selbst war es im Grunde recht sicher, doch kam es immer wieder zu Streitereien zwischen den Bewohnern. Auch waren bereits Dinge verschwunden, vor allem Geld und Mobiltelefone.

Auch an diesem Morgen, als er den Weg zum Startbereich des Marathons ging, trug er das Startgeld abgezählt bei sich. Doch er hatte nicht nur das Geld aus dem Spind genommen, sondern auch das Abschiedsgeschenk seiner Tochter. Ohne weiter darüber nachzudenken, hatte er das kleine ausgestopfte Ding an sich genommen und sofort gespürt, wie er Kraft daraus zog: Die Puppe sollte ihn auf seinem Lauf beschützen.

Um neun Uhr war der Start, Nachnennungen waren nur von sieben bis acht Uhr möglich. Bumble nahm eines der Formulare und füllte aus, was als unbedingt notwendig ausgewiesen war. Alles andere ließ er frei. Als Telefonnummer für Notfälle schrieb er seine eigene Nummer, ließ aber absichtlich eine Zahl in der Mitte aus. Er hatte lange darüber nachgedacht, wie er mit der Registrierung umgehen sollte, und hatte sich dazu entschieden, nicht mehr preiszugeben als nötig. Sollte sein Plan aufgehen, würde ohnehin eines das andere ergeben. Dann würde er seinen Namen nennen und seine Geschichte erzählen. Sollte es aber nicht gelingen, sollte er scheitern, dann sollte auch nichts an ihn erinnern. Es ging um alles oder nichts. Es musste ein Triumph sein, ein regelrechtes Wunder. Und Wunder geschahen ganz oder gar nicht. Halbe Wunder gab es nicht.

Er wusste zwar, dass er mit seiner Teilnahme am Marathon nichts Unrechtes tat. Jeder Mensch, ganz egal woher er stammte, durfte teilnehmen. Dennoch sträubte sich etwas in ihm dagegen, seine Teilnahme zu verraten. Wenn sein Plan nicht aufging, sollte auch niemand davon erfahren. Er kannte den Argwohn, der Menschen wie ihm entgegengebracht wurde. Was würde man von ihm halten? Ein Asylwerber, der an einer Sportveranstaltung teilnahm. An einem Event, bei dem sich gut gelaunte Menschen die Freizeit vertrieben. Er wusste, welches Licht das auf ihn werfen würde: ein arbeitsscheuer Flüchtling, der in dieses Land gekommen war, um nichts anderes zu tun, als Sport zu treiben. Also das, was für die meisten anderen Menschen ein Hobby war. Dass es für ihn kein beliebiger Zeitvertreib, sondern ein Überlebenskampf war, konnte keiner wissen. Aber das würde niemanden davon abhalten, darüber zu lästern. Womöglich würde es sogar negative Folgen für ihn persönlich haben. Die Menschen, die über sein Bleiberecht zu bestimmen hatten, könnten sich in ihrer Entscheidung beeinflussen lassen. Dann könnte sogar noch alles nach hinten losgehen.

Als er sein Formular ausgefüllt hatte, holte er das Geld hervor und wartete, bis sich mehrere Läufer vor dem kleinen Tisch versammelt hatten, an dem die Bezahlung abgewickelt wurde. Alles sollte schnell gehen. Niemand sollte auf die Idee verfallen, ihm Fragen zu stellen oder weitere Informationen einzuholen. Je größer das Gedränge war, desto höher waren seine Chancen, dass seine spärlichen Daten nicht zu genau kontrolliert würden.

Schließlich lief alles ohne Probleme. Er zahlte und erhielt eines der hellblauen Säckchen, die allen Teilnehmern ausgehändigt wurden. Dazu seine Startnummer und einen Chip für die Zeitmessung. Rasch verließ er den Anmeldebereich. Als er sich sicher war, dass ihm niemand folgte, kniete er sich nieder und montierte den Chip an seinem linken Schuh, die Startnummer befestigte er mit Sicherheitsnadeln an seinem T-Shirt. Das Säckchen ließ er einfach stehen. Nur mit der Puppe seiner Tochter in der linken Hand ging er zielstrebig in Richtung des Startbereichs, wo er versuchte, sich möglichst weit vorne zu positionieren. Bis zum Start blieb noch etwa eine halbe Stunde Zeit und es hatten sich erst ein paar Läufer auf der weiten Fläche vor der Brücke eingefunden. Er konnte sich ganz vorne in die erste Reihe stellen. So, dass nur ein gelbes Absperrband vor ihm lag. In wenigen Metern Entfernung befand sich die erste Zeitmessstation, mit der die 42,2 Kilometer begannen. Bumble hatte sich seit Wochen täglich gefragt, wie sich diese Momente vor dem Start anfühlen würden, doch nun erschien es ihm wie das Selbstverständlichste der Welt. Ruhig und konzentriert stand er in der ersten Reihe und begann allmählich damit, ein wenig am Stand zu hüpfen, um seine Beine zu lockern. Gleichzeitig wurde das Feld um ihn herum immer dichter. Plötzlich strömten von allen Seiten Teilnehmer in den Startbereich und verschafften sich Platz. Bumble ließ sich nicht aus der Ruhe bringen und blickte weiter geradeaus auf die sechs Fahrstreifen breite Brücke, über die er in wenigen Minuten laufen würde. Doch dann geschah etwas Unerwartetes. Mit einem Mal traten von der linken Seite mehrere Läufer auf die Fahrbahn und positionierten sich einige Meter vor ihm und den anderen Teilnehmern. Bumble verstand nicht, was da geschah. Es waren nur noch wenige Minuten bis zum Start. Er ging auf einen der Mitarbeiter zu, der an der Startlinie positioniert war, und erkundigte sich auf Englisch nach dem Grund für dieses Vorgehen. »They are professionals. They are going to start one minute earlier«, gab ihm der junge Mann zur Antwort.

Darauf war Bumble nicht vorbereitet gewesen. Wenn diese Läufer eine Minute Vorsprung bekamen, würde es ihm unmöglich sein, jemals aufzuschließen. Das war schlicht unmöglich. Eine Minute war im Laufsport eine kleine Ewigkeit. Wenn er später startete, wäre sein ganzer Plan zum Scheitern verurteilt, denn während des gesamten Marathons würde niemand mitbekommen, dass er der Schnellste war. Selbst wenn es ihm gelänge, den Profis eine halbe Minute abzutrotzen, würde er dennoch erst eine halbe Minute nach ihnen ins Ziel kommen. Er hätte dann zwar immer noch gewonnen, doch komplett ohne den Überraschungseffekt. Die ganze Spannung und Dramaturgie, die er sich zurechtgelegt hatte, wären verloren. Die Zuseher mussten aber mit ihm mitfiebern und ihn anfeuern. Nur so würde er im Ziel die Aufmerksamkeit erhalten, auf die sein Plan abzielte. Er musste etwas tun.

»But I'm fast too«, erwiderte Bumble aufgebracht. »I need to start with them.«

Der Mitarbeiter schien sich nicht sicher zu sein, ob Bumble scherzte und rang sich ein verhaltenes Lächeln ab, erwiderte aber nichts.

»Please!«, insistierte Bumble und wiederholte seine Forderung. »I have to start with them!«

Der junge Mann hatte nun begriffen, dass es Bumble ernst war und versuchte es mit einer weiteren Erklärung. »You are not allowed to start with them. You need to qualify. So please step back.«

Bumble begriff, dass es keinen Zweck hatte, das Gespräch fortzusetzen. Es blieb auch gar keine Zeit mehr dafür. Schnell eilte er in die erste Reihe der Amateure zurück, wo er sich energisch zwischen zwei Athleten schob, die in der Zwischenzeit seinen Platz eingenommen hatten. Bumble wusste, dass er nun alles auf eine Karte setzen musste. Er musste auf jeden Fall mit der ersten Gruppe starten. Alles andere war zwecklos. Er ging in die Hocke und blickte starr auf die professionellen Läufer, die etwa zehn Meter vor ihm standen. Das gelbe Absperrband befand sich nun knapp über seinem Gesichtsfeld.

»Thirty seconds left«, rief jemand, und die Männer brachten sich in Position. Kurz darauf begann ein Mitarbeiter einen Countdown. Als der Mann bei »two« war, setzte sich Bumble in Bewegung. Noch stark gebückt ließ er seinen Körper nach vorne schnellen und richtete sich kurz hinter der Absperrung auf. Fünf große Schritte später, exakt in dem Moment, in dem das Startsignal gegeben wurde, befand er sich gleichauf mit den

Profis. Er hatte es geschafft, niemand konnte ihn jetzt noch stoppen. Der Mitarbeiter, mit dem Bumble noch kurz zuvor gesprochen hatte, fuhr zwar wild gestikulierend auf und rief ihm etwas nach, doch Bumble sah und hörte den Mann gar nicht mehr. Er konzentrierte sich bereits ausschließlich auf das, was vor ihm lag. Endlich hatte es begonnen, endlich war es nicht mehr bloße Fantasie, endlich durfte er laufen.

Bumble lief die ersten Kilometer gleichauf im Spitzenfeld. Er machte sich keine Gedanken mehr über den ungewöhnlichen Start, denn es war ihm klar, dass nun, wo alles in vollem Gange war, niemand mehr versuchen würde, ihn aufzuhalten. Stattdessen vermutete man wohl, dass er die Geschwindigkeit ohnehin nicht lange durchhalten und bald von alleine aufgeben würde. Doch Bumble war weit entfernt davon aufzugeben. Zufrieden bemerkte er, dass es ihm keine Mühe bereitete, mit der Spitzengruppe mitzuhalten. Es war nicht anstrengender als einer seiner Trainingsläufe. Sogar die Strecke war nun für ein paar Kilometer dieselbe, denn bereits nach wenigen Minuten erreichten die Läufer den Praterstern und bogen in die Hauptallee ein. Der Prater wurde von der Streckenführung gleich zweimal berührt. Zu Beginn des Marathons war es nur ein kleines Stück der Hauptallee, später, gegen Ende der Distanz, dann die volle Länge. Waren es auf den ersten Kilometern noch mehrere Läufer gewesen, die ganz vorne lagen, dünnte sich das Spitzenfeld nun von Kilometer zu Kilometer weiter aus. Einer nach dem anderen musste etwas Tempo wegnehmen, bis bald nur noch drei Läufer übrig waren: zwei der Profis und Bumble.

Die beiden anderen Läufer waren ebenfalls Afrikaner. Der Mann, der voranlief, trug ein grünes, der auf der zweiten Position ein gelbes ärmelloses Laufshirt. Bumble in seinem weißen Baumwoll-T-Shirt schienen die beiden gar nicht zu bemerken. Wenige Meter vor der Dreiergruppe fuhr das Pace Car, auf dessen Dach eine Uhr angebracht war, die die seit dem Start verstrichene Zeit anzeigte.

Bumble blieb ruhig. Er lief, wie er immer lief. Alles funktionierte wie geplant. Jeder Schritt ließ ihn sicherer werden. Mit großer Befriedigung erlebte er, dass er die Energie, die er so lange aufgestaut hatte, nun endlich freisetzen konnte. Sein Körper war ausgeruht und auf dem Höhepunkt seiner Leistungsfähigkeit. Die ersten Kilometer waren ihm wie ein Spaziergang erschienen. Er kannte die Strecke und hatte für den gesamten Verlauf einen exakten Plan gefasst. In ein paar Kilometern würde er bei einer der Verpflegungsstationen vorbeikommen, an der er das erste Mal ein paar Schlucke Wasser machen würde. Auch das hatte er mehrmals geübt. Er durfte an dieser Stelle nur ganz wenig trinken, nicht einmal einen halben Becher, gerade genug, um den Flüssigkeitsverlust einzudämmen. Sollte der Becher zu voll sein, würde er vor dem Trinken etwas davon ausleeren. Ein zu voller Becher barg das Risiko, dass man sich verschluckte oder unbewusst zu viel trank. Das konnte Seitenstechen auslösen und seinen Plan in wenigen Sekunden zunichtemachen. Im Vorbeilaufen nahm er einen der Becher, die die Mitarbeiter den Läufern entgegenhielten, und trank exakt die einstudierte Menge. Er ließ sich nicht dazu verleiten, auch nur einen einzigen Schluck mehr zu nehmen, sondern leerte sich den Rest des Wassers mit einer beiläufigen Handbewegung über den Kopf.

Noch immer lag er knapp hinter den beiden Profis auf dritter Position. Nur wenige Schritte hinter dem Mann im gelben Shirt konnte er von dessen Rhythmus profitieren. Indem er seine eigenen Bewegungen mit denen des Vordermanns synchronisierte, bekam er das Gefühl, sich von ihm mitziehen zu lassen. Wie ein kleines Team legten die drei Männer so ohne nennenswerte Leistungsunterschiede Kilometer um Kilometer zurück. Sie liefen ein kurzes Stück der Ringstraße und bogen unter den Anfeuerungsrufen der Zuseher bei der Oper in die Wienzeile ein. Bumble nahm die Rufe und den Applaus auf, als wären sie an ihn gerichtet. Er war ganz vorne dabei und er wurde endlich wahrgenommen. Entlang des Wienflusses liefen sie ein weites Stück Richtung Westen. Hier wurde es mit jedem Meter ruhiger, denn sie näherten sich dem am weitesten vom Stadtzentrum entfernten Punkt der Strecke. Fast schon harmonisch zogen die drei Läufer dahin. Schließlich machte die Strecke eine weite Schleife und führte über die äußere und die innere Mariahilfer Straße wieder zurück in Richtung Innenstadt. Hier wurde es allmählich wieder lauter und Bumble spürte nun zum ersten Mal, dass sein Körper auf die Belastung reagierte. Das war nichts Ungewöhnliches, denn von seinen intensiven Trainingsläufen kannte er dieses Gefühl und wusste, dass mit ihm alles in Ordnung war. Er begann damit, den Plan, den er für die endgültige Entscheidung einstudiert hatte, noch einmal in Gedanken durchzuspielen. Er würde sich auch noch den Großteil der restlichen Strecke unverändert hinter den beiden Spitzenläufern halten. Auch wenn er noch so viel Energie in sich spürte und sich noch so überlegen fühlte, würde er nicht zu früh attackieren. Erst auf den letzten Kilometern wollte er einen ersten Angriff starten, für den er alles bis ins Detail durchgedacht hatte. Zuerst würde er ein Stück deutlicher aufschließen. So, dass die beiden anderen Läufer, die ihn derzeit vermutlich immer noch nicht ernst nahmen, ihn nicht länger ignorieren könnten. Ein paar Hundert Meter wollte er dann geradezu gleichauf mit ihnen laufen. Auf den allerletzten Kilometern, dann, wenn sie bereits wieder auf der Ringstraße in Richtung Ziel wären, wollte er das erste Mal einen Ausreißversuch vortäuschen. Er würde sich nur geringfügig absetzen, sich dann aber bald wieder einholen lassen. Seine Konkurrenten sollten glauben, ihn bezwungen zu haben und sich in Sicherheit wiegen. Dann wollte er ein paar weitere Hundert Meter knapp hinter dem Spitzenmann laufen. So nah, dass dieser ihn in jedem Moment spüren würde. Es war eine perfide Zermürbungstaktik, die Bumble ersonnen hatte. Erst dann, ganz gegen Ende, wenn nur noch ein halber Kilometer vor ihnen lag und niemand mehr damit rechnete, dass er nach dem ersten erfolglosen Angriff noch Reserven für eine weitere Attacke hätte, würde er aus voller Kraft seinen definitiven Angriff starten. Er hatte den idealen Zeitpunkt exakt berechnet und sich die Stelle dafür genau eingeprägt. Auf der Ringstraße auf Höhe der Oper würde er noch einmal deutlich an Tempo zulegen. Alles, was dann noch an Kraft in ihm läge, jedes letzte Fünkchen wollte er in diesen überraschenden Angriff stecken und seinen Konkurrenten so auf den letzten Metern die entscheidenden Sekunden abringen.

Immer wieder hatte er während des Trainings Zeiten genommen und Berechnungen angestellt. Er wusste, dass er eine Spitzenzeit laufen konnte, er hatte die gesamte Distanz bereits mehrmals erfolgreich absolviert. Fünfmal war er dafür die Hauptallee hinauf- und wieder hinuntergelaufen. Dabei hatte er jeden Kilometer mitgestoppt und immer wieder Ideal- und Minimalvarianten der Durchlaufzeiten berechnet. Er wusste deshalb, dass es ihm möglich war, gemeinsam mit den Besten bis ins Ziel zu laufen. Doch ob er es auch schaffen würde, auf den letzten Metern selbst in Führung zu gehen, hing freilich nicht von ihm allein, sondern auch von der Form seiner Konkurrenten ab. Aber auch für diese letzten Momente der Anstrengung hatte er einen Plan gefasst: Genau dann, wenn es darum gehen würde, wirklich alles zu geben, wollte er sich in jene Bilder flüchten, die ihn seit Wochen verfolgten. Er würde die Gesichter seiner Kinder vor sich aufsteigen lassen und sich mit jedem Schritt weiter auf sie zubewegen. Schaffte er es, seinen Plan umzusetzen, dann würde er sie endlich zurückgewinnen. Er lief nicht für sich. Er lief auch nicht für den Triumph oder die Ehre. Er lief allein für sie. Und sie würden ihm die Kraft geben, dieses Wunder wahr werden zu lassen. Eine Kraft, die stärker war als alles andere auf dieser Welt.

Doch vorerst galt es noch, einige weitere Kilometer ganz gewöhnlich abzuspulen. Bumble fühlte sich noch immer unverändert gut. Er flog geradezu hinter den beiden Profis her. Wenn er nicht dieses weiße T-Shirt getragen hätte, das ihn von den beiden Männern so deutlich unterschied, niemand hätte sagen können, wer hier Profi und wer Amateur war. Bumble genoss jeden seiner Schritte. Er lag genau in seinem antrainierten Pulsbereich und atmete gleichmäßig. Die Freude über das Gelingen seines Planes trieb ihn immer weiter an, ließ ihn immer leichter werden. Je weiter er lief, desto besser fühlte er sich. Schon waren sie zurück in der Innenstadt und liefen am nördlichen Ufer des Donaukanals zurück in Richtung Prater. Die kleine Gruppe hatte sich mittlerweile so weit abgesetzt, dass es wirkte, als würden die drei Männer den Marathon ganz alleine absolvieren. Bumble blickte sich während des gesamten Laufs kein einziges Mal um. Hätte er es getan, er hätte weit und breit keinen anderen Teilnehmer gesehen. Die Strecke gehörte allein ihnen, sie waren mit Abstand die schnellsten. Und Bumble war der glücklichste von ihnen.

Es war eine gewöhnliche Kurve, weder eng noch uneben. Bumble lief nach wie vor in einem Abstand von etwa zwei, drei Metern hinter dem zweitplatzierten Mann im gelben Shirt. Er blickte starr geradeaus und war in einen beinahe tranceartigen Zustand verfallen. Wie eine Maschine setzte er einen Fuß vor den anderen. Die enorme körperliche Belastung hatte ihn in einen ungewöhnlichen Zustand des Einklangs verfallen lassen. Doch mit einem Mal wurde dieser perfekt abgestimmte Ablauf jäh unterbrochen. Bumble spürte, wie sein rechter Fuß an Haftung verlor. Um seinen Körper, der aufgrund der Linkskurve eine leichte Schieflage hatte, abzufangen, musste er das linke Bein ungewöhnlich hart einsetzen. Der gesamte Vorgang dauerte nicht länger als den Bruchteil einer Sekunde, dann hatte er die Gefahr eines Sturzes abgewendet und lief wieder aufrecht. Er hatte durch den Vorfall etwa ein bis zwei Meter verloren und bemühte sich, sofort wieder aufzuschließen. Alles musste weiterhin so perfekt ablaufen wie bisher, er durfte sich nicht die kleinste Abweichung erlauben. Nach etwa hundert Metern lag Bumble dann auch wieder genau da, wo er auch zuvor gelegen hatte. Doch gelang es ihm nun nicht mehr, in den Rhythmus zurückzufinden, den er kurz zuvor so selbstverständlich hatte halten können. Er war buchstäblich aus dem Tritt geraten und benötigte ein paar weitere Hundert Meter, um vollständig zu begreifen, was geschehen war. Sein linkes Knie meldete Signale, die über die Anzeichen der gewöhnlichen Belastung hinausgingen. Er wusste, dass ihm sein linkes Bein mitunter Probleme machte. Nichts Schlimmes, nur ein leichtes Stechen, das hin und wieder auftrat, ihn bei seinen intensiven Vorbereitungen aber nie wirklich gestört hatte. Doch nun war das unangenehme Gefühl deutlich zu bemerken. Das schräge und harte Auftreten, das durch den kleinen Ausrutscher erzwungen worden war, hatte genau jenen Nerv getroffen, der mitunter für Unruhe sorgte. Und diese Unruhe wuchs nun an. Schon nach einem weiteren Kilometer spürte Bumble, dass es ihn zunehmend Energie kostete, den schnellen Rhythmus beizubehalten. Jetzt erinnerte er sich auch wieder an die Puppe, die er fest in der linken Faust hielt. Flehend hob er die kleine Figur an und gab ihr einen raschen Kuss. Gleichzeitig gönnte er sich keine Gnade und versuchte, den stechenden Schmerz, zu dem sich das störende Gefühl mittlerweile ausgewachsen hatte, zu ignorieren. Doch es war zwecklos. Es blieb ihm nichts anderes übrig, als Tempo herauszunehmen. Alle hundert Meter fiel er nun um ein paar Schritte zurück. Trotzdem kämpfte er weiter und dachte nicht ans Aufgeben. Zu perfekt, zu traumhaft hatte bisher alles funktioniert, als dass er es einfach so wegwerfen hätte können. Also lief er verbissen weiter und rang sich verzweifelt Kilometer um Kilometer ab. Sein eiserner Wille erlaubte es ihm, auch weiterhin ein hohes Tempo zu halten. Nach etwa zehn Minuten hatte sich der Schmerz auf einem gerade noch erträglichen Niveau eingependelt und schien nun nicht mehr stärker zu werden. Bumble spürte, dass er, würde er weiterhin die Zähne zusammenbeißen, die noch verbleibende Strecke bewältigen könnte. Unter normalen Umständen wäre es kein Grund gewesen, alles hinzuwerfen, doch lagen die Dinge heute anders. Sein Leistungseinbruch war exakt das eine Fünkchen, das ihn daran hinderte, seinen Plan konsequent umzusetzen. Und sein Plan kannte keine Kompromisse. Er musste ganz aufgehen oder gar nicht. Alle, absolut jeder, der von dem Marathon auch nur das Geringste mitbekam, sollte auf ihn aufmerksam werden. Und das ließ sich nur durch einen Sieg erreichen. Alles andere war keine Option.

Als er zum zweiten Mal an diesem Tag in die Hauptallee, seine angestammte Trainingsstrecke, einbog, lag er bereits merklich abgeschlagen hinter den beiden Spitzenläufern. Immer noch trennte ihn einiges vom Hauptfeld, doch spürte er mit jedem weiteren Schritt deutlicher, dass sein Plan nun nicht mehr aufgehen würde. Immer fester fasste er die Puppe seiner Tochter und hob sie neuerlich an, um sie kurz zu küssen. Nun aber schon nicht mehr um Stärke, sondern um Trost daraus zu ziehen. Ausgerechnet hier, auf jenem Abschnitt, von dessen

Vertrautheit er sich einen zusätzlichen Energieschub erhofft hatte, musste er sich nun seine Niederlage eingestehen. Und obwohl ihm bereits klar war, dass er alles verloren hatte, lief er dennoch weiter. Es war wie eine Verpflichtung, diesen Teil der Strecke hinter sich zu bringen. Lustlos quälte er sich die lange Gerade entlang und zurück. Als er die acht Kilometer, die ihm länger erschienen waren als die gesamte Distanz, die er zuvor absolviert hatte, endlich hinter sich gebracht hatte, folgte er dem vorgegebenen Kurs nur noch für einige wenige Meter. Als die Strecke den Prater verließ und wieder in Richtung Innenstadt zulief, schwenkte Bumble auf die rechte Seite ab und lief im Zickzackkurs durch das verwunderte Publikum hindurch. Und obwohl er bereits kapituliert hatte, gönnte er sich immer noch keine Gnade. In unverändert hohem Tempo lief er immer weiter. Nur war es jetzt nicht mehr die Hoffnung, sondern die Schmach, die ihn antrieb. Ohne sich ein einziges Mal umzusehen, lief er einfach davon. Als ließe sich damit das Missgeschick selbst ungeschehen machen. Als könnte er einfach in sein Quartier zurückkehren und so tun, als hätte es diesen Marathon nie gegeben. Unbeirrt lief er den Weg entlang, der ihn bereits so viele Male von seinem Training zurück in die Unterkunft geführt hatte. Stets begleitet von der Hoffnung, schon bald in eine bessere Zukunft laufen zu können. Doch soeben war dieser Traum zerplatzt. Es war eine Rückkehr wie jede andere. Nichts würde sich ändern. Der nächste Tag würde genauso sein wie alle bisherigen auch, nur ohne die große Hoffnung.

In der Unterkunft angekommen blendete er alles um sich herum aus. Er hatte keine Augen und keine Ohren für die Außenwelt. Marco, der Zivildiener, der mit ein paar anderen Quartiernehmern gerade dabei war, die Gänge zu reinigen, bemerkte Bumble und rief ihm etwas zu, doch er antwortete nicht. Er lief geradewegs in sein Zimmer, zog sich aus und kroch ins Bett. Im selben Moment bemerkte er, wie die enorme Leistung, die er sich abverlangt hatte, zurückschlug. Ein Gefühl der Kraftlosigkeit ergriff ihn und ließ ihn zusammensinken. Er begann am ganzen Körper zu zittern, und obwohl er noch erhitzt war, fror er. Er zog sich die Decke über den Kopf und verschwand in die Dunkelheit. Immer weiter hätte er hineinkriechen wollen, in diese Höhle, die ihn von der Welt abschnitt. Alles wollte er hinter sich lassen: dieses Quartier, in dem er seit Monaten festsaß und nicht wusste, wann er es endlich würde verlassen können, dieses Land, in dem er auf ein besseres Leben gehofft hatte, aber doch keine Chance bekam, diesen verdammten Marathon, von dem er sich alles erwartet hatte und von dem er nun um alles gebracht worden war.

Erst nachdem er die schlimmsten Schmerzen überstanden hatte, quälte er sich auf und schleppte sich in den Waschraum. Er stellte sich unter die brennheiße Dusche und spürte, wie sich die verhärteten Muskeln langsam lockerten und allmählich wieder etwas Wärme zurück in seinen Körper kroch. Als ihm das Stehen zu mühsam wurde, setzte er sich auf den Boden und ließ weiter Wasser auf seinen Rücken prasseln. Erst eine Viertelstunde später stand er wieder auf und trocknete sich langsam ab. In kleinen kontrollierten Schlucken trank er lauwarmes Wasser aus der Leitung. Zweimal setzte er ab, nur um gleich wieder aufs Neue zu beginnen. Er spürte etwas, das er für Hunger hielt, wusste aber gleichzeitig, dass er keinen Bissen hinunterbringen würde. Erst jetzt wurde ihm langsam klar, was geschehen war. Schritt um Schritt realisierte er, dass er die eine große Chance, auf die er sich monatelang vorbereitet hatte, vergeben hatte. Wie würde es jetzt weitergehen? Was würde aus seinen Kindern werden? Was würde er seiner Frau erzählen? Ein mächtiges Gefühl der Hilflosigkeit legte sich über ihn und verunmöglichte jeden weiteren klaren Gedanken. Also machte er das Einzige, was ihm einfiel, um nicht neuerlich mit seinem Scheitern konfrontiert zu werden: Er ging ins Bett. Die obere Etage eines wackeligen Stockbetts war der einzige Zufluchtsort, der ihm auf dieser Welt noch geblieben war. Doch selbst dort fand er keinen Frieden. Die Gesichter seiner Kinder erschienen ihm, sobald er die Augen schloss. Diesmal konnte er ihnen keine Hoffnung geben.

MONTAG

Wie immer saß Bumble ganz allein an einer der behelfsmäßig aufgestellten Heurigenbänke im hinteren Bereich des Speisesaals. Vor ihm lag eine aufgeschlagene Ausgabe einer kleinformatigen Zeitung. Es war eines dieser Blätter, die in U-Bahn-Stationen und Supermärkten gratis verteilt wurden. Ein schlankes Heftchen in greller Aufmachung mit vielen Bildern und kurzen Texten. Bumble wusste, dass er darin einen Bericht über den Marathon finden würde und hatte sofort eine starke Abneigung empfunden. Anfangs wollte er die Zeitung einfach ignorieren. Abgesehen von den Fotos würde er ohnehin kaum etwas verstehen. Außerdem hoffte er, mit seiner Niederlage besser umgehen zu können, wenn er alles, was mit dem Marathon zu tun hatte, einfach ausblendete. Jede Erinnerung würde schmerzhaft sein. Doch schließlich siegte die Neugier und er blätterte die Zeitung rasch durch. Bereits die allerersten Seiten widmeten sich dem sportlichen Großereignis. Der Bericht wurde von den typischen Fotos vom Zieleinlauf überstrahlt. Bumble sah noch einmal die beiden Läufer, denen er so lange gefolgt war. Der Mann im gelben Shirt voran, der in Grün nur ein paar Schritte dahinter. Auf einem der Fotos, das den Sieger exakt in jenem Moment zeigte, in dem er die Ziellinie überschritt, war direkt über dem Mann eine Digitaluhr zu erkennen, die die Durchlaufzeit anzeigte. Bumble blickte auf die Ziffern und spürte einen Stich in seinem Innersten. Von seinen Trainingseinheiten wusste er exakt, zu welchen Spitzenzeiten er fähig war. Und er wusste auch, dass die Zeit, die auf dem Bild zu sehen war, für ihn nicht einmal ein Extremwert gewesen wäre, sondern eine Zeit, die er auf jeden Fall hätte schlagen können. Genau nach Plan hätte er die Taktik, die er sich für die letzten Kilometer zurechtgelegt hatte, umsetzen können. Wäre dieser unglückliche Ausrutscher nicht gewesen, er selbst würde jetzt von diesem Foto blicken. Und das mindestens ein paar Meter vor den beiden anderen Läufern. Triumphierend hätte er beide Arme in die Höhe gerissen und ein Lächeln auf den Lippen, das von dem Wissen hergerührt hätte, dass nun alles gut wäre. Doch nichts war gut, gar nichts. Alles war so wie immer. Er saß in demselben tristen Speisesaal wie auch an jedem anderen Tag, seit er hier gestrandet war. Und am nächsten Tag würde auch wieder alles genauso gleichgültig und bedeutungslos sein wie bisher. Und so würde es bleiben bis in alle Ewigkeit. Jetzt, wo er in aller Deutlichkeit sah, wie knapp er seinen Plan verfehlt hatte, ergriff ihn eine Enttäuschung, die noch schlimmer war als alles, was er am Vortag durchgemacht hatte. Es war, als würde seine Niederlage erst durch dieses eine Foto ihre endgültige Bestätigung erfahren.

Bumble legte die Zeitung mit dem Titelblatt nach unten auf den Tisch und richtete den Blick steil nach oben. Reglos betrachtete er den hohen Plafond, von dem an mehreren Stellen die blassgelbe Farbe abblätterte. Er hatte keine Ahnung, wie es nun weitergehen würde, hatte nicht die geringste Vorstellung davon, was er nun noch tun könnte. Und deshalb machte er einfach so weiter wie nun schon seit Monaten. Er erhob sich, spülte sein Geschirr und verließ den Speisesaal. Trotz der enormen Verausgabung des Vortags hatte er um keinen Bissen mehr gefrühstückt als sonst. Er hatte versagt und es gab keinen Grund, sich zu belohnen.

Auch an diesem Morgen war wieder der weiße Kastenwagen gekommen und hatte einige der Bewohner zur Arbeit mitgenommen. Zum ersten Mal war Bumble nicht mitgefahren. Es war keine Schonung, die er sich nach der Anstrengung gegönnt hätte, sondern allein den Schmerzen geschuldet, die er nach wie vor deutlich in seinem linken Bein spürte. Doch nicht nur das Bein machte ihm zu schaffen, sondern sein ganzer Körper fühlte sich an, als wäre er in der letzten Nacht mehrere Jahrzehnte gealtert. Bei jedem Schritt zog und knackste es in seinem Inneren. So, als ob sämtliche Knochen eingerostet und jede Faser seiner Muskeln verkürzt wäre. Bumble wusste, dass diese Beschwerden dem Umstand geschuldet waren, dass er am Vortag nach der enormen Belastung keinerlei Ausgleichsgymnastik gemacht hatte. Seine Enttäuschung hatte ihn dafür einfach keine Ruhe finden lassen.

Langsam schritt er durch den dunklen Gang, der vom Speisesaal in den Eingangsbereich des Gebäudes führte, und verließ die Unterkunft durch den Haupteingang. Für einen Moment blieb er in der Tür stehen und blickte sich um. Er sprach selten mit jemandem und blieb für gewöhnlich auf Distanz zu den anderen Menschen, die hier lebten. Lediglich mit dem Zivildiener, der die Hausarbeiten koordinierte und in der Küche nach dem Rechten sah, hatte er sich ein wenig angefreundet. Wenn der junge Mann seinen Dienst antrat, schliefen die meisten anderen Bewohner noch. Nur Bumble war dann bereits wach und machte sich für sein morgendliches Training fertig. So trafen die beiden Männer regelmäßig aufeinander. Und wenngleich er schnell begriffen hatte, dass der junge Mann oft etwas neben sich stand, empfand er ihn doch als sympathisch. Vielleicht lag es auch daran, dass Marco das einzig Menschliche war, was dieser sonst so karge und unwohnliche Ort zu bieten hatte. Gleichzeitig war er der einzige Kontakt mit dieser Welt, die Bumble so fremd und neu war.

Mit den anderen Heimbewohnern hatte er sich, abgesehen von dem einen oder anderen belanglosen Gespräch, bisher kaum beschäftigt. Sein Verhalten gründete allerdings nicht auf Ablehnung. Er hatte einfach nur kein Interesse daran, andere Menschen, die sich in einer ähnlichen Situation befanden wie er selbst, besser kennenzulernen. Seine Anwesenheit sollte doch nicht mehr sein als ein notwendiger Zwischenstopp. Eine Station auf der Durchreise, ein weiterer Aufenthalt, zu dem er gezwungen wurde. Weshalb also sollte er hier Wurzeln schlagen? Jede Bekanntschaft, jede Vertrautheit stünde im Gegensatz zu seinem Bestreben, hier möglichst bald wieder wegzukommen, um endlich mit dem beginnen zu können, worauf er schon so lange wartete: ein selbstbestimmtes Leben, wiedervereint mit seiner Familie.

Bumble blickte auf einige der anderen Bewohner, die auf der weiten Fläche vor dem Gebäude standen, sich unterhielten oder rauchten. Die Sonne stand hinter dem Gebäude, wodurch der Eingangsbereich im Schatten lag. So konnte er die anderen beobachten, ohne von ihnen gesehen zu werden. Welchen Plan hatten diese Menschen? Hatten sie überhaupt einen Plan, oder warteten sie nur darauf, dass eines Tages irgendein Papier über ihre Zukunft entscheiden würde? Er wusste, dass die aufgezwungene Tatenlosigkeit viele seiner Kollegen in eine stille Resignation getrieben hatte. Gleichzeitig spürte er, dass er selbst sich damit niemals abfinden könnte. Sogar noch nach der Niederlage, die er nun hatte hinnehmen müssen, und trotz der Schmerzen, die ihm in jeder Faser seines Körpers steckten, wusste er, dass er nicht aufgeben würde.

Er hatte beschlossen, sein Schicksal in die eigenen Hände zu nehmen, und dabei würde es auch bleiben. Noch einmal dachte er an den Moment zurück, an dem er den Plan zur Marathonteilnahme gefasst hatte. Eine lange Zeit der Tatenlosigkeit war seiner Entscheidung vorausgegangen. Eine Zeit, in der er hatte begreifen müssen, wie naiv und kurzsichtig all seine Hoffnungen und Erwartungen, die er auf ein Leben hier gerichtet hatte, gewesen waren. Das Erreichen Europas war ihm als Ende der Reise in eine bessere Zukunft erschienen. Und so groß die Mühen und Gefahren auch waren, denen er sich hatte aussetzen müssen, war diese Ankunft letztlich doch nicht mehr als ein erster kleiner Schritt gewesen. Ein Schritt, nach dem ihm sofort gesagt worden war, dass er einen weiteren vielleicht gar nicht würde machen dürfen. Er müsse warten, hieß es, ob er überhaupt zu einem Verfahren zugelassen werde. Sein erster Schritt war dadurch zu einem Schritt in die Tatenlosigkeit geworden. Danach hatte er wochenlang tatsächlich nichts anderes getan als zu warten. Eines Tages hatte man ihm dann erklärt, dass er nun endlich zu einem Verfahren zugelassen sei. Man hatte ihn aus der ersten Unterkunft hierher gebracht und ihm erklärt, dass er nun wieder zu warten habe. Und dass es wieder möglich sei, dass er gar nicht werde hierbleiben dürfen. Was er tun könne, um zu helfen, hatte er gefragt. »Nichts«, hatte man ihm geantwortet. Nichts als warten und immer wieder warten. So lange, bis eine Stelle, von der er nichts wusste, als dass sie über ihn zu entscheiden hatte, diese Entscheidung auch endlich treffen würde. Er nahm die Erklärung hin, weil er sie hinnehmen musste. Geduldig wartete er darauf, dass man ihn endlich kontaktiere. Als er dann nach einigen Wochen nachzufragen begann und allmählich begriff, dass es noch viele weitere Wochen, Monate, ja vielleicht sogar Jahre dauern könnte, bis endlich eine Entscheidung fallen würde, wurde ihm seine Lage erst vollends bewusst. Also beschloss er, selbst etwas zu unternehmen. Er wusste, dass es nicht um ihn alleine ging, sondern dass jeder Tag, den er hier verbrachte, auch seine Familie betraf. Ihm wurde klar, dass er nicht alles von einer Entscheidung abhängig machen durfte, auf die er keinerlei Einfluss hatte. Eines Tages hatte er dann von einem Mann gehört, der eine ungewöhnliche

Chance zu nutzen verstanden hatte. Während eines Überfalls auf einen Supermarkt hatte der junge Mann, der ebenfalls aus Bumbles Heimat stammte, es geschafft, mehrere Personen in einem Kühlraum zu verstecken und ihnen dadurch das Leben zu retten. Anschließend war er dafür mit der Verleihung der Staatsbürgerschaft belohnt worden. Er wusste, dass das in einem anderen Land geschehen war, doch zählte er darauf, dass die Menschen hier ähnlich reagieren würden. Er konnte natürlich nicht einfach darauf hoffen, durch einen Zufall zum Helden zu werden. Als er dann während des Lauftrainings bemerkte, dass er deutlich ausdauernder und stärker war als alle anderen, hatte er seine Möglichkeit erkannt. Von jenem Moment an erschien es ihm aussichtsreicher, nur auf sich selbst zu vertrauen. Ganz egal, wie außergewöhnlich die Leistung auch wäre, die er zu erbringen hatte, wusste er doch in jeder Sekunde, dass es besser war, sich ein Wunder selbst zu erarbeiten, als darauf zu hoffen, dass es einem einfach so zuflog. Diese Überzeugung hatte ihn für Monate begleitet. Nun war sie ihm abhandengekommen.

Langsam schritt Bumble die wenigen Stufen von dem Eingangstor auf die brüchige Betonfläche herab. Seine körperlichen Qualen versuchte er so gut wie möglich zu verstecken. War diese Vorsicht jetzt überhaupt noch notwendig? Wussten diese Menschen, die hier mit ihm lebten, etwas von ihm? Hatte jemand mitbekommen, wofür er sich die letzten Monate über so intensiv vorbereitet hatte? Zwar hatte er versucht, keinerlei Aufsehen zu erregen, aber natürlich hätte ihn jederzeit jemand beobachten können. Aber spielte das jetzt noch eine Rolle? Als er am Fuß der kleinen Treppe angekommen war, stand auch er in der kräftigen Vormittagssonne. Er hatte seine schützende Position verlassen und war nun für alle sichtbar geworden. Mit einem Mal fühlte er sich unwohl und beobachtet. Zügig schritt er an seinen Kollegen vorbei und ging davon. Er musste weg hier. Einfach nur weg.

Erst gegen Abend betrat er das Gelände des ehemaligen Bahnhofs wieder. Er war den ganzen Tag über unterwegs gewesen. Zuerst war er dorthin spaziert, wohin er immer spazierte: in den nahen Prater, wo noch immer Arbeiter damit beschäftigt waren, die Spuren der Großveranstaltung zu beseitigen. Er hatte dabei zugesehen, wie ein Lkw die mobilen Toilettenhäuschen auflud und orange gewandete Bedienstete der Straßenreinigung die Allee vom letzten Schmutz befreiten, den die Läufer und Zuseher verursacht hatten. Bumble nahm auf einer der Bänke Platz und sah dem Schauspiel zu. Es war wie die letzte Szene eines Films, der die Geschichte seiner persönlichen Niederlage erzählte. Als er es nicht mehr aushielt, erhob er sich und ging fluchtartig davon. Er ging immer weiter, ohne darüber nachzudenken wohin. Er spürte, wie sich sein Körper beim Gehen allmählich entspannte. Die steifen Muskeln lockerten sich und die Gelenke nahmen die Bewegung dankbar an. Kurz machte er ein paar zügige Schritte und verfiel für einen Moment in den Laufschritt. Das ging besser, als er sich das erhofft hätte. Das Ziehen in den Oberschenkeln legte sich schon nach ein paar Schritten, und die Gelenke, die im Ruhezustand zu spüren waren, verrichteten im Laufen unauffällig ihren Dienst. Bumble spürte, wie sein Körper die gewohnte Bewegung bereits wieder herbeisehnte. Auch sein linkes Knie fühlte sich bereits wieder so gut an, dass er neuerlich ins Zweifeln geriet. Hätte er sich nicht doch einfach mehr abverlangen müssen? Hatte er den Schmerz vielleicht einfach nur überbewertet? Egal was er auch tat, alle Gedanken führten ihn immer wieder auf sein Scheitern zurück. Was würde er seiner Familie nun sagen? Er sprach nicht oft mit seiner Frau, bloß von Zeit zu Zeit telefonierten sie miteinander.

Jedes Mal aufs Neue war es schwer, sie zu erreichen, und das Telefonat teuer. Das letzte Gespräch lag nun schon lang zurück und er hatte die Teilnahme am Marathon auch seiner Frau gegenüber geheim gehalten. Zu sehr hoffte er auf die Überraschung. Ohnehin wussten sie nichts von seinem Leben hier. Für seine Reise hatte er die Ersparnisse der gesamten Familie aufgebraucht. Und nun, wo er es tatsächlich hierher geschafft hatte, konnte er nichts für sie tun. Wie sollte er ihr da etwas von einem Marathon erzählen? Sie könnte das ganz einfach nicht verstehen. Schon dass er in Österreich gelandet war, hatte sie nicht verstanden. Nach Frankreich hatte er gewollt, doch eine Flucht war eben keine Pauschalreise. »Autriche«, hatte er bei dem ersten Telefonat erklärt. Aber was wussten sie in seiner Heimat schon über dieses kleine, unbedeutende Land? Auch nicht mehr als die Leute hier über seine Heimat wussten. »Allemagne«, hatte er deshalb kurz darauf ergänzt. Damit hatte sie schließlich etwas anfangen können.

Bumble stahl sich zurück in die Unterkunft. Als er den Speisesaal betrat, wurde er von Marco bemerkt. »Hummel, come on!«, rief der Zivildiener in der für ihn üblichen verschmitzten Art und winkte ihn mit der linken Hand heran.

»Today there was somebody asking for you.«

»For me? Who?« Bumble wusste nicht, wie er die Nachricht einordnen sollte und dachte zuallererst an eine behördliche Angelegenheit. An jemanden, der ihm etwas Offizielles mitzuteilen hatte. Vielleicht bewegte sich ja endlich etwas in seinem Verfahren.

»Yes! A journalist. From a newspaper. He asked for somebody who likes to run.«

Bumble stutzte. Was wollte ein Journalist von ihm? Jetzt, wo sein Plan doch gescheitert war, hatte er nicht mehr mit so etwas gerechnet.

»Somebody who runs?«, wiederholte Bumble zweifelnd.

»Did you see the marathon yesterday?«, wollte Marco wissen.

»Well«, gab Bumble ausweichend zurück.

»What did you tell him?«

»Nothing. Just that you like to run in the Prater. He gave me his phone number.«

»Okay«, antwortete Bumble und nahm das Zettelchen, das Marco ihm hinhielt.

»Keep your eyes open!«, rief Marco Bumble scherzhaft nach, als dieser sich bereits wieder entfernte. »Maybe you will become famous!«

Bumble ging gedankenverloren davon, holte sich ein Plastiktablett mit dem Abendessen und setzte sich an seinen gewohnten Platz.

»Famous«, das Wort klang noch lange in seinen Gedanken nach. Es bezeichnete genau das, was er angestrebt hatte, genau das, was er beinahe erreicht hätte. Alle anderen hätte er in den Schatten gestellt, alle anderen hätten zu ihm aufgeblickt. Und jetzt war alles ganz anders gekommen, alles verloren. Aber dennoch interessierte sich plötzlich ein Journalist für ihn. Sosehr er auch darüber nachdachte, konnte er sich doch keinen Reim darauf machen.

Als er langsam sein Abendessen einnahm, blätterte er neuerlich die Zeitung durch, die noch immer auf seinem Platz lag. Noch einmal überblickte er die Doppelseite, die sich dem Marathon widmete. Reglos starrte er auf das Foto vom Zieleinlauf, auf dem die Uhr zu sehen war, die eine Zeit anzeigte, von der er wusste, dass er sie hätte schlagen können. Seine Augen blieben an dem Bild hängen, doch seine Gedanken entfernten sich und flogen einfach davon. Es war ihm, als wäre alles nur ein Traum gewesen. Ein böser Traum, aus dem er jederzeit erwachen könnte. Als er fertig gegessen hatte, wusch er sein

Geschirr und schlichtete es sorgsam auf einen der Servierwagen, die neben dem Waschbecken bereitstanden. Dann ging er noch einmal an seinen Platz zurück, wischte ein paar Krümel von dem Tisch und griff nach der Zeitung. Beim Verlassen des Speisesaals ließ er das Kleinformat gemeinsam mit dem Zettelchen des Journalisten, das ihm Marco überreicht hatte, in die grüne Altpapiertonne fallen, die neben der Tür stand. Er konnte nicht wissen, dass in dem Artikel zu dem Foto, das er gerade noch so intensiv betrachtet hatte, auch ein vollkommen unbekannter Mann erwähnt wurde, der überraschend lang eine sensationelle Zeit gelaufen war.

DIENSTAG

Als an diesem Morgen wieder der weiße Kastenwagen der Baufirma vor dem Quartier hielt, um Arbeiter abzuholen, stieg Bumble sofort ein. Nachdem er am Vortag festgestellt hatte, dass sein Körper weniger stark unter den Folgen des Marathons litt, als er angenommen hatte, sah er keinen Grund mehr, sich zu schonen. Und schon gar nicht jetzt, wo sein Plan missglückt war und er keine Ahnung hatte, wie es weitergehen könnte. Zusammengekauert und noch etwas verschlafen saß Bumble lange im fensterlosen Fond des Wagens. Sie wussten nie, wohin sie die Fahrt bringen würde. Jedes Mal fuhren sie mehrere Baustellen an und setzten an jeder einige der Arbeiter ab. Bumble stieg an diesem Tag erst an der letzten Station aus. Übrig geblieben waren nur noch er und ein Kollege, mit dem er auch bei früheren Gelegenheiten bereits zusammengearbeitet hatte. Ein schweigsamer junger Nordafrikaner. Eine nähere Verständigung war schwierig, denn der Mann sprach ein schwer verständliches Französisch und auch Bumbles Englisch taugte kaum für eine längere Unterhaltung. Doch die beiden kamen gut miteinander aus und kompensierten sprachliche Mängel durch freundliche Blicke und Gesten. In ihre Arbeit waren sie auf recht hilflose Weise eingewiesen worden. Zwar hatte der Mann, der ihnen erklärte, was sie zu tun hätten, ohne Unterlass laut auf sie eingeredet, ja fast schon gebrüllt, doch verstanden hatten sie nichts davon. Doch es war egal, denn es gab gar nicht viel zu verstehen. Die Arbeit war so simpel, dass sich alles wie von selbst ergab. Simpel und anstrengend. Mit einer kleinen metallenen Schaufel hoben Bumble und sein

Kollege Schutt und Schlacke aus einem Zwischenboden und füllten damit schwarze Plastikkübel, die sie anschließend aus dem ersten Stock des Einfamilienhauses, in dem sie arbeiteten, hinab in den Garten schleppten. Bumble tat, wozu man ihn angewiesen hatte, und blickte sich kaum um in dieser Gegend, in der ein kleines Häuschen neben dem anderen stand. In einigen der Gärten standen auch Nebengebäude oder Garagen, manche verfügten gar über einen eigenen Pool. Bumble war schon mehrmals in solchen Gegenden gewesen, die ihm besonders stark vermittelten, dass er ein Fremdkörper war, der nur so lange geduldet wurde, bis auch die Gebäude, an deren Renovierung er mitwirkte, so sauber und ansehnlich erschienen wie all die anderen Häuser auch.

Bumble leerte seinen Kübel auf den stetig wachsenden Berg aus Bauschutt und richtete den Blick in den Himmel. Es war drückend heiß und seine Kleidung war längst durchgeschwitzt. Mit dem Unterarm wischte er sich Schweißperlen von der Stirn und hielt kurz inne. Gleich hinter der Siedlung, die sich den Hang eines Hügels emporzuschieben schien, begann ein dichter Wald. Bumble sah, wie sich über den Wipfeln der Bäume erste dunkle Wolken zusammenzogen. Das Klima hier war auch für ihn, der an extreme Temperaturen durchaus gewöhnt war, immer wieder überraschend fordernd. Trockene Hitze konnte ihm nichts anhaben, die drückende Schwüle aber, die sich hier mitunter über alles legte, machte ihm zu schaffen. Er hob den leeren Kübel wieder an und ging über die steile Treppe zurück in den ersten Stock des Gebäudes. Im Inneren empfing ihn sofort wieder der trockene Staub, der sich über seine Kleidung legte und auch seine Haut mit einem dünnen grauen Film überzog. Die Staubmaske, die ihm ausgehändigt worden war, nutzte kaum etwas, erschwerte aber das Atmen und trieb ihm den Schweiß ins Gesicht. Bumble hatte sich das lästige Ding deshalb bald wieder heruntergerissen und nahm es stattdessen in Kauf, dass der Staub auch in seinen Rachen und seine Nase vordrang. Der trockene und bittere Kalkgeschmack war ihm allemal lieber als Hitze und Atemnot.

In der kurzen Pause, die sie zu Mittag einlegten, saßen sie mit anderen Bauarbeitern zusammen in einem kleinen Zimmer im Erdgeschoß des Gebäudes, das in eine Art Aufenthaltsraum umgewidmet worden war. Ein paar in den Putz geschlagene Nägel dienten den Arbeitern als Garderobe, einige alte Holzsessel als Sitzgelegenheiten. Es gab einen Kühlschrank und eine alte Filtermaschine, deren Kanne so trüb war, dass sie aussah, als wäre sie aus getöntem Milchglas. Die Arbeiter hatten sich um zwei umgedrehte Kisten versammelt, die ihnen als Tischchen dienten, und aßen ihre Jausenbrote. Kaum jemand sprach. Nur der Mann, der ihnen auch die Anweisungen erteilt hatte, wechselte hin und wieder ein paar Worte mit einem anderen Arbeiter in einer Sprache, die Bumble nicht verstand. Als Bumble sein Brot verzehrt hatte, stieß ihn sein Kollege aus der Unterkunft plötzlich an und reichte ihm wortlos sein Smartphone.

Bumble begriff sofort, dass etwas passiert war. Was hätte er ihm auch schon zu zeigen gehabt, wo sie einander doch kaum kannten? Als er auf dem kleinen Bildschirm das Foto sah, begriff er sofort. Es war eine leicht unscharfe Aufnahme, die die Rückseite eines Lkw-Anhängers zeigte, der am Fahrbahnrand einer Autobahn oder Schnellstraße abgestellt worden war. Dicht daneben ein Mann in einem weißen Schutzanzug, etwas weiter entfernt dann mehrere Polizisten, die gelbe Warnwesten trugen. Dahinter waren ein Polizeiwagen und eine dunkle Zivilstreife mit Blaulicht zu sehen. Die Aufnahme wirkte so stümperhaft wie ein x-beliebiger Schnappschuss. Man sah ihr das heillose Durcheinander, in dem sie entstanden sein musste, deutlich an. Bumble scrollte kurz weiter, doch verstand er kein

Wort des Textes, der das Foto begleitete. Das Einzige, was er begriff, war eine Zahl: 50! Und plötzlich war ihm auch klar, was hier geschehen war.

Nach der Pause fand Bumble lange nicht in seinen gewohnten Rhythmus zurück. Er war normalerweise ein ruhiger und sorgfältiger Arbeiter, der stundenlang körperlichen Mühen standhalten konnte. Auch bei beschwerlichen Tätigkeiten wie dem Wändeabklopfen, Schuttführen oder Ziegelschleppen versank er bald in einen Zustand, der ihn die Anstrengung kaum wahrnehmen ließ. Welche Arbeit auch immer ihm angeboten wurde, fast alles erschien ihm besser als die Tatenlosigkeit, der er sich sonst ausgeliefert sah. Es war ein wenig so wie bei seinem Lauftraining: Solange er in Bewegung war, spürte er nichts von der Ohnmacht, die ihn seit seiner Ankunft in diesem Land begleitete. Vollkommen in sich gekehrt konnte er so vor sich hinarbeiten. Doch diesmal war es anders. Es gelang ihm einfach nicht, sich gedanklich von dem zu lösen, was er in der Pause gesehen hatte. Die Fotografie auf dem Bildschirm des Telefons hatte ihm bewusst gemacht, wie viel Glück er gehabt hatte. Und gleichzeitig wurde ihm nun klar, wie gefährlich es sein würde, seine Familie jemals wiederzusehen. Was, wenn jetzt, wo er versagt hatte, auch ihnen nur dieser eine Weg bliebe? Derselbe lange und beschwerliche Weg, den auch er hatte gehen müssen. Ein Weg, bei dem die Gefahr, egal ob zu Wasser oder zu Land, stets allgegenwärtig war. Und dabei hatte er sich zu jenen zählen können, die den zahlreichen Herausforderungen noch am ehesten gewachsen waren. Als erwachsener kräftiger Mann war er zumindest vor körperlichen Übergriffen einigermaßen gefeit und ertrug Momente physischer Belastung weit besser als andere. Er wollte sich gar nicht vorstellen, wie seine Frau oder seine Kinder solche Situationen würden bestehen können. Das Foto hatte ihm noch einmal das ganze Ausmaß seines Versagens deutlich gemacht und eine Ahnung des Schicksals seiner Familie gegeben. Sollte es ihm nicht noch irgendwie gelingen, eine andere Möglichkeit zu erwirken, wäre der einzige Weg, der ihnen blieb, derselbe, den auch diese Menschen gegangen waren. Ein Weg, der sie schließlich in den Tod geführt hatte.

Den ganzen Nachmittag über gelang es Bumble nicht, sich von diesen Gedanken zu lösen. Die Arbeit, die ihm sonst so leicht von der Hand ging, wurde ihm zu einer ungewohnten Qual. Er litt unter der zunehmenden Schwüle und sehnte das Gewitter herbei, dessen Vorboten immer deutlicher zu erkennen waren. Mit jedem Kübel, den er über die enge Treppe hinabschleppte, ging etwas von seiner Kraft verloren. Schließlich kehrte auch der Schmerz in seinem linken Knie zurück und jede Stufe kostete ihn nun nicht nur Mühe, sondern bescherte ihm auch noch einen Stich, der von Mal zu Mal stärker wurde. Am späten Nachmittag rief sie der Vorarbeiter in den Garten. Ein Lkw war gekommen und sie wurden angewiesen, den Bauschutt auf die Ladefläche zu schaufeln. Die Arbeit erschien Bumble sinnlos und machte ihn wütend. Wäre der Laster früher gekommen, hätte man den Schutt gleich direkt aufladen können und hätte sich das mühsame Schaufeln erspart. Auch Bumbles Kollege war über diese zusätzliche Arbeit, die ihnen so knapp vor Ende dieses beschwerlichen Arbeitstags abverlangt wurde, sichtlich erbost. Da sie aber beide wussten, dass es keinen Sinn hätte, sich zu beschweren, fügten sie sich ein weiteres Mal und versuchten, die Aufgabe möglichst rasch zu erledigen. Wie besessen schaufelten sie den Schutt auf den Lkw und wurden dabei von einer immer größer werdenden Staubwolke umhüllt. Bumble war so in seine Arbeit versunken, dass er den Mann, der an ihn herantrat, gar nicht wahrnahm. Erst als dieser lautstark auf ihn einbrüllte, fuhr Bumble herum und erkannte einen älteren Herrn, den er im Laufe des Tages schon mehrmals auf dem Nachbargrundstück gesehen hatte. Der vornehm gekleidete Mann stand neben dem Lkw und gestikulierte wie wild. Bumble verstand kein Wort, begriff aber dennoch, dass der Nachbar sich über den Staub beklagte, der von dem mittlerweile aufgekommenen Wind auch in seinen Garten getrieben wurde. Bumble stützte sich auf seine Schaufel und blickte sich um. Der Mann, der die Arbeiten kontrollierte, war gemeinsam mit dem Fahrer des Lkws im Haus verschwunden. Nur Bumble und sein Kollege waren im Garten zurückgeblieben und sahen den Mann, der ohne Unterlass auf sie einredete und dabei immer lauter wurde, stumm an.

»Sorry«, murmelte Bumble nach einer Weile und nahm seine Arbeit wieder auf. Was hätten er sonst auch tun sollen? Die Arbeit abbrechen? Er war müde und wollte hier endlich weg, also schaufelte er weiter. Der Mann fühlte sich durch dieses Vorgehen ganz offensichtlich noch mehr provoziert und erhöhte noch einmal die Lautstärke seines Klagens. Mittlerweile hatte endlich auch der Vorarbeiter die Aufregung bemerkt und kam, eine halb volle Bierflasche in der Hand, aus dem Haus gelaufen. Nach einem kurzen Wortwechsel zog der Nachbar sich schließlich zurück. Immer noch laut schimpfend stieg er über einen niedrigen Zaun, der die beiden Grundstücke trennte, und verschwand in seinem Haus. Bumble blickte ihm verständnislos nach. Was war mit den Menschen hier nur los? Die Leute hier besaßen Häuser mit Gärten und Pools, vor denen große, teure Autos standen. Sie waren wohlgenährt, hatten Jobs, Krankenversicherungen und bezahlten Urlaub. Aber trotzdem hatte Bumble den Eindruck, dass sie fast ausnahmslos unglücklich waren. Wann auch immer er in Kontakt mit ihnen kam, verhielten sie sich aufgebracht und abweisend. Zuerst dachte er, es liege an ihm, musste dann aber schnell begreifen, dass diese Menschen generell nur selten glücklich wirkten. Auch wenn er kaum verstand, was sie sagten, merkte er, dass ihr Tonfall fast immer etwas Bissiges, ja geradezu Aggressives hatte. Da, wo Bumble herkam, hätten sich ganze Familien mit dem, was hier in Form von Garagen für Autos errichtet wurde, als Wohnhaus zufriedengegeben. Aber hier reichte schon ein bisschen Staub, damit die Leute die Fassung verloren. Als Bumble sich wieder der Arbeit zuwandte, kreuzte sein Blick den seines Kollegen. Der Mann lächelte und tippte sich mit einem Finger gegen die Schläfe. Bumble nickte und erwiderte das Lächeln. Dann schaufelte er weiter.

Als der weiße Kastenwagen auf der Betonfläche vor dem Quartier hielt und Bumble und die anderen Arbeiter durch die Heckklappe ausstiegen, fielen die ersten dicken Regentropfen. Bumble stieg als einer der Letzten aus und blieb dicht neben dem Fahrzeug stehen, das kurz darauf davonfuhr. Der Kollege, der mit ihm gearbeitet hatte, stand neben ihm. »Let's go«, rief er Bumble zu und stieß ihn in die Seite. Doch Bumble reagierte nicht und blieb alleine auf der weiten Fläche zurück. Als alle im Gebäude verschwunden waren, richtete er seinen Blick in den Himmel und schloss die Augen. Er spürte, wie der Regen stärker wurde und auf sein Gesicht fiel. Er ließ die Tasche fallen, die er in der rechten Hand hielt, und spreizte die Arme. So viel wie möglich wollte er von diesem erlösenden Regen einfangen, der nun endlich die drückende Schwüle auflöste. Schwere Tropfen prasselten auf den Beton, und alles um Bumble herum versank in einem lauten Rauschen. Bis nichts mehr von dem Staub übrig war, der sich an ihm festgeklebt hatte, blieb Bumble reglos so stehen. In kleinen Bächen wusch das Wasser den Schmutz aus seinen Haaren und von seiner Kleidung. Er wünschte sich nichts mehr, als dass der Regen auch die Schmach hinwegwaschen könnte, die er seit Tagen mit sich herumschleppte.

MITTWOCH

Wieder saß Bumble ganz allein an seinem Platz im hinteren Bereich des Speisesaals, und wieder stand dasselbe Plastiktablett mit dem immer gleichen Frühstück vor ihm. Aber dennoch war diesmal alles ein wenig anders. Trotz der wenigen anwesenden Mitbewohner lag eine eigentümliche Aufregung in der sonst so ruhigen Morgenatmosphäre. Die Nachricht über den Anhänger, in dem so viele Menschen erstickt waren, hatte sich noch am Vortag im Quartier herumgesprochen und unter den Bewohnern beklemmende Betroffenheit ausgelöst. Auch an diesem Morgen stand das Thema noch im Raum, zumal mittlerweile bekannt war, dass es nicht bei den fünfzig Opfern geblieben war, sondern noch weit mehr Menschen ums Leben gekommen waren. Viele der Leute hier hatten Vergleichbares erlebt. Ohne zu wissen für wie lange, und ohne die geringste Vorstellung von dem, was danach kommen würde, waren sie in Lkws, Waggons oder Anhängern festgesessen. Angetrieben nur von der einen Hoffnung, dass dort, wo sich die Türen wieder öffnen würden, alles ein wenig besser wäre als dort, wo sie sich geschlossen hatten. Und obwohl sie alle in jeder Sekunde gespürt hatten, dass die Gefahr groß und unberechenbar war, hatten sie sich dennoch darauf eingelassen. Doch für jene Menschen, die den schäbigen Anhänger erklommen hatten, der nun auf den Titelseiten der Kleinformate zu sehen war, hatten sich die Türen nie wieder geöffnet.

Bumble räumte sein Geschirr auf das Tablett und starrte reglos auf die triste Anordnung aus leerer Tasse, leerem Teller und schmutzigem Besteck. Immer noch befand er sich in einem schockähnlichen Zustand, der ihn hinderte, seine Gedanken zu ordnen und einen neuen Plan zu fassen. Dabei spürte er, dass es so nicht weitergehen konnte. Er brauchte unbedingt wieder eine Idee, eine Herausforderung, etwas, das ihm neue Hoffnung geben könnte. Wie sonst sollte er weitermachen? Wie sonst würde er es schaffen, endlich wieder mit seiner Familie zu sprechen und ihnen das Gefühl zu vermitteln, dass nicht alles längst verloren war?

An diesem Morgen war der weiße Lieferwagen nicht gekommen. Auch wenn Bumble eine ungeheure Müdigkeit spürte, wusste er, dass er dennoch wieder mitgefahren wäre. Er hätte jede noch so beschwerliche oder sinnlose Tätigkeit angenommen, nur um vor dem zu fliehen, was ihn erwartete, sobald er einen ruhigen Moment hatte. Und ruhige Momente hatte er viel zu viele. Lang blieb er noch in der Küche und half bei der Reinigung. Er wusch Geschirr ab, kehrte den Boden und wischte die Tische. Gegen seine Gewohnheit zwang er sich dazu, ein paar Worte mit anderen Heimbewohnern zu wechseln. Er erhoffte sich Ablenkung von einem Gespräch, doch musste er sich bald eingestehen, dass seine Stimmung einer Unterhaltung nicht zuträglich war. Lediglich mit Marco stand er kurz beisammen. Wie so oft wirkte der Zivildiener benebelt, doch hatte er Bumbles gedämpfte Stimmung wohl erkannt und bemühte sich darum, ihn etwas aufzuheitern. Nach ein paar freundlichen Worten erinnerte er ihn auch wieder an die kurze Unterhaltung von vor zwei Tagen. »Did the guy from the newspaper find you?«, fragte er.

Bumble schüttelte den Kopf und zuckte mit den Schultern. Daran hatte er gar nicht mehr gedacht. Wie hätte der Journalist ihn aber auch finden sollen, wo er doch den ganzen letzten Tag auf der Baustelle verbracht hatte?

»Not yet«, gab er gedankenverloren zurück und verließ endlich den Speisesaal. Ziellos schlenderte er über die brüchige Asphaltfläche vor dem Quartier. Sein Körper schmerzte. Neben den Nachwirkungen des Marathons hatte er nun als Folge des intensiven Arbeitstags auch noch mit einem Muskelkater in beiden Armen zu kämpfen. Bumble spürte, wie er immer trübsinniger wurde. Schließlich kehrte er in die Unterkunft zurück. Obwohl er nicht müde war, kroch er in sein Bett und schloss die Augen. Er hoffte darauf, dass ein Schlaf ihn für ein paar Stunden aus dieser Welt reißen würde. Nach etwa einer Stunde, die er annähernd bewegungslos, aber ohne zu schlafen, dagelegen hatte, besann er sich endlich eines Besseren. Nein, er würde nicht einfach die Augen schließen und die Verantwortung abgeben. Wenn er auch eine Niederlage hatte hinnehmen müssen, gab ihm das noch lange nicht das Recht, sich in diese lähmende Passivität fallen zu lassen. Er hatte etwas, wofür es sich zu kämpfen lohnte, und solange er noch einen Funken Kraft in seinem Körper spürte, würde er nicht aufgeben. Entschlossen erhob er sich und ging auf seinen Spind zu. Er schlüpfte in eine kurze Laufhose, ein einfaches weißes Baumwollshirt und seine guten Laufschuhe. Er machte ein paar Schritte über den brüchigen Asphalt, als müsste er sich erst langsam vortasten, und verfiel dann in einen langsamen Laufschritt. Als er spürte, wie sein Körper auf die Bewegung reagierte, erhöhte er das Tempo. Schon nach wenigen Hundert Metern lief er wieder seine übliche Trainingsgeschwindigkeit. Es war wie eine Erlösung, die mit jedem Schritt deutlicher über ihn kam. Er spürte, wie seine Muskeln sich lockerten und der Körper die Bewegung freudig annahm. Zügig lief er die kurze Strecke zum Prater. Jeder Schritt gab ihm neue Kraft und ließ ihn etwas von der Schwermut abwerfen, die ihn seit Tagen begleitete. Selbst sein linkes Knie, das er am Vortag noch so deutlich gespürt hatte, bereitete ihm nun keinerlei Probleme mehr. Sein Körper funktionierte, als wäre er nur für diese eine Tätigkeit gemacht worden, als wäre jeder Schritt ein Atemzug, den er zum Überleben brauchte. Nach wenigen Minuten erreichte er bereits den Praterstern und durchlief die Unterführung, um auf die Hauptallee zu gelangen. Die breite Allee erschien ihm wie ein Zufluchtsort, der ihn wohlwollend empfing und ihm Geborgenheit gab. Lustvoll sog er die frische Luft ein und registrierte den intensiven frühsommerlichen Geruch, der hier herrschte, sobald man ein paar Hundert Meter in den grünen Park vorgedrungen war. Bumble fühlte sich frei. Mühelos setzte er einen Fuß vor den anderen und spürte, wie er immer leichter wurde. Nur wenige Läufer waren an diesem Vormittag unterwegs und nichts hinderte ihn daran, jenen Rhythmus zu finden, von dem er das Gefühl hatte, dass er ihn ewig beibehalten könnte. Als er schließlich vollkommen in sich versunken war und sein Körper wie von alleine über den Boden schwebte, bemerkte er eine leichte Irritation. Etwas störte seine in sich gekehrte Haltung. Bumble benötigte ein paar Sekunden, um zu bemerken, was es war: Hinter ihm wurde geschrien. »Stop!«, tönte es mehrmals laut und nervös. Er hörte es deutlich und fühlte sich dadurch in seinem Rhythmus gestört, doch bezog er die Rufe nicht auf sich. Wer sollte ihm schon etwas nachrufen? Also versuchte er die Irritation zu ignorieren und lief stur weiter. Bald hörten die Rufe auf. Doch kurz darauf, er war bereits wieder in seine regelmäßige Bewegung zurückgefallen, ertönten sie noch einmal. Diesmal etwas näher und noch deutlicher. Und diesmal war es nicht mehr bloß ein unpersönliches »Stop«, das da zu hören war, sondern es war sein Name, der voller Verzweiflung gebrüllt wurde. Bumble blieb stehen und wandte sich um.

EIN JAHR SPÄTER

FABIAN

Fabian schmiss die Tür zu und schlüpfte aus seinen Laufschuhen. Noch in der verschwitzten Kleidung betrat er die Kochnische der kleinen Wohnung und füllte ein Glas mit Leitungswasser. Er leerte das Glas im Stehen, dann füllte er es noch einmal und nahm es mit ins Wohnzimmer an den Schreibtisch. Als er sich vorbeugte, um den Laptop einzuschalten, tropfte etwas Schweiß auf die Tastatur, den er mit der linken Hand wegwischte. Mit dem Laufen hatte er kurz vor seinem Umzug nach Hamburg begonnen. Die ersten Male war er noch in Wien mit Bumble gelaufen, wenngleich der Ausdruck laufen bei diesen kurzen Ausflügen in den Prater allein für ihn angemessen schien, für Bumble war es wohl nicht mehr als ein flotter Spaziergang gewesen. Aber der Mann war geduldig und revanchierte sich so für die Hilfe, die Fabian ihm seit ihrer Bekanntschaft hatte angedeihen lassen.

Wenn er den Tag schwungvoll startete, hatte er die höchsten Chancen, produktiv und ausgeglichen zu sein. Außerdem konnte er so den Großteil der Arbeit noch am Vormittag erledigen und war am Nachmittag freigespielt, um Zeit mit Jonas zu verbringen. Seit einigen Monaten wohnte er nun hier in direkter Nähe seines Sohnes. Und damit natürlich auch in der Nähe von Frieda. In der letzten Zeit war so viel geschehen, dass er kaum glauben konnte, dass seit seiner ersten Begegnung mit Bumble erst ein Jahr vergangen war. Vor allem weil es zu

Beginn gar nicht danach ausgesehen hatte, als ob sich alles in eine gute Richtung entwickeln würde. Der Verrat durch Walter, der Fabians Bericht über die Schwarzarbeit zurückgehalten hatte, um sein Kleinformat mit erpressten Anzeigen aufzupeppen, hatte ihm einen schweren Schlag versetzt. Dazu noch der Tod seines Vaters, der nicht an dem Krebs gestorben war, den er seit Jahren herbeifantasiert hatte, sondern an einem Herzinfarkt. Oliver meinte, dass es wohl die Trinkerei war, die ihren Vater umgebracht hatte.

Es war allein Sonias Bruder zu danken, dass Fabian damals nicht an all diesen Verwerfungen zugrunde gegangen war. Bernhard hatte sich seiner angenommen und es in die Wege geleitet, dass Fabian eine Version seiner Geschichte über die Schwarzarbeit in jener Zeitung platzieren konnte, für die er auch selbst arbeitete. Es war eine Story, wie Fabian sie in seinen besten Zeiten geschrieben hatte: solide recherchiert, gut gebaut und voller brisanter Details. Obwohl einige Medien auf das Thema aufgesprungen waren und es tatsächlich ein paar Konsequenzen gegeben hatte, musste sich Fabian im Nachhinein eingestehen, dass es im Endeffekt bei einem Sturm im Wasserglas geblieben war. Dörflinger hatte die Abteilungsleitung im Ministerium letztlich nicht bekommen und war bis auf Weiteres suspendiert worden. Fabian hatte noch ein paar kritische Kommentare in der einen oder anderen Zeitung untergebracht und ein paar Interviews gegeben. Größere Wellen hatte die Sache aber nicht geschlagen, denn dazu war die Suppe dann einfach doch zu dünn. Selbst ob es jemals zu einer Anklage gegen Dörflinger kommen würde, war noch vollkommen unklar. Im Grunde konnte das Fabian aber auch egal sein, denn wenngleich er kein Erdbeben ausgelöst hatte, war die Anerkennung, die er für seine Reportage erhielt, doch so groß gewesen, dass er dadurch beruflich wieder auf die Beine kam.

Angespornt von diesem Erfolg hatte er kurz darauf den Schritt nach Deutschland gewagt. Ein wesentliches Motiv dafür war freilich auch seine Familie, der er endlich wieder nahe sein wollte. Und tatsächlich funktionierte das überraschend gut. Jonas hatte ehrliche Freude mit der zurückgewonnenen Nähe und zeigte das auch deutlich. Vielleicht war es diese kindliche Begeisterung gewesen, die auch Friedas Herz vorübergehend erweicht hatte. Jedenfalls hatten sie bald wieder auf einer alltäglichen Ebene zusammengefunden. Nach einem gemütlichen und nicht ganz alkoholfreien Abend waren sie einander dann auch körperlich wieder nahegekommen, doch verlief die Sache in einer Form, die ihnen beiden, zumal in der nüchternen und ungeschönten Erinnerung des nächsten Tages, klar und deutlich vor Augen führte, dass diese Art des Zusammenlebens für sie keine erstrebenswerte Option mehr war. Es war dann tatsächlich bei diesem einen Zwischenspiel geblieben und auch Fabian fand sich nach dieser Erfahrung bald damit ab.

Fabian ging ins Badezimmer und legte sich ein Handtuch über die Schultern, mit dem er sich den Schweiß aus dem Gesicht wischte. Zurück am Computer sah er seine Mails durch. Neben den beruflichen Angelegenheiten zog eine Nachricht seine Aufmerksamkeit auf sich. Walter hatte ihm eines seiner seltenen Mails gesendet. Fabian klickte die Nachricht an. Wo dieser Idiot mittlerweile wohl gelandet war?

Das war auch so eine Sache, die er sich noch vor einigen Monaten nicht hätte vorstellen können: private Mails von Walter zu erhalten. Nach dem Verrat hatte Fabian Walter alles Schlechte dieser Welt an den Hals gewünscht und ihn in seiner journalistischen Aufarbeitung des Falles in keiner Weise geschont. Freilich ohne ihm wirklich etwas anhaben zu können.

Als Walter Fabian dann überraschend persönlich kontaktiert

hatte, um ein Treffen anzuregen, war er zuallererst verwundert gewesen. Andererseits hatte sich bereits herumgesprochen, dass Walter dabei war, sich bei *Von Tag zu Tag* zurückzuziehen. Und tatsächlich hatte Walter nicht lange taktiert, sondern klare und definitive Entscheidungen getroffen. Bevor er aufgebrochen war, um auf einer Weltreise sein Glück zu finden, hatte er einen Teil seines Vermögens in einer gemeinnützigen Stiftung geparkt und ausgerechnet ihn, Fabian, mit der Verwaltung betraut. Natürlich war das Geld im Vergleich zu dem, was Walter insgesamt besaß, lächerlich. Doch es war immerhin eine Summe, mit der sich durchaus etwas bewegen ließ.

Fabian las die kurze Nachricht und schmunzelte. Weit hatte Walter es noch nicht geschafft: Vor Dubrovnik lag er derzeit. Er sendete seine Nachrichten in unregelmäßigen Abständen aus Internetcafés, da er sich bei seinem Aufbruch sogar von seinem Smartphone getrennt hatte. Es schien ihm ernst zu sein mit seiner Selbstfindung. Fabian spürte, dass er ohne Groll an Walter dachte, klickte die Nachricht weg und erhob sich, um zu duschen. Als er im Badezimmer stand, blickte er für einen Moment in den Spiegel und stellte zufrieden fest, dass die regelmäßige Bewegung nicht nur seiner Stimmung, sondern auch seinem Körper zuträglich war. Nach der Dusche blieb ihm noch genug Zeit, um in Ruhe zu frühstücken und an einem Artikel zu arbeiten, den er in Vorbereitung hatte. Am Nachmittag würde er dann Jonas von der Schule abholen und sich ganz nach dessen Bedürfnissen richten. Als ihm diese banalen organisatorischen Gedanken durch den Kopf gingen, registrierte er zum ersten Mal, dass er das erreicht hatte, woran er beinahe nicht mehr geglaubt hatte: Er war ein ganz gewöhnlicher Vater.

WALTER

Walter barg die Segel und setzte den Anker. Für heute war es genug. Als Jugendlicher war er gelegentlich gesegelt und so hatte er sich rasch wieder an die Handgriffe gewöhnt, die es brauchte, um ein Boot zu manövrieren. Er war noch nicht wirklich weit gekommen in den ersten Wochen, doch darum ging es auch gar nicht. Zuallererst hatte er das Küstenpatent absolvieren müssen, danach war er ein wenig auf der oberen Adria umhergekreuzt, um dann gemächlich die kroatische Küste Richtung Mittelmeer hinabzusegeln. Er kam auch deshalb so langsam voran, weil er ständig irgendwo anlegte, um sich einen Küstenort anzusehen oder Ausflüge ins Landesinnere zu unternehmen. Seit Tagen war er nun schon in der Gegend um Dubrovnik unterwegs, und wenn er diesen beschaulichen Rhythmus auch weiterhin beibehielte, würde er für seine geplante Rundfahrt nicht bloß eines, sondern mindestens zwei Jahre benötigen. Doch es war vollkommen egal. Und das war vielleicht das beste aller Gefühle, das ihn begleitete, seit er aus seinem alten Leben ausgebrochen war: dass es komplett egal war, ob er etwas heute oder morgen tat. Endlich konnte er frei über seine Zeit bestimmen und so leben, wie er selbst es wollte. Zwar hatte er sich auch früher immer wieder einzureden versucht, dass dem so war, schließlich hatte er ja stets über ausreichend Geld verfügt, um all das zu tun, wonach ihm der Sinn stand, doch wusste er nun, dass er einer Illusion aufgesessen war. In Wahrheit hatte ihn sein Wohlstand lange Zeit davon abgehalten, so zu leben, wie er es wirklich wollte. Erst nachdem er damit begonnen hatte, sich von allem materiellen

Überfluss zu befreien, war ihm das endlich klar geworden. Gut, er war nicht gerade unter die Bettelmönche gegangen, doch er hatte es verstanden, sich von den Mechanismen zu lösen, die sein Leben viel zu lange schon eingeengt hatten. Er hatte seine Anteile an der Zeitung abgestoßen, sein Haus mitsamt dem Mobiliar verkauft und seine übrigen nicht zu veräußernden Besitztümer in einer angemieteten Garage verstaut. Als er das alles erledigt hatte, war er mit nur einem einzigen Koffer nach Italien gefahren. Den Bootsbauer, der ihm damals die Segeljacht schmackhaft gemacht und so einen der vielen Anstöße gegeben hatte, die es gebraucht hatte, um ihn in ein neues Leben zu katapultieren, hatte er bereits vorweg angerufen. Und es war tatsächlich so, wie es der Mann damals bei ihrem kurzen Gespräch angekündigt hatte: Es gab zu diesem Zeitpunkt bereits mehrere Interessenten für das Boot. Es war ein Beweis für Walters neue Haltung, dass er diesen Hinweis keine Sekunde lang für einen Trick gehalten hatte, um den Preis in die Höhe zu treiben. Walter hatte sofort verbindlich zugesagt. Wie ein ungeduldiges Kind hatte er mittlerweile an der Vorstellung gehangen, die alte Segeljacht zu erwerben. Als es dann endlich so weit war und er das frisch renovierte Boot übernehmen konnte, gab er im Gegenzug dafür seine Motorjacht in Kommission.

»Besser schnell melden«, hatte der Mann ihn damals gemahnt und Walter erinnerte sich an die Szene noch wie an einen fernen Traum. Und es schien ihm wie ein weiterer Traum, dass er nun tatsächlich auf diesem Segelboot saß, mit jedem Atemzug den Geruch des frischen Lacks einsog, der sich mit dem des Meeres vermischte, das leise Plätschern der Wellen hörte und in die weiche Abendsonne blickte. Heute würde er nicht mehr an Land gehen, sondern die ganze Nacht auf dem Boot verbringen. Für das Abendessen hatte er das Notwendigste besorgt, und sollte sich in den nächsten Minuten auch noch der rote Schwimmer bewegen, der wenige Meter vor ihm im Wasser trieb, würde es auch noch frischen Fisch geben. Für die Nacht hatte er eine Flasche Wein und ein dickes Buch dabei. Mehr brauchte er nicht.

Zufrieden schloss er die Augen und genoss die Ruhe. Manchmal, wenn er in der Früh erwachte, konnte er nicht glauben, dass das nun sein Leben war. Dass er es wirklich geschafft hatte, sich von allen Zwängen zu befreien und mit der Welt und sich selbst seinen Frieden zu machen. Das mit dem Friedenmachen war zu Beginn gar nicht so einfach gewesen, denn was er Fabian hatte antun müssen, um aus der Zeitung ohne größere Verluste auszusteigen, nagte an ihm. Doch er hatte von Anfang an vorgehabt, Fabian für die hässliche Sache später zu entschädigen. Kurzzeitig war er damals beunruhigt gewesen, als er mitbekommen hatte, dass Fabian in einer deutschen Zeitung einen ausführlichen Artikel über die Sache veröffentlichen würde. Aber wer sollte ihm schon etwas anhaben. Er hatte Inserate verkauft, nichts weiter. Für alles andere gab es keinerlei Beweise.

Es stimmte ihn fast ein wenig melancholisch, wenn er daran dachte, dass die Wiedergutmachung an Fabian einer der wichtigsten Punkte in dieser komplizierten Phase seiner Lebensänderung gewesen war. Immerhin hatte er es Fabian zu verdanken, dass er mit seinen Plänen durchgekommen war. Da war es nur recht und billig, dass er aus seinem Vermögen eine ganz ansehnliche Summe herausgelöst hatte, die Fabian nun in Absprache mit ihm verwalten durfte. Walter konnte sich damit trösten, dass aus seinem zweifelhaften Lebenswerk, diesem schmuddeligen Boulevardblatt, dessen Erfolg zu großen Teilen auf Missgunst und Neid gründete, nun zu guter Letzt doch noch eine gute Sache erwachsen war. Ihm war klar, dass ihn das zu keinem Heiligen machte, doch immerhin hatte er es geschafft, dass all das Schlechte, an dem er so lange mitgewirkt hatte, nun auch etwas Gutes bewirkte.

Walter öffnete die Augen und merkte, dass die Sonne sich bereits in einen roten Ball verwandelt hatte, der demnächst im Meer versinken würde. Das mit dem frischen Fisch würde heute wohl nichts mehr werden, dachte er und erhob sich, um den Köder einzuholen. Genau in dem Moment, als er sich weit nach vorne beugte, um nach der Angel zu greifen, zog es den Schwimmer kräftig in die Tiefe.

SONIA

Sonia wartete, bis die Zwillinge in der Villa verschwunden waren, und startete dann den Motor. Es war das erste Mal, dass die Mädchen mit ihrem Vater alleine blieben, und es war wohl ganz normal, dass sie dabei ein mulmiges Gefühl hatte. Doch Anlass zur Sorge bestand nicht, denn sie wusste mittlerweile, dass Max kein schlechter Mensch war. Sonia hatte ihn eines Tages einfach angerufen, sich kurz erklärt und um ein Treffen gebeten. Max hatte überraschend schnell begriffen, mit wem er da sprach, und es war ihm gelungen, seine Überraschung gut zu verbergen. Für Sonia war klar, dass für sie nur ein Treffen in der Öffentlichkeit und unter freiem Himmel infrage kam, weshalb sie Max in den Stadtpark bestellt hatte. Dort gab es genug Möglichkeiten, in Ruhe zu sprechen, und sollte etwas schiefgehen, könnte sie einfach aufstehen und davonmarschieren. Max willigte sofort ein und stellte keinerlei Bedingungen.

Als Sonia ihn mit den Tatsachen konfrontierte, reagierte er zuerst gefasst, brach dann aber in sich zusammen. Als er sich wieder gefangen hatte, sagte er nichts, sondern erbat sich nur ein paar Tage Zeit, um über die weiteren Schritte nachzudenken. Sonia hatte keine Veranlassung, ihm diese Bitte abzuschlagen. Sie hatte schon so lange gewartet, da kam es nun auf die paar weiteren Tage auch nicht mehr an. Bevor sie sich verabschiedeten, wollte er ein Foto der Mädchen sehen. Als Sonia ihm eine Aufnahme zeigte, bat er darum, sie behalten zu dürfen. Sonia verweigerte. Bei ihrem nächsten Treffen, etwa eine Woche später und wieder an der Promenade des Wienflusses unterhalb des Stadtparks, hatte Max viel zu erzählen. Er berichtete von seiner Familie, die nie wirklich funktionierte hatte, von seinem Sohn, den er über alles liebte und seiner Frau, die von Anfang an immer andere Männer neben ihm gehabt hatte. Sonia wusste nicht, ob sie das glauben sollte, und es war ihr auch egal. Sie wollte nur das Notwendigste mit diesem Mann zu tun haben. Und auch das nur ihrer Kinder wegen. Sie selbst erwartete sich nichts von der Begegnung. Doch als sie erkannte, dass die glänzende Vorzeigefamilie, die sie gesehen hatte, in Wahrheit nur eine Illusion gewesen war, stimmte sie das auf merkwürdige Art versöhnlich. Max war nicht der böse Mensch, der sie für eine schnelle Affäre benutzt hatte, ohne dabei sein perfektes Leben zu gefährden. Er war ein ganz gewöhnlicher Mensch mit ganz gewöhnlichen Sorgen und Schwächen.

»Meine Frau und ich werden uns nun endgültig trennen«, hatte er am Ende ihres zweiten Treffens gesagt.

Sonia hatte nur genickt und nichts erwidert.

»Ich möchte die Mädchen gerne kennenlernen«, sagte er kurz darauf. Als sie sich verabschiedeten, überließ Sonia Max das Foto der Zwillinge. Er sah es lang an und begann dann zu weinen. Sonia ließ ihn alleine stehen und ging wortlos davon. Zwei Wochen später kontaktierte sie ihn neuerlich und sie vereinbarten ein erstes Treffen mit den Kindern. Den Mädchen hatte sie lediglich gesagt, sie wolle ihnen jemanden vorstellen. Max hatte sie jegliche Andeutung untersagt. Es war klar für sie, dass sie es den beiden alleine sagen wollte. Max verhielt sich zurückhaltend und unaufdringlich, verstand es dabei aber, die Mädchen zu unterhalten. Erst als zwei gemeinsame Treffen gut funktioniert hatten, tat Sonia schließlich den Schritt und sagte den Mädchen, wer Max war. Ihre Töchter reagierten, als hätte sie eine Bemerkung über das Wetter gemacht. Wahrscheinlich würde es noch dauern, bis sie wirklich begriffen, was sie ihnen da erklärt hatte.

Zu Hause angekommen, parkte sie den Wagen und ging in die leere Wohnung. Es war ein Samstag und für den Abend hatte sie ihre Eltern und ihren Bruder zum Essen eingeladen. Sie wollte sich ein paar Minuten ausruhen und dann gleich mit den Vorbereitungen beginnen. In drei Stunden, rechtzeitig bevor die Gäste kämen, würde sie dann wieder die Mädchen von Max abholen. Als sie Musik einschaltete und sich auf das Sofa setzte, musste sie an die Veränderungen in ihrem Leben denken. Sie arbeitete schon seit Monaten nicht mehr im Ministerium. Nachdem Dörflinger suspendiert worden war, hatte man die Abteilungsleitung neu ausgeschrieben und ihr deutlich zu verstehen gegeben, dass man darauf hoffte, sie würde sich neuerlich bewerben. Doch Sonia hatte andere Pläne. Statt der Bewerbung reichte sie ihre Kündigung ein. Sie hatte genug von diesem Verein. Und wenngleich sie nun, Monate später, noch immer nicht wusste, was sie in Zukunft machen würde, hatte sie ihre Entscheidung seither keine Sekunde bereut. Sie genoss die zusätzliche Zeit mit den Zwillingen, hatte wieder Gelegenheit, sich um ihre eigenen Bedürfnisse zu kümmern und verstand sich besser als je zuvor mit ihren Eltern. All das wog mehr als eine Karriere in einem Umfeld, das sie nicht glücklich machte. Das Einzige, was sie nach wie vor störte, war, dass sie es auch in dieser Zeit noch immer nicht geschafft hatte, einmal zu verreisen. Noch in Gedanken erhob sie sich, ging in die Küche und begann damit, Utensilien und Zutaten für das Abendessen vorzubereiten.

Am meisten freute sie, dass sie es geschafft hatte, Fabian zu helfen. Als dessen Schnapsidee, die Geschichte über die Schwarzarbeit ausgerechnet in diesem furchtbaren Boulevardblatt zu veröffentlichen, gescheitert war, hatte Sonia im Stillen aufgeatmet. Sie hatte in all dem von Anfang an keinen Sinn gesehen und stets darauf gehofft, dass ihr Bruder Fabian rechtzeitig unter die Arme greifen würde. Und als sie Bernhard schließlich deutlich klargemacht hatte, wie schlimm es um Fabian stand, hatte der dann auch nicht lange gezögert. Sonia musste grinsen, als sie an ihre vielen Streitgespräche mit Fabian dachte. Als er ihr eröffnet hatte, dass er nach Deutschland gehen werde, hatte sie das zwar für ihn gefreut, gleichzeitig aber traurig gemacht. Sie fand es schade, ihn nicht mehr in ihrer Nähe zu wissen. Mit einem Mal wurde ihr klar, dass sie noch nie in Hamburg gewesen war. Wenige Sekunden später war es bereits beschlossene Sache: Bei der nächsten Gelegenheit würde sie Fabian besuchen. Ein verlängertes Wochenende mit den Mädchen. Endlich Tapetenwechsel, endlich ein paar Tage in einer Stadt, die sie noch nicht kannte. Gemeinsam mit einem alten Freund und dem Wissen, dass sie beide ein neues Leben begonnen hatten. Sonia trat an das Küchenfenster und öffnete beide Flügel. Einen Moment lang stand sie reglos da und blickte ins Freie. Dann tat sie etwas, was sie nie tat: Sie riss beide Arme in die Höhe und jauchzte!

BUMBLE

Bumble erhob sich von seinem Bett und stellte sich vor den Spiegel, der die halbe Wand des schmalen Vorzimmers einnahm. Ihm blieben nur noch wenige Minuten, um sich zu sammeln. Reglos blickte er auf sein Spiegelbild. Zuerst ohne an etwas Bestimmtes zu denken, dann, um das genaue Gegenteil zu tun: seine Gedanken zu ordnen und sich auf das vorzubereiten, was vor ihm lag. Bis auf die Schuhe trug er bereits seine Sportkleidung: eine kurze schwarze Laufhose und ein ärmelloses weißes Shirt. Es war nicht mehr das simple Baumwollshirt, das er früher immer getragen hatte, doch das Weiß hatte er beibehalten. Ein Jahr war nun vergangen. Ein Jahr, das zahlreiche Veränderungen gebracht hatte. Er war nun kein Asylwerber mehr, sondern hatte einen gültigen Aufenthaltstitel. Formal betrachtet war das mit Sicherheit der bedeutendste Fortschritt, aber auch sonst hatte sich einiges geändert. Er wohnte nun nicht mehr in dem baufälligen Quartier am ehemaligen Frachtenbahnhof, sondern in einer richtigen Wohnung. Es war Fabians Wohnung, in der er gemeinsam mit zwei weiteren Personen eine Wohngemeinschaft bildete. Fabian, der so etwas wie ein Freund geworden war, hatte ihm diesen Vorschlag gemacht, nachdem er beschlossen hatte, nach Deutschland zu gehen. Und da Bumble wusste, dass er nun länger würde bleiben können, hatte er das Angebot dankbar angenommen. Ebenfalls auf Fabians Anraten hin hatte Bumble begonnen, sich stärker in diese Welt vorzuwagen, die ihm lange so fremd erschienen war. Er hatte begonnen, die Sprache zu lernen und sich zu öffnen. Zwar war er immer noch der zurückhaltende, schweigsame Typ, doch hatte er etwas von seiner Scheu abgelegt und gelernt, auf Menschen zuzugehen.

Auch sein Training hatte sich verändert. Er war nun Mitglied in einem Laufverein, in dem Menschen unterschiedlichster Herkunft gemeinsam trainierten. In die Karten schauen hatte er sich dabei dennoch nicht lassen. Nach der Niederlage im Vorjahr war ihm bald klar gewesen, dass er es im nächsten Jahr noch einmal versuchen würde. Der Verein war für ihn vor allem eine Möglichkeit, jene Dinge zu organisieren, die er alleine nicht bewältigen könnte. So hatte er es diesmal geschafft, sich für einen Start unter den Spitzenläufern zu qualifizieren. Heute würde er also keine Absperrung überspringen müssen. Der unerwünschte Nebeneffekt dabei war, dass man zumindest in informierten Kreisen auf ihn aufmerksam geworden war. Man wusste, dass es da einen neuen Läufer gab, der ungewöhnlich schnell war. Aber er hatte sich nie ganz aus der Deckung gewagt und weiterhin taktiert. Selbst seine Qualifikationsleistungen hatte er mit kalkulierter Zurückhaltung absolviert: gut, dabei aber nicht sensationell. Niemand wusste, wie schnell er wirklich war.

Mit seiner Familie hatte er nun häufiger Kontakt. Er hatte ihnen erklärt, dass er anerkannt worden war, und versprochen, ab sofort mit ganzer Kraft auf eine Wiedervereinigung hinzuarbeiten. Vom Marathon selbst hatte er auch dieses Jahr nichts erzählt. Dazu war er immer noch zu vorsichtig. Doch war es ihm endlich gelungen, ihnen ein Gefühl der Hoffnung zu vermitteln. Und eben diese Hoffnung galt es nun einzulösen.

Bumble atmete tief durch und schloss kurz die Augen. Dann warf er einen letzten Blick auf sein Spiegelbild und wandte sich ab. Wie mechanisch schlüpfte er in seine Laufschuhe und kniete nieder. Zuerst band er den linken Schuh, dann den rechten. Als er damit fertig war, holte er noch einmal tief Luft und erhob sich. Er war bereit.